L'ODEUR DE LA HAINE

TIM WILLOCKS

L'ODEUR DE LA HAINE

PLON

Titre original :
Green River Rising

Traduit de l'anglais
par Pierre Grandjouan

ISBN : 2-266-07235-8.

À Joseph Roy Willocks

« J'ai étudié afin de comparer au monde
cette prison où je vis. »

William Shakespeare, *Richard II*

LE VERBE

« Imaginez l'obscurité, si vous voulez, et dans cette obscurité des barreaux d'acier incrustés par la rouille et la crasse d'une éternité. Les barreaux sont scellés dans des blocs de granit aussi antiques que les collines où le temps les a forgés, et au-dessus, empilés et maçonnés, il y a encore trente mètres et plus de ce granit, bloc sur bloc.

« Entre ces barreaux et à travers ce mur souterrain coule un effluve, l'égout écumant de la fange de deux mille huit cents hommes désespérés, et des innombrables milliers qui les ont précédés.

« Respirez cet air infernal. Goûtez-le. Car c'est l'odeur et le goût du châtiment le plus pur, et cette boue caustique contient le paradoxe d'une race incomparable et torturée. En ce lieu, cette race doit trouver sa demeure, sa communion finale et aveugle avec le rebut insatiable, ultime, le rebut qui est notre destin à tous. Cet égout dans les entrailles d'une geôle monstrueuse, cet égout dans les égouts du monde, c'est là où la nécessité prend fin et où commence le possible, dans la gloire et la souffrance de la perte absolue.

« Voici Green River

« Et voici le récit de sa révolte. »

PROLOGUE

LA VALLÉE

Un million d'années de prison avaient patiné la surface des dalles en granit, lisses et graisseuses, profondément incrustées de crasse et de désespoir. John Campbell Hobbes, le directeur, en suivant pesamment l'allée centrale du bloc B, sentait dans ses os l'empreinte des générations de pas traînants. Dans sa gorge, un goût âcre de sueur rance et de glaire infectée, les vapeurs mêlées du haschich et de la nicotine. La puanteur comprimée des déchets et de la souffrance humaine, concentrée, hyperdistillée et conservée des dizaines d'années sous la haute verrière qui formait une voûte géante au-dessus des trois niveaux de cellules surpeuplées. Là où on envoyait les hommes se mettre à genoux, là où ceux qui refusaient apprenaient à le faire.

Quelque part, sur la planète, il y avait des endroits pires — bien pires — où purger sa peine, mais aucun ne se trouvait aux États-Unis. C'était ce que la civilisation pouvait faire de mieux : une civilisation que Hobbes avait vue s'écrouler sous ses yeux, et qu'il méprisait désormais avec tout le mépris que pouvait évoquer son esprit hors normes. Les fers de ses souliers martelaient un rythme implacable sur les dalles, et ce bruit venait lui rappeler son devoir. Ce devoir, cette *politique*, celle de punir et de réprimer, Hobbes l'appliquait avec tout le zèle humainement possible. Mais aujourd'hui, il lui tournerait le dos.

Aujourd'hui, il appliquerait cette politique par d'autres moyens.

Aujourd'hui, John Campbell Hobbes allait fracasser le diamant de la discipline avec le marteau et le burin de la guerre.

À trois pas, il était suivi par une phalange de six gardiens en tenue anti-émeute : casque et visière, gilet pare-balles, matraque, bouclier en altuglas et gaz incapacitant. La sono — huit haut-parleurs montés au-dessus du portail arrière — déversait une marche militaire avec tambours et fifres. Le directeur et ses hommes marchaient en cadence. Les tambours remplissaient les membres de Hobbes d'une puissance illimitée, noyaient les murmures des prisonniers qu'on rassemblait en haut des coursives. Ceux-ci le haïssaient d'une haine aveugle, sans chercher à comprendre, ce qui parfois le tourmentait. Mais ce jour-là, pour lui, elle était bienvenue.

La pierre. Les tambours. Le châtiment. Le pouvoir.

La discipline toute-puissante.

Hobbes tout-puissant.

Par d'autres moyens.

Il y eut une pause dans le mouvement furieux de ses pensées. Hobbes s'interrogea, chercha dans les anneaux tournoyants de son esprit la moindre trace d'erreur, de doute, de présomption. Il n'en trouva aucune. C'était ainsi. Un univers ne pouvait être refaçonné qu'en déchaînant des forces cataclysmiques, imprévisibles. Le grand mathématicien avait eu tort : Dieu jouait réellement aux dés. Et dans l'univers sordide et sinistre du pénitencier de Green River, John Campbell Hobbes était Dieu lui-même.

Le pénitencier avait été conçu par un architecte anglais dénommé Cornelius Clunes à une époque où il était encore possible de combiner la philosophie, l'art et la technique dans un projet fabuleux. Nommé en 1876 par le gouverneur du Texas, Clunes avait entrepris de bâtir une prison dont chaque brique fût imprégnée d'une puissance à la fois visible et invérifiable. Pas un donjon obscur. Ni une boîte anguleuse, brutale. Green River était un hymne aux facultés disciplinaires de la lumière.

D'un cœur cylindrique coiffé d'une grande coupole vitrée, quatre blocs de cellules et deux d'ateliers s'élançaient à soixante degrés les uns des autres, comme les rayons d'une roue géante. Sous la coupole se trouvait la tour de garde, d'où un spectateur pouvait jouir d'une vue sans entrave sur les allées centrales des quatre blocs cellulaires. Les toits des blocs étaient posés sur des murs lisses, en granit, qui dépassaient de sept mètres le dernier étage de cages. Les poutres maîtresses et la charpente des toits étaient en fer forgé, couvertes de plaques vertes, extravagantes, en verre très épais. Le verre laissait se déverser la lumière omniprésente de Dieu : une surveillance permanente qui mettait chaque détenu, tapi dans son coin, dans un état de visibilité consciente, incessante, et assurait l'exercice automatique du pouvoir. En regardant par la fenêtre de sa cellule, le prisonnier pouvait voir les murs d'enceinte où se trouvaient à demeure des hommes armés. Par les barreaux de sa porte, il voyait la tour d'observation centrale avec ses caméras et ses gardiens. La nuit, sa cellule était éclairée par une petite ampoule verte, les murs et les galeries par des projecteurs. Un homme qui entrait à Green River disait adieu à l'obscurité pour la durée de son séjour. La vraie nuit aurait au moins permis une illusion d'intimité et d'invisibilité, ménagé des endroits où un homme aurait essayé de reconstruire le sens de son existence individuelle. La lumière, c'était la discipline ; l'obscurité, la liberté. Comme le détenu était perpétuellement visible, qu'il ne pouvait jamais savoir si on l'observait, il devenait ainsi son propre gardien, se surveillait constamment pour le compte de son geôlier. Green River était une architecture de pouvoir, fondée sur les fantasmes paranoïaques des coupables.

Là, dans le bloc B, se trouvait la Vallée des coureurs de fond. C'est du moins le nom que leur avait donné leur chef, Reuben Wilson. Tous les détenus du B étaient noirs. Il n'y avait pas de ségrégation, officiellement, mais dans un environnement saturé de peur et de danger, les hommes se rassemblaient spontanément en groupes tribaux. Hobbes et ses gardiens, dans l'intérêt d'une paix fragile, le leur permettaient. Le bloc C, Noirs et Latinos ; le A, Latinos et Blancs ; le D, exclusivement des Blancs. Une juxtaposition antagoniste de forces hostiles attendant d'être déchaînées. La guerre étant l'état naturel de l'homme, la paix n'est jamais qu'un prélude, une préparation. Lorsque Hobbes passa devant une foule effervescente de visages maussades, couverts de sueur, la seule expression qu'il réussit à identifier dans leurs yeux était un nihilisme virulent né d'une souffrance animale et sans fin.

À l'autre bout du bloc — non loin de la porte donnant sur la cour, il y avait un micro installé sur une estrade. En approchant, Hobbes sentit des ruisselets de sueur tomber dans ses yeux, couler le long de sa nuque, sous sa chemise. Il résista à l'envie de s'éponger le visage. Cornelius Clunes avait conçu son chef-d'œuvre dans la pénombre humide et froide du Londres victorien. Un effet imprévu de sa folie de verre et de fer forgé, réalisée dans le climat subtropical du Texas, était de transformer la prison en gigantesque serre qui captait les rayons du soleil, renvoyant leur énergie dans les corps suffocants des prisonniers. Autrefois, les conditions étaient si épouvantables que la population carcérale était régulièrement décimée par des épidémies de choléra, de typhus et de fièvre jaune. À ces moments-là, on abandonnait la prison aux détenus en leur jetant de la nourriture au bas des murs jusqu'à ce que la contagion se fût consumée d'elle-même. Comme les prisonniers, à l'époque, prenaient sur eux de faire ce que les autorités n'osaient pas — massacrer tous ceux qui paraissaient infectés — l'apparition de la maladie déclenchait des convulsions d'une violence dépassant tout ce que Hobbes lui-même était capable d'imaginer.

Après la Seconde Guerre mondiale, on avait fermé la prison grâce à l'inauguration d'un pénitencier hygiénique et moderne au nord de Houston, mais la criminalité montante des années soixante, l'air conditionné et le rêve d'un visionnaire, John Campbell Hobbes, avaient fait revivre Green River. Pour lui, ce lieu lui appartenait. C'était son univers. Un instrument superbe, une machine panoptique installée en lisière de la société et grâce à laquelle les éléments déviants mais néanmoins humains de cette société seraient disciplinés, punis, rendus incapables de commettre des actes antisociaux avant d'être rendus à la vie civile. Une entreprise, nul ne pouvait le nier, d'une noblesse indiscutable. Mais Hobbes, depuis une vingtaine d'années, avait vu cet instrument changer, lentement d'abord, puis de façon incontrôlable, devenir un zoo innommable, une parodie de son projet originel. Ses propositions au Bureau des affaires pénales de l'État avaient été tournées en ridicule par certains, admirées (en secret) par d'autres, puis rejetées parce qu'elles étaient politiquement inapplicables. Très bien. L'heure était enfin venue de montrer à ces gens les conséquences de leur aveuglement. Hobbes monta sur l'estrade et se planta derrière le micro.

Tambours et fifres se turent de façon abrupte.

Le silence n'existait pas dans la prison. Jamais. Mais l'espace d'un instant, juste après l'arrêt de la musique, cet empilement de cellules bondées parut presque silencieux.

Hobbes reprit son souffle, bomba le torse et se redressa. Sous l'estrade, ses gardiens étaient disposés en V ouvert, au pied des hauts murs tapissés de cages surmontées par des blocs de granit, eux-mêmes par le verre et le fer forgé, et enfin par l'éclat aveuglant du soleil. Les détenus, qui avaient été chassés de leurs cellules, fumaient ou se grattaient l'entrejambe, penchés sur la rambarde longeant les coursives. Très peu portaient le bleu réglementaire sans l'avoir décoré d'une manière ou d'une autre. La plupart étaient torse nu. Pitoyables défis. Rebelles ou non, Hobbes bénéficiait de leur attention, ne fût-ce que parce que son « Discours de l'Union » venait interrompre l'ennui perpétuel de leur vie. À le voir ainsi en face d'eux, solide et rocailleux, chauve, vêtu d'un costume noir, les traits amers et figés, le quasi-silence de la foule devint une sorte de grondement. Au début, ce ne furent que des bruits de gorge et de ventre, des grognements préverbaux de colère brute, comme si les cinq cents hommes n'étaient qu'un seul organisme. Puis, de cette rage informe, jaillirent des cris. Dans l'air surchauffé, épaissi par l'odeur des corps en sueur, les mots paraissaient rouler au ralenti vers Hobbes.

« Hé, directeur ! Ta maman elle aime ça dans le cul ! »

La voix, venue du troisième niveau, fut suivie par des éclats de rire. Avec des gestes lents, Hobbes sortit de sa poche un mouchoir blanc et s'épongea le front sans rien dire.

« Elle m'a dit que c'est là que tu la lui fourres, mais que ta pine elle est vraiment trop petite ! »

Encore des rires. Un cri du deuxième niveau : « *La p'tite pine du dirlo !* » Hobbes ne dit toujours pas un mot. Il replia son mouchoir et laissa la rumeur s'enfler. L'espace caverneux se remplit de bras levés, de poings tendus, de bouches roses et béantes, d'yeux jaunis et striés de capillaires rompus, de dents jaunes écartées par la haine. Lorsqu'il fut incapable de distinguer des sons individuels dans ce torrent injurieux, Hobbes se pencha vers le micro.

« J'ai pitié de vous. »

Il parla doucement, laissant l'ampli donner du volume à sa voix. Le bruit venu des cellules s'interrompit. Malgré leur colère, ils avaient envie de l'écouter. Le directeur prit son temps, leva les yeux pour inspecter les étages, s'arrêta ici et là pour observer tel ou tel visage, hocha la tête comme sous l'effet du chagrin et reprit la parole.

« Plus bas que des bêtes.

— *Enculé !*

— *Oui.* » Hobbes tendit la tête vers le cri. « Enfermés dans vos cages sans savoir pourquoi ! Boucs émissaires pathétiques d'un monde que vous n'avez pas l'intelligence élémentaire de comprendre ! »

Il sentit sa voix qui montait dans l'aigu, la fit redescendre.

« Vous pouvez croire que vous êtes ici afin d'être punis : pour vos actes misérables, violents ou dépravés, pour la bestialité des viols et des meurtres dont vous vous vantez dans vos trous infects. Erreur. »

Hobbes baissa la voix d'un cran.

« Grave erreur. »

Il les fit attendre, et ils attendirent.

« Vos vies ne valent rien, ne justifient pas l'existence d'une machine aussi ingénieuse. Ou bien vous pouvez croire que votre présence ici est une dissuasion — envers vous-mêmes et envers les autres. Encore une erreur. Vous pouvez vous massacrer entre vous, vous violer ou vous empoisonner dans vos ghettos puants, tout le monde s'en moque. Personnellement, j'applaudis ce genre de comportement. »

Jusqu'ici son discours avait été reçu dans un silence relatif, mais un murmure de colère parcourut les galeries. Il eut un sourire sardonique.

« Je sais qu'il y a des innocents parmi vous, dit-il sans trace de sarcasme. Oh, oui. Réellement innocents. Victimes d'une injustice flagrante et scandaleuse. »

Le murmure reprit, enfla. Il laissa l'émotion gagner sa voix.

« Et j'accepte que, tout bien considéré, vous soyez tous victimes de cette même injustice flagrante et scandaleuse. C'est pour cela, mes amis, que vous êtes ici. »

À mesure que les vérités qu'il assenait pénétraient leurs esprits abrutis par les privations, les grondements prenaient de la force et Hobbes dut presque crier.

« Votre véritable fonction, si vous voulez le savoir, c'est de constituer une caste de sous-hommes, un rebut que la société peut mépriser, craindre et haïr. Écoutez-moi. *Écoutez !* »

Hobbes jeta un coup d'œil vers le deuxième niveau. Au milieu des visages hurlants, il repéra Reuben Wilson, un Noir mince et pâle d'une trentaine d'années qui le fixait calmement. Hobbes soutint son regard et attendit. Wilson fit un geste de la main. Comme par magie, les détenus près de lui se turent, et le silence gagna en quelques secondes le bloc tout entier. Le directeur, impressionné, ne fut pas surpris. Il hocha la tête à l'intention de Wilson et continua, lentement, pour que tous comprennent ce qu'il disait.

« Vous existez, purement et simplement, pour fournir une vidange, une fosse septique où les autres, nous tous, pouvons excréter notre malveillance, notre cruauté, notre désir de vengeance, nos fantasmes obscurs et muets de violence et de rapacité. Votre souffrance est essentielle au fonctionnement sans accroc de notre civilisation. Mais ne vous sentez pas flattés. Vos crimes individuels, si odieux soient-ils, n'ont aucun rapport. Il est seulement nécessaire que vous soyez ici, innocents ou coupables, bons ou mauvais. Vous êtes le pot où on chie — rien de plus. Comprenez-le. Moi, je sais que je le comprends. Et quand vous serez en train de pleurer dans vos cellules, je veux que vous pensiez à ceci : par votre seule présence ici, vous rendez un excellent service à la société que vous méprisez tant. »

Pendant un long moment, les détenus s'efforcèrent de bien assimiler ce qu'il leur avait dit. Hobbes les regardait, fasciné par la personnalité collective de cette foule. Tous, d'une manière ou d'une autre, allaient comprendre au même instant. Il y eut des murmures, des soupirs. Un courant électrique parut sauter de galerie en galerie.

Soudain, d'un même élan, cinq cents hommes explosèrent de fureur. Un torrent d'obscénités, de gorges hurlantes, de piétinements et de poings brandis, s'engouffra comme une tempête dans le bloc pour venir se briser sur le pilier rocheux qu'était John Campbell Hobbes. En dessous de lui, les gardiens alignés oscillèrent, inquiets, se rapprochèrent en tripotant leur bombe à gaz. Une seule hésitation déclencherait la violence. Mais Hobbes, le système nerveux central électrifié par une giclée d'adrénaline qui confirma comme rien d'autre ne l'aurait pu l'exactitude et l'audace de son plan, ignorait la peur. Il beugla dans le micro :

« Maintenant rentrez dans vos cellules. »

Cet ordre fut ignoré, comme il l'avait prévu. Le capitaine Bill Cletus, au milieu des gardes, se tourna vers lui et leva les yeux. Son visage rougeaud avait gardé son sang-froid. Hobbes hocha la tête, Cletus baissa la sienne pour dire quelques mots dans la radio fixée à son revers. Le portail d'acier, derrière le directeur, s'ouvrit dans un grondement et une deuxième équipe de seize gardiens entra au pas de course, des masques à gaz pendus au cou.

Quatre d'entre eux braquèrent des lance-grenades vers le tumulte des galeries. Les autres tenaient leur fusil anti-émeute à bout de bras. Une fois les gardiens en position, Hobbes reprit la parole, vibrant de tous ses membres.

« Rentrez dans vos cellules. Toute désobéissance est inutile et sera punie. »

Du deuxième niveau, un objet noir vola vers le directeur. Hobbes le vit venir, mais ne fit rien pour l'éviter. L'objet le toucha à l'épaule, resta un instant collé, puis tomba sur l'estrade, à ses pieds. La fureur des détenus se changea en curiosité. Hobbes leva les yeux vers le deuxième niveau et se tourna vers Bill Cletus.

« Wilson », dit-il.

Cletus et quatre de ses hommes montèrent l'escalier métallique vers le deuxième niveau. En haut des marches, un prisonnier obèse — un dénommé Dixon, auteur de deux viols — se mit délibérément en travers de leur chemin. Cletus l'arrosa de gaz, Dixon recula en chancelant, aveuglé, à moitié étouffé, et le capitaine s'engagea sur la coursive. Les deux gardiens suivants se jetèrent sur Dixon comme des bûcherons, à grands coups de matraque. Lorsqu'il fut à genoux, en sang et hors de combat, ils lui retournèrent les bras dans le dos, le hissèrent sur ses pieds et le jetèrent brutalement à plat ventre dans les toilettes d'une cellule inoccupée.

Wilson, avec la démarche légère d'un danseur, se protégeait avec ses poings. De l'estrade, Hobbes vit l'expression de son visage quand Cletus et ses hommes s'approchèrent. Ce détenu était un ex-prétendant au championnat du monde des poids moyens, et les jeunes truands des ghettos, qui n'avaient jamais été plus loin qu'un vol dans un magasin, l'idolâtraient. À vrai dire, le directeur avait pour lui le plus grand respect. De plus, cet homme avait passé huit ans au pénitencier pour un crime qu'il n'avait pas commis. Quand les gardiens le suivirent le long de la coursive, Wilson baissa les yeux et vit Hobbes en train de l'observer. Leurs regards se croisèrent une fois de plus, et à ce moment Wilson calcula les conséquences qu'aurait sa résistance pour les autres prisonniers. Il baissa sa garde et se redressa face à Cletus.

« C'était pas moi, capitaine », dit-il.

Cletus enfonça sa matraque dans le ventre de Wilson, puis lui écrasa la tempe avec la poignée. Le boxeur tangua sous les coups, tournoya contre la rambarde et les gardiens arrivèrent derrière lui. De toutes leurs forces, ils le menottèrent dans le dos et le poussèrent au bas des marches. Hobbes remarqua que personne n'intervenait en sa faveur.

Silence dans le bloc, à part le bruit de Wilson et des gardiens qui dégringolaient l'escalier métallique, la toux et les gémissements de Dixon dans sa cellule. Le directeur contempla les détenus. Une chape de honte et d'impuissance s'était abattue sur eux. Les gardiens traînèrent Wilson devant l'estrade et lâchèrent ses bras. Le prisonnier chancela un instant, faillit tomber, mais reprit l'équilibre. Il regarda Hobbes sans ciller.

Le directeur se tourna afin d'examiner, pour la première fois, l'objet qui l'avait touché à l'épaule. C'était un étron humain, cassé en deux. Il se pencha et prit le plus gros morceau entre le pouce et l'index, se figea, toujours plié en deux, et regarda brièvement Wilson dans les yeux. Le boxeur comprit, sans rien pouvoir y faire. Hobbes se redressa, leva l'étron au-dessus de sa tête, l'exhibant devant les prisonniers. Un murmure courut dans les galeries. Quand il fut certain qu'ils savaient ce que c'était, il s'approcha du micro.

« Voilà ce que vous êtes. »

Tous les regards étaient sur lui. Lentement, et avec grand plaisir, semblait-il, Hobbes posa la merde sur sa paume et l'écrasa en serrant le poing.

Une exhalation de dégoût contenu, un « Bon Dieu » marmonné par cinq cents gorges serrées montèrent vers la verrière. Hobbes baissa les yeux et regarda Wilson. Le prisonnier lécha ses lèvres ensanglantées, avala sa salive.

« Vous croyez savoir ce que vous faites ? » demanda Wilson.

Hobbes soutint son regard noir pendant dix bonnes secondes. Cet homme était trop intelligent pour rester dans le bloc. On ne pouvait pas le laisser mettre en échec le plan du directeur. C'était injuste, mais nécessaire. Hobbes fit signe à Cletus.

« Emmenez-le au trou. »

Les gardiens le poussèrent brutalement vers le portail du fond. Ses camarades le regardèrent partir en silence. Hobbes reprit le micro.

« Vous allez maintenant rentrer dans vos cellules. Les sorties, les visites et le travail en atelier sont suspendus jusqu'à nouvel avis. En d'autres termes : bouclage absolu. »

Dans le vide créé par l'enlèvement de Wilson, ils protestèrent à peine.

« Et puisque vous aurez vingt-quatre heures par jour pour occuper vos esprits, réfléchissez à ça. »

Le directeur leva sa main souillée, la paume tournée vers eux.

« Je peux laver ça en trente secondes. Mais vous serez des négros jusqu'à la fin de vos jours. »

Hobbes pivota sur ses talons, descendit à l'arrière de l'estrade et sortit dans la cour.

À l'air libre, il se rendit compte que son cœur battait très vite, qu'il haletait. L'allocution s'était mieux passée qu'il n'avait osé l'espérer. Il sortit son mouchoir et s'essuya la main. Au même moment, il vit Bill Cletus le regarder fixement. Dans ses tripes, Cletus comprenait le fonctionnement d'une prison mieux que quiconque, excepté Hobbes. Mais il n'avait pas le cerveau du directeur. Ni sa force de volonté. Hobbes leva les yeux vers le ciel. Le soleil était aveuglant. Il regarda Cletus.

« À partir de demain, dit-il, je veux qu'on arrête l'air conditionné du bloc B. »

Cletus battit des paupières.

« Et le bouclage ?

— Jusqu'à nouvel avis, comme j'ai dit.

— Il va y avoir du sang », dit le capitaine.

Cletus doublait presque son salaire avec ce qu'il faisait entrer en contrebande pour le compte de Neville Agry, le chef à perpétuité du bloc D. Hobbes était au courant. Il pensa le rappeler au capitaine, mais décida que ce n'était pas encore nécessaire.

« Quelles que soient les conséquences de mes ordres, capitaine, votre seul devoir est d'obéir. »

Cletus fit un pas en arrière et salua.

« Oui, monsieur. »

Hobbes hocha la tête, continua son chemin. Pour la première fois, si loin que remontaient ses souvenirs, il était en paix avec sa conscience. Il faisait ce qu'il fallait faire. Quelqu'un, finalement, faisait ce qu'il fallait faire. Ce serait horrible. Mais c'était inéluctable. La température allait monter, l'heure décisive sonnerait bientôt. Il plia son mouchoir, le rempocha et traversa la cour vers la tour du directeur.

PREMIÈRE PARTIE

LA RÉVOLTE

I

Une heure avant l'ouverture et le premier comptage de sept heures, le docteur Ray Klein ouvrit les yeux et pensa aux mouettes qui tournoyaient au-dessus des murs d'enceinte. Ou plutôt il imagina ces mouettes. Il n'y en avait probablement aucune. Si lui-même était une mouette, il ferait un sacré détour pour éviter ce cloaque sordide et grisâtre. Les ordures, ailleurs, étaient sûrement meilleures. Et si, par hasard, le plus grand rassemblement de charognards dans l'histoire du Texas était là-haut — bruyant, affamé, décrivant des cercles avides — Ray Klein ne les aurait jamais entendus par-dessus la rumeur perpétuelle des cinq cent soixante et quelques détenus qui se débattaient, grognaient et ronflaient sur leurs couchettes étroites.

Klein cligna des yeux, se traita d'imbécile.

Quelle stupidité, pour un prisonnier, que d'imaginer des oiseaux en plein vol : aucun réconfort à y trouver. Klein, pourtant, continuait à y penser, en partie parce qu'il était buté comme un sacré fils de garce, en partie parce qu'il n'avait pas encore vaincu sa tendance à faire exactement ce qui lui refuserait tout réconfort. Là-dessus, il ressemblait beaucoup aux autres détenus. Mais Klein, contrairement aux autres, avait ce jour-là une autre raison pour laisser les oiseaux survoler un paysage imaginaire : après trois pénibles années, il y avait une chance — *une petite chance* — pour que les salopards qui dirigeaient ce maudit endroit finissent par le libérer. Il extermina les oiseaux mentalement et finit par se lever.

Sous la plante de ses pieds, les dalles étaient dures et glacées. Il agrippa la pierre avec ses orteils, dans le halo verdâtre et indistinct de la nuit, et posa les deux paumes à plat sur le sol, obligeant le sang à circuler le long de son dos et de ses mollets. Klein n'avait pas vraiment envie de se redresser dans la pénombre, d'étirer les muscles de son corps. Il détestait ça. Il aurait préféré passer encore une heure d'oubli, parcourir en rêve l'intérieur de son crâne, un espace aussi vaste que l'univers et infiniment moins pénible. Pourtant il consacra dix minutes à des contorsions douloureuses et variées. Cela faisait longtemps qu'il s'était approprié les paroles de William James :

> « … sois systématiquement ascétique ou héroïque sur des sujets inutiles ou médiocres, fais chaque jour une chose pour la seule raison que tu ne veux pas la faire, de sorte que lorsque viendra l'heure terrible de la nécessité, elle ne te trouve ni effrayé ni mal préparé à subir l'épreuve… »

Ainsi donc, Ray Klein acheva de s'étirer, s'agenouilla et s'assit sur les talons, les paumes à plat sur les cuisses. Même après toutes ces années, ce moment lui apportait une sorte de calme. Le calme n'était pas une qualité qu'il associait volontiers à sa personnalité, et c'est à de rares occasions qu'il se permettait une telle sensation. Il ferma les yeux et inspira rapidement par le nez.

Le bloc n'était jamais aussi silencieux qu'à cette heure-là. Klein avait l'habitude de se lever chaque jour plus tôt que nécessaire et prétendait que cette heure lui appartenait. Il commença par le *mokso* — respiration dirigée pour s'éclaircir l'esprit — puis s'entraîna au karaté jusqu'au moment où la cloche amena le reste de la division au niveau de conscience lugubre et paranoïaque qui passait, à Green River, pour la condition humaine.

Sa cellule du deuxième niveau faisait deux mètres quarante sur un mètre quatre-vingts. Il exécuta tous les mouvements de karaté — coups de pied, prises, parades et atémis — au ralenti, les muscles ramassés, tendus au maximum. Il lui fallait aller au bout de sa force, de son équilibre, de son contrôle sur lui-même, attributs qu'il n'avait pas reçus de la nature, et au bout de trois ans il était capable de s'exercer dans un silence presque complet, sans haleter, sans se briser un orteil ni tomber à la renverse. Ce jour-là il exécuta le kata *Gojushiho sho.*

Ce rituel quotidien l'aidait à évacuer la colère dont la prison inondait ses veines. Il neutralisait le poison, lui conservait sa force, lui rendait son calme, le mettait à l'écart des autres ; gelait et durcissait la glace et l'acier dont il avait blindé son cœur.

Depuis sa chute, depuis qu'il avait perdu la grâce, ce blindage s'était avéré indispensable. À Green River, une âme était un handicap périlleux, une chambre de torture intime où n'entraient que les masochistes et les imbéciles. Klein avait été l'un et l'autre, en son temps, mais il avait fini par apprendre. Curieusement, il s'était fait à la discipline et à la négation de soi plus facilement que d'autres détenus, car sa profession l'y avait préparé. Klein avait passé une bonne partie de sa vie d'adulte à se blinder. En tant qu'interne, puis assistant, puis chef de clinique, il avait dû endurcir son cœur. Contre lui-même, contre les heures de service interminables, contre le manque de sommeil insupportable et pourtant supportable ; contre des horaires alternés de quatorze ou vingt-quatre heures par jour, des années durant ; contre la peur de se tromper, de tuer ou de rendre infirme un patient ; contre l'horreur des corps mutilés, la souffrance crue des endeuillés ; contre le flot ininterrompu des examens ; contre la terreur spéciale d'avoir à dire à un homme qu'il allait mourir, à une mère que son enfant était mort ; contre la douleur qu'il s'infligeait à lui-même et celle qu'il faisait subir aux autres. Aiguilles, scalpels, amputations, médicaments toxiques. Contre cela, et bien pire — ainsi que ses collègues, car il n'avait rien de particulier — Klein s'était blindé. Ainsi donc, au moment où sa vie s'était écroulée et qu'il avait été envoyé à Green River, il n'avait eu besoin que d'ajouter un peu de glace à cet acier pour être prêt.

Dehors, Klein avait été chirurgien orthopédique.

Actuellement, il était condamné pour viol et purgeait sa peine.

Aujourd'hui, il serait peut-être libéré.

Et, si oui, il lui faudrait à nouveau se blinder : contre un avenir aussi vide et impitoyable que les murs en granit de sa cellule.

Klein pivota dans son espace restreint, porta une combinaison coup de coude au visage/prise au cou/coup de tête à un ennemi imaginaire planté devant les barreaux de sa porte. Le visage de l'ennemi se déforma et son corps s'amollit sous l'effet de l'étranglement. Tu es un guerrier *shotokan*, se dit Klein, tu n'as rien à espérer, tu n'as besoin de personne, tu es libre. Il sourit, essuya la sueur de ses yeux.

Klein étudiait le karaté depuis l'université, et c'était resté son meilleur soutien pendant ses études de médecine. Au début, quand il avait repris son entraînement du matin à Green River, il avait eu l'impression d'être un imbécile en train de gesticuler. Les détenus des cellules voisines, pour expliquer les vagues grognements qu'il poussait, l'avaient accusé de se branler, de s'enfoncer un instrument dans l'anus, de se pénétrer l'urètre sans lubrifiant, et autres perversions aussi obscures que dangereuses. À l'époque, il aurait été encore plus gêné de parler de karaté que de masturbation — d'autant qu'il aurait risqué de se faire taillader le visage — et il avait arrêté. Ensuite il s'était raisonné : pour survivre dans cet endroit, il lui fallait quelque chose à lui, à lui seul, et il se trouvait — ridicule ou non — que c'était le karaté. De sorte qu'il avait repris son entraînement matinal ; mais avant que les voix moqueuses de ses voisins fussent devenues intolérables, Myron Pinkley avait volé le dessert de Klein — une gelée au citron — au réfectoire.

En fin de compte, le cerveau de Pinkley avait été atteint de façon irréversible, il s'était converti et avait rejoint l'armée de Jésus. Les seules larmes versées sur cet incident avaient été celles de sa mère, que la rédemption spirituelle de son fils avait fait pleurer de joie. Les voisins de Klein n'avaient plus demandé ce qui se passait dans sa cellule tous les jours à l'aube, ayant compris que cela ne les regardait en rien.

L'insistance de la cloche et les beuglements moroses des gardiens annoncèrent la fin de son entraînement. Trempé de sueur, Klein s'essuya le visage avec une chemise sale et se mit devant la porte de sa cellule. Il y avait six comptages par jour, le premier quand on allumait la lumière et que toute la division se réveillait péniblement dans une cacophonie de toux, de crachats glaireux, d'obscénités à mi-voix, de plaintes bruyantes à propos de la puanteur des pets des compagnons de cellule. Venait ensuite le vacarme progressif des radios et des cassettes, les cris des gardiens, poussés et ignorés de façon rituelle, demandant qu'on baisse cette foutue musique. Finalement, il y avait le comptage lui-même, litanie maussade qui résonnait dans les coursives tandis que chaque détenu, six fois par jour, proclamait son identité en criant un numéro assigné par l'État.

Un maton cubain dénommé Sandoval surgit derrière les barreaux de sa porte.

« Quatre-vingt-huit-quatre-cent-neuf », dit Klein.

Sandoval hocha la tête sans un mot, cocha sa liste, s'éloigna.

Klein retourna au fond de sa cellule en faisant claquer ses pieds sur la pierre éclaboussée de sueur. Il écarta la couverture qui cachait les toilettes et pissa. La pièce était prévue pour un seul homme, et Klein avait accumulé assez d'argent pour être seul. La plupart des autres cellules avaient deux occupants, les doubles en avaient quatre. Grâce à la clientèle privée qu'il s'était constituée à l'intérieur de la prison, il pouvait se le permettre. Il y avait des riches et des pauvres, ici aussi, à l'instar de n'importe quelle société, et chacun, comme partout, s'emparait d'un accès privilégié à la médecine comme d'un emblème du pouvoir. Klein se lava devant le lavabo, s'essuya avec une grande serviette-éponge, encore un objet de luxe. Dès qu'il eut fini, il fut à nouveau trempé de sueur, à cause de l'humidité régnante et de ses muscles gorgés de sang. Pour mettre son jean, il attendit que sa transpiration se soit un peu évaporée et se rasa tout nu devant son miroir. Le ronronnement de son appareil se mêla à tous les autres. Les rasoirs à lames étaient interdits. Au bas du miroir, il y avait un bout de ruban adhésif crasseux. Écrits à l'encre noire, pour qu'il ne manque pas de les voir chaque matin, ces mots :

RIEN À FOUTRE

Cet aphorisme était la somme totale du système moral, politique et philosophique qu'il était nécessaire de maîtriser pour survivre au pénitencier de Green River. Son importance lui avait été démontrée très tôt par Frogman Coley, le détenu qui dirigeait l'infirmerie de la prison. Klein lui avait demandé pourquoi un des convalescents avait eu les testicules tranchés et enfoncés dans le rectum. Coley l'avait pris par le col :

« Faut jamais savoir, blanchaille. Faut jamais savoir rien de ce qui se passe ici. Va pas y mettre le bout de ta pine. Nulle part. Écoute, disons qu'un jour tu passes aux douches, t'entends un type se faire planter, ou se faire baiser dans le cul. P'têt c'est ton copain. Ton meilleur copain. P'têt que tu voudrais y être, tirer un coup. Ou p'têt comme ce pauv' connard là-bas on lui coupe les couilles avec un rasoir rouillé et on peut l'entendre gueuler à travers la serpillière qu'on lui a fourré dans la gorge. Continue ton chemin, mon frère, parce qu'il y a toujours une raison même si t'en sais rien. Et même s'il n'y a pas de raison, c'est foutrement pas tes affaires. »

Et à certaines occasions — rares, mais inoubliables — Klein avait assisté à des atrocités, entendu des hurlements. Et effectivement, il avait continué son chemin. À vrai dire, cela avait été facile. Ses yeux retombèrent sur les mots inscrits à l'encre noire : RIEN À FOUTRE. Il arrêta son rasoir. Chargé d'énergie, après ses exercices, il avait facilement l'impression d'être un dur plein d'audace. Il se demanda l'impression qu'il aurait en sortant dans la rue, si cela lui arrivait. Le monde bourgeois qu'il avait laissé derrière lui serait devenu un paysage inconnu, ses bavardages insipides, narcissiques et mal informés lui seraient encore plus agaçants que jadis. Il se rappela une fois de plus qu'il risquait de tomber de haut : il était toujours un prisonnier. Tant qu'on ne l'aurait pas libéré, il ne serait rien d'autre.

Klein enfila sa tenue réglementaire : chemise à manches longues avec deux poches de poitrine, pantalon, ceinture en toile. Quand il s'assit sur sa couchette pour nouer ses lacets, un grondement monta tout autour de lui, culmina dans un choc assourdissant qui fit vibrer le toit en verre. Le premier comptage était terminé, la machine était satisfaite, pour une heure, et les cent quatre-vingts portes en acier du bloc D s'ouvraient à l'unisson dans un tonnerre électronique. Après le petit déjeuner, Klein et les autres détenus se traîneraient à nouveau dans leurs cellules, les matons les enfermeraient pour un deuxième comptage. Ensuite on les ferait ressortir pour le travail du matin.

Klein se leva. Des hommes alourdis de sommeil, les épaules voûtées par la torpeur de celui qui n'a rien à attendre de la journée, passèrent pesamment devant sa porte ouverte. Aucun n'eut la curiosité de regarder à l'intérieur, aucun n'eut l'envie de le saluer, pas plus que lui. Il était trop tôt, on les avait trop vite arrachés à la paix de leurs cauchemars, de leurs rêves. Des hommes qui avaient leur avenir derrière eux. Si Klein n'obtenait pas le résultat espéré, si la commission des mises en liberté refusait son appel, lui aussi serait…

Klein s'empêcha de penser, se dit qu'il était stupide de se laisser enchaîner par l'espoir. Il se rappela qu'il ne pouvait que tomber plus bas encore, que les branleurs hypocrites de la commission n'avaient vu que du mépris rayonner de ses yeux, qu'ils avaient décidé de le garder en cage un an de plus, ou deux, ou cinq. Il se répéta pour la millième fois : Il n'y a que le moment présent. Le passé n'existe pas. Le futur n'existe pas. Dehors n'existe pas. L'au-delà n'existe pas. Tu es ici. Tout ce que tu es et tout ce que tu peux être, c'est ce que tu es en cet instant. Cela, rien de plus. Maintenant, va prendre ton petit déjeuner.

Klein sortit sur la coursive, longea la rambarde et descendit l'escalier en colimaçon. Quand il atteignit le niveau inférieur, Nev Agry le dépassa en se dirigeant vers le grand portail. Agry avait une tête de moins que lui, et pesait environ cinq kilos de plus. Sa carrure était investie du charisme d'un psychopathe garanti, et ce pouvoir le nimbait d'un halo comme un champ de force. C'était le chef du bloc D, le plus puissant des caïds blancs parmi les condamnés à perpète. Klein l'avait soigné plusieurs fois pour des maladies sans importance et des infections pulmonaires récurrentes, provoquées par trois paquets de Lucky par jour. Klein était aussi en bons termes avec la femme d'Agry, Claudine, mais elle était retournée au bloc B, où elle avait subi un autre changement de sexe, involontaire, et, en tant que Claude, devait supporter le blocage actuel. Agry lui fit un signe de tête au passage et se dirigea vers le réfectoire, flanqué de Tony Shockner. Un salut d'Agry était considéré comme un privilège important, mais le seul privilège dont rêvait Klein, c'était la conditionnelle. À dix heures et demie, le directeur lui dirait ce qu'il en était.

Klein savait que la journée serait longue. Il haussa les épaules, se raidit devant l'adversité et rejoignit la file des hommes sans avenir qui franchissaient le portail en direction du réfectoire.

II

Dans l'infirmerie de la prison, Reuben Wilson attrapa le petit trapèze accroché au-dessus de sa tête et se hissa en position assise. La douleur dans son ventre le fit grincer des dents. À vrai dire, la douleur n'était pas si terrible. Il grinçait des dents de peur que les agrafes qui maintenaient son abdomen ne lâchent d'un seul coup et ne répandent ses entrailles sur ses genoux. Frog Coley, l'enculé de sa mère, lui avait dit que c'était arrivé sous ses yeux plus d'une fois, et putain, comme ces connards avaient gueulé. Il y avait treize jours qu'on lui avait enlevé sa rate éclatée, et Ray Klein lui avait affirmé que s'il ne prenait pas un coup de pied dans le ventre — ou essayait d'en donner un — les agrafes tiendraient. Wilson le croyait, mais il croyait aussi les récits de Coley, et il faisait très attention.

Pour lui, l'infirmerie était ce qu'il y avait de plus sinistre dans toute cette putain de boîte — et Wilson avait tiré plus que son temps à l'époque de la ségrégation. Il lui avait fallu un moment pour en comprendre la raison. Les murs en carrelage crème de la salle Travis étaient décolorés par la nicotine et le temps passé, mais l'endroit était pourtant plus clair et plus frais que la Vallée. De plus, Wilson préférait l'odeur de désinfectant au mélange de pisse, de sueur et de sperme qui régnait à des étages. Malgré le bruit de fond incessant que faisaient la toux et les sifflements pulmonaires des moribonds, il y régnait une sorte de silence, voire de calme, comparé au vacarme perpétuel du bloc B. Non, le côté sinistre de l'infirmerie, il s'en était rendu compte, venait d'ailleurs : de la grille en acier blanc qui séparait la salle en deux sections de douze lits ; des barreaux scellés dans le verre armé des fenêtres ; des types qui mouraient du sida dans trop de lits. La conjonction des barreaux et des silhouettes émaciées évoquait sa plus grande terreur — et celle de tous les autres : mourir en prison. Puisqu'une vie sous les fers n'était qu'un lieu commun, mourir enchaîné devenait une ultime défaite. De plus, Wilson le voyait bien, ces types avaient tout le temps d'y penser.

Une rafale de toux déchirante explosa au bout de la salle — l'entendre suffit à lui faire mal aux poumons. Wilson leva les yeux. Dans le lit d'en face, la forme spectrale de Greg Garvey avait glissé sur l'oreiller, et il était presque à plat sur le dos. Trop faible pour se redresser, ou même pour rouler sur le côté, Garvey tenta faiblement de cracher une masse de glaires. La moitié resta pendue à ses lèvres, un magma verdâtre collé à son menton et à son cou. Le reste obstruait sa gorge et déclencha une autre quinte de toux, des spasmes convulsifs qui lui ôtèrent le peu de force qui lui restait.

Garvey était un drogué, un Blanc qui tirait deux à dix ans pour avoir blessé le propriétaire d'un magasin au cours d'un vol à main armée. Il avait vingt-trois ans.

« Ferme ta putain de gueule, Garvey, sale pédé. »

La voix criarde venait de Gimp Cotton, un assassin au visage recouvert d'un réseau bleu-noir de tatouages qu'il s'était faits lui-même. Quand Garvey succomba à une autre crise, moins violente, Cotton rejeta ses draps et se leva en boitillant. Sa jambe gauche était dans le plâtre. Il s'était cisaillé le tendon d'Achille — pour la troisième fois en cinq ans — pour se mettre en congé du bloc C. Cotton se dirigea en boitant vers le lit de Garvey.

« Si y a personne qui veut s'occuper de ces putains de sidéens, je vais le faire », glapit Cotton, le visage luisant de malveillance.

Reuben Wilson connaissait bien cette haine aveugle, sa vie en était faite.

« Laisse-le tranquille, Gimp », dit-il.

Gimp se retourna vers lui, son visage tatoué déformé par la haine. « On est normaux, nous, et il nous crache cette merde dessus toute la nuit. C'est pas juste.

— Tu peux rien attraper quand il tousse. C'est Klein qui l'a dit. »

Cotton s'arrêta au chevet de Garvey, s'appuyant au mur de la main gauche. Il regarda Wilson.

« Conneries. Ce salopard de libérable dirait n'importe quoi. » Il loucha sur le visage mou et blanchâtre de Garvey. « J'vais me débarrasser de lui. »

Il s'empara d'un oreiller.

« Laisse-le tranquille, j'ai dit. »

Wilson se pencha en avant, la voix menaçante. Son ventre suturé se tendit sous l'effort. L'espace d'une seconde, il vit ses entrailles se répandre, entendit ses propres hurlements. Il n'avait jamais crié de sa vie, et il n'avait pas trop envie de prendre ce risque. Sa main vola vers sa blessure : tout allait bien. Il se détendit et vit Cotton qui l'observait, regardait d'un air satisfait la main qui retenait son abdomen. Wilson sentit ses tripes se nouer, d'humiliation, cette fois.

« J'nous rends service à tous. Y compris à lui, ce pauvre connard. »

Cotton fourra l'oreiller sur le visage de Garvey et pesa de tout son poids. Au bout d'un long moment, une main amaigrie émergea des draps humides et griffa le poignet du meurtrier.

Wilson écarta péniblement son drap, se laissa choir du lit surélevé. Il n'avait pas fait tous les exercices prescrits. Ses jambes flageolaient. Se retenant d'une main, il se demanda ce qu'il pourrait foutre une fois arrivé en face. Gimp, en temps normal, aurait chié dans son froc au moindre regard de Wilson, mais l'assassin savait ce que Klein avait dit des agrafes. La main osseuse cessa de griffer son poignet et retomba sur le matelas.

« Cotton, tu retournes à ta place ou je t'arrache ta putain de gueule.

— Baise-moi le cul, taré. »

On entendit le fracas d'une porte en fer violemment

claquée. Une voix de basse, scandalisée, fit trembler la chambrée.

« Jésus-Christ ! »

Earl « Frogman » Coley, le Crapaud, faisait un mètre soixante-dix et pesait cent quinze kilos. Il avait la peau lustrée, noire comme le goudron, un roc bosselé en guise de crâne, à peine adouci plus bas par la graisse du cou et des joues. Vingt-trois ans plus tôt, il avait été métayer dans les marais, à l'est du Texas, avec une femme, quatre enfants et une mule. Un jour, il avait trouvé deux adolescents en train de verser du déboucheur dans les yeux de la mule attachée à une clôture. Coley avait pris la longe, avait donné aux gosses la raclée qu'ils méritaient et les avait laissés partir. Mais les négros qui lèvent la main sur les jeunes Blancs le font à leurs risques et périls. Le tribunal du comté l'avait jugé coupable de violences envers mineurs, tentative de meurtre, et l'avait condamné à un minimum de dix ans de prison, pouvant aller jusqu'à la perpétuité. Il n'avait pas vu sa femme depuis dix-sept ans, et aucun de ses enfants depuis douze ans. Earl Coley dirigeait l'infirmerie du pénitencier depuis quinze ans.

Coley fonça au milieu de la salle en retroussant les manches de sa blouse. Cotton lâcha l'oreiller qui étouffait Garvey et retraversa la pièce en boitant, ses tatouages plaqués sur ses pommettes par la frayeur. Quand il atteignit son lit, Coley prit sur la table une gourde en aluminium et la lui écrasa en pleine figure. Wilson lui-même, après quinze ans de ring, tressaillit sous le choc. Cotton virevolta, s'abattit à plat ventre sur son matelas, se protégea la tête avec les bras en pleurnichant. Coley resta un instant près de lui, tremblant de rage, le meurtre dans les yeux. Avec un effort, il tourna la tête vers Garvey. Le drogué ne bougeait plus. Coley laissa tomber la gourde bosselée par le visage de Cotton et courut vers lui.

L'infirmier rejeta l'oreiller, glissa les deux mains sous le corps inerte de Garvey, le fit rouler sur le flanc. Le drogué respirait à peine. Coley enfonça un doigt dans sa bouche et arracha une masse coagulée de glaires infectées. Garvey émit un râle à peine audible. L'infirmier jeta un coup d'œil à Wilson.

« Donne-moi cette vacherie, mec. » Il désignait un appareil en plastique avec deux tubes flexibles, accroché à une caisse au pied du lit. « Cette merde en plastique, là. Vite. »

Wilson se mit en marche, mais ses jambes le trahirent, se changèrent en spaghettis. Il se retint au pied de son lit, plein de honte. Du moins il réussit à ne pas se prendre le ventre à deux mains, comme il l'aurait voulu. Il implora Coley du regard.

« Les boxeurs, dit Coley, méprisant. Hors du ring, vous n'êtes qu'une bande de pédés pourris. »

Un éclair de rage lui fit traverser la salle d'un pas presque normal. Wilson rafla l'appareil, le tendit à l'infirmier. Coley prit un tube entre ses lèvres, aspira, glissa l'autre dans la gorge de Garvey, siphonna les glaires dans le bac en plastique. Wilson, dégoûté, mais impressionné par l'habileté de Coley, ne le quitta pas des yeux. Finalement, la respiration de Garvey redevint une sorte de hoquet qui était son état normal. Coley le ramena sur le dos et le remit en position assise.

« Arrange ses oreillers », dit-il.

Wilson hésita, une fois de plus. Pas par peur, cette fois, mais par orgueil. Dans la Vallée, il était le maître de la vie et de la mort. Personne ne lui parlait sur ce ton.

Coley le dévisagea.

« T'es prêt à rentrer à la B ? »

Wilson plissa les yeux. Il y avait longtemps qu'on ne l'avait à la fois insulté et menacé avant le petit déjeuner. Des mots lui traversèrent l'esprit : On se fait couper la langue pour moins que ça, vieil homme. Coley pouvait-il lire le fond de sa pensée dans ses yeux ? Wilson, quant à lui, ne voyait rien dans ceux de son vis-à-vis. Coley, ici, était le maître. Wilson se pencha, sans plus s'inquiéter que ses tripes viennent se répandre sur les grands pieds plats de l'infirmier, et empila les oreillers dans le dos de Garvey. Coley, quand il fut certain que le mourant était bien installé, tourna ses yeux mi-clos vers Wilson.

« Tu m'as pas répondu.

— Tu me parles de rentrer dans la Vallée ? »

Coley hocha la tête.

Putain, tu te fous de moi, mec, pensa Wilson. Le visage massif de l'infirmier l'affrontait en silence. Wilson se rappela sa vanne sur les pédés pourris. Il déglutit.

« Je suis pas pour rentrer. J'ai dix jours à tirer. Mais si tu le dis, j'irai. »

Coley le regarda, l'air sombre. Quelque chose bougea dans ses yeux.

« Je sais que c'est pas juste, dit-il, mais en bas j'ai des malades sur des lits de camp.

— Je serais ravi de ne plus voir le Gimp.

— Tu peux rester deux jours de plus, si tu prends un peu d'exercice. »

Coley tourna la tête et vit Cotton qui l'observait et les écoutait, tenant son visage enflé à deux mains. Il sourit.

« Tu repars cet après-midi, Gimp, ton plâtre avec.

— Gros enculé de négro. Tu m'as enfoncé la gueule. Tu vas payer pour ça. »

Coley traversa la salle à la vitesse d'un avant-centre. Cotton voulut déguerpir, mais l'infirmier attrapa une poignée de peau et de poils sur sa poitrine rachitique, le souleva à moitié du lit. Cotton se mit à hurler.

« Tu touches un autre de mes gars, et tu vas voir que l'inspecteur médical a vraiment rien à foutre de ce qu'on met dans les sacs en plastique qu'on lui donne. »

Cotton se libéra en gigotant, rampa au bout du lit et se mit en boule en gémissant. Coley se tourna vers Wilson.

« J'ai besoin d'aide pour le déjeuner.

— Bien sûr. »

Coley sourit.

« Ça va te remettre le ventre en état. »

L'infirmier repartit lourdement vers le portail.

Reuben Wilson, seigneur de la division B, se sentant obscurément distingué par le sourire de Frogman, le suivit aussi vite qu'il en était capable.

III

Habituellement, Henry Abbott avait une prédilection spéciale pour les flocons d'avoine. Son grand-père, qui avait chargé à Sand Creek aux côtés du colonel Chivington, avait mangé du porridge chaque jour de sa vie, et il avait atteint quatre-vingt-treize ans. Aujourd'hui, les savants affirmaient que c'était bon pour le cœur et la circulation, et ce n'était plus un secret. Abbott n'avait pas d'objection, mais les flocons d'avoine posés devant lui sur la table du réfectoire n'étaient pas bons. Il en était sûr. Abbott repoussa le bol en plastique sans y goûter. Le porridge était plein de verre pilé.

Il sortit de sa poche de poitrine un calepin bon marché acheté à la cantine du pénitencier, et un stylo Shaeffer noir à plume en or. Ce stylo était le seul objet en sa possession qui ne venait pas de la prison. Il ouvrit le calepin à une page vierge, nota le chiffre du jour à l'encre verte : « 3083 », et au-dessous : « Porridge mauvais — plein de verre pilé. »

Les œufs en poudre, en revanche, il les trouvait acceptables. Abbott rangea calepin et stylo, assaisonna les œufs avec du ketchup et s'enfourna le mélange dans la bouche avec une cuiller en plastique. Les choses avaient mauvais goût dans du plastique. Comme le café dans une tasse en polystyrène. À la cantine, tout était en plastique, et Abbott détestait ça. En plus, maintenant, ils lui avaient mis du plastique dans le visage — l'avaient tassé sous ses pommettes pour l'empêcher de sourire, dans ses canaux dentaires pour l'empêcher de mâcher, au coin de ses mâchoires et à la racine de sa langue pour l'empêcher de parler. Ils avaient injecté des plastiques chimiques dans sa fesse gauche hier matin. Maintenant, après vingt-quatre heures, les produits chimiques avaient été transformés par son foie pendant son sommeil, lui étaient montés au visage — étant faits pour ça — et l'avaient plastifié, de sorte qu'il ne pouvait plus sourire ou parler aussi bien, qu'il avait du mal à mâcher et à avaler les œufs caoutchouteux du déjeuner. Plus que tout, les produits chimiques enveloppaient le Verbe d'un brouillard glacé, de sorte que sa voix devenait lointaine, étouffée. Pourtant, malgré ce suaire glacé, le Verbe était toujours présent : autour de lui, au-dessus de lui, au-delà de lui. Le Verbe l'ayant suggéré, il avait décrit la plastification dans son livre pour l'édification des générations futures, mais Abbott avait rarement l'impression que ses notes rendaient justice au Verbe. En dépit de son échec répété en tant que scribe, il persévérait. Après tout, s'ils l'avaient pu, ils auraient réduit à jamais le Verbe au silence. Et Abbott suspectait que c'était justement ce mobile qui leur avait fait mettre du verre pilé dans ses flocons d'avoine.

Le Verbe l'avait su, et seulement le Verbe. Et eux le savaient. Ils feraient tout pour empêcher ce savoir du Verbe de se répandre. Si le porridge n'arrivait pas à faire saigner ses organes internes — et il n'y arriverait pas, puisque Abbott avait été prévenu et ne le mangerait pas — le plastique de son visage, déformant ses paroles, ferait en sorte que personne ne puisse le croire. Abbott ne pouvait s'empêcher d'éprouver une certaine admiration : ils connaissaient bien leur affaire. Pourtant, ils échoueraient, car le Verbe se ferait entendre, même si ce n'était que par un seul. Par lui, à défaut d'autres. Par Henry Abbott.

Le réfectoire était plein de monde, comme toujours à certaines heures de la journée, d'après ses observations. Le petit déjeuner était une de ces heures. Les détenus faisaient la queue devant une rangée de bacs métalliques. Les bacs étaient suspendus dans un bassin d'eau chaude secrètement dissimulé — de même que bien des choses étaient secrètes et dissimulées — par une cloison en acier poli. Derrière les bacs, les cuisiniers versaient des aliments tièdes dans les plateaux en plastique tendus par les détenus. Le cuisinier qui avait assaisonné le porridge d'Abbott avec du verre pilé avait fait très vite : un clin d'œil à son collègue, un sourire vers Abbott — il n'avait souri à personne d'autre — et, pendant qu'il était distrait par ce sourire, le verre pilé : tombant d'une poche cachée dans la manche du cuisinier. Avant qu'Abbott ait eu le temps de réagir pour voir effectivement le verre, il s'était disséminé, invisible et mortel, dans ses flocons d'avoine.

Bien visé, mais pas dans le mille.

Abbott leva les yeux et vit le docteur Ray Klein qui avançait vers lui entre les rangées de tables bruyantes et encombrées. Abbott, comme d'habitude, avait une table pour lui seul. Ce n'était pas ce qu'il avait choisi, ni même ce qu'il désirait, mais c'était comme ça. Le docteur posa son plateau et s'assit en face de lui. Le docteur faisait presque un mètre quatre-vingts, pourtant sa tête arrivait à peine au niveau de la clavicule d'Abbott. Le docteur leva les yeux. Il avait un visage maigre et, derrière les os, Abbott perçut les flammes d'un feu pâle de la Pentecôte qui brûlait sans chaleur, se consumait sans reconstituer l'esprit du docteur.

« Bonjour, Henry », dit le docteur.

Abbott s'essuya la bouche avec sa manche. « Bonjour, docteur Klein. »

Sa propre voix lui parut bizarre. Pas étonnant. Plastification des cordes vocales. Il tendit la main, le docteur la serra. La main du docteur lui parut petite, et il s'efforça de serrer doucement. Personne d'autre ne lui serrait la main. Il ne savait pas pourquoi. Et personne d'autre n'appelait le docteur « docteur Klein ». Peut-être cela expliquait-il la poignée de main, mais Abbott n'en était pas sûr. Cela restait mystérieux ; pourtant il savait que c'était significatif.

« Vous ne mangez pas votre porridge », dit le docteur.

Le docteur voyait des choses. Il était plus observateur que d'autres — mais pas tout. Abbott voyait des choses que le docteur ne voyait pas. Comme c'était aussi le cas vice versa, il fallait s'y attendre. C'était quelque chose qu'ils avaient en commun : ainsi, même quand le docteur manquait ce qui était d'une évidence incroyable, Abbott était là pour le montrer du doigt, et le docteur acceptait le jugement d'Abbott de même qu'Abbott, naturellement, acceptait le sien. C'était donc mutuel. Une bonne chose.

« C'est vrai, dit Abbott. Il est plein de verre pilé. »

Le docteur lui lança un coup d'œil plein de sollicitude. Abbott hocha la tête. Le docteur poussa son propre bol vers lui.

« Celui-là est okay. Prenez-le. »

Abbott hésita.

« Vous aurez faim. Je ne peux pas.

— Vous êtes grand, dit le docteur. Vous travaillez dur. Vous en avez plus besoin que moi. »

Abbott accepta d'un geste. Comme toujours, la logique du docteur était irréfutable. Il prit le bol de céréales figées et se mit à manger. Tout en mangeant, il parcourut la salle du regard sans bouger la tête. Abbott pensa mentionner le plastique de son visage, mais cela ne ferait qu'inquiéter le docteur — voilà le genre d'homme qu'il était — et il y avait des choses plus importantes dont il fallait discuter. Entre chaque bouchée, il mettait une main devant la bouche et parlait du coin des lèvres.

« Ne me regardez pas, dit-il. J'ai quelque chose à vous dire. »

Le docteur se concentra sur ses œufs. « Allez-y.

— J'ai détecté une vibration. Une irruption. »

Abbott avala une bouchée de porridge.

« Une irruption », répéta le docteur.

Abbott hocha la tête.

« Quelqu'un va mourir. »

Le docteur hocha la tête en retour, sans le regarder.

« Vous ?

— Ils ont essayé, mais je suis trop rapide pour eux. Hier ils ont ajouté un composé plastique à ma piqûre pour m'empêcher de parler. Aujourd'hui, du verre pilé. » Il s'interrompit le temps que deux détenus, Bialmann et Crawford, passent devant leur table, puis osa regarder le docteur dans les yeux. « C'est d'une évidence incroyable, n'est-ce pas ? »

Le docteur fit oui de la tête.

« Alors qui est visé ?

— Je ne sais pas encore, mais je vous recommande de rester à l'écart de Nev Agry et sa bande.

— Un bon conseil, je trouve. »

Abbott se demanda si le docteur se rendait vraiment compte du danger. Comment le pourrait-il, sans le Verbe ? Il décida de veiller sur lui. Ayant fini ses flocons d'avoine, Abbott but son café à petites gorgées. Il était froid.

« Je vous conseille de rester dans votre cellule. Pour être totalement en sécurité, évitez tout contact. » Il baissa la voix. « Surtout avec les gens de couleur.

— Il faut que j'aille à l'infirmerie », dit le docteur.

Naturellement. Abbott comprenait parfaitement. On avait besoin de lui, là-bas.

« Et j'ai rendez-vous avec Hobbes, le directeur.

— Soyez prudent. Hobbes est quelqu'un de dangereux. »

Le docteur se leva, posa une main sur l'épaule d'Abbott, la serra fermement. Abbott, un instant, sentit se ramollir le plastique de son visage.

« Vous aussi », dit le docteur.

Abbott le regarda à travers cette sensation de douceur qui gagnait sa gorge et son foie. Le docteur avait des yeux bleu clair, avec au milieu un point ardent où brûlait la flamme inutile.

« Si vous avez autre chose à me raconter, ajouta le docteur, des inquiétudes quelconques, je veux que vous veniez me les dire. Okay, Henry ? »

Abbott fit jouer ses mâchoires. Il ne sentait presque plus le plastique.

« Je comprends. »

Le docteur lui serra encore une fois l'épaule et s'en alla. En le voyant disparaître, Abbott aperçut Nev Agry assis avec Crawford et Bialmann. Évident. Incroyablement évident. Agry, normalement, avait sa cour, les rares fois où il venait au réfectoire entouré de ses lieutenants

— des tueurs comme Tony Shockner. Crawford et Bialmann étaient des peines courtes, des escrocs, des nullards. D'être aussi près d'Agry les faisait presque pisser dans leur froc, et ils pouvaient à peine tenir leur cuiller en plastique. Tandis que Nev Agry était assis et souriait comme s'il était n'importe qui.

Et fumait de la main gauche.

Abbott se leva, s'approcha de la cuve à déchets, vida ses restes et repartit vers le portail sans avoir l'air de se presser. En posant son plateau il vit un gardien — Perkins ? Il n'arrivait pas à se rappeler son nom — se diriger vers la table d'Agry et lui chuchoter à l'oreille. Abbott leur tourna le dos, pressa le pas en sentant le regard malveillant d'Agry percer des trous dans l'arrière de son crâne, comme s'il voulait inspecter les informations contenues dans son esprit, lire sur les lèvres du Verbe lui-même, voilées de mystère. Soudain, un nouvel élément de savoir lui fut révélé et il se figea sur place.

Nev Agry, normalement, fumait de la main droite.

Et le gardien, Perkins, travaillait au bloc B, chez les gens de couleur.

D'une évidence incroyable.

Brusquement la vibration fut plus forte que jamais, un sentiment irrésistible d'irruption totale, un profond bourdonnement émanant du chaos innommé où seul régnait le Seigneur.

Le docteur est-il en sécurité ? se demanda Abbott.

Cette question se répéta. Se répéta encore. Il voulut prendre son calepin pour la noter, mais le bourdonnement devint tout à coup un chœur qui remplit l'air autour de sa tête avec un chant — une danse, une prière — d'une infinie profondeur : Nous avons besoin de lui.

Nous avons besoin de lui.

Nous avons besoin de lui.

Abbott bouscula une file de détenus, faillit renverser leurs plateaux, les oreilles bourdonnantes, sourd à leurs insultes, sortit en courant du réfectoire plein de bavardages, énorme et maladroit, descendit l'escalier et descendit encore plus bas, aspirant à l'obscurité humide et froide où le Verbe, il le savait, lui offrirait un sanctuaire. Où il serait à l'abri, il en était sûr.

Pendant quelque temps.

IV

Après le deuxième comptage, la tension, telle une lame effilée, avait mis à vif les viscères de Klein. Là-haut, dans son donjon fortifié, au-dessus du grand portail, Hobbes avait sur son bureau la décision de la commission des mises en liberté. À nouveau, Klein consulta sa montre : d'ici quatre-vingt-quatorze minutes, il connaîtrait le verdict. Le temps qu'il lui restait à passer à Green River se comptait peut-être en heures, mais aussi bien en années. Le système de la conditionnelle était un chevalet de torture où presque tous les taulards — même les condamnés à deux siècles de prison ou à trois fois la perpétuité — étaient suppliciés dans un cri muet. On vous donnait dix minutes pour leur lécher le cul juste comme ils en avaient envie. Faites le nécessaire, et vous êtes changé en petit oiseau qui s'envole en gazouillant dans le grand ciel bleu. N'ayez pas la bonne attitude, ou tombez sur un de leurs mauvais jours, à une époque où le surpeuplement carcéral n'est pas une priorité, ou quand une campagne électorale pour le poste de gouverneur promet de ramener la loi et l'ordre, et on vous renvoie dans l'engrenage pour un an ou plus encore. L'an dernier, la commission avait refusé sa requête.

Klein s'efforça d'enfouir ce sujet au fond de son esprit, mais c'était difficile. Déjà, au cours de son emprisonnement, il avait dû enfouir tant de choses qui essayaient de remonter à la surface à mesure qu'approchait son rendez-vous avec le directeur.

Henrietta Noades, par exemple, cette assistante du procureur, une garce compassée portant lunettes, dont les yeux avaient brillé d'un plaisir sans mélange quand le juge l'avait bouclé pour cinq à dix ans. Grâce à cette condamnation, on l'avait félicitée d'avoir rameuté l'électorat féminin à temps pour l'élection de son patron, et elle était montée en grade. Autre exemple : les ruines fumantes de sa carrière. Klein n'avait jamais été une star de l'université, n'avait jamais cherché à planer dans la stratosphère. Travailler à l'hôpital public de Galveston, relativement à l'écart de la politique médicale, où il pouvait affûter ses talents et concentrer son énergie sur son métier, lui suffisait largement. Avec sa maison qui dominait la baie et son voilier. Désormais, tout avait disparu, et Klein avait dépassé depuis longtemps la futilité du deuil. Du moins, c'est ce qu'il se racontait.

En fait, tout au fond de la glace qui entourait son cœur, il restait un abcès de souffrance : l'idée qu'on ne le laisserait jamais reprendre le métier pour lequel il avait sacrifié tant de choses. Klein était un violeur, d'après la loi, et la loi a peu de goût pour les ambiguïtés de l'existence humaine. Or il n'était pas coupable du crime pour lequel on l'avait condamné. Il avait commis des crimes plus graves et plus ordinaires — nés de son égoïsme, de sa cruauté, de sa bêtise — mais pas celui-ci. Klein avait blessé une femme qu'il avait jadis aimée plus que sa vie, et dont il refusait désormais de se rappeler, pas même de son nom. Il l'avait blessée plus profondément qu'il ne l'avait cru — tout autant, à vrai dire, que lui-même l'avait été sans vouloir l'admettre — et elle l'avait cruellement puni. Ensuite elle l'avait à nouveau puni, encore plus sauvagement. Mais un homme affronte ce que le sort lui réserve et s'en accommode. La façon dont il s'y prenait était son seul moyen de se mesurer à lui-même.

De temps en temps, Klein se rappelait que pendant les quarante premières années de sa vie, avant qu'il ait perdu son chemin, le sort lui avait été favorable. Le ventre maternel ne l'avait pas expulsé au milieu d'un champ désert et desséché d'Afrique saharienne, ou dans les toilettes d'un HLM glacial. La nature lui avait donné un cerveau fonctionnel et un corps robuste. Sa mère l'avait élevé dans l'amour de la chose écrite, son père lui avait appris à ne porter la main sur personne, mais néanmoins à répondre à toute insulte par une vengeance exacte et sans passion.

Non, le sort ne l'avait pas maltraité. Bien qu'il eût beaucoup perdu et beaucoup enduré, du moins le croyait-il. Son père était mort avant la disgrâce de son fils, heureusement. Klein était content d'avoir échappé au spectacle de la douleur paternelle. S'il avait fallu en arriver là, son père l'aurait accompagné jusqu'à la chaise électrique — qu'il fût ou non coupable. Il serait resté à ses côtés, ayant été forgé par une époque plus généreuse, moins équivoque. Mais aucun homme ne peut échapper au cours de son histoire. Les temps étaient durs, et Klein appartenait à son temps.

Cinq à dix ans au pénitencier de Green River.

Klein pensa que « violeur » sonnait de façon plutôt médiocre. Voleur à main armée, trafiquant de drogue, voire meurtrier, étaient en un sens des mots plus respectables. Dans la prison, qui n'était guère un repaire de féministes, le mot qu'on avait griffonné en travers de sa vie ne signifiait pas grand-chose. Dehors, dans le monde... eh bien, il le découvrirait en temps utile. Ce qui était sûr, c'était qu'il n'allait pas se mettre à se plaindre, à s'excuser ou à se justifier. Il vivrait au jour le jour. L'avenir lui faisait peur, il n'était pas stupide au point de ne pas s'en rendre compte, mais il irait à sa rencontre. Klein ne savait pas ce qui l'attendait à l'extérieur de la prison. Il l'ignorait et ne posait pas de questions. Le futur était un trou noir, et il ne se permettait pas de rêver à ce qu'il y trouverait, ni de rien espérer. Plus de châteaux de sable. Il avait appris à s'en passer. Green River lui avait apporté au moins cela, et on ne pourrait pas le lui enlever.

Klein sortit de sa cellule, descendit l'escalier en colimaçon du bloc D pour la deuxième fois de la matinée. Il franchit le portail, entra dans l'atrium, la cour intérieure, dépassa la tour de garde et suivit le couloir du bâtiment des services généraux vers la sortie principale. Tout en marchant, pour ne plus s'apitoyer sur lui-même il se rappela ce dont l'avait prévenu Henry Abbott, au petit déjeuner, et se demanda quel mouvement de fond le géant avait perçu.

Le pénitencier était peuplé par des êtres particulièrement paranoïaques — des criminels condamnés définitivement — piégés malgré eux dans un monde où la paranoïa était la première monnaie d'échange, aussi bien pour les geôliers que pour les détenus. Ici, l'être le plus tranquille et le plus confiant était hanté jour et nuit par le soupçon et la peur. C'était la seule réaction naturelle aux conditions ambiantes. Après ces paranoïaques rationnels, dont Klein faisait partie, venait un deuxième groupe : celui des déments certifiés. Henry Abbott en était un membre insigne, et généralement tout le monde l'évitait, les fous comme les autres. La plupart des gens se contentaient de le considérer comme un débile. Mais Klein savait que si l'esprit d'un schizophrène peut investir des phénomènes parfaitement inoffensifs d'une signification imaginaire et redoutable, un tel esprit est aussi anormalement sensible aux émotions, même cachées, des gens qui l'entourent. Cette vieille plaisanterie : « Les paranoïaques peuvent avoir de vrais ennemis », avait un fond de vérité. Et avec sa sensibilité dévoyée, hypertrophiée — ses antennes réglées sur la psychose — Abbott percevait parfois des choses que Klein n'avait pas vues.

Neuf ans plus tôt, par une belle soirée du Nouvel An, dans les montagnes à l'est de Langtry, Henry Abbott avait pris une énorme masse et avait tué d'un seul coup chacun des cinq membres de sa famille — sa femme, ses trois filles et sa mère — dans leur sommeil. Ensuite il avait mis le feu à la maison. Les policiers l'avaient trouvé debout dans la cour, en train de contempler l'incendie et de chanter un hymne qu'aucun d'eux ne connaissait. Jusqu'à ce jour, Abbott avait été bon fils, bon mari et bon père, connu seulement pour être le plus gargantuesque des professeurs d'anglais dans un État où la grande taille des hommes est un sujet d'orgueil. Abbott n'avait jamais offert qu'une seule explication à ses crimes : « … les flammes de l'Orc, qui jadis flambèrent avec la fumée d'une cité en feu, ont été noyées dans le sang des filles d'Urizen. » Les experts psychiatres appelés à témoigner proposèrent à la cour plusieurs interprétations de ces déclarations, mais aucune ne fut corroborée par Abbott. Personne, au cours du procès, et notamment le jury, ne douta le moins du monde qu'Abbott eût été saisi d'une psychose cataclysmique, et ne fût légalement irresponsable de ses actes. Pourtant le verdict unanime le déclara sain d'esprit et donc apte à subir les cinq peines consécutives de prison à vie que lui infligea le juge. Le jury, en effet, savait que les services psychiatriques réservés par leur État aux fous criminels étaient à ce point ineptes et primitifs qu'Abbott, certifié dément, aurait très bien pu se retrouver dans la rue quelques années plus tard, ou même s'évader dès les premières heures. Ainsi donc, au lieu de recevoir le diagnostic et le traitement dont il avait besoin, Henry Abbott avait été exilé à Green River.

Une fois interné, Abbott avait été plongé dans un cauchemar plus implacable que tout ce qu'aurait été capable d'inventer son imagination malade. Redouté, et donc haï, il fut en butte aux vexations et aux brimades que subissent partout les malades mentaux, mais amplifiées et multipliées vingt fois plus qu'ailleurs. On l'insultait, on le mettait à l'écart, on le roulait. On lui mentait, on le volait et on l'exploitait. Avant tout, il était un exclu. Abbott mesurait deux mètres et pouvait porter un bloc moteur d'un bout à l'autre de l'atelier sans être essoufflé. Peut-être, s'il n'avait pas été si grand et si fou, se serait-il ménagé une sorte de niche où il aurait pu fonctionner, exister. D'autres y arrivaient. Mais Abbott en était incapable. Quand il n'était pas une cible, il était un trou dans l'air. À l'intérieur de la grande cage de verre et d'acier du pénitencier, il était enfermé dans sa propre architecture de souffrance psychique : un cycle où l'isolement menait à la psychose, à la ségrégation, aux drogues, à l'oubli, à l'exclusion, puis vers un isolement accru, une exclusion renforcée, une psychose plus profonde. Victime d'un cruel châtiment venu de lui-même et du monde extérieur, Henry Abbott était moins qu'un chien.

Klein, pourtant, avait une dette envers lui. Pendant ses premières semaines au bloc D, Klein avait compris que la prison était capable de retourner comme un gant la personnalité d'un homme. Il avait senti la peur et les privations déformer ses pensées, pervertir sa raison. RIEN À FOUTRE. Sur sa couchette, dans le calme relatif qui suivait l'extinction des feux, il entendait le bruit étouffé des pleurs à travers les barreaux. Mais cela ne le regardait pas. Les bruits, parfois, honteux et retenus, venaient de lui. Mais, là aussi, ce n'était foutrement pas ses affaires. Ni celles de n'importe qui. Les pénitents de Green River étaient là pour éprouver des souffrances extrêmes, et assister à celles d'autrui, sans ressentir la moindre pitié, surtout envers eux-mêmes. En règle générale, la pitié était une faiblesse, donc un danger, quelque chose d'immoral. La pitié envers soi-même était une horreur confinant à la perversion. Et Klein, comme les autres, qui voulait vivre, survivre, et sortir un jour, réprimait les bruits de sa souffrance et ignorait ceux des autres.

Mais un soir — sept semaines après sa condamnation —, la voix d'Henry Abbott n'avait pu être étouffée.

« Hello ? »

Le mot avait tinté dans les cellules empilées, résonné dans les cauchemars des dormeurs, qu'ils eussent le sommeil lourd ou léger, comme si une âme damnée, fantomatique, les appelait depuis l'autre bout de l'univers. À la lumière verte de son ampoule, Klein vit qu'il était 2 h 03. Un frisson lui secoua les entrailles quand le mot s'éleva une deuxième fois.

« Hello ? »

Et une autre.

« Hello ? »

Encore une autre.

« Hello ? »

À chaque répétition, la nature de la question changeait, se faisait poignante, de plus en plus désespérée, comme si le vocabulaire de cette créature blessée avait été réduit à ce seul mot. Y a-t-il quelqu'un, ici ? Dites-moi. *Dites-*

moi. Laissez-moi tranquille. *Je vous en prie*. Laissez-moi, laissez-moi. S'il vous plaît, laissez-moi mourir. Je vous en prie, laissez-moi mourir.

Klein entendait dans les pleurs d'Abbott l'autre moitié du dialogue déchirant — tour à tour furieux, menaçant, implorant ou terrifié — que le psychotique poursuit avec le tortionnaire qui est en lui. Il avait déjà entendu cette moitié de dialogue, dans le chaos des urgences hospitalières, mais jamais en étant du même côté de la barrière. Au bloc D, Abbott ne fut accueilli que par un chœur de menaces et d'obscénités qui vinrent se mêler à celles qui faisaient déjà rage sous son crâne et les renforcer.

« T'es mort, connard ! »

« J'vais te couper ta putain de queue. »

« Ferme ta putain de gueule. »

« Je te préviens, Abbott, sac à merde. »

« Va crever. »

« Ouais, va te buter toi-même, enculé. »

C'était désagréable. Mais cela ne le regardait pas, et il tâcha de l'oublier. Pour être plus précis, il ignora Henry Abbott, de même que les autres détenus, peu à peu lassés qu'on ne prête aucune attention à leurs cris.

Deux jours plus tard, Abbott n'était toujours pas sorti de sa cellule. Il n'avait rien mangé, rien bu, et n'avait pas trouvé d'autre mot pour communiquer.

« Hello ? »

« Hello ? »

La troisième nuit, il retomba dans un silence fragile et terrifié. Quand il criait, les matons hésitaient à prendre le risque de le traîner au trou de peur que l'un d'eux n'y perde un bras ou un œil. Mais quand les détenus se mirent à brailler comme des forcenés pour se plaindre de l'odeur, et prirent ce prétexte pour lancer des rouleaux de papier toilette enflammés du haut des galeries, le capitaine Cletus vint leur ordonner de déloger Abbott.

Lorsque Klein les vit dérouler une lance à incendie le long de la coursive vers la cellule d'Abbott, il se rendit compte qu'après tout son RIEN À FOUTRE n'allait pas lui suffire pour purger sa peine. On ne peut pas les empêcher de prendre presque tout ce que nous sommes, mais on peut les empêcher de tout prendre. En fin de compte, la proportion exacte dépend de soi. C'est la mesure du choix qui vous reste. Pendant les trois jours où il avait laissé souffrir Abbott, Klein avait commencé à se sentir mourir. Ce n'était pas une notion métaphysique, mais quelque chose de réel, qu'il avait ressenti dans son corps — une impression de pourriture dans les tripes, une douleur dans le pelvis et la colonne vertébrale, un cercle qui se resserrait autour de son cerveau. Quand il vit le tuyau d'incendie, il comprit que le torrent d'eau allait emporter Ray Klein avec les excréments étalés sur les murs de la cellule d'Abbott. Le fardeau qui l'accablait était celui de la connaissance, du savoir médical, de la responsabilité qui l'accompagnait.

Il avait fait venir Cletus, lui avait demandé la permission d'aller parler avec Abbott. Le capitaine avait longuement hésité.

« Tu ne serais pas un salopard un peu trop malin pour ton propre bien, pas vrai, Klein ?

— J'espère que non, capitaine.

— Tu te fais tuer pendant mon service, et j'ai un mois de paperasses dans le cul.

— J'aimerais bien dormir un peu. »

Cletus le regarda de près.

« Okay, Klein. Mais c'est ta tête. »

Du haut en bas des cellules superposées, il y eut un frémissement, un bruissement de paroles ; les visages s'approchèrent des grilles, les mains s'agrippèrent aux barreaux et les oreilles se collèrent au métal quand il se confirma que le nouveau, Klein, allait entrer avec les crabes. Abbott, dans ses bons jours, avait la force de trois hommes ; en pleine crise, il en valait cinq, et tous savaient que les cinglés ne sentent pas la douleur. Tenez, l'an dernier, un barjot a scié ses couilles et sa bite avec un bout de miroir cassé sans pousser un seul putain de cri. Klein a de la merde plein la tête, pour avoir une idée pareille. Un libérable qui connaît rien à rien. Ce type est un putain de géant, un foutu taré.

Abbott le géant était accroupi dans un coin de la cellule, couvert d'immondices, et grattait un bouton sur sa joue en marmonnant de façon incohérente. La terreur donne à la sueur et aux excréments une odeur *sui generis* — âcre, aigre, honteuse. Elle écarte les humains, parce qu'elle évoque dans le lobe le plus primitif du cerveau le souvenir de l'impuissance et de la terreur originelle d'où ils sont tous issus, leur origine commune en tant que victimes. Klein, résistant à l'envie de vomir ou de s'enfuir, resta sur le seuil et se présenta.

« Salut, Henry. C'est Ray Klein. »

Abbott ne répondit pas, et Klein entra, s'assit sur la couchette. Un instant plus tard, la porte de la cellule claqua derrière lui.

Il passa toute la nuit sur cette couchette, sans dire un mot. Ignorant les appels obscènes et les cris des cellules voisines, il garda le silence, s'habitua à la puanteur, essaya de trouver en lui un centre, un lieu sûr qu'Abbott pourrait lui aussi percevoir pour y trouver quelque réconfort. Au petit matin, Klein s'endormit. Quand la première sonnerie du comptage le réveilla, sa tête était sur l'épaule du géant, qui avait passé un bras autour de lui.

Ce jour-là, sans violence et sans avoir besoin d'être persuadé, Abbott le suivit dans une cellule d'isolement — le mitard — et commença le traitement préconisé par Klein. Enfermer un homme au mitard et lui donner des tranquillisants à haute dose n'était pas l'idée que Klein se faisait d'une partie de plaisir, mais il eut le droit d'aller voir Abbott quatre fois par jour, personne ne fut blessé, et le géant se rétablit progressivement. Il en était maintenant à deux injections de Phénotiazine-retard par semaine pour contrôler ses symptômes — le plastique de son visage qui l'empêchait de parler ou de sourire.

Abbott ne redevint pas réellement normal, mais il survécut. Dennis Terry l'employa aux égouts, un travail dont personne ne voulait, et quand il lui arrivait d'avoir des crises, on redemandait à Klein de lui parler et de l'emmener au mitard, ce qu'Abbott acceptait sans renâcler. Mais le géant, une fois, dut y aller alors qu'il n'était pas fou : lorsque Klein fut obligé de jalonner l'autre versant de son territoire carcéral.

Myron Pinkley était un jeune sociopathe de vingt et un

ans, égocentrique et susceptible, avec des épaules massives et un crâne en forme d'obus, qui avait tué trois inconnus dans un camping du parc national de Big Bend, au cours d'une folle équipée sexuelle et meurtrière avec sa petite amie. Il traînait sournoisement autour de la bande d'Agry, sans vraiment espérer y être admis — on le considérait en général comme un sale taré qui risquait un jour de buter quelqu'un sous le nez d'un gardien et de finir ses jours au trou. Un dimanche, à déjeuner, peu après que Klein eut été remarqué en aidant Abbott, Pinkley avait volé le dessert de Klein.

Celui-ci avait vu les regards d'une douzaine de détenus se braquer sur lui, senti ses tripes le brûler comme une coulée de lave. Personne, ni homme ni bête, n'avait rien à foutre du petit carré de gelée vert bouteille et malodorant que Pinkley enfournait dans sa bouche avec ses doigts. Pourtant, ici, cela représentait la dignité, le respect, le pouvoir. Pour Klein, il était encore trop tôt pour le comprendre, les valeurs de ce monde lui étaient trop étrangères. La valeur de cette gelée était tellement dérisoire, le prix de sa reconquête tellement absurde, hors de toute proportion, que Klein n'avait su comment réagir. Sans bouger de sa place, il avait rougi et tâché de contenir sa vessie tandis que Pinkley se léchait les doigts, lui souriait et s'éloignait en bombant le torse comme un dindon. Le reste de la journée avait été une véritable torture. En gros, tout le monde lui avait dit que s'il laissait Pinkley s'en tirer il était foutu. Le soir du même jour, Pinkley lui avait dérobé son pudding au chocolat. Henry Abbott était à la table voisine, tout seul.

Le géant s'était approché lourdement, avait attrapé la main de Pinkley, qui l'avait frappé en plein visage. Abbott, sans réagir, s'était contenté de serrer. Après quelques secondes, le visage de Pinkley avait été convulsé par la douleur. Il avait essayé de lui griffer les yeux de sa main libre, mais Abbott avait serré plus fort et Pinkley était tombé à genoux en hurlant. Trois gardiens, puis quatre, puis cinq, avaient été incapables de faire lâcher prise au géant malgré les menaces, les coups de pied, les coups de matraque sur la tête. Sans dire un mot, Abbott avait refusé. Il avait fini par être emmené de force au mitard, traînant derrière lui Pinkley comme un ours en peluche désobéissant. Trois heures plus tard, comme Abbott n'avait toujours pas lâché prise, on lui avait injecté vingt, puis soixante-dix, puis cent quatre-vingts milligrammes de Valium.

Pinkley avait perdu le pouce et l'index de la main droite, presque comme si on lui avait coupé le bras. Il avait aussi perdu toute crédibilité. On racontait qu'il avait une lame marquée au nom d'Abbott, pour le jour où celui-ci sortirait du trou. Si grand qu'il fût, le géant serait une cible facile. De l'avis général, Klein devait régler cette affaire.

Quand il s'y résigna, le problème fut aisé à résoudre. Tout ce qu'il avait fait depuis son entrée à Green River avait été frappé du sceau de l'impuissance et de la peur — prendre une douche, pisser dans les latrines, aller au gymnase, parler à un gardien, ne pas parler à un gardien, choisir une table au réfectoire, saluer tel ou tel et non tel autre. Tout acte, si insignifiant fût-il, était accompagné d'une question : Que va-t-il se passer, qui vais-je offenser ? Est-ce que je peux parler avec un Latino, est-ce que je peux me permettre de ne pas détester les Noirs, puis-je préférer Muddy Waters à Willie Nelson sans me faire couper la langue ? Est-ce que c'est très grave ? Il ne pouvait jamais en être sûr. La peur et l'incertitude étaient alimentées par un mélange de fantasmes, de rumeurs et de réalité brutale. Finir par imposer soi-même une part de cette réalité serait un soulagement. Klein acheta un clou de quinze centimètres à l'atelier de charpente et un morceau de manche à balai à un balayeur cubain, enfonça le clou dans le bois comme un tire-bouchon. Il alla trouver Pinkley dans l'arrière-cuisine, où son bras mutilé lui avait valu de vider les seaux, un travail humiliant, et lui enfonça le clou dans le crâne, juste derrière la tempe.

Quand Fenton, le chef cuisinier, avait découvert Pinkley une heure plus tard, le jeune détenu continuait à vider les seaux comme si de rien n'était, avec dix centimètres d'acier plantés dans son lobe frontal.

Pinkley avait survécu à la réparation de son artère centro-méningeale sans se souvenir de l'accident, qui n'avait pas eu de témoin. Il n'y eut aucune preuve, ni même d'enquête sérieuse. Nev Agry, le surlendemain, s'était penché à l'oreille de Klein au moment où il s'attaquait à son pudding au chocolat.

« Beau boulot, doc », lui avait-il glissé

Le capitaine Cletus l'avait pris à part.

« Comprends-moi bien, Klein, foutu petit malin. Que ce truc te monte pas à la tête. »

Au cas où sa conscience lui aurait demandé si un bras mutilé et un cerveau diminué n'étaient pas une revanche trop sévère pour avoir volé douze grammes de gelée au citron, sa voix aurait été couverte par les cris de triomphe et de joie poussés par toutes les fibres de son corps. Comme par magie, une bonne part de peur disparut de sa vie. Pour la première fois, il se sentait capable d'aller pisser dans les latrines, debout entre deux condamnés à perpète. La culpabilité qu'il aurait pu ressentir était compensée par le fait que Pinkley était sorti de cette affaire avec une personnalité modifiée, laquelle, même d'après sa mère, était infiniment préférable à celle que le Créateur lui avait donnée. Docile, obéissant, d'une amabilité presque agaçante, Pinkley avait rejoint l'armée de Jésus — AMOUR FOI POUVOIR —, était resté dans l'arrière-cuisine pour effectuer une tâche qu'il était heureux de consacrer au Seigneur, et passait deux heures par jour à la chapelle pour la rédemption de son âme. S'il était mort — et le clou aurait très bien pu le tuer — la conscience de Klein l'aurait peut-être tourmenté, mais bof, il savait assez bien ce que pouvait supporter un lobe frontal, et, de toute façon, ce qui comptait c'était que maintenant il faisait ce qu'il voulait de ses desserts. Klein donnait toujours sa gelée à quelqu'un.

Il revint à la réalité en approchant du deuxième portail des services centraux. Le gardien, Kracowitz, regardait passer les prisonniers avec une moue méprisante. Quand Klein arriva à sa hauteur, Kracowitz fit sortir un Latino du rang pour le fouiller.

Le couloir des services centraux, divisé en étages et en salles au lieu d'être un empilement de cages, était moins oppressant que les blocs cellulaires. On avait au-dessus de la tête, pas trop haut, un vrai plafond à la place du maudit toit en verre. En avançant, on passait devant la bibliothèque, la chapelle, deux salles où avaient lieu les séances grotesques de thérapie de groupe qu'adorait la commission des mises en liberté, et le gymnase, qui était une source de conflits perpétuels entre les boxeurs, pour qui l'endroit leur appartenait de droit, et les basketteurs, qui avaient une cour extérieure en ciment mais préféraient jouer sur le plancher. Tout en marchant, Klein évitait de heurter l'épaule de quiconque aurait pu en prendre prétexte pour déclencher une bagarre — réflexe désormais automatique.

Au portail du fond, malgré la grille de l'air conditionné, le gardien Grierson transpirait un peu sous son uniforme kaki. Klein était rarement fouillé, et encore plus rarement fouillé au corps. Une fouille convenable faite par des mains expertes, si on tenait compte de la résistance passive et de la mauvaise volonté du détenu, de son ingénuité consacrée à inventer des cachettes, prenait de cinq à sept minutes. Il fallait vider les poches, tâter les cols, les poignets et les coutures, ôter les chaussures, faire écarter les orteils, soulever les parties génitales, écarter les fesses nauséabondes. C'était une tâche pénible et ingrate. La plupart de ces fouilles mettaient au jour une contrebande insignifiante, ne méritant qu'une punition légère — un cure-dents vous privait de téléphone quinze jours — et les fouilles internes dépendaient surtout de l'analité du gardien présent. Green River n'avait pas les moyens de fouiller chaque détenu tous les jours à chaque passage. Il y avait des détecteurs de métal aux portails, mais ils dataient de vingt ans — leurs plombs sautaient facilement, quand il le fallait — et ils tombaient souvent en panne, devant être réparés par l'équipe d'entretien de Dennis Terry. Grierson hocha la tête et le laissa passer.

Dehors, le soleil brillait en haut d'un ciel bleu-blanc, et l'air de la cour, après les effluves mêlés qui imprégnaient la prison, était d'une douceur lénifiante. À sa gauche, entre les services centraux et le bloc D, entouré par un haut grillage en acier, se trouvait la cour d'exercice des Blancs où les détenus, notamment les costauds de la clique de Grauerholz, faisaient de la gonflette. Depuis que Pinkley s'était converti, on permettait à Klein de s'entraîner trois fois par semaine avec les gros bras. À sa droite, entre le gymnase et le bloc B, c'était le terrain des Noirs. Klein n'y était entré que deux fois, sur invitation, quand un type avait laissé échapper un haltère de cent kilos et s'était enfoncé le thorax.

Il suivit l'allée en ciment menant au portail principal : un tunnel voûté pris en sandwich entre deux paires de portes géantes en chêne, ornées de clous en fer forgé. Entre les portes extérieures et intérieures il y en avait une troisième, en acier de Pittsburgh, à fermeture électronique. Un mur imposant, en granit, répondait aux six ailes du bâtiment principal et dessinait un gigantesque hexagone de pierre qui contenait les deux mille huit cents détenus et leurs gardiens. Le mur, disait-on, se prolongeait de plusieurs mètres sous terre, de sorte qu'aucun tunnel n'était possible. Le sommet de la muraille était longé par deux lignes de barbelés aux reflets du même gris mat, qu'il y ait ou non du soleil. À intervalles réguliers, dans les tours de guet, des hommes armés de M16 surveillaient d'un œil blasé les cours et les ateliers en contrebas.

Au-dessus du portail s'élevait une tourelle massive, trapue, qui réussissait à marier l'élégance et la brutalité. De cette tourelle, le directeur Hobbes régnait sur la population délinquante. La complexité architecturale de la tour exprimait l'assurance inébranlable d'une autre époque ; en tant que relique, c'était impressionnant, et même beau — mais Klein n'y voyait qu'un monceau de souffrance et de misère, n'éprouvait ni admiration ni respect. Sous le regard du guetteur le plus proche, il tourna le dos au portail. L'après-midi, il donnerait sa consultation privée dans la pièce en sous-sol qu'il louait à Dennis Terry et dont la sécurité était garantie par Nev Agry. Un défilé de détenus viendraient lui présenter leurs maladies, leurs infections diverses, le paieraient en cigarettes, en revues porno, en bons de cantine, en dollars, ou toute monnaie qu'il jugerait acceptable. Il tourna le coin d'un labyrinthe de barbelés et se dirigea vers l'infirmerie où il passait ses matinées.

C'était un bâtiment d'un seul étage construit à l'aplomb du mur sud-ouest. Klein révisa mentalement son programme de la semaine : aujourd'hui, Juliette Devlin ne venait pas. La tête prise par son rendez-vous avec Hobbes, il n'avait pas trop de regrets, même si ses visites lui faisaient toujours plaisir. Klein se rappela qu'elle s'était moquée de lui en le faisant parier sur le match de l'après-midi entre les Lakers et les Knicks. Il avait parié une cartouche de Winston contre deux caleçons Calvin Klein que les Knicks ne perdraient pas par plus de six points. Comme les sous-vêtements fabriqués par son illustre homonyme étaient un luxe inouï, Klein pensait que les mises se valaient. Il monta au pas de course les marches de l'infirmerie et passa la grande porte à deux battants, ordinairement ouverte pendant la journée. À la seconde porte, une grille coulissante, le gardien coréen, Sung, était de service. Quand Sung le fit passer et ouvrit la troisième porte, en acier plein, Klein lui dit bonjour et, comme d'habitude, ne reçut aucune réponse. Sung, venu de l'autre bout du monde, se retrouvait à garder une bande de tueurs au Texas, et il ne jugeait peut-être pas utile de leur souhaiter quoi que ce soit de bon. Klein passa devant le dispensaire, continua jusqu'au bureau de l'infirmerie. La pièce avait été peinte en jaune moutarde quinze ans plus tôt, comme pour rappeler aux malades et aux gardiens qu'ils n'étaient pas là pour leur plaisir. Maintenant le plafond était affaissé, la peinture écaillée et cloquée. Klein prit une blouse blanche, une liasse d'analyses de labo, et alla dans la salle Crockett. À son arrivée, Frogman Coley, en train d'examiner un patient, leva sa grosse tête grise et vint à sa rencontre. Il avait un stéthoscope qui lui pendait sur la poitrine et portait des gants en caoutchouc.

« Quoi de neuf, chef ? demanda Klein.

— Lopez chie le peu de sang qui lui reste. Fais comme tu penses. J'imagine qu'on devrait prévenir sa maman. Elle sait que Vinnie veut pas qu'elle vienne, mais elle dit qu'elle veut savoir.

— Bien sûr.

— Je crois que Reiner a une pneumonie. L'hémoglobine de Deano Baines remonte. Et le Gimp a essayé de tuer Garvey avec un oreiller.

— Il est encore vivant ? »

Coley haussa un sourcil.

« Je parle du Gimp », dit Klein.

Coley hocha la tête, l'air sombre.

« Allons voir ces tarés. »

Il ôta ses gants d'un geste sec, les roula l'un dans l'autre en évitant de toucher la surface extérieure pour ne pas risquer d'être contaminé. C'était une habitude qu'il avait prise avec Klein, qui fut content de le voir faire. Coley jeta les gants dans une poubelle et le suivit vers le premier lit de la rangée.

Klein voyait parfois Green River comme des poupées russes emboîtant des degrés d'horreur de plus en plus atroces. Au centre, il y avait un trou noir, le sida. Avant, il connaissait mal ce sujet, mais ici, il avait dû apprendre.

Nul ne savait la proportion de séropositifs, mais elle était importante. De nombreux détenus drogués avaient introduit le virus avec eux. Ils avaient continué en prison : les seringues en commun, les pratiques sexuelles dangereuses et beaucoup de sang versé avaient répandu l'infection. Dans le monde extérieur, le sida avait poussé des hommes tranquilles et respectables, bien payés, bien élevés, avec des femmes fidèles, à des extrêmes d'intolérance et d'incompétence. Klein ne leur trouvait aucune excuse. À Green River, c'était différent. La peur de la contagion était si aiguë qu'en surface elle avait disparu — tabou, interdit, innommable — mais continuait à fermenter dans les bassins ténébreux que recèle l'esprit des hommes. L'infirmerie était envahie par ces malades. Ray Klein et Earl Coley en faisaient les frais.

Ils se battaient avec une ménagerie d'êtres microscopiques qui luttaient pour survivre dans les corps infectés, de même que les hommes luttaient sur cette terre, en prison, et ici, dans la salle Crockett, au bout du chemin. *Candida albicans, Mycobacterium tuberculosis, Haemophilus influenzae, Mycobacterium avium, Streptococcus pneumoniae, pneumocystis carinii, Salmonella*, toxoplasmose du système nerveux central, méningite cryptococcale, rétinite à cytomégalovirus, leuco-encéphalite multifocale, lymphome des grandes cellules, et Dieu sait quoi d'autre : un festival de microbes pyogènes et de tumeurs tels que Dieu lui-même pouvait s'étonner d'avoir une imagination aussi fertile. Et de la méfiance folle que lui opposaient ces pauvres imbéciles.

Leur tournée du matin était bien réglée. Ils allaient voir ensemble chaque patient, et Coley — qui n'avait pas quitté le bâtiment depuis des années — décrivait les incidents de la nuit. Klein lui montrait les résultats des rares analyses autorisées, et si nécessaire expliquait leur signification. Ensuite Coley examinait méthodiquement le patient, un système organique après l'autre, comme Klein le lui avait appris. Voir les mains de Coley s'activer — des mains faites pour récolter le coton et labourer des champs pierreux — était toujours un grand moment pour Klein. Un moment de répit. Les trois dernières années, il lui avait enseigné l'essentiel de la médecine clinique, et Coley avait tout absorbé comme une éponge, avec une passion que Klein lui enviait Pour lui, sans aucun doute, ce paysan noir avait un don. Il avait l'étoffe d'un grand médecin. La souffrance des corps parlait à ses doigts, et il l'entendait. Klein avait parfois rencontré ce genre d'hommes dans sa profession, et il avait toujours été émerveillé de les voir au travail, mais c'était rare, et lui-même, malgré l'envie qu'il en avait, n'en faisait pas partie. Il n'en avait jamais parlé à Coley, n'avait pas même exprimé son admiration ni sa fierté, de peur de les gêner mutuellement. Klein ne s'était jamais senti à l'aise avec les protestations d'amitié, d'amour et de réciprocité à la façon des Californiens, et Green River ne lui semblait pas le meilleur endroit pour s'y mettre. Pourtant, avant de partir, il aimerait le lui dire. C'était peut-être pour bientôt. Peut-être pour le jour même. Un fracas de métal sur les dalles, venu de l'autre bout de la salle, chassa ces rêves de liberté.

Vinnie Lopez regardait le plafond, couché dans une masse agglomérée de draps sales. Une perfusion injectait dans son bras gauche une solution saline additionnée de potassium. Par terre, près de son lit, il y avait un bassin en acier inoxydable que le malade, n'ayant plus de force, avait fait tomber en essayant de le prendre. Il avait les bras le long du corps, les poings serrés, le visage figé par la honte et l'humiliation.

« Va chercher du linge propre », dit Coley.

Klein traversa rapidement la salle jusqu'au placard à linge. Il acceptait sans discuter les corvées hospitalières que lui assignait Coley, et elles étaient nombreuses. Sans cette répartition des pouvoirs, il n'aurait jamais pu utiliser ni transmettre ses connaissances médicales. Coley dirigeait l'infirmerie depuis seize ans à l'arrivée de Klein, et, s'il restait en vie, il la dirigerait encore seize ans après son départ. C'était le chef de wagon. Quand Klein revint près du lit, Coley avait décroché la perfusion, qui était vide.

« Celle-là est finie. On lui en donne une toutes les huit heures. Tu crois que ça suffit ? »

Klein hocha la tête, sans quitter Lopez des yeux, et Coley s'éloigna. Klein rabaissa les draps et déplia un paravent autour du lit. Il alla chercher une cuvette d'eau chaude, passa des gants de caoutchouc et lava Lopez du cou aux genoux. En six mois, le Mexicain, qui avait été le partenaire de Reuben Wilson sur le ring, était devenu un sac d'os pesant quarante-cinq kilos. Son taux de lymphocytes CD4 + T était tombé au-dessous de 150, il avait les intestins rongés par un organisme campylobactérien d'une souche résistante aux antibiotiques. Ou, du moins, à ceux dont ils disposaient. Il existait de nouveaux médicaments, plus puissants, avait appris Klein dans les revues, mais trop chers pour leur infirmerie. Sa diarrhée chronique et sanglante avait épuisé les réserves de Lopez en potassium et en protéines, provoqué une anémie qui empirait de jour en jour. De plus, il avait la bouche et l'œsophage enflammés par une candidose.

Il aurait fallu que Bahr, le médecin officiel de la prison, autorise les transfusions sanguines nécessaires comme l'achat de médicaments, mais il n'en voyait pas la nécessité. Bahr était un interne du coin qui passait quatre fois par semaine, restait une heure — respectant à la lettre son contrat — et, avant de repartir jouer au golf, leur disait d'envoyer les cas difficiles aux urgences de l'hôpital du Comté. Sa politique envers les malades du sida était de leur administrer des sédatifs à haute dose et de les laisser mourir en paix. Klein méprisait ce type, non parce que son attitude était inhumaine ou absurde, mais parce qu'elle lui évitait de travailler. Il touchait des honoraires confortables de l'administration pénitentiaire pour son heure ou ses deux heures hebdomadaires — une somme qu'il aurait mieux valu consacrer à des médicaments et des fournitures. Mais Bahr avait un certain pouvoir. S'il lui en venait l'envie, il pourrait faire exclure définitivement Coley et Klein de l'infirmerie. En vérité, ils violaient si souvent les règlements de la prison qu'on aurait pu les envoyer plusieurs années au mitard. Ainsi donc ils léchaient le cul de l'interne, taisaient la plupart des problèmes et ne lui téléphonaient que lorsqu'il y avait un certificat de décès à signer — mission accompagnée d'une prime rondelette, qu'on ne l'avait jamais vu refuser.

Par rapport à sa politique envers les malades du sida, Klein et Coley avaient décidé que cela dépendrait des types concernés. Si un malade voulait se battre, ils se battraient avec lui. Quand les détenus arrivaient à l'infirmerie, la plupart étaient malades depuis aussi longtemps qu'ils l'avaient pu sans que cela se sache. C'étaient des hommes habitués au malheur, qui l'avaient infligé et supporté toute leur vie, mais ils n'avaient pas envie d'atteindre le bout de la route dans l'infirmerie d'une prison en mourant du sida. À Green River, l'apparence de la dureté était cultivée avec une ferveur religieuse. Chacun acceptait le risque de se faire poignarder dans le dos, la plupart avaient déjà fait face au canon d'un 38, et tous auraient au moins essayé de cracher à la figure du gardien les emmenant sur la chaise électrique, si tel avait été leur destin. Mais, aux yeux de cette population, on ne pouvait pas tomber plus bas que cette mort lente derrière les barreaux, victime de cette maladie — la maladie des pédés.

De sorte que la plupart choisissaient les tranquillisants. Et merde, pourquoi pas, se disait Klein ? Il avait parfois le sentiment qu'on donne à la vie une valeur qu'elle ne mérite pas. Les gens vivent, puis meurent — rien à foutre du moment, sauf pour ceux qui restent et qui portent le deuil. Or le chagrin appartient à ceux-là, pas à celui qui meurt. Klein espérait, le moment venu, qu'il aurait le bon sens d'en finir vite et proprement. Puisque le résultat final n'était pas en question, pourquoi vouloir s'y opposer ?

Mais Vinnie Lopez était un de ceux qui se battaient. Un boxeur. En fourrant les draps souillés dans un sac en plastique, Klein examina les yeux fiévreux du jeune homme, où brillait un défi ultime et sans espoir. Un instant, l'échafaudage de glace et d'acier qui enserrait son cœur fut ébranlé. Il fut assailli par des émotions interdites. Avant qu'elles ne puissent l'affaiblir, avant de pouvoir leur donner un nom, Klein se détourna, ôta sèchement ses gants de caoutchouc, les jeta, mit des gants neufs et secoua un drap propre pour le déplier. Ensuite, en évitant son regard, il poussa Lopez au bord du lit et glissa le drap sous son corps. Quand il le remit à sa place, le gosse s'effondra.

Des larmes coulèrent sur ses joues. Il se cacha le visage au creux de son bras, se tortilla sur le côté pour lui tourner le dos. Personne, pensa Klein, ne l'avait jamais vu pleurer.

Il sentit son ventre se nouer. Lopez, qui se vantait de quatre meurtres quand il était chef d'un gang des rues à San Antonio, et que tout le monde prenait au sérieux, même ici, avait maintenant l'air d'un gosse de huit ans. Klein secoua le drap du dessus et le laissa se poser doucement sur le corps recroquevillé. Il savait qu'un homme, parfois, préfère rester seul avec sa honte et sa douleur, même si cela peut être un prétexte pour se laisser aller. Sur le moment, c'était difficile à savoir. En bordant le malade, il écarta ces pensées, essaya de réagir avec ses tripes, puis se redressa.

« Vinnie. »

Lopez répondit sans tourner la tête.

« Casse-toi, mec. »

Klein s'assit sur une chaise, près du lit, face au dos courbé du jeune homme sous le drap. Il posa légèrement une main sur l'épaule de Vinnie, qui se raidit, la laissa en place. Au bout d'un moment, Vinnie se détendit un peu. Klein, à cet instant, regretta de ne pas parler espagnol.

« Vinnie, dit-il, tu peux me dire d'aller me faire foutre, si tu veux, mais ici c'est mon terrain et celui de Coley, et il faut que tu comprennes comment ça se passe. Comment ça se passe, c'est qu'ici il n'y a pas de honte à pleurer, à chier, à être infecté par la maladie. Pas ici. Tu comprends ? »

Sous sa main, le corps maigre était secoué par des frissons.

« Si j'étais malade, tu en ferais peut-être autant pour moi. »

Lopez se tourna vers lui, les yeux brûlants de colère et de mépris. Klein laissa retomber sa main.

« Je te cracherais dessus. »

Klein soutint son regard longuement, lui sembla-t-il, puis secoua la tête.

« Non. Tu craches sur toi-même. »

Dans le regard de Vinnie, le mépris fut noyé par la douleur. Ses traits se défirent, et il voulut à nouveau se retourner. Klein remit la main sur son épaule et le retint.

« Meurs comme un homme, Vinnie. »

Le jeune homme le fixa, affolé, les lèvres tremblantes.

« Je voudrais », chuchota-t-il. Il s'efforça de ne plus pleurer. « C'est tout ce que je veux. C'est tout, mec. C'est tout. »

Klein avala sa salive.

« C'est comme ça que les hommes meurent. »

Vinnie fit non de la tête. Klein insista.

« C'est facile de se sentir un homme avec le pied posé sur la gorge d'un autre. Ça fait du bien, je le sais. Garder sa fierté quand on est couché dans sa merde, c'est autre chose. Ça, je ne connais pas. Je n'y arriverais peut-être jamais, même si j'essayais. Mais celui qui en est capable — qui peut garder sa fierté, la sentir et s'y tenir — celui-là est un grand homme. »

Cette fois les larmes envahirent les yeux du jeune homme, qui baissa les paupières. Puis, avec un effort, il regarda Klein.

« J'ai peur, mec.

— Je sais, Vinnie. »

Klein lui prit la main.

« J'ai peur. »

Il se mit à sangloter doucement.

Klein ne dit plus rien, laissant une souffrance grande comme le monde inonder sa poitrine, car il avait appris que les paroles de réconfort qu'il aurait pu prononcer n'aurait pas été adressées à Vinnie, mais à lui-même. Pourrir sur pied à vingt-deux ans n'a rien de réconfortant. Un instant, la glace et l'acier s'effondrèrent entièrement, et Klein se sentit possédé par un besoin violent, terrible, celui de jeter un sort pour leur rendre à tous la santé. Et le bonheur, la richesse, la liberté. Lui avec eux. Du coup, il fut terrifié à l'idée que sa demande de liberté soit acceptée, et comprit vaguement pourquoi, l'an passé, il avait provoqué la commission. Si on le laissait partir, il perdrait tout cela. Ici, Klein était un médecin ; dehors, il serait un clochard. Il eut l'envie fugace d'aller briser une chaise sur la tête du capitaine Cletus pour être envoyé au mitard. Puis cela lui passa. Après ce qui lui parut des heures, mais ne dura que quelques minutes, le corps du malade se détendit et se calma. Un peu plus loin, derrière un rideau, une voix gronda.

« Éteins cette saloperie, Deano, on a de l'oxygène, ici. J'te l'ai déjà dit : si t'as la force de fumer, t'as la force de traîner ton pauvre cul dans la salle de TV. Ici, on veut pas respirer ta merde. »

Lopez se raidit, s'essuya le visage avec le drap. « J'veux pas que le Frogman me voie comme ça.

— Bien sûr. »

Comme presque tout le monde, Vinnie était très impressionné par Coley. Klein hocha la tête et se leva.

« Je passerai plus tard. »

Il prit le sac de linge sale, s'arrêta devant le paravent. « Vinnie, je voudrais que tu me rendes un service. »

Le jeune homme ouvrit de grands yeux.

« Laisse-moi inviter ta mère à venir te voir. »
Vinnie tourna la tête.
« Réfléchis. Réfléchis à ce dont nous avons parlé. »
Quand il tendit le bras vers le rideau, Vinnie le rappela. Klein le regarda par-dessus son épaule. Au bout d'une seconde, Lopez hocha la tête.
Klein fit de même.
« Merci, Vinnie. »
Il se faufila entre les paravents et intercepta Coley qui voulait entrer.
« Vinnie a besoin d'être un peu seul. »
Coley jeta un coup d'œil aux rideaux, puis regarda Klein en soupesant le sac de perfusion qu'il avait à la main. « J'imagine que ça peut attendre.
— Merci », dit Klein.
Coley consulta sa montre.
« Croyais que t'avais rendez-vous avec Dieu tout-puissant, pour voir si tu leur as bien sucé la bite à ces blanchailles de la commission. »
Il tourna le cadran vers lui.
Dix heures trente-cinq.
Hobbes l'attendait.
« Bordel. »
Klein arracha sa blouse blanche et courut vers la porte.

V

À genoux, négro. »

« Le chuchotement rauque de Stokely lui remplissait l'oreille.

« J'veux pas voir ta putain de sale gueule. »

Une haleine fétide dans ses narines, puis l'odeur âcre et forte de la queue de Stokely, qu'il avait sortie de son short. En bruit de fond, *Ice T* injectait sa voix menaçante dans un chant guerrier beuglé par la radio.

« Pas un mot, en plus. J'te l'ai déjà dit, si ça se sait je te coupe ta bite de pédé négro et je te la fourre dans le cul. »

À Green River on employait beaucoup les mots couper, trouer, piétiner, le plus souvent pour rien. Mais quand c'était Stokely Johnson, on les prenait au sérieux. Personne n'oubliait ce qu'il avait fait avec les couilles de Midge Midgely. Le haut de la tête enfoncé dans le mince oreiller, se tenant sur les coudes, Claudine respira profondément, relaxa sa gorge et son ventre. L'haleine malodorante fut remplacée par le latex, une odeur clinique qui contrastait avec l'atmosphère lourde et surchauffée. Stokely se débattait avec une capote.

« Merde, mec. J'ai horreur de ces saloperies. »

Claudine attendit. Un instant plus tard, quand elle sentit le bout d'une érection subite entre ses fesses, elle reprit son souffle et poussa, comme si elle essayait de chier un étron dur comme la pierre. Stokely la pénétra, laissant échapper une exclamation satisfaite. Sa voix se radoucit.

« C'est bon », dit-il.

Il faisait une chaleur humide, la cellule était remplie d'une odeur de haschich, de mucus rectal et de sperme. C'était l'heure la plus fraîche de la journée, avant que le soleil ne soit monté assez haut pour taper directement sur la verrière. Sauf pour les repas, trois fois par jour, ils étaient confinés dans leurs cellules depuis deux semaines. Les dix derniers jours, sans air conditionné. En panne, avaient dit les matons, en réparation. Au milieu de l'après-midi, la température dépasserait trente-cinq degrés, le bloc serait saturé par la sueur et la respiration de cinq cents hommes entassés dans des cellules construites pour en contenir trois cents. En un sens, pour Claudine, la chaleur était bienvenue. Elle provoquait une impression de lassitude, une apathie intérieure, qui lui permettait de subir plus facilement les assauts de Stokely.

« Baby », dit Stokely.

Il lui caressa le crâne. Elle se demanda quelles images pouvaient lui traverser l'esprit, quel putain de visage il avait envie de regarder. On disait que Stokely avait une femme, quelque part en Californie, peut-être à Bakersfield, et deux gosses. Des garçons. Stoke était bien loin de chez lui.

« Baby », dit-il encore.

Ses mains lui serraient la taille, fermement mais sans plus de brutalité, les mains d'un homme qui aurait voulu, au fond de lui, tenir une femme et s'occuper d'elle, être à son tour pris dans le regard de cette femme qui l'aurait vu tel qu'il était et l'aurait néanmoins désiré. La tristesse noua les entrailles de Claudine. Elle regretta que sa façon de faire l'amour eût trahi les sentiments de Stokely. Il aurait été plus facile de le haïr.

Claudine souhaita soudain avoir retrouvé ses cheveux, longs et lustrés. En femme, la haine lui venait plus facilement. Et la soumission. Il était plus simple de croire qu'elle ne méritait pas mieux que de se faire brutalement limer par Nev Agry. Son retour au bloc B, dans la population noire d'où elle était sortie, l'avait plongée dans la confusion. Elle ne savait plus qui elle était.

Claudine, en tant qu'épouse d'Agry, avait été aux yeux de tous une très belle femme. Agry lui avait acheté des vêtements, des parfums, un vrai Ladyshave pour les jambes. Des combinaisons en soie. Du vernis à ongles écarlate. Ses cheveux lui tombaient au milieu du dos. Agry, sans ironie, l'appelait sa reine. Un châtiment rapide et terrifiant s'abattait sur quiconque avait l'audace de menacer l'illusion qu'elle et son homme avaient créée. Agry lui avait donné une alliance en métal blanc au beau milieu du bloc D — la fête la plus extravagante qu'eût connue la prison —, il y avait eu des cadeaux offerts par les autres chefs d'équipe, des filles d'honneur, et un gâteau à trois étages avec leurs noms enlacés sur le dessus. Un détenu du A, un pasteur certifié d'Oklahoma City, avait procédé à la cérémonie. Tout le monde avait pigé : pas d'insultes, pas de blagues sur les pédés, pas de ricanements ni d'insinuations. Être un objet d'envie et de convoitise, c'était acceptable — une femme en a le droit, après tout — mais la moindre rumeur, le moindre murmure sous-entendant qu'elle avait sous sa robe une paire de couilles et une queue était violemment puni. Même les matons le comprenaient. Au bout de quatre ans, la conscience de son véritable sexe avait disparu dans un recoin obscur de son esprit — comme un émigré oublie sa langue maternelle. Poser sa voix une octave plus haut, faire des œillades langoureuses, avoir des gestes féminins, même en prenant une cigarette ou une tasse de café, était devenu une seconde nature. Elle était Claudine Agry. Pour une somme tenue secrète, dont on disait qu'elle équivalait à trente grammes de cocaïne et une caisse de Maker's Mark, son mari avait acheté leur transfert dans une cellule luxueuse, prévue pour quatre. Et maintenant elle était revenue à son point de départ, au bloc B.

Tout le monde l'ignorait, et surtout Agry, mais Claudine avait elle-même demandé ce transfert, pour des raisons qu'il était trop dangereux de faire savoir. Si Agry apprenait la vérité avant qu'elle soit sortie, elle mourrait.

À son retour, elle — il — avait rasé ses cheveux, coupé ses ongles, effacé son maquillage, échangé sa robe en soie pour le bleu pénitentiaire, ses lotions corporelles pour de la sueur. Claudine Agry, grande, élégante et mince, avait fait place à Claude Toussaint, maigre, adolescent et maladroit. La reine du bloc D était maintenant un moins-que-rien, un ex-dealer de crack, un négro méprisé par les négros pour avoir sucé la queue du Blanc. Elle était redevenue *il*, mais c'était encore trop tôt pour signifier quelque chose.

Claudine revint au moment présent. Stokely la baisait de plus en plus fort, de plus en plus vite. Elle se cramponna aux draps. Stokely éjacula longuement, sans violence, s'arrêta un moment, reposant sur ses poings posés de chaque côté de la tête de Claudine. De grosses gouttes de sueur chaude tombèrent sur son dos. Le moment se prolongea, et elle s'inquiéta de la manière dont il allait finir. Stokely se retira brutalement, avec mépris, et Claudine fut secouée par un spasme douloureux des muscles du pelvis.

« Ferme-la, chienne. »

La douceur avait disparu de sa voix, jusqu'à la prochaine fois. Il n'exprimait plus qu'une haine irrépressible.

« Regarde-moi », ordonna-t-il.

Elle ne tourna pas la tête.

« Lâche-moi un peu, mec, merde. »

Il la retourna sèchement sur le dos. Elle se roula en boule, les bras autour de la tête, les genoux contre la poitrine. Stokely posa la main sur sa bouche et la frappa durement sur les côtes. Claudine grogna entre les doigts collés sur son visage. En aspirant une goulée d'air, elle sentit la puanteur du caoutchouc sur la main de l'homme. Il la lâcha, se leva, alla jeter la capote au fond de la cellule et tira la chasse d'eau. Pendant qu'il pissait, elle se frotta les côtes en se rappelant que si Hobbes tenait parole elle n'aurait plus à supporter cela très longtemps.

Hobbes lui avait promis que si elle arrêtait de s'habiller et de se conduire comme une femme, la commission des mises en liberté, suivant ses recommandations, considérerait sous un jour favorable sa comparution prochaine. Il avait souligné qu'on ne pouvait guère s'attendre à ce que les membres de cette commission libèrent un homme qui arriverait avec les ongles peints, du rouge à lèvres, en battant de ses faux cils à chaque question. Claudine avait fait remarquer qu'elle n'avait pas le choix : Nev Agry la ferait tuer au beau milieu de la cour. Hobbes avait garanti sa sécurité, mais seulement si elle revenait au bloc B. Elle n'avait pas été convaincue. Même à l'isolement, Nev pourrait la retrouver. Alors le directeur lui avait parlé du bouclage. Agry lui-même serait incapable de l'atteindre. Et avant la fin du bouclage, elle serait en conditionnelle. Il y avait toujours un risque, bien sûr, mais si Claude voulait le courir, Hobbes prendrait ses dispositions.

Depuis quelque temps, donc, Claudine était redevenue Claude, sachant que ça en valait la peine. Que tout était bon pour marcher à nouveau dans les rues du Quartier français. Elle — non, bon Dieu, *il* — irait respirer les gaz d'échappement de Bourbon Street, sentir sa queue durcir en regardant les chiennes aux longues jambes en jupe courte se pavaner sur leurs talons aiguilles. Ensuite il irait au bar de chez Alfonso, boire du One Hundred Pipers avec une paille. Et un gros rouleau de billets dans la poche. Claude se demanda si une seule de ces chiennes se souviendrait de lui. Il y avait longtemps qu'on ne lui avait pas fait un pompier.

Claude avait donc dit oui à Hobbes, et voilà qu'il se faisait enculer par son nouveau compagnon de cellule.

Il. Lui. Ça venait.

« Habille-toi », dit Stokely.

La violence de sa voix était redescendue à son grondement habituel. On entendit des éclaboussements au fond de la cellule pendant qu'il se lavait. La cassette de *Ice T* se termina avec un déclic. En bas du bloc, on entendait quelqu'un qui grattait une guitare et chantait un air d'Albert Collins. Claude bascula au bord de la couchette et enfila son pantalon. Son. Il avait un besoin urgent d'aller chier, mais le corps massif de Stokely occupait toujours le coin lavabo.

« Wilson devrait bientôt revenir », dit-il.

Stoke se retourna, s'essuya le visage avec une serviette grise de crasse.

« T'essayes de dire quelque chose ?

— Non. »

Claude regretta d'avoir parlé.

« Tu crois que je peux pas tenir les choses en main quand il n'est pas là ?

— J'ai pas du tout dit ça. »

Stokely jeta la serviette par terre, s'approcha et domina Claude de toute sa taille pour lui faire courber l'échine. Claude s'exécuta.

« Wilson t'a pris pasque tu fais honte aux frères et il veut montrer à ces enculés de blanchailles qu'on est assez grands pour te prendre. » Il serra le poing droit. « Pasqu'on est solides, mec, tu piges ? Ici, c'est la Vallée des coureurs de fond. Les arbres pour les pendre sont toujours debout, dehors, et un de ces jours on va rougir ce putain de ciel... Mais pendant qu'on est là on reste ensemble. Autrement on n'est rien.

— C'est pour ça que je suis revenu.

— Foutaises. » Stoke tendit le doigt devant son nez. Il sentait encore le caoutchouc. « Tu t'sers de nous. J'sais pas comment, mais tu t'sers de nous.

— Il faut que j'aille chier », dit Claude, qui voulut se lever. Stokely posa une main sur sa poitrine et le repoussa.

« Tu t'sers de nous comme tu t'es servi de cet enculé d'Agry. »

Brusquement, sans savoir quelle part de lui allait parler — Claude ou Claudine —, la colère lui donna du courage.

« Agry m'a pris la même chose que toi. Où est la différence, Stokely ? »

Il tordit le dernier mot dans sa bouche, le força et le planta dans le cul de Stokely. Puis il le regretta. Stoke fit un demi-pas en arrière et le gifla d'un revers de main en pleine bouche. Claude sentit le goût du sang. Une poigne lui serra la gorge, le souleva de la couchette, et il fut nez à nez avec Stokely.

« Tu me répondras quand t'auras prouvé que t'es un homme. Maintenant va chier, Claudine. »

Stoke la lâcha et recula. Quand elle arrêta de tousser, Claudine alla sur le pot, baissa son pantalon et s'accroupit.

Elle. La. Claudine. Qu'il aille se faire foutre. Il faut que je tienne.

Claude se demanda si Wilson le laisserait jamais revoir Klein. Il avait envie de parler avec lui, ne pouvant se fier à aucun autre. Et même s'il y en avait eu un, il n'aurait pas voulu l'écouter. Ses entrailles se tordaient et gargouillaient. Derrière le rideau, il entendit Stoke, dégoûté, qui beuglait.

« Jésus-Christ. Sors de là où je vais te baiser la gueule, sale garce. »

Claude soupira, prit le papier toilette. Il était content de se retrouver au bloc B. Vraiment content. En se torchant le cul, il évoqua de nouveau les chiennes aux longues jambes en jupe courte et talons hauts, pria le ciel de revoir Bourbon Street avant que Nev Agry ne se soit vengé.

VI

Depuis le deuxième comptage, Nev Agry était resté prostré, seul sur son lit, fumant des Lucky Strike à la chaîne, le corps tenaillé par la souffrance.

Il avait les yeux grands ouverts, sans voir le plafond de la cellule. À la place, il voyait Claudine. Son visage. Ses lèvres. Sa peau. Ses longues cuisses immaculées. Puis une image pornographique, trop répugnante pour la contempler, jaillit de son cerveau. La nausée fouailla ses tripes à coups de poignard. Il se redressa, enfonça cruellement ses doigts dans ses yeux jusqu'à ce que des éclairs blancs lui percent la rétine. L'image disparut. Il se calma. Nev se rendit compte que Bob Wills et les *Texas Playboys*, sur une cassette, jouaient « La rose de San Antonio ». Il ne se trouvait pas particulièrement sentimental, mais cette chanson manquait rarement de lui serrer la gorge. Cette fois, il faillit pleurer.

C'est là que j'ai trouvé, non loin de l'Alamo,
Un charme tout aussi pur que le grand bleu, là-haut.
Sous la lune un chemin, d'elle seule connu,
Où s'entendra toujours mon chant d'amour brisé…

Agry tendit le bras, arrêta la cassette. Le temps des larmes viendrait — les siennes, celles des autres — mais plus tard. Et ce n'était pas encore le moment d'extirper les images viles que Perkins avait semées dans son esprit, car il n'y aurait que le sang pour les laver. Mais bientôt, se promit-il, bientôt. Perkins, le maton blanc du bloc B qu'il avait à sa botte, avait confirmé ce qu'Agry soupçonnait depuis quelque temps.

Cette pourriture de négro, ce chien galeux de Stokely Johnson baisait régulièrement sa Claudine dans le cul.

L'image, de nouveau. Des corps flous. Des gestes au ralenti. Des cuisses tressautantes. La peau noire. La sueur.

Son estomac gronda, se souleva. Agry serra les dents sur sa bile brûlante et les œufs du petit déjeuner qu'il n'avait pas réussi à digérer, avala sa salive, se leva. Autour de lui, les murs oscillaient. La cigarette serrée dans son poing fumait entre ses doigts. Il baissa les yeux, vit le bout incandescent qui lui brûlait la peau. La douleur, pourtant, paraissait si lointaine. Il l'appela, la rechercha. Brusquement elle fut là, cuisante, éclatante. Sa main sursauta, s'ouvrit, le mégot tomba par terre. Lentement, la souffrance et le doute abandonnèrent son esprit. Il avait fait ses plans. Le directeur avait eu le culot de le mettre en garde, comme si ce vieux con croyait qu'il dirigeait vraiment la boîte. Eh bien, Nev Agry allait lui montrer. Il avait pesé le prix et les conséquences, il était prêt à payer. Il était prêt à les faire payer, tous. Agry écrasa le mégot sous son talon, enleva sa chemise. Il était temps de ramener Claudine à la maison.

Depuis qu'elle était partie, il était seul dans la cellule de quatre places, au bout du rez-de-chaussée du bloc D, dont le style convenait au plus puissant des chefs condamnés à perpète. Télé couleur, magnétoscope, vidéos porno, chaîne hi-fi, matelas orthopédique sur le lit, abattant en bois sur les toilettes. Réfrigérateur. Ventilateur électrique à quatre vitesses. La porte était cachée par un voile de mousseline, qui préservait son intimité tout en silhouettant tous ceux qui passaient derrière. Et dans la cellule voisine il y avait en permanence deux de ses hommes prêts à recevoir la balle ou le couteau qu'on lui aurait destinés.

Agry, de taille moyenne, avait le front dégarni, et ses cheveux coupés court n'essayaient pas de le cacher. Il avait la peau d'une blancheur de cierge, couverte d'un léger duvet blond. Bâti en force et très musclé, mais pas comme ces pédés de culturistes. Ses avant-bras ressemblaient à des jambons ; le gauche arborait le tatouage à tête de mort des Marines et leur devise. Agry sortit plusieurs flacons de son armoire à pharmacie, avala tour à tour des mégavitamines, un peu de ginseng, un gramme de vitamine C, une poignée de protéines marines et une autre de foie déshydraté, faisant passer le tout avec une lampée d'eau minérale bien fraîche, de l'Évian. Il ignorait si toute cette merde lui faisait le moindre bien, et pourtant ça coûtait cher, mais il pensait avoir besoin de tout ce qui pourrait lui servir. Pas de drogues interdites dans sa cellule. Ses hommes les lui apportaient au besoin, généralement pour baiser, moins souvent pour des expéditions violentes. Il y avait longtemps, lui semblait-il, qu'il n'avait pas baisé. Quinze putains de jours. En rangeant la bouteille, il se rendit compte qu'il était maintenant d'un calme parfait. Ce qui confirmait, mieux que n'importe quoi d'autre, que ce qu'il avait mis en marche était la seule chose à faire.

Agry souleva son matelas, en retira sa cuirasse : une veste artisanale devant le protéger des couteaux et des rasoirs. Deux couches de cuir, avec entre les deux un fin grillage d'acier noyé dans de la résine. Il passa la tête dans le trou du milieu, attacha le devant et le dos avec les lanières prévues de chaque côté. Sur sa peau, le cuir sentait la guerre. Agry remit sa chemise, la boutonna jusqu'au cou et la rentra dans son pantalon.

Semper fidelis, putain.

Une toux discrète derrière le rideau.

« Entre, Tony », dit-il.

Le tissu s'écarta et Tony Shockner entra dans la cellule. Grand, bien découplé, âgé de vingt-neuf ans, des lunettes en acier données par la prison, il avait l'allure d'un entraîneur de basket du Midwest. Shockner avait pris cent quatre-vingts ans pour meurtre et attaque à main armée. Sur les ordres d'Agry, à Green River il avait exécuté deux hommes. Agry le trouvait intelligent — plus que lui-même, il l'admettait — et prêt à obéir. S'il rêvait de succéder au roi — et Agry n'y croyait pas — il cachait bien son ambition. Debout devant le rideau, les bras le long du corps, il salua Agry d'un signe de tête.

« Patron.

— T'as quelque chose pour moi ? »

Shockner plongea une main dans sa poche, en sortit un rasoir à manche. En règle générale, Agry n'était pas armé — cela valait automatiquement dix jours au trou — et n'avait pas d'armes chez lui. Avec sa bande autour de lui, c'était inutile. Il prit le rasoir, l'ouvrit, le posa légèrement sur son avant-bras, rasa quelques poils et hocha la tête. Shockner remit la main dans sa poche et lui donna un petit tube en plastique ayant contenu des comprimés d'hormones.

« Tu voulais aussi ça. »

Agry dévissa le bouchon du tube, aux trois quarts plein de méthédrine. Il en cueillit une petite pyramide sur le bout du rasoir et l'aspira très fort de la narine gauche. C'était bon. Agry méprisait la cocaïne, une sucette pour les nègres et les yuppies. Dieu savait, comme lui, que les Marines avaient fait trois grandes guerres en marchant au speed et qu'ils s'en étaient bien trouvés. Lui aussi. Il regrettait de ne s'être jamais battu avec eux, ayant passé le plus clair de son service au mitard avant d'être chassé de l'armée. Maintenant il allait prouver, ou du moins se prouver à lui-même, qu'il aurait été digne de porter leurs couleurs en pleine bataille. Agry sniffa une deuxième fois, rendit la méthédrine à Shockner.

« Sers-toi et fais passer. »

Shockner fit sauter le tube dans sa paume, se lécha les lèvres. Ses yeux, derrière les lunettes en acier, étaient inquiets.

« Quelque chose qui ne va pas ? »

Shockner haussa les épaules.

« Les nerfs, j'imagine. »

Agry désigna le tube avec son rasoir.

« Ça va te donner tous les nerfs que tu veux et t'enlever tous ceux que tu veux pas.

— T'es sûr qu'ils vont marcher ?

— Qui ?

— DuBois et les autres.

— On n'est pas dans une putain de démocratie, Tony. »

Shockner approuva de la tête.

« Bon, ils nous attendent.

— Bien. »

Agry se tourna vers le miroir pour se regarder. Les yeux gris qui le fixaient étaient luisants. Un liquide amer coula dans son arrière-gorge. Il renifla et avala sa salive. La méthédrine était déjà lancée comme un train de nuit dans les coins les plus sombres de son système nerveux. Semper putain de fi, mec. Il mit une paire de Ray Ban et fit face à Shockner.

« Allons-y. »

Ils descendirent au trot les trois étages d'escalier circulaire, passèrent le portail et le poste de garde menant à l'atrium. Sur le deuxième étage de la tour de garde, à l'air libre, un gardien était adossé à un des piliers du toit — Burroughs, un vieux de la vieille — et se curait le nez. La tour était un hexagone de pierre et de bois aux portes et aux chambranles renforcés par des plaques d'acier. Aux deux premiers niveaux, des fenêtres en Plexiglas fumé donnaient sur les allées centrales des six blocs. Le poste central se trouvait au rez-de-chaussée. Agry imaginait la scène : deux gardiens en train de sommeiller devant une rangée d'écrans noir et blanc dont les images clignotaient toutes les cinq secondes en changeant de caméra. Tout comme les gardiens, au fond, Agry savait que ce système était parfaitement futile. À Green River, il y avait un mouvement incessant : il fallait nourrir, abreuver, exercer, habiller, blanchir et faire travailler deux mille huit cents hommes. De plus la prison était immense, labyrinthique. Les pauvres caméras des gardiens ne surveillaient qu'une faible proportion de son étendue, et aucun des recoins les plus obscurs.

Le sous-sol de la tour abritait un centre de communications, vieux de plus de vingt ans, relié aux bureaux de la réception, près du portail principal, par des câbles passant sous les services centraux. Sous les écrans vidéo se trouvait le tableau de contrôle commandant les portes des cellules et celles des blocs, d'où on pouvait ouvrir une seule cellule, ou toutes celles d'un étage. Au portail de chaque bloc cellulaire, il y avait un petit bureau d'où on pouvait aussi contrôler les serrures, mais le poste central avait la priorité. Agry le savait, et tout était prévu.

En tournant à gauche, vers le réfectoire, ils reçurent en plein visage l'odeur de nourriture gâtée et de graisse rance. La salle était calme et déserte, à part la douzaine de détenus qui lavaient par terre ou épongeaient les tables en formica pour le déjeuner. Agry passa derrière les comptoirs, dans la cuisine, traversa la bouffée de chaleur projetée par les fourneaux noircis et les marmites en acier inoxydable, tomba sur une activité frénétique. Des hommes en blouse sale, surtout des Mexicains et autres métèques, transpiraient abondamment en essayant d'ignorer les cris de Fenton, le chef cuisinier.

« Du riz, suce-bite ! *Du riz! Arroz! Comprendo ?* »

Fenton était un Noir maigre comme un clou, avec deux dents en or, qui avait survécu par miracle à sept ans de Green River. Agry le regarda avec un vague dégoût — vague, parce que Fenton ne comptait pas, n'était qu'une merde insignifiante indigne de sa haine. Pourtant, ce jour-là, et parce que c'était un tronc, un infâme négro tout noir, il le haïssait : pas un ne méritait de respirer, même un air aussi infect et malodorant. Pas un seul, sauf Claudine. Sa Claudine, et pour elle il allait tout sacrifier dans un holocauste enragé. Le glaive et le feu, voilà ce qu'il allait leur donner. Pas de quartier. Agry avait l'intention d'incendier la Vallée des coureurs de fond, de la raser, et de pisser sur les cendres des nègres.

Il avait parfois l'impression que sa rage allait le faire exploser, et le monde avec. Quelle énergie devait-il brûler pour la contenir, quelle force de volonté lui fallait-il pour retenir un couvercle si fragile, jour après jour, heure après heure ! Un homme inférieur, il en était sûr, aurait depuis longtemps craqué sous une tension pareille, mais pas lui, pas Nev Agry. C'était sa fierté. Pourtant, Nev ignorait d'où lui venait cette colère, et si grande fût-elle, ce n'était qu'une pelletée jetée sur le grand tas instable de rage chauffée à blanc, dont le noyau se liquéfiait, qu'était Green River.

Fenton ôta son grand bonnet blanc pour s'essuyer le visage et se moucher dedans. En le remettant sur son crâne, il vit Nev Agry s'approcher de lui et son corps se raidit. Sa position lui permettait une marge étroite de flagornerie blagueuse, et c'était même un des rares troncs qu'Agry autorisait à lui adresser la parole. Il découvrit ses dents en or avec un sourire du genre : regardez ce que je dois me cogner, et indiqua les Mexicains d'un signe de tête.

« M'sieur Agry. Bon Dieu. La plupart de ces tarés sont trop ignorants pour parler anglais. »

Agry ne s'arrêta pas, et Fenton se mit à sa remorque.

« Tant qu'ils restent à leur place, Fenton, dit Agry sans le regarder. Vois ce que je veux dire ?

— Oui m'sieur, m'sieur Agry.

— T'as quelque chose de bon pour moi, aujourd'hui, cuistot ?

— Une côte de veau.

— Qu'on me serve dans ma cellule. Fais-moi aussi un peu de cette merde de sauce hollandaise que t'as appris à faire à La Nouvelle-Orléans. »

Il savait que Fenton, après son départ, le couvrirait d'injures pour lui avoir donné du travail en plus, qu'il risquait même de se moucher dans la sauce hollandaise. Pour l'instant, le cuisinier souriait en hochant la tête. Malgré son dégoût, Agry lui fit signe et Fenton disparut au milieu de ses fours. Les deux hommes sortirent par-derrière, débouchèrent en haut d'un escalier étroit, mal éclairé par des lumières venues d'en bas, d'où montaient aussi les grondements et les sifflements des machines, ainsi qu'un mince filet de vapeur. Contre le mur, à mi-hauteur des marches, en train de fumer, se trouvaient deux poids lourds, Atkins et Spriggs. Ils levèrent les yeux, lâchèrent leur cigarette et les écrasèrent sous leur semelle quand Agry descendit à leur rencontre. C'étaient des vrais durs — pas des lumières, mais des gangsters qui avaient tué des flics — qui étaient au bloc A avec

Larry DuBois. Ils eurent droit tous les deux à une sèche poignée de main et à être salués par leur nom.

« Z'avez vu Stokely Johnson ? demanda Agry.

— Tu veux dire Johnson le négro ? dit Spriggs, effaré. Il est bouclé, non ?

— Ouais. Perkins devait me l'amener. »

Agry surprit le regard troublé de Shockner.

« Je suppose qu'il est déjà en bas.

— Pourquoi il serait là ?

— Avec Wilson au trou, c'est peut-être le moment de persuader Johnson pour qu'il devienne le roi. Wilson est malin, mais Johnson n'est qu'un connard de tronc qu'on peut faire danser à volonté, même s'il sait pas lui-même ce qu'il est en train de faire. Pas vrai ? »

Spriggs ne pouvait qu'acquiescer. Agry lui serra le bras. Son triceps était dur comme le roc.

« Tu repasses plus tard au D pour un coup de Old Grandad, okay ? »

Agry continua son chemin. Au bas des marches, il franchit des portes en plastique épais, translucide, et pénétra dans la buanderie de la prison. La salle était brillamment éclairée, et il y faisait une chaleur aussi étouffante qu'à la cuisine. Les machines, essoreuses et presses à vapeur alignées, fournissaient là encore un travail méprisé aux courtes peines et autres minables. À l'arrière s'ouvrait un passage menant aux réserves de linge. Agry avança dans les nuages de vapeur. Le passage était obstrué par deux solides détenus en T-shirt crasseux. Sur le plus délavé, on lisait : ATOMISEZ BAGDAD, sur l'autre : BOUFFEZ DE LA CHATTE. À son arrivée, les deux hommes reculèrent pour le laisser passer, sans un mot, en hochant la tête. Agry continua sans leur rendre leur salut. Horace et Bubba Tolson. Les gros bras d'Hector Grauerholz. Des muscles, des tatouages, des barbes fournies, trois anneaux chacun aux oreilles. C'étaient des Hell's Angels défoncés au peyotl et au vin rouge qui avaient violé une fille de douze ans. Après avoir joui du corps de la fille, ils lui avaient roulé sur la tête avec leurs Harley Davidson. Quand on l'avait arrêté, Horace Tolson était en train de nettoyer la cervelle dans les rainures de ses pneus avec un cure-dents. Des tarés, et Agry n'en aurait pas voulu dans sa bande. Les siens étaient en taule pour avoir tué des hommes, pas des enfants. Mais aujourd'hui, il se servirait d'eux. En temps de guerre, on ne peut pas trop faire le difficile avec ses alliances. Agry avança vers la réserve de linge, fit signe à Shockner et entra seul.

Le magasin était vaste, chaud mais bien ventilé. De toute la boîte, c'était probablement l'endroit qui sentait le moins mauvais. De chaque côté d'une allée centrale, il y avait des piles de linge propre posées sur des palettes ou des étagères. Cinq ampoules nues s'alignaient au plafond. Seule la plus éloignée était allumée, et il régnait une ambiance de sépulcre. Sous l'ampoule, les yeux braqués sur Agry, se trouvaient Hector Grauerholz, Dennis Terry et Larry DuBois. Stokely Johnson n'y était pas, mais Agry s'y attendait. Il avait voulu faire marcher Spriggs, au cas où DuBois ne voudrait pas jouer son jeu.

« Je suis en retard. Excusez-moi », dit-il en les rejoignant.

Dennis Terry fit un pas en avant et lui tendit la main.

« Nev. »

Agry la lui serra.

« Dennis. Comment ça se passe ? »

Terry, un homme grisonnant dans la cinquantaine, haussa nerveusement les épaules et lui rendit son sourire. À la différence des autres, ce n'était pas un chef de bande. Il avait déjà passé vingt-huit ans en prison pour avoir étranglé sa fiancée — une institutrice de Wichita Falls qui, Terry s'en était persuadé tout seul, baisait avec un certain Al, cuisinier intérimaire et portugais. On n'avait jamais trouvé la moindre preuve de l'existence de cet Al, sans parler du fait qu'il ait tringlé ladite fiancée, et Terry avait donc été condamné à quatre-vingt-dix-neuf ans par un juge qui était un ami de la famille de la fille. Aujourd'hui, si toutefois il avait été condamné, il serait sorti en quatre ans. C'était une triste histoire, et Terry était quelqu'un de triste. Maigre, aimable, il n'était pas à l'aise parmi les violents. Agry savait que le fait de se trouver dans la lingerie avec trois psychopathes lui mettait les nerfs à vif. Pourtant, malgré son tempérament pacifique,

Terry était un personnage clef de Green River — riche, qui plus est — parce qu'il contrôlait l'Entretien.

Un bâtiment aussi grand et ancien que celui-là avait sans cesse besoin d'être réparé : maçonnerie, électricité, plomberie. Grâce à un travail acharné et à ses talents de diplomate, Terry avait réussi à garder sa place — dont il avait hérité à une époque plus civilisée, quand son prédécesseur avait succombé à une attaque — depuis vingt ans. À Green River, tout se payait : un travail, un conseil juridique, du dentifrice, une place convenable au cinéma, le droit de faire de l'athlétisme dans la cour — même la cellule où on dormait. L'Entretien comportait un tas d'emplois qualifiés, qu'il fallait acheter. Il permettait aussi une contrebande à grande échelle, un fructueux marché noir, des aménagements plus ou moins luxueux et des réparations rapides. Diriger l'Entretien n'était pas digne des chefs de bande condamnés à perpète, qui se contentaient de laisser Terry à son poste, de garantir sa sécurité et d'empocher une bonne partie du butin. Terry, de son côté, n'avait jamais à élever la voix et vivait plus confortablement que n'importe qui. Il jouissait de l'existence la plus agréable dont on puisse rêver à Green River. Ce qu'Agry avait en tête ne lui plairait pas, mais il n'avait pas été invité pour respecter le protocole. Il était là pour avaler sa salive et dire oui à tout ce qu'on lui demanderait.

Hector Grauerholz vint lui serrer la main, et Agry se trouva devant deux yeux ronds et brillants, dépourvus de toute émotion reconnaissable. C'était un petit homme maigre, dressé sur ses ergots, et un anormal particulièrement dangereux, même pour Agry. Il avait vingt-quatre ans et détenait actuellement, d'après lui, le record des meurtres pour Green River : dix-huit à l'extérieur et trois dans la prison. Pour régler une dispute de dealers, à Dallas, il avait incendié un labo de crack tenu par des nègres et attendu dehors avec un Uzi pour mitrailler les occupants qui essayaient d'échapper aux flammes. Le labo était au rez-de-chaussée d'un immeuble de L.M., où sept enfants et trois femmes avaient été brûlés vifs dans leur lit. Bien que les victimes fussent des Noirs, le jury avait été tellement choqué par l'incapacité flagrante de Grauerholz à éprouver un quelconque remords qu'il lui avait infligé une sentence de deux mille vingt-cinq ans de prison, encore un record dont il se vantait allégrement.

Grauerholz avait un visage ouvert, innocent, les cheveux coupés très court. On aurait dit, pensa Agry, quelqu'un se destinant à la prêtrise. En prison, il avait ramassé une bande hétéroclite de culs-terreux, de Hell's Angels, de défoncés à l'acide et de punks, parmi les plus jeunes prisonniers, et avait formé une bande, petite mais redoutable, s'occupant de racket et de drogue. Derrière son air d'enfant de chœur, il y avait un nihilisme virulent et autodestructeur pouvant exploser et provoquer un bain de sang si Grauerholz se sentait coincé. Agry lui avait fourni son espace vital, et suffisamment de pouvoir et de respect pour qu'il sache ce qu'il lui en coûterait de les perdre. Grauerholz était comme un enfant, prêt à détruire le monde pour voir les étincelles de l'incendie. Mais son aide était essentielle. Agry lui serra la main une seconde de plus que nécessaire avant de la lâcher.

« On me dit qu'on va jouer de la mandoline, dit Grauerholz.

— Toute la nuit », répondit Agry.

Le blond eut un sourire béat.

« Tant que tes gars ont les couilles d'y aller, ajouta Agry.

— Tu blagues, mec ? »

Agry sourit. Grauerholz creusa les joues, un peu vexé, et recula. Mais Agry ne s'inquiétait pas vraiment de lui, ni de Terry. Uniquement de Larry DuBois. Agry serra une main molle et moite.

« Larry.

— T'es sûr que c'est le moment d'y aller ? » demanda DuBois.

Agry attendit de croiser son regard, ce qui n'eut pas lieu. DuBois était sérieusement obèse — genre cent quarante-cinq kilos — et avait l'habitude de parler en fixant un point juste au-dessus de la tête de son interlocuteur, ne baissant les yeux qu'au dernier moment pour regarder ses yeux.

« Wilson est à l'hôpital, dit Agry, et les troncs du B doivent se sucer leur propre sueur depuis presque quinze jours. On n'aura jamais une occasion pareille. » Il fit une pause. « Pourquoi ? »

DuBois haussa les sourcils.

« J'veux juste être sûr que c'est pas — son regard finit par croiser celui de son vis-à-vis — un truc personnel. »

Agry sentit une vague glacée lui inonder les tripes. DuBois était un être huileux, jouisseur et rusé, qui entretenait deux épouses portoricaines dans sa cellule du bloc A. On chuchotait — mais jamais en sa présence — qu'il aimait parfois se faire enculer par Cindy, la moins membrée de ses deux épouses, pendant que l'autre, Paula, lui frottait la queue et les couilles avec de la vieille graisse de poulet. Ce qui aurait pu le faire traiter de pédé — une perversion inacceptable à Green River — mais Larry était assez puissant pour s'en tirer. À son époque, avant l'arrivée d'Agry, DuBois avait été un tueur redouté. Encore avant, c'était un maquereau qui avait réussi à contrôler la drogue et la prostitution de Juarez à El Paso, et qui maniait plusieurs millions de dollars. Ses batailles avec Agry étaient finies depuis longtemps, leur coexistence pacifique était mutuellement profitable, et Agry s'était souvent demandé si DuBois ne s'était pas ramolli avec tout ce lard. Et cette allusion à un « truc personnel » était très claire. Agry réagit instantanément, enflammé par l'envie d'égorger sur-le-champ ce gros porc. Mais il fallait répondre, et il devait rester diplomate. Plus tard, peut-être, il ferait couper la queue poids coq de Cindy pour la servir à DuBois avec un plat de poulet frit. Aujourd'hui, il avait besoin de lui. Agry réussit à se contenir et à répondre d'un ton aimable.

« Tu suggères que j'ai besoin d'aide pour récupérer Claudine ? »

DuBois détourna les yeux.

« Je pense juste aux gars, Nev. Y a des choses qui les regardent, d'autres pas. »

Agry sentit la pression monter dans sa poitrine de façon incontrôlable. Le speed magnifiait encore l'insulte. Cette grosse merde osait dire — en face de Grauerholz et de Terry — que lui, Nev Agry, n'était pas capable de tenir sa putain de femme. Agry jeta un coup d'œil à Grauerholz, qui les regardait en jubilant, réprima sa rage et reprit la parole.

« On a déjà vu tout ça, Larry. Les négros deviennent trop fiers. Ils sont quoi, maintenant ? Quarante pour cent de la taule ? Cinquante ? Si on n'abat pas un poing d'acier, et tout de suite… — il fit une pause dramatique —… dans cinq ans on va laver les chiottes et cirer par terre avec les nullards.

— J'ai affaire à eux plus que toi, dit DuBois. C'est des bons clients. De la coke, de l'herbe, du crack, de l'héro. Faut que tu comprennes leur psychologie. Ils vont jamais se mettre ensemble pour prendre les choses en main. Ils l'ont jamais fait. Regarde D.C., Atlanta, Detroit. Ces connards peuvent même pas diriger leurs propres foutues villes. Il resterait que dix taulards blancs dans cette boîte, tu sais qui serait le chef ? » DuBois se toucha la poitrine avec le pouce et secoua la tête. « Pas les troncs, mon pote. Et tu le sais.

— On a tout préparé, dit Agry. On est prêts.

— Désolé, Neville. »

Agry sentit soudain ses yeux se brouiller. La seule personne ayant jamais eu le droit d'utiliser son prénom complet était Claudine, et seulement quand elle allait lui faire un pompier. En plus, DuBois l'avait délibérément mal prononcé pour rimer avec « Lucille », comme si c'était un nom de pédé, comme si lui, Nev Agry, était une sorte d'homosexuel. DuBois ajouta une phrase qui sembla lui parvenir de très loin.

« Juste que je vois pas de raison pour marcher avec toi, dit le gros homme. C'est pas mon intérêt. »

Brutalement, son pouvoir était mis en question. Un coup sans doute prévu depuis longtemps. Le gros maquereau essayait de le diminuer, avait calculé qu'Agry ne se lancerait pas sans lui. Quelque chose traversa son visage — sans qu'il s'en rende compte — qui fit reculer Grauerholz d'un pas, et Terry de deux. DuBois ne bougea pas, mais sa paupière gauche tressaillit. Agry se pencha vers lui.

« Tu sais quel est ton problème ? lui dit-il. T'as trop de foutre de négro qui se balade dans tes tripes.

— Gaffe, Nev. »

DuBois pâlit brusquement, passa le poids de son corps d'une jambe sur l'autre.

Agry jeta un coup d'œil à Grauerholz.

« Hec ? »

Le visage du punk devint encore plus brillant que son regard. Il regarda DuBois, puis Agry. « Je dis que les négros doivent s'écraser. Rester à leur place.

— Alors crève », dit Agry en plantant les doigts de sa main gauche dans les yeux de l'obèse.

Larry était rapide, mais moins qu'il l'avait été jadis, dans les bordels de Juarez. Les ongles d'Agry déchirèrent ses paupières, cherchant à arracher les globes de leurs orbites, mais DuBois recula en valsant d'un pied léger, chassa de la main gauche le bras d'Agry et plongea sa main droite sous sa chemise, derrière son dos. Agry avait déjà sorti et ouvert son rasoir. Le gros brandit un revolver à canon court, essuya ses larmes et fit un pas en arrière.

« Prends ça, gros bouffe-merde. »

Il plongea, sabra le ventre du gros avec le rasoir donné par Shockner et le taillada d'une hanche à l'autre.

Des grosses éponges de graisse jaune, obscènes et sanglantes, débordèrent sur la ceinture de DuBois. Mais la couche de muscles, enfouie sous le lard, était intacte. DuBois poussa un rugissement et tituba de côté, essayant de viser tout en retenant d'une main sa blessure béante.

Agry glissa sur sa gauche et lui faucha les jambes d'un coup de pied.

Avec un bêlement de terreur, DuBois s'écrasa face contre terre, le bras gauche coincé sous sa masse. D'un même mouvement, Agry cloua au sol la main tenant le revolver, planta son genou sur le crâne huileux de l'obèse et enfonça son rasoir au creux du coude, sectionnant ainsi les tendons qui contrôlaient le bras armé tout en sectionnant l'artère brachiale. DuBois beugla, se contorsionna, poussant de l'épaule pour libérer sa tête, mais Agry pesa de tout son poids. Comme une truelle, il plongea l'acier sous les bajoues luisantes de l'obèse, le long de la mâchoire. Du sang se mit à jaillir de la bouche et du nez à chaque hurlement de l'obèse, qui se convulsa désespérément. Sa tête glissa dans le sang répandu. Agry fouilla plus profond, le rasoir enfoncé jusqu'au manche, cherchant la carotide enfouie dans le cou monstrueux. Quand DuBois finit par libérer sa tête et voulut s'échapper, la lame trouva enfin ce qu'elle cherchait.

Agry s'écarta d'un pas.

« Fantastique », haleta Grauerholz.

Dennis Terry vomit dans un panier de linge sale.

Agry prit une brassée de serviettes et la jeta sur la cascade écarlate qui jaillissait encore du corps. Cet enculé le méritait depuis un bon bout de temps. Il se sentait maintenant parfaitement calme et détendu. Agry s'essuya les mains et nettoya son rasoir. Sa chemise était pleine de sang. Il la déboutonna en allant en chercher une autre sur les étagères, mais s'arrêta pour ramasser le revolver de DuBois. Un 38 Spécial Smith & Wesson. Il soupesa l'arme, pensif. La mort du gros devait rester ignorée des matons au moins jusqu'au prochain comptage. Il jeta un coup d'œil sur sa montre : deux heures. Agry se retourna.

« Hec. »

Grauerholz, qui vibrait au spectacle de l'énorme cadavre couvert de serviettes comme si c'était une œuvre d'art, leva la tête. Agry lui lança le revolver.

« Allons jouer un air de mandoline. »

Grauerholz contempla l'acier bleu du revolver, stupéfait. Le père Noël ne lui avait jamais fait un aussi beau cadeau. Il pressa l'arme contre sa poitrine et regarda le chef d'équipe avec tant de reconnaissance et d'admiration qu'Agry sut qu'il avait tapé dans le mille. À ce moment, il aurait pu demander à Grauerholz de se faire sauter une de ses couilles, et le punk aurait simplement demandé : « La gauche ou la droite ? »

« Qu'est-ce qu'on fait, maintenant, monsieur Agry ? » dit-il.

Agry respira profondément, presque enivré par le sentiment de son pouvoir. C'était le moment de prendre son temps. Il regarda Terry, qui avait le teint gris et le regard épouvanté, et revint à Grauerholz.

« On a plein de choses à faire avant le troisième comptage. Tes types vont attaquer le réfectoire depuis la cour des musclors pendant que Johnson et sa moitié du bloc B iront bouffer. On a besoin d'une diversion. »

L'excitation fit danser les yeux de Grauerholz.

« Juste, dit-il. Une diversion. Tu l'auras.

— On a de l'essence dans l'atelier de mécanique et au garage. Mes gars vont se charger de ça. » Il se tourna vers Terry. « Dennis, toi et Tony Shockner, vous allez vous occuper du centre de surveillance. Je veux qu'il soit coupé du portail principal. T'as aidé à installer cette merde. Tu peux la bousiller. »

Terry devint encore plus pâle. Il voulut parler, n'y arriva pas, déglutit et essaya encore.

« Alors tu vas... Je veux dire c'est pas seulement une...

— C'est ça, Dennis, dit Agry. C'est la guerre. Tonnerre des armes. Tempête du désert. Le Blitzkrieg. Appelle ça comme tu veux, putain. On va démolir les négros et tous ceux qui se mettront en travers. »

Terry ne put soutenir son regard plus d'une seconde. Agry indiqua de la tête le gros cadavre et fit signe à Grauerholz.

« Dis à tes gars de nettoyer ça.

— Sûr, monsieur Agry. »

Grauerholz s'éloigna d'un pas sautillant de danseur. Agry le rappela.

« Va ensuite voir Ted Spriggs. Dis-lui que les négros viennent de buter Larry DuBois... »

Sa lèvre se retroussa sous le coup d'une vertueuse indignation, et il leva le poing.

« ... Et qu'on va les faire payer, ces enculés ! »

VII

Derrière son dos, les grandes portes jumelles aux clous de fer forgé se refermèrent, et Juliette Devlin fut isolée dans un no man's land, entre la liberté et la contrainte. Un no man's land qu'elle emporterait avec elle, comme chaque fois, dans le chaos grouillant de la prison. Mais là, pour un bref moment, elle se retrouvait seule.

Dans le tunnel, la lumière crue des néons lui faisait mal aux yeux. Elle avait devant elle une porte en acier assez large pour laisser passer le camion des pompiers, assez épaisse pour résister à un bazooka. De l'autre côté, elle savait qu'on la regardait sur un écran vidéo. Cet observateur était sûrement un homme, et elle savait aussi qu'à l'intérieur elle serait surveillée par beaucoup d'autres hommes. De toute sa vie, elle n'avait pas connu de situation où elle avait été aussi consciente de son sexe, de sa différence. Car elle était une femme, et ce monde était totalement masculin. Plus encore, il contenait des individus qui enduraient et infligeaient des souffrances infinies — après les avoir endurées et les avoir infligées. En un sens, c'était ce qui l'avait amenée là. Elle s'était donné pour tâche d'essayer de mesurer une faible portion de ces infinies souffrances afin de mieux comprendre le cœur des hommes.

Devlin, en attendant l'ouverture du portail en acier, était prise entre l'angoisse et une excitation qu'elle n'avait pas encore analysée de façon satisfaisante. Ce sentiment était lié à la transgression — faire ce qu'elle n'avait pas le droit de faire dans un endroit où elle n'avait pas le droit d'être. L'excitation venait de cet interdit, donc de sa peur, de sa culpabilité. Le pénitencier était un monument élevé à la peur et à la culpabilité, il suscitait ces émotions de même qu'une cathédrale gothique inspire le sens de la divinité. Mais pour elle, il y avait encore autre chose. Son esprit était toujours hanté par le fantôme de son père, Michael Devlin, et dans la prison elle-même il y avait Ray Klein.

Son père, parti à la retraite dans une petite ferme près de Santa Fe, avait été directeur d'une prison fédérale au Nouveau-Mexique, et Devlin avait grandi à l'ombre d'un endroit analogue au pénitencier. Michael Devlin était un démocrate à la Johnson, fermement opposé à la peine de mort, qui avait été finalement épuisé par l'échec de la Nouvelle Société à freiner sa propre descente dans le chaos. Au moment de sa retraite, l'Administration avait officiellement abandonné d'idée de réhabilitation, et sa prison pouvait se vanter d'un taux de récidive de quatre-vingt-douze pour cent, ce qu'il avait ressenti comme un échec personnel. En tant que père, malgré son libéralisme affiché, il s'était montré égoïste et exigeant : rien de ce que faisaient ses enfants n'était assez bon pour mériter ses louanges. S'il avait jamais été fier de Juliette, il le lui avait bien caché. En prime, c'était un catholique irlandais avec un appétit colossal pour le whisky Jameson. Mais il n'avait pas l'ivresse méchante, n'avait jamais levé la main sur ses enfants : peu importait que ce fût un salaud et un hypocrite, elle ne pouvait s'empêcher de l'aimer.

Juliette se demandait parfois si tout ce qu'elle faisait n'était qu'une tentative pour justifier son père, mais elle refusait d'y croire. Il lui était déjà difficile de justifier sa propre vie, et en plus son père la trouvait folle. Alors, c'était peut-être un moyen de le punir. Michael Devlin ne lui avait jamais parlé de sa prison, qui en était venue à la fasciner comme la forêt obscure d'un conte de fées. Pour elle, c'était uniquement dans ce genre de lieu qu'on pouvait affronter certaines vérités, et en prenant des risques énormes. Son père pensait qu'elle devrait étudier la tension prémenstruelle, la dépression des filles-mères, ou autres stupidités. Certains de ses amis psychiatres avaient la même opinion. Ils ne comprenaient pas qu'on veuille passer son temps avec des tueurs et des violeurs. À un certain niveau, ses recherches étaient peut-être un grand bras d'honneur qu'elle leur faisait à tous. Pour qui se prenaient-ils ? De toute façon, Juliette était là, sous la lumière crue des néons, à l'orée de la forêt obscure de Green River.

Devlin (elle préférait qu'on l'appelle ainsi, et non Juliette) avait étudié la psychologie et la médecine à Tulane. Elle avait un QI suffisant pour se permettre de prendre suffisamment de drogues pour remplir un stade et baiser un assortiment de débardeurs et de desperados de Crescent City sans louper aucun de ses examens. C'est aussi à La Nouvelle-Orléans qu'elle avait acquis le goût du jeu et découvert qu'elle y avait un certain talent. L'internat de psychiatrie l'avait un peu calmée, mais elle n'avait pas été attirée par un plan de carrière raisonnable, vaguement tranquille, confortable et lucratif, comme la psychothérapie. Elle était agacée de voir que, comme dans les films, les mecs avaient les meilleurs rôles — c'étaient eux qui descendaient les méchants et forçaient un barrage avec un semi-remorque plein de nitroglycérine — alors que les filles devaient traîner en coulisses, compatissantes et secourables. Quand la psychiatrie judiciaire lui apparut comme le sport le plus féroce de l'État, elle se lança. À son avis, le niveau intellectuel de ses collègues était plutôt faible. Ses propres travaux sur Green River étaient sans précédent dans ce domaine, et plusieurs figures remarquables de cette discipline lui avaient dit qu'ils étaient carrément brillants. Elle sentait qu'elle allait se faire un nom.

Il y eut un craquement d'engrenages, le grincement des roulements, et Devlin revint sur terre. Devant elle, la porte en acier glissa sur ses rails.

Elle fut contente de voir que c'était le sergent Victor Galindez qui l'attendait. Devant elle, comme tous les serviteurs de n'importe quelle institution, les gardiens de Green River se montraient soupçonneux et méfiants, mais Galindez était plus courtois que les autres. Après l'avoir saluée, il l'emmena à la réception où elle déposa ses clefs et son livre, signa le registre des visiteurs et une décharge de responsabilité. Galindez fouilla sa serviette, ouvrit le second portail et la fit passer dans la cour.

Devlin portait une chemise en coton blanc, boutonnée jusqu'au cou, un jean noir délavé et des bottes de cow-boy. Sous son jean, comme d'habitude, elle avait un string ; sous sa chemise, le soutien-gorge d'athlète qu'elle mettait pour faire sa gymnastique — il empêchait ses seins de gigoter et ses tétons de pointer sous le tissu. Elle ne craignait pas de provoquer une agression, mais elle voulait épargner aux détenus la souffrance d'un corps trop exhibé. Ils auraient peut-être aimé mieux voir ses jambes et ses nichons, même si c'était douloureux, mais elle n'en savait rien. La peur de paraître vaniteuse l'avait empêchée de poser la question à Klein. Elle ne savait pas non plus si lui-même aurait préféré en voir plus. D'une certaine façon, il maintenait entre eux une distance qu'elle était incapable de franchir. Devlin ne se trouvait pas particulièrement séduisante. Pas mal, mais rien de spécial, à son avis. Elle était grande, un mètre soixante-quinze, mais elle avait de trop grands pieds, pensait-elle, de trop grandes mains et un visage trop garçonnier pour être féminine. Elle avait des cheveux noirs et drus, actuellement coupés court derrière et sur les côtés. Jadis, elle avait eu envie d'avoir des seins plus gros et un plus petit cul, mais depuis qu'elle était sérieuse, qu'elle était devenue un personnage officiel, Devlin s'était dit qu'elle devait dépasser ce genre de soucis, et dans l'ensemble elle y avait réussi. Pourtant elle mettait toujours un string sous son jean pour se sentir bien, et elle se demandait parfois ce qu'en penserait Ray Klein s'il venait à poser la main sur son cul. Jusqu'ici, il n'en avait rien fait, et elle était sûre qu'il ne le ferait jamais dans un cadre professionnel, mais, ailleurs et au bon moment, aurait aimé qu'il le fasse.

En fait, elle avait dit à Catrin, sa copine, qu'elle avait envie de lui sucer la bite et qu'il la baise par-derrière sur le pont d'un langoustier au milieu d'une tempête pendant qu'elle passerait un bras entre ses jambes pour lui caresser les couilles Catrin avait réagi de telle sorte qu'elle s'était demandé si elle était vraiment aussi tordue qu'elle le croyait par moments. À moins qu'elle ne soit moins coincée sexuellement que la plupart de ses contemporaines. Catrin, qui récoltait trop souvent ses opinions sur le papier glacé des magazines, lui avait dit que ce genre de fantasmes l'avilissaient, qu'en fait elle avait besoin d'un homme qui serait en contact avec sa féminité cachée. Autrement dit, un type qui se coucherait à côté d'elle en bandant, aurait un sourire compréhensif et ferait une sorte d'exercice de yoga si on lui disait qu'on n'avait pas envie de baiser. Devlin avait horreur de ce genre de conneries. Pour ce qu'elle en savait, en tant que femme, il n'y avait rien chez elle de masculin, encore moins en elle. S'il lui arrivait d'être ambitieuse ou décidée, il s'agissait d'elle, pas d'un homme intériorisé. Si elle était parfois vulnérable, en demande, là encore il n'y avait qu'elle. Tout lui appartenait, et elle ne voyait pas pourquoi il en serait autrement pour un mec. Elle avait envie de quelqu'un qui se conduise comme un homme, s'exprime comme un homme, qui puisse être vulnérable ou compatissant à la façon d'un homme, comme ont toujours fait les hommes. Et elle voulait qu'il ait les désirs et la sensibilité d'un homme, comme d'avoir envie de la baiser sur un langoustier pendant qu'elle lui caresserait les couilles. Elle, ça lui paraissait très bien. Peut-être que trop de mecs avaient lu les mêmes magazines que Catrin. Triste à dire, mais la plupart des types convenables et de son âge qu'elle connaissait préféraient se branler plutôt que de négocier péniblement une relation sexuelle avec une femme. Peut-être devrait-elle changer de milieu. Un milieu, en tout cas, lui convenait, même si c'était un des cercles de l'enfer : l'infirmerie de Green River, où elle avait connu Ray Klein.

D'un certain côté, elle le connaissait très bien, après l'avoir vu travailler. D'un autre, c'était un parfait étranger. Elle ignorait son passé, savait seulement qu'il venait du New Jersey et avait fait ses études à New York. Avant d'être interné, il était chirurgien orthopédique à l'hôpital de Galveston. Elle ignorait le crime qu'il avait commis pour être envoyé à Green River. Un jour, elle l'avait demandé à Coley, qui l'avait regardée d'un œil noir, disant qu'ici les gens ne posaient pas ce genre de question. On pourrait vous le dire, mais cela ne se demandait pas. Elle était presque sûre que Klein lui aurait répondu si elle le lui avait demandé, mais elle n'avait pas voulu avoir l'air d'une connasse de l'extérieur incapable de respecter les règles de ce monde obscur, et n'avait rien dit. Par ailleurs, elle aurait pu l'apprendre de Hobbes ou d'un gardien, mais elle aurait eu l'impression de trahir sa confiance.

Galindez lui fit passer le portail de la réception centrale donnant sur une cour. Plus loin, derrière les grillages, se dressait le bâtiment principal : six grands blocs cellulaires rayonnant d'une tour centrale surmontée d'une coupole. Les bras tentaculaires des blocs, chaque fois, lui donnaient une sueur froide : elle les voyait s'étendre sur la terre entière, se rejoindre à l'autre bout du monde, former un plexus et un dôme identique. Tous les prisonniers de la planète pourraient errer éternellement dans les couloirs sans jamais savoir où ils étaient. Après tout, se dit Devlin, c'était peut-être ce que tout le monde faisait, et elle aussi. Galindez tourna à gauche ; ils suivirent l'allée en ciment qui longeait le mur d'enceinte.

Chaque section du rempart hexagonal, surmontée d'un multiple barrage de fil barbelé, faisait quatre cents mètres de long. Elle sentit les regards des hommes armés qui les guettaient du haut des miradors. Les deux pans de mur qui se rejoignaient au portail principal, sans constructions adjacentes, laissaient voir la pierre brute. Les ateliers, le parloir et le quartier d'isolement pour les punis ou pour des prisonniers de catégorie spéciale, étaient tapis au bas des quatre autres sections. Vers l'ouest, près du portail, c'était l'infirmerie. À cette heure-là, les cours d'exercice étaient désertes. On entendait un groupe musical dans l'atelier de menuiserie. Il faisait frais, à l'ombre du rempart, mais Devlin voyait le soleil qui patinait les plaques dorées du toit, soudées par les traits noirs des poutrelles en acier. Sous la verrière, il ne devait pas faire tellement frais. Elle vit que Galindez la regardait, indiqua le toit d'un signe de tête.

« Pourquoi ont-ils construit tout ça en verre ? »

Le gardien avait les joues creuses, piquetées par la petite vérole, et une grosse moustache. Son visage, au repos, était calme et sombre, presque triste. Il sourit.

« Le directeur dit que c'est pour que Dieu puisse regarder les prisonniers du haut du ciel. Moi, je crois plutôt qu'il s'en fout. »

Dès qu'il se tut, son visage se rembrunit. Devlin, contente d'arriver à l'entrée de l'infirmerie, se retourna pour remercier le gardien.

« Ici, c'est pas un endroit pour une femme », dit-il.

Elle ne répondit pas. Si elle répondait chaque fois à ce genre de conneries, elle y passerait sa vie. Galindez dut s'en apercevoir.

« Pour un homme non plus, je suppose, ajouta-t-il.

— Alors, pourquoi êtes-vous là ? »

Il eut un sourire. Brusquement, elle se sentit naïve.

« Ça paye bien. Très bien pour un immigrant latino.

— D'où venez-vous ?

— Du Salvador.

— Vous avez encore de la famille là-bas ?

— Seulement au cimetière. Là-bas aussi, j'étais en prison, mais du mauvais côté de la barrière. »

Devlin rougit comme rougissent les Blancs d'opinion libérale. Elle se trouvait ridicule. Galindez avait vécu sa vie. S'il pouvait supporter ses questions, elle pouvait supporter ses réponses.

« Pourquoi ? »

Il haussa les épaules.

« Pour avoir prié dans la mauvaise église, lu les mauvais journaux, avoir eu les amis qu'il ne fallait pas. Les raisons habituelles. »

Elle voulut détourner les yeux, n'y parvint pas.

Il continua.

« Au début, dans ce pays, c'était dur. J'aurais voulu redevenir instituteur, bien sûr, mais c'était impossible. Au moins, puisque je travaille ici, ma femme n'a plus à laver par terre. »

Elle hocha la tête, incapable de dire quelque chose qui ne soit pas absurde ou ne sonne pas faux. Il porta la main à sa casquette.

« Quand vous voudrez qu'on vous ramène au portail, appelez la réception et demandez-moi.

— Merci. »

Devlin le regarda s'éloigner un instant, puis se retourna et entra dans l'infirmerie. Malgré ses années d'hôpital, l'odeur, comme chaque fois, lui donna momentanément la nausée : une odeur de désinfectant, avec un puissant arrière-goût de déjections humaines, empoisonnées, et l'odeur de la mort. Le temps de passer par Sung et d'atteindre le bureau, l'odeur était passée à l'arrière-plan. Elle posa sa serviette sur la table déjà encombrée. Frog Coley était invisible, et tant mieux. Elle avait pour lui des sentiments mélangés et, pensait-elle, c'était réciproque. En paroles, il était féroce. Mais il avait aussi une sorte de densité, un pouvoir moral enraciné dans une souffrance dont il avait eu sa part. Jamais elle n'aurait ce pouvoir. Par comparaison, elle n'avait pas payé bien cher, et elle voyait bien comment une fille comme elle pouvait susciter le ressentiment d'un être tel que Coley. Peut-être se sentait-il aussi menacé par le passé professionnel qu'elle et Klein avaient en commun, mais pas plus qu'elle ne se sentait exclue par son intimité avec Klein. Les deux hommes avaient passé un étrange marché où chacun était le mentor de l'autre. En tout cas, elle avait l'impression que Coley ne voulait pas la reconnaître pour ce qu'elle était. Dans sa serviette, il y avait les premiers fruits de leur travail commun à l'infirmerie : un article publié dans l'*American Journal of Psychiatry.*

Ses recherches étaient parties d'une question qui la hantait depuis de nombreuses années : la tragédie de la mort, et donc celle de la vie, est-elle un droit absolu pour tout homme et toute femme ? Ou bien le tragique est-il une marchandise distribuée selon des critères sociaux échappant à tout examen ? Pratiquement, il était clair que la seconde réponse était la bonne. Qu'elle-même périsse demain dans un accident de voiture, la tragédie serait proclamée : Jeune et brillante psychiatre tombée dans la fleur de, etc. Mais si Coley se brisait le cou en tombant sur les marches de l'infirmerie, le monde s'en apercevrait à peine et ne s'en soucierait guère. Ces valeurs, pensait-elle, étaient inscrites partout : dans la loi ; dans la médecine ; dans les hécatombes guerrières ; dans l'indifférence des gouvernements ; même sur les autocollants protestant contre le massacre des baleines. Pourquoi pas les pieuvres, ou les hyènes ? Cette attribution arbitraire des valeurs la mettait en rage, car en fin de compte ça la piégeait avec tous les autres sur une échelle sans fin où, si haut qu'elle fût, elle devrait monter éternellement. Ou du moins jusqu'à ce que l'âge ou la décrépitude, les cheveux blancs et les seins affaissés fassent céder sous ses pieds les barreaux déjà pourris.

Ce qui était réconfortant — exaltant, même — c'était la totale indifférence de l'univers où ce monde n'était qu'une chiure de mouche. Elle avait gravé dans son esprit un passage de la *Critique du jugement*, d'Emmanuel Kant :

> « La tromperie, l'envie et la violence feront toujours rage autour de lui, bien qu'il soit lui-même honnête, pacifique et bienveillant ; et les autres hommes vertueux qu'il rencontre en ce monde, quelque bonheur qu'ils puissent mériter, seront soumis par la nature, qui ne tient pas compte de ces mérites, à tous les démons du besoin, de la maladie et de la mort prématurée de même que tous les animaux de la terre. Et il en sera ainsi jusqu'à ce qu'une vaste tombe les engloutisse tous — justes et injustes, la tombe ne les distingue pas — et les renvoie dans l'abîme confus du chaos d'où on les avait tirés — ceux mêmes qui pouvaient se croire la fin ultime de la création. »

Nous sommes capables de croire que nous sommes la fin ultime de la création, pensa Devlin.

Ce qui la ramena à l'objet de sa recherche : l'individu enfermé dans la cellule de sa personnalité. Le même système de valeurs était-il gravé en chacun de nous ? Notre jugement sur nous-mêmes dépendait-il d'une même classification impitoyable et arbitraire ? Voilà les réponses qu'elle cherchait.

Elle avait eu l'idée d'évaluer les fonctions psychologiques de deux populations distinctes de patients hospitalisés atteints du sida. Le premier groupe résidait au centre hospitalier universitaire de Houston. Le second à l'infirmerie du pénitencier de Green River. Devlin avait choisi deux questionnaires conçus pour évaluer la santé mentale des individus, particulièrement orientés vers la dépression. Elle-même en avait imaginé un troisième, intitulé provisoirement : Inventaire des traumatismes existentiels. On les soumettait aux deux groupes témoins. Dans chaque hôpital, les patients atteints de maladies non mortelles servaient de groupes de contrôle. Les deux groupes de sidéens étaient voués à la mort. Alors, qui s'en tirait le mieux ? Et comment ? Et pourquoi ?

À Houston, les civils souffrant du sida recevaient un traitement intensif et une aide psychologique, mais ils devaient accepter de perdre une vie qui, en termes conventionnels, était « bonne » : des gens libres, à l'aise, pleins d'espoirs, de promesses. Au contraire, les prisonniers étaient très mal traités ; pourtant, il semblait qu'ils aient moins à perdre. Le monde extérieur n'accordait qu'une valeur infime à leur existence, tenant seulement à ce que leur mort soit aussi silencieuse et bon marché que possible. La question clef, c'était : en allait-il de même pour les hommes en question ? Perdre une « bonne » vie était-il plus traumatisant pour un mourant que perdre une vie sordide et sans espoir ? Quelles morts étaient-elles les plus tragiques ? Était-il plus facile pour les damnés de la terre de mourir à Green River que pour les hommes libres de mourir dans les services de soins intensifs à Houston ? Devlin voulait pousser la science à cette limite où elle rejoint la philosophie. Était-il possible de formuler ces questions, et d'y répondre, de façon significative du point de vue scientifique ?

« Une chose est sûre, lui avait dit Klein au cours d'une de leurs discussions.

— Quoi donc ? »

Il était allé vers la porte du bureau, avait regardé le couloir menant aux salles.

« Personne ne brode des courtepointes pour ces types-là.

— Et pour nous, Klein ? » avait-elle répondu.

Il avait poussé un grognement.

« Moi, je tire mon temps le plus confortablement possible. »

Devlin ne l'avait pas cru. Elle pensait que ce travail était aussi important pour lui que pour elle. Plus encore. Beaucoup plus. Mais il se cramponnait à son cynisme, et plus elle essayait de le percer, plus il prétendait qu'il n'y avait rien d'autre.

Ses pensées furent interrompues quand on ouvrit la porte. Coley passa la tête et la fixa de ses yeux jaunes et mélancoliques.

« Salut, Coley. »

Il hocha gravement la tête.

« Docteu' Devlin. On pensait pas vous voir aujourd'hui.

— Je sais. Je voulais vous faire une surprise.

— Eh bien, merde, dit Coley. C'est une putain de surprise. »

Elle ne savait jamais si elle devait rire ou se mettre en colère quand il lui faisait son numéro d'Oncle Tom, docteu' par-ci, docteu' par-là. Il savait très bien qu'elle voulait qu'il l'appelle par son nom.

« Va te faire foutre, Coley, dit-elle malgré son envie de sourire.

— Oui m'sieur, docteu'.

— Comment vont les gars ?

— Le statu quo, dit-il. C'est-à-dire, la moitié est mourante et l'autre pas.

— Et où est Klein ?

— Il est allé voir le directeur. Sais pas quand il revient.

— Hobbes ? Pourquoi ?

— Pour savoir si la commission accepte sa conditionnelle.

— Il est passé en commission ? »

Elle s'efforçait de paraître indifférente, mais en fait, à sa grande surprise, elle était blessée qu'il ne lui eût rien dit. Et même furieuse. C'était absurde. Coley la fixait de ses yeux jaunes et mi-clos qui lui donnaient toujours l'impression de venir d'un autre monde, ce qui était vrai. Il hocha la tête.

« Ouais. La semaine dernière. » Il fit une pause, tout en l'observant. « Vous pensiez que vous aviez le droit de savoir, hein ? »

Devlin haussa les épaules, lui tourna le dos.

« J'aurais aimé l'encourager, mais en fait ça ne me regarde pas. »

Il secoua la tête.

« Me l'a pas dit à moi non plus avant de les voir, et c'est aussi bien. J'l'aurais su, j'l'aurais fait chier, c'est sûr. »

À nouveau, elle lui fit face.

« Vous l'auriez empêché d'avoir sa conditionnelle ?

— Bon Dieu, sûr que j'aurais essayé.

— Je ne vous crois pas. »

Il soutint son regard.

« Croyez que j'ai envie de faire marcher cette boîte à moi tout seul ? Croyez que je peux ? Vous voulez venir m'aider quand il sera parti ?

— Je ne crois pas que vous lui feriez une chose pareille.

— Vous voyez toujours pas comment ça marche, ici, pas vrai, docteu' Devlin ? Avec tous vos questionnaires et vos conneries de la haute. Vous voyez pas le moindre putain de truc. Vous croyez que tout ça est réel, plus réel que tout ce que vous avez vu, réel pour de vrai. Mais vous avez tort. C'est un jeu. Y a pas du tout de réalité, ici. Quand on vit dans la réalité, on meurt. En jouant, on a une chance. Et votre homme, il a appris à jouer, et bien. Essayez de jouer avec lui, il vous démolira. Vous prétendez être une joueuse. Vous devriez comprendre.

— Mais je ne comprends pas.

— J'ai vu comme vous le regardez », dit Coley.

Intérieurement, elle se recroquevilla. Son crâne était soudain transparent, comme si Coley pouvait voir ses images les plus secrètes. Devlin réussit tout juste à soutenir son regard.

« Ici, le seul devoir d'un homme, c'est lui-même. N'allez pas chercher ce qu'il peut pas donner. »

Elle acquiesça, se sentant ridicule, incapable de parler. Coley avait raison. Elle avala sa salive.

« Il va l'avoir, sa conditionnelle ? »

Coley cligna lentement des yeux, hocha la tête.

« Tout le monde à bord du Pea Vine Special. Je vous l'ai dit, c'est un Joueur.

— C'est tout ? Je veux dire, et tout ça ? »

Il la regarda sans comprendre.

« Tout ça quoi, docteu' ?

— Le travail qu'il a fait pour ces hommes, avec vous ?

— Vous croyez qu'il aimerait mieux être à l'emboutissage ? Fabriquer des boucles de ceinture ? C'est juste une variante du jeu.

— Je n'y crois pas. »

Sa voix trembla.

Il haussa les épaules.

« Vous croyez ce que vous devez croire, comme nous autres. » Il se tourna vers la porte. « Si vous voulez l'attendre ici, il revient bientôt.

— Coley ? »

Il passa la tête à nouveau.

« Plus tard, j'aurai quelque chose à vous montrer. C'est important. »

Il haussa un sourcil.

« Appelez-moi quand vous voulez. Je ne vais nulle part. » Un silence. « Je vais quand même vous dire une chose, au cas où vous le sauriez pas.

— Quoi donc ?

— Votre gars, Klein, il est vraiment mignon quand il est à poil. »

Devlin ne savait pas si elle avait rougi.

« Quoi ?

— Sans sa chemise, continua Coley. Une grosse queue, en plus, pour un Blanc. Mais il veut pas que son vieux Frogman s'approche de lui. Z'avez p'têt un petit queq'chose à lui offrir que j'ai pas. »

Cette fois, elle sentit ses joues la brûler. Coley éclata d'un rire grivois.

« Va te faire foutre, Coley. »

Il grimaça un sourire.

« Faites pas attention à moi, docteu' Devlin »

Malgré elle, Devlin lui rendit son sourire.

« Bonne chance au jeu, ce soir », conclut Coley.

Elle avait parié que les Lakers battraient les Knicks de six points. Le jeu, semblait-il, était la seule chose que Coley respectait, chez elle.

« Ouais, dit-elle. Merci. »

Coley disparut. La porte se referma. Devlin s'assit sur le bord de la table, se rendant compte de ce qu'il lui avait dit : Ray Klein serait peut-être bientôt libéré. Son ventre se noua. Malgré l'amoncellement d'intellect et d'abstraction qu'on lui avait fourré dans la tête, elle savait que ses tripes ne mentaient pas. La possibilité de cette liberté l'écrasa comme une chape de plomb, ainsi que ce qu'avait dit Coley à propos de la réalité et du jeu. Klein, libre, c'était une autre réalité. Son désir pour lui — confirmé par ce qui lui tordait les entrailles — était un autre jeu, et Devlin savait qu'elle était loin d'y exceller. Elle ouvrit sa serviette, sortit un paquet de Winston Lights, alluma une cigarette, avala la fumée, et se sentit un peu mieux grâce à la nicotine. Inutile de se raconter des histoires. Elle n'avait aucune envie que Klein disparaisse de sa vie. Première question : comment le garder ici ? Elle avait une ou deux idées là-dessus. Mais il y en avait une autre : pourquoi foutre Ray Klein s'intéresserait-il à quelqu'un comme elle ? Elle tira une deuxième bouffée. À cette question, elle n'avait pas encore de réponse, mais elle allait essayer d'en trouver une.

VIII

Ray Klein s'assit sur un banc, au rez-de-chaussée de la tour administrative, se demandant si les grandes taches de sueur de sa chemise en jean allaient indisposer le directeur. Il avait couru sur quatre cents mètres depuis l'infirmerie pour être à l'heure, et naturellement il attendait depuis vingt minutes pendant que la sueur salopait sa chemise. Hobbes penserait peut-être qu'il transpirait à cause de la tension nerveuse. Mauvaise chose. Si l'idée qu'il s'était faite du directeur était la bonne, il n'aimait pas qu'on rampe devant lui. Oh, qu'il aille se faire foutre. De toute façon, il n'y pouvait plus rien. Une vieille chanson lui traversa la tête :

Quand j'étais petit, j'ai dit à ma mère :
Que vais-je devenir ? Est-ce que je serai beau ?
Est-ce que je serai riche ?
Voilà ce qu'elle m'a dit...

Klein fut secoué par un rire intérieur. La voix, dans sa tête, était celle de Doris Day. C'était parfait. Il se trouvait dans le trou du cul du monde, et il écoutait un disque de Doris Day, datant de trente ans, conservé Dieu sait où à l'intérieur de son crâne. Est-ce que je serai beau ? Est-ce que je serai riche ? Il entendit Doris Day reprendre son souffle et brailler : « *Que sera sera !* Arrivera ce qui pourra ! » Plutôt subversif, pour l'époque, peut-être un genre de néo-stoïcisme. Ou même de néo-marxisme. Il se demanda combien de mecs, dans le temps, s'étaient branlés en pensant à Doris Day. Des millions, probablement. Il se dit qu'il essaierait un jour. Ses fantasmes sexuels avaient besoin d'un nouveau point de vue. Doris Day. Klein fut légèrement choqué en s'apercevant qu'il bandait.

« Qu'est-ce qu'il y a de si foutrement drôle, Klein ? »

Il sursauta, reprit contenance et leva les yeux. Le capitaine Cletus, aussi lugubre que jamais, était à la porte de l'antichambre. Klein, après tout ce temps, n'avait plus besoin de provoquer Cletus pour sauvegarder son amour-propre. Comme tout le monde craignait et haïssait le capitaine, celui-ci avait développé une paranoïa compréhensible, mais excessive, et avait tendance à interpréter le moindre rire comme étant à ses dépens. Benson, du bloc A, avait passé jadis une semaine au trou pour avoir utilisé l'expression : « aussi large que la raie du cul de Cletus ». Klein, pour rassurer le capitaine, ne trouva pas mieux que d'exposer la vraie raison de sa gaieté. Il se mit au garde-à-vous.

« Je pensais à Doris Day, capitaine. »

Cletus s'approcha, colla son visage à quinze centimètres du sien, le regarda fixement pendant un très long moment.

« Doris Day ? finit-il par dire.

— Oui, monsieur. »

Cletus le regardait toujours.

« Je pensais "Arrivera ce qui pourra", monsieur. Vous savez bien, *que sera sera*.

— *Que sera sera*, répéta Cletus.

— Oui, monsieur. Arrivera ce qui pourra, vous savez.

— T'es un fils de pute qui se croit un peu trop malin, pas vrai, Klein ?

— J'espère que non, monsieur. »

Pour la première fois en trois ans, Klein vit un sourire naître sur le visage du capitaine.

« T'attends pour voir le directeur.

— Oui, monsieur. »

Cletus le contempla longuement.

« Viens avec moi. »

Klein, transpirant de plus en plus, monta les marches derrière le capitaine. En voyant l'énorme cul du gradé en face de lui, il se maudit d'avoir perdu un instant son contrôle, et maudit Doris Day de s'être insinuée aussi sournoisement dans son inconscient. Au quatrième, Cletus s'arrêta à l'entrée du couloir lambrissé menant à la porte du bureau directorial. Il se tourna vers Klein.

« Chante », dit-il.

Klein regarda le capitaine, la porte de Hobbes, puis à nouveau le capitaine. Il avala sa salive. « Monsieur ?

— *Que sera sera*, dit Cletus. Chante-le.

— Je ne me souviens pas des paroles.

— Je ne sais pas ce que la commission des mises en liberté veut faire de ta misérable carcasse, mais tant que t'es pas sorti elle est toujours à moi. Si je te punis, disons, tout de suite, la commission devra revoir sa décision. »

Enculé, pensa Klein, sans regarder Cletus, de peur que l'autre ne le lise dans ses yeux. Il toussa.

« Écoutez, dit-il, si je vous ai donné l'impression d'être un fils de pute un peu trop malin, ce n'était pas mon intention et je m'excuse devant le capitaine, sans réserves et sans réticences.

— Chante », répéta Cletus.

Cette fois Klein le regarda en face. Enculé. Cletus sourit. Klein se demanda s'il avait eu le même sourire en tabassant Wilson à l'isolement. Il respira profondément.

« Fort, dit Cletus. Pour que je t'entende jusqu'en bas de l'escalier. »

Klein relâcha l'air de ses poumons.

« Je dois admettre que je n'aurais pas cru que vous ayez autant d'imagination. »

Cletus colla ses lèvres à son oreille.

« Quand j'étais gosse, je me branlais en regardant les films de Doris Day. »

Klein le regarda.

« Vous aviez raison. Je suis un fils de pute qui se croit trop malin. »

Cletus hocha la tête.

« J'veux quand même entendre cet air. »

Alors va te faire foutre, pensa Klein, qui se mit à chanter.

« *Quand j'étais petit, j'ai dit à ma mère,*
Que vais-je devenir ? »

Cletus descendit les marches en riant pendant qu'il continuait.

« *Est-ce que je serai beau ? Est-ce que je serai riche ?*
Voilà ce qu'elle m'a dit... »

Sa voix résonnait, comme amplifiée, dans le petit couloir. Et bon Dieu, se dit-il, ce n'était pas si mauvais. Il attaqua le refrain à pleine voix :

« *Que sera sera !*
Arrivera ce qui pourra... »

Pendant qu'il reprenait son souffle, la porte de Hobbes s'ouvrit violemment. Klein ferma aussitôt la bouche. Le directeur, dans l'ouverture, le regardait fixement. Un crâne massif et chauve, des yeux fébriles sous des sourcils épais. Klein ne se souvenait pas de s'être jamais senti aussi grotesque. Pas d'autre choix, sous cette torture, que se taire.

« Klein ? »

Les poumons sur le point d'éclater, il croyait ne jamais pouvoir recracher tout cet air, et sa voix fut réduite à un murmure enroué.

« Oui, monsieur. »

Il garda l'air dans sa poitrine.

Hobbes le considérait avec une vague stupéfaction, comme si ce comportement bizarre venait à peine d'atteindre sa conscience et le distraire momentanément de ses importantes réflexions. Les rares fois qu'il avait eu affaire à lui, Klein avait trouvé que le directeur était une énigme. Sa prestance, sa hauteur et sa façon de parler lui donnaient l'air d'appartenir à un autre monde, comme si, venu d'un lointain passé, il avait été catapulté dans le présent. De même que la prison : conçue pour le dix-neuvième siècle, elle s'embourbait aux derniers jours du vingtième. En toute modestie, voire en toute stupidité, Klein avait rarement l'impression d'être en face d'une intelligence plus haute, plus vaste et plus impénétrable que la sienne propre. Devant Hobbes, il avait cette impression : celle d'un esprit insondable. Si, par ailleurs, Hobbes ne comprenait pas Klein, cela ne semblait pas le troubler le moins du monde.

« Entrez ici », dit le directeur avant de disparaître.

Klein relâcha l'air qui menaçait de le faire exploser, rassembla ce qui lui restait de dignité et suivit le couloir.

La pièce occupait toute la largeur de la tour, sur un axe nord-sud. Le mobilier était plutôt ascétique : une bibliothèque, un vieux bureau en chêne couvert d'une plaque de verre, trois chaises. Au plafond, un ventilateur à pales en bois tournait lentement. Au mur, un diplôme de l'université Cornell. Face à la porte, sur une tablette en bois, un buste en bronze de Jeremy Bentham. Juliette avait dit à Klein que c'était un portrait de Bentham, autrement il l'aurait pris pour un général sudiste. Mais Hobbes, comme lui, était un Yankee. Il referma la porte, se mit au garde-à-vous, fixa les orbites en bronze de Bentham, en se disant que ses propres yeux devaient leur ressembler.

La voix du directeur résonna dans la pièce :

« Le dernier esprit de quelque envergure s'étant consacré au problème de l'incarcération. »

Klein eut un moment de vertige. De quoi parlait Hobbes ? Sûrement pas de Doris Day.

« Je vous demande pardon, monsieur ? »

Le directeur inclina la tête vers le bronze.

« Bentham.

— Oui, monsieur. » Klein reprit aussitôt ses esprits, fit un calcul rapide. « Le panoptique », dit-il.

Hobbes haussa ses épais sourcils.

« Vous m'étonnez. Venez, asseyez-vous. »

Il montra la chaise qui lui faisait face. Klein traversa la pièce. Sous la plaque de verre du bureau, il y avait un ancien plan de la prison et des remparts. Hobbes était dos à la fenêtre, à contre-jour, et son visage était dans l'ombre. Un effet certainement prémédité. En s'asseyant, Klein vit devant le directeur une chemise en carton vert portant son nom et son numéro.

« Alors, quel sens a pour vous le concept de panoptique ? » dit Hobbes.

Klein décolla ses yeux du dossier contenant son destin. Il avait l'impression d'avoir à nouveau dix-neuf ans, face à son professeur d'anatomie, et d'avoir à se rappeler le trajet du nerf phrénique.

« Bentham était habité par l'idée que si on observait quelqu'un continuellement, ou du moins si on le lui faisait croire, cela améliorerait sa personnalité. L'obligerait à réexaminer son âme. Quelque chose comme ça.

— Quelque chose comme ça. Que pensez-vous de sa théorie ?

— Je suppose que ça dépend de qui observe et de qui est observé. »

Hobbes hocha la tête.

« Très juste. » Il avait l'air content. « Peu d'hommes savent profiter de l'examen opéré par la machine panoptique. Ils ne supportent pas sa mise en lumière. Moins encore celle de la connaissance de soi.

— Obliger les gens à se connaître peut être une occupation dangereuse.

— Comment cela ? »

Klein n'avait pas envie de provoquer le directeur. Non plus d'avoir l'air de lui lécher le cul, d'autant que Hobbes n'était pas du genre à y prendre plaisir. Mais au diable. On avait déjà décidé de son sort. Si Hobbes pouvait supporter Doris Day, il n'allait pas exploser à cause d'un peu de Platon.

« Vous vous rappelez la caverne souterraine, dans la *République* de Platon ? Le rêve de Socrate ? »

Hobbes se pencha vers lui.

« Dans le Septième Livre », dit-il, le front plissé par l'excitation. Il parut retenir son souffle. « Allez-y. »

Klein avala sa salive.

« Dans cette caverne, les hommes sont enchaînés, enterrés loin de la lumière du jour. Leurs têtes sont attachées pour les empêcher de rien voir d'autre que leurs ombres projetées par les flammes d'un feu sur le mur de la caverne. Mis à l'épreuve, les enchaînés défendent violemment leur noire ignorance. Socrate demande : s'ils pouvaient s'emparer de l'homme qui a voulu les libérer et les conduire à la lumière, ne le tueraient-ils point ? »

Hobbes relâcha sa respiration, presque avec un soupir.

« Le tueriez-vous ? » dit-il.

Klein le regarda longuement.

« Je ne sais pas. Quand on regarde trop longtemps le soleil, on devient aveugle.

— Pourtant nul ne voyait aussi loin que Tirésias, le sage aveugle. Il y a des vérités qu'on ne peut apprendre que dans l'obscurité.

— Oui, monsieur. C'est peut-être le problème de votre machine panoptique. »

Hobbes leva un sourcil.

« Ma machine ? »

Klein ne dit rien.

« Vous êtes quelqu'un de courageux, Klein.

— Je veux juste sortir d'ici, regarder à nouveau les ombres sur le mur.

— Un homme tel que vous, ici, a dû apprendre quelque chose sur lui-même.

— Un homme tel que moi ? » Klein haussa les épaules. « C'est peut-être pour ça que les ombres, là-bas, paraissent si désirables. On peut se faire croire qu'elles sont autre chose que ce qu'elles sont. »

Hobbes n'allait pas le laisser s'en tirer aussi facilement.

« Et que voudriez-vous croire de vous-même, que vous n'êtes pas ? »

Enculé, se dit Klein.

« Je ne cherche pas à vous tromper, monsieur. Je ne suis qu'un détenu attendant que s'ouvrent les portes de la prison.

— Vous évitez de répondre à ma question.

— Même le plus courageux d'entre nous, dit Klein, a rarement le courage de ce qu'il sait vraiment. »

Les yeux de Hobbes tremblèrent dans leurs orbites. L'espace d'un instant, Klein crut qu'il allait faire le tour du bureau pour le serrer dans ses bras.

« *Virescit vulnere virtus*, dit le directeur.

— Mon latin est plutôt rouillé.

— Je pense qu'on peut le traduire en : “La force est restaurée par la blessure.” »

Klein pensa à ses propres blessures, celles de l'amour,

à la fausse accusation de viol qui l'avait mené jusqu'ici. En avait-il été renforcé, ou simplement endurci, rendu plus cynique ?

« Seulement si vous êtes déjà assez fort », dit-il.

Hobbes acquiesça gravement.

« Peut-être bien, peut-être bien. Et pourtant il faut prendre ce risque pour que l'esprit s'élève.

— Je suppose. La question, c'est quel risque ? Quelle blessure ?

— Croyez-vous que nous ayons le choix ? »

Le visage de Hobbes exprimait un tel désir désespéré que Klein fut pris de court. Il était venu pour cinq minutes de conneries pénitentiaires, comme toujours : soit un an de plus pour se réhabiliter encore mieux, soit une tape dans le dos et une poignée de main pour le relâcher. Et voilà que les yeux de Hobbes étaient des lacs noirs agités par une horreur sans nom qui évoquait la folie.

« Là aussi, ça dépend, dit Klein.

— Même quand il se trouve en face d'un peloton d'exécution, l'homme a un choix. Il peut tomber à genoux en suppliant ou refuser le bandeau et mourir en chantant. »

Hobbes avait l'air d'être ce genre d'homme. Klein avait une envie folle d'explorer l'esprit du directeur, d'être le Marlow de ce Kurtz, et il se maudit d'être allé si loin. Hobbes avait quelque chose d'hypnotique, mais Klein était là en tant que prisonnier attendant sa libération. Ce prisonnier lui ordonna de reculer.

« Oui, monsieur. Vous avez parfaitement raison. »

Hobbes sentit cette retraite, cligna deux fois des yeux et se redressa sur sa chaise, l'air secoué. Il plongea une main dans sa poche, parut serrer quelque chose, Dieu sait quoi. Comme s'il revenait sur ses pas pour se mettre en sécurité, Hobbes indiqua le buste en bronze d'un signe de tête.

« Comment savez-vous tout cela sur Bentham ? »

Klein pensa lui faire croire qu'il avait étudié toute sa vie la philosophie de Bentham. Trop dangereux. Depuis le temps qu'il était là, Hobbes pouvait flairer un mensonge à travers la grande cour.

« Grâce au docteur Devlin, dit Klein. Comme vous savez, c'est un psychiatre judiciaire.

— La plupart de ces psychiatres ne font pas la différence entre Jeremy Bentham et Bugs Bunny. »

Klein ne sourit pas.

« Le docteur Devlin l'a faite, monsieur. »

Hobbes approuva, de nouveau calme.

« Une femme exceptionnelle. Votre collaboration a été fructueuse ?

— Elle a proposé un article à *l'American Journal of Psychiatry*.

— L'ont-ils accepté ?

— Le docteur Devlin ne m'en a pas encore informé.

Hobbes grogna.

« Vous savez qu'à la mort de Bentham on a empaillé son corps pour l'exposer dans une vitrine. À Londres. J'imagine qu'il y est toujours.

— Oui, monsieur. Maintenant tout le monde peut le voir, lui aussi. Pour toujours. » Les yeux du directeur s'agrandirent, il retrouva son regard précédent, un regard qui noua d'angoisse le ventre de Klein. Ce regard avait une voix, et elle disait : « Comprenez-moi. Soyez proche de moi. Ne me laissez pas seul ici. » Klein connaissait cette voix, pour l'avoir trop souvent entendue chez des patients, des femmes, d'autres prisonniers, tous ceux qui sont dans la demande. Chez l'ancienne amoureuse qui l'avait condamné à la prison. « Donne-moi plus que tu ne peux donner », disait cette voix. Et, du fond de ses tripes, une autre voix qu'il connaissait bien l'appela à son tour : « Fous le camp de là, putain, mec. » La devise de Coley vint le réconforter : RIEN À FOUTRE.

« Excellent, dit Hobbes. Excellent. L'ironie de cette ultime requête ne m'avait jamais frappé. Je vous remercie de cette idée.

— Là encore, j'en suis redevable au docteur Devlin. »

Ce n'était pas vrai : l'idée avait jailli spontanément dans son esprit. Mais, comme disait Cletus, il était un fils de pute trop malin pour son propre bien, et il fallait qu'il tienne Hobbes à distance, qu'il échappe à ses tentacules qui cherchaient à l'atteindre. Trop de gens, déjà, lui avaient sucé le sang, toute sa vie. Et Hobbes, maintenant ? Ou bien était-ce lui qui devenait paranoïaque ? Soudain le directeur sortit sa main de sa poche et posa un flacon de comprimés sur le bureau.

« Mon médecin me dit que je dois en prendre trois fois par jour. Je crois que c'est un imbécile. Qu'en pensez-vous ? »

Klein prit le flacon pour lire l'étiquette. Carbonate de lithium, 400 mg. Brusquement, il se sentit vidé. Son esprit enregistra sans réagir le fait que Hobbes prenait un médicament utilisé presque uniquement pour traiter les maniaco-dépressifs. L'Arnold Schwarzenegger des maladies mentales.

Lorsqu'ils s'envolent sur les hauteurs grandioses et visionnaires de la phase maniaque, ces patients arrêtent souvent de suivre leur traitement, et c'est exactement ce que Hobbes semblait être en train de faire. « Maniaque » est un mot trop souvent employé à tort. Mais le petit flacon de verre marron impliquait que le directeur était pour le moins candidat à la pleine acception de ce terme. Un maniaque. Contrairement à la plupart de ces malades, son poste lui donnait un pouvoir exorbitant sur la vie des autres. Klein le regarda en face. Bizarrement, pour la première fois depuis qu'il était entré dans cette pièce, il se sentait calme. Tout était simple, maintenant. Au lieu d'être un cinglé ordinaire, Hobbes était un véritable dément.

Le directeur indiqua le flacon.

« Vous n'avez pas répondu à ma question. »

Klein reposa le médicament sur la plaque de verre du bureau.

« Je vous conseille d'aller revoir votre médecin pour la lui poser. »

Le directeur fronça les sourcils.

« Mais si j'étais vous, continua Klein, je ferais seulement ce qui me semble juste. »

Hobbes eut un regard noyé d'émotions.

« Celui qui ne fait pas ça ne vaut pas un pet de lapin. »

Il prit les médicaments et les lança dans la corbeille en aluminium placée sous le bureau. Le flacon fit un bruit mat contre la paroi en métal. Ensuite, il y eut un silence. Klein regarda la chemise verte. Hobbes suivit son regard, tira le dossier vers lui et l'ouvrit.

« La commission des mises en liberté a été impressionnée par votre comparution. »

Klein ne répondit pas. Hobbes feuilleta le dossier.

« Comme vous savez, ce sont tous des abrutis. Un vers du Nouveau Testament, en général, de préférence un vers qu'ils puissent reconnaître, suffit à vous faire passer. Jésus, ça marche à tous les coups. Voilà pourquoi, l'an dernier, vous avez échoué. Mauvaise attitude mentale.

— Monsieur ?

— Obstination, précisa Hobbes.

— Sans vous manquer de respect, monsieur, j'ai été assez flexible pour apprendre les règles de cet endroit.

— Effectivement. Votre réussite, dirons-nous, a été remarquable. Pourtant chaque médaille a son revers, n'est-il pas vrai ?

— Oui, monsieur. »

Hobbes regarda le dossier.

« Par exemple, vous êtes un thérapeute, et un bon, aux dires de tout le monde. Beaucoup de détenus préfèrent vous payer que d'être soignés gratuitement par le docteur Bahr, non que je les en blâme. Par contraste, nous avons cette affaire, la lobotomie de Myron Pinkley. »

Klein resta impassible, du moins il l'espérait.

« Vous voyez ce que je veux dire, dit Hobbes.

— Si vous me demandez par là si je suis conscient de la dualité de la nature humaine, oui, monsieur, je le suis. »

En une fraction de seconde, il fut rempli de rage : contre Hobbes, qui le faisait tourner en bourrique, contre lui-même pour avoir espéré, pour être là, en train de respirer, pour être un fils de pute trop malin pour son propre bien, la rage de savoir, l'envie de se pencher et d'arracher la tête de Hobbes. Une rage qui hurlait : Garde ta putain de liberté, mec, j'en ai foutrement pas besoin, et d'abord je ne l'ai jamais eue. Une autre voix répondait : Mais c'est pour cela que tu la veux, justement parce que tu ne l'as jamais eue. Et parce que désormais elle est à toi, que tu sois ou non libéré.

Cette rage retomba dans le silence, et l'esprit de Klein fut à nouveau vide et froid. Sous le courant d'air du ventilateur, il frissonna. Sa chemise était trempée. Hobbes referma sèchement le dossier.

« Vous êtes libre, Klein. »

Klein le fixa sans dire un mot.

« La commission a suivi ma recommandation. Vous serez confié à votre agent de liberté surveillée demain à midi. »

Hobbes se leva et lui tendit la main. Klein se leva, lui aussi, et la lui serra.

« Merci, monsieur.

— Vous avez le droit de sourire, Klein.

— Oui, monsieur. »

Mais il ne sourit pas. Le vide était toujours là. Klein savait, d'une certaine manière, que s'il le laissait se remplir, ce ne serait pas la joie qui viendrait, mais une terrible impression de perte qui lui faisait peur. Retiens-toi, se dit-il, jusqu'à ce que tu sois à l'abri. Il lâcha la main du directeur.

« Quatre-vingt-neuf pour cent des gens libérés de cette institution retournent en prison, dit Hobbes. Ne faites pas comme eux.

— Je ne le ferai pas.

— Puis-je faire quelque chose pour vous ? »

Klein hésita. Tout ce qu'il avait à faire — ce qu'il devait faire —, c'était passer cette porte et garder la tête basse pendant vingt-quatre heures pour aller se baigner dans la baie de Galveston. L'idée de se plonger dans l'eau, le désir qu'il avait de retrouver cette sensation sur sa peau, lui faisait craindre même au dernier moment — surtout au dernier moment — de mettre le directeur en colère. Il se rappela ce que Cletus avait dit : son cul leur appartenait jusqu'à ce qu'il ait franchi le portail.

« Ne craignez pas de dire ce que vous pensez », ajouta Hobbes.

Klein le regarda.

« Dans l'état des choses, Coley ne peut pas faire marcher l'infirmerie à lui seul.

— Le docteur Devlin me l'a rappelé à plusieurs occasions. Les choses vont changer. »

Klein ne put pas s'en empêcher.

« Sans vous manquer de respect, monsieur, cet endroit est une honte pour nous tous. »

Hobbes bomba le torse.

« L'infirmerie de la prison est une honte pour moi, docteur Klein. » Dans ses yeux, la folie s'était enflammée. « Vos plaintes, sinon les miennes, ont été prises en compte. Je vous assure que les événements qui ont été mis en mouvement rendront sans objet les conditions qui règnent à l'infirmerie. »

Klein se demanda ce que cela pouvait bien foutre vouloir dire. Cela dut se lire sur son visage, car celui de Hobbes se ferma brusquement. Sa voix, pourtant, vibrait toujours avec autant de passion.

« Vous avez ma parole que — il chercha ses mots — des améliorations vont très bientôt intervenir, pas seulement dans l'infirmerie, mais dans l'ensemble de cette institution correctionnelle. »

Klein résista à l'envie de faire un pas en arrière.

« Je suis heureux de l'apprendre, monsieur.

— Soyez donc heureux de ne pas être là pour le voir. »

Sur ce, Hobbes pivota sur ses talons, traversa la pièce jusqu'à la fenêtre donnant au nord. Le dos vers Klein, il contempla le sombre mégalithe des blocs cellulaires, crispant ses mains tremblantes sur l'appui de la fenêtre. Son corps parut se tendre, comme pour contenir une force irrépressible.

Klein, sans savoir si on lui avait donné congé, fut soudain pris de peur, et pas seulement pour lui. Quelle que soit la gravité du mal dont souffrait Hobbes, ce comportement était un indice, une émanation de la boîte de Pandore psychique que le directeur s'efforçait de refermer. Quels événements avait-il donc mis en branle ? Fallait-il lui poser la question ? Devait-il s'approcher, poser une main sur l'épaule de Hobbes ? Ce n'étaient foutrement pas ses affaires. Malgré lui, en silence, il fit un pas vers le directeur.

« Bonne chance, Klein. »

Hobbes parla sans se retourner. Klein s'arrêta net.

« Et merci pour cette conversation. »

Son ton péremptoire signalait autre chose que la fin de cette entrevue. Klein attendit. Si Hobbes se tournait vers lui, il se passerait peut-être quelque chose. Mais Hobbes ne se retourna pas.

« Bonne chance, directeur. »

Hobbes, les yeux toujours fixés sur sa prison, hocha lentement la tête, deux fois.

Ray Klein alla sans bruit vers la porte, l'ouvrit et quitta le bureau sans ajouter un mot.

IX

Tony Shockner était perdu. Il savait qu'il y avait une jungle sous les gigantesques entrepôts en sous-sol de la prison. Mais depuis vingt minutes qu'il tournait dans tous les sens, l'énormité de cet endroit lui coupait le souffle.

Dennis Terry, le vieux chef de l'Entretien qui avançait péniblement devant lui, les épaules voûtées, disait qu'en comptant les égouts il y avait plus de surface en souterrain qu'à l'air libre. C'était là, dans des cachettes sans air, que certains détenus distillaient de l'alcool de pomme de terre, faisaient du vin à partir de jus d'orange et de pain, tandis que d'autres se rassemblaient en petits groupes et partageaient un compte-gouttes aiguisé pour s'injecter héroïne ou cocaïne, que des putes échangeaient des pipes et des enculages contre des cartouches de cigarettes ou des barres de chocolat, qu'on en traînait d'autres — rebelles ou complaisants — pour les violer en bande. Terry était probablement le seul détenu de la taule à connaître les moindres recoins de cette jungle. Sûr qu'aucun des gardiens n'en avait foutrement pas idée. Shockner le suivait de près dans l'air humide et froid, prenait tous les tournants en traînant un chariot chargé de deux bouteilles de gaz — oxygène et acétylène. Sur son épaule, il portait les tuyaux et le chalumeau découpeur. Terry, qui n'avait qu'une lampe torche, une ceinture d'outils et des lunettes protectrices à son cou, marchait trop vite pour lui. Shockner lui demandait sans arrêt de ralentir. Le chalumeau et les tuyaux n'arrêtaient pas de glisser. De la tête aux pieds, une sueur froide collait ses vêtements à son corps.

« Encore loin ? » demanda-t-il.

Terry, dans le bruit, ne l'entendait même pas. Il cria.

« Dennis ! C'est encore loin ? »

L'autre lui répondit en tournant la tête.

« Encore trente mètres, et on sera à l'escalier.

— L'escalier ? Bon Dieu, quel escalier ? »

Le vieux ne répondit pas. Son royaume souterrain était une brousse obscure et crasseuse, couverte de rouille et de cambouis, faite de conduites gémissantes et de tuyaux qui sifflaient. Shockner avait l'impression d'être dans *Alien*, le film. La galère. Putain, Agry aurait pu envoyer quelqu'un d'autre. Trop parano. Agry n'avait pas confiance en Terry, et il avait sniffé trop de speed. Shockner se cogna le coude sur un gros tuyau sortant du sol, se mit à jurer. Le tuyau signifiait que cette merde allait encore plus bas. Bon Dieu. Lui, il avait l'esprit pratique. La mécanique, ça l'ennuyait. Il avait horreur de faire la vidange de sa voiture et, bordel, il avait horreur de cette saloperie. À certains endroits, l'accumulation des vannes, des manomètres, des conduits d'air en aluminium et des raccords rouillés abaissait le plafond de presque un mètre. Même Terry devait se baisser pour ne pas se cogner la tête, et il avait quinze centimètres de moins que lui. La ventilation faisait un bruit terrifiant, l'air moite et visqueux était poussé et aspiré d'une conduite à une autre. La moitié de ces saloperies avait plus de cent ans : ça grinçait, ça cognait et ça secouait comme si tout allait tomber en morceaux. Agry lui avait dit que c'était l'endroit le moins risqué de toute l'opération, mais ça n'en avait pas l'air. On aurait dit Claustrophobia City. Il aurait préféré être là-haut avec une barre de fer et un bocal de nettoie-four.

Terry s'arrêta.

« C'est ici. »

À gauche, au bout d'un petit couloir, il y avait une porte en chêne massif. Terry sortit un outil de sa ceinture et alla crocheter la serrure. La porte donnait sur un escalier en pierre aux marches étroites. Ces marches, au contraire de toutes celles de la prison, étaient propres et comme neuves. Peu de gens passaient par là.

« Il faut que tu m'aides, dit Shockner.

— Bien sûr », dit Terry sans aucun enthousiasme.

Il fourra sa lampe dans sa ceinture, prit le chalumeau et le chariot à un bout. Shockner souleva les bouteilles de gaz, soulageant les roues de presque tout leur poids. Ils montèrent en trébuchant, et Shockner se cogna les hanches et les épaules à chaque marche. En haut, il y avait une deuxième porte, mais blindée, avec une serrure moderne et renforcée. Terry n'essaya pas de la crocheter.

« C'est ici », dit-il d'une voix lasse.

Shockner posa le chariot sur une marche. Terry décrocha les tuyaux de son épaule et lui tendit le chalumeau.

« Prends ça. »

Il régla les manomètres des bouteilles. Le gaz se mit à siffler à l'extrémité du chalumeau. Terry sortit un Zippo de sa poche et l'alluma. Une flamme molle et vacillante jaillit sur trente centimètres. Il ouvrit une vanne, la flamme se changea en jet de feu et le murmure en rugissement. Il ajusta les lunettes devant ses yeux.

« Mieux vaut tourner la tête, dit-il.

— Je peux fumer ? demanda Shockner.

— Pourquoi pas ? »

Shockner s'assit sur une marche à la lueur du chalumeau et alluma une Winston. L'odeur âcre de l'acier fondu tourbillonna dans l'escalier, attirée par le courant d'air du tunnel. Il se demanda soudain comment Nev Agry avait pu réunir tant de gens pour une entreprise aussi folle. Peut-être pas tant que ça. Agry avait dû mettre dix types dans le coup, et il était seul à connaître le plan d'ensemble. Les autres savaient leur rôle, sans plus. Ils faisaient office de détonateur. Des centaines de prisonniers allaient exploser quand il serait mis à feu. Et, sur les dix, Shockner et Terry étaient les seuls pouvant raisonnablement prétendre à être sains d'esprit. Merde, après tout, ce n'était peut-être pas complètement cinglé. Dehors, dans le monde, il suffisait qu'un président ou un général soit piqué par une puce pour que, dans un désert du bout du monde, des millions de types se fassent sauter le caisson. Le bruit du chalumeau s'interrompit, et brusquement il ne vit plus que le bout de sa cigarette.

« On y est », dit Terry.

Shockner lâcha son mégot et remonta les marches dans l'obscurité. Terry ouvrit la porte d'un coup d'épaule. Ils se retrouvèrent dans le noir absolu. Terry reprit sa lampe, trouva un interrupteur et alluma la lumière. La pièce, vide, faisait environ trois mètres sur deux mètres cinquante. Sur les murs, une rangée de gros boîtiers à fusibles, d'où des câbles montaient vers un coffre en acier qui dépassait du plafond. Sur un côté, on apercevait une vieille trappe en métal.

« On est juste sous la cave de la tour de garde », dit Terry.

Shockner hocha la tête. Terry lui désigna le coffre.

« Dans ce chéri, y a toute l'électricité, le téléphone, les signaux d'alarme, les câbles vidéo. Toute cette merde. Ça part d'ici, sous les services centraux, et ça va jusqu'à la réception. Il faut que je grimpe sur tes épaules. Tu pourras ?

— Sûr. »

Terry consulta sa montre.

« On a une demi-heure. Quand on l'aura ouvert, ça va déclencher les détecteurs de fumée, mais c'est tout ce qui restera. Donne-moi une taf. »

Shockner lui tendit une Winston dont il enleva le filtre. Ils fumèrent ensemble. Terry secouait sa cendre plus souvent qu'il ne fallait.

« Tu crois que c'est une mauvaise idée, pas vrai ? » dit Shockner.

Terry eut un rire amer, fixa le bout de sa cigarette.

« Tu peux dire ce que tu penses.

— Nev dit qu'il faut le faire.

— Ça veut pas dire que t'as pas ton opinion. »

Terry fixait toujours la cendre qui s'allongeait.

« Y a p'têtre neuf ans, dit-il, on m'a proposé la conditionnelle. J'y ai pensé un bon bout de temps, à ce que ce serait d'être libéré. Et je me suis dit, ouais, là-bas, dehors, si j'ai de la chance, p'tête que j'irai garnir les rayons du supermarché, ou porter un chapeau en papier au McDonald's où un p'tit mec portoricain va me dire s'il veut des cornichons sur son cheese-burger. Et si j'ai vraiment de la chance, p'tête que j'me trouverai une femme, le genre assez solo pour se maquer avec un ancien taulard. Une caisse d'occasion. Découper les primes de vingt-cinq cents dans les journaux. Deux pièces et un frigo vide à Laredo, dans le quartier mexicain. »

Il regarda Shockner, qui vit dans ses yeux la peur et la douleur.

« Ici j'ai deux cents mecs qui bossent pour moi. Le directeur me demande mon avis. » Terry eut un geste vers le coffre en acier au-dessus de leurs têtes. « C'est moi qui lui ai dit où il fallait mettre ces merdes. Je mange bien. Je vis bien. Je peux appeler Agry et DuBois « Nev » et « Larry ». Ils me demandent des services. » Après un silence, sa colère diminua. « J'ai dit à la commission d'aller se faire foutre. »

Il tira sur sa Winston jusqu'à se brûler les doigts, la laissa tomber par terre et regarda sa chaussure l'écraser.

« Nev parle de cinq ans de plus. Va plus y avoir cinq ans, après ça. Il va foutre la taule en l'air et nous avec. J'aime bien ce trou merdeux. Tu piges ? »

Son visage exprimait un désespoir absolu.

« J'peux plus recommencer ailleurs, Tony. C'est le bout du chemin. Ce putain d'endroit, c'est moi. Si on me transfère à Huntsville, je passerai le restant de mes jours à laver par terre et à mendier des Winston à des types comme toi.

— Tu vois les choses du mauvais côté, Dennis », répondit Shockner, tout en sachant qu'il disait une connerie.

L'autre l'ignora.

« C'est ta première peine, pas vrai ? »

Shockner hocha la tête. Terry fit de même, l'air sombre. Pour la première fois, Shockner sentit la peur l'effleurer. Terry consulta de nouveau sa montre.

« On peut rester ici sans rien faire, tu sais, toi et moi. »

Shockner fut incapable de soutenir le regard suppliant du vieil homme. Il se détourna.

« Les négros ont buté DuBois. Nev dit qu'on peut pas laisser passer ça. Jusqu'ici, il a toujours eu raison.

— Qu'est-ce qu'on en a à foutre, de qui a tué DuBois ? On peut durer plusieurs jours, ici, plaida Terry. J'ai des endroits, des caches. De la bouffe, des cassettes vidéo, des drogues, putain, tout ce que tu veux. Nev va droit vers Huntsville, l'isolement à vie, la chaise électrique. On peut remonter quand tout sera fini, quand ce fou enragé sera mort ou parti d'ici. »

Les tripes de Shockner se convulsèrent. Soudain, la voix d'Agry résonna dans sa tête. Semper putain de fi, Tony. Agry l'avait bien traité, et c'était rare. Si Shockner avait jamais eu un père, c'était lui. Plus qu'un père. Un ami. Semper putain de fi. Il regarda Terry. Ce que l'autre lut sur son visage le fit pâlir.

« Assez, Dennis, ça suffit. »

Il alla vers la porte.

« Appelle-moi quand c'est l'heure. »

Puis il descendit l'escalier, s'assit sur une marche et alluma une autre Winston. En haut, il crut entendre Terry qui pleurait.

X

Klein dépassa à grands pas le gardien Sung et pénétra, la tête bourdonnante, dans les sinistres locaux de l'infirmerie. Il sortait demain. Libre. Ce que Coley appelait le Pea Vine Special était finalement entré en gare, et Klein avait son billet en poche. Mais la joie qu'aurait pu lui apporter cette libération imminente était enfouie sous une chape de noirs pressentiments. À sa sortie du bâtiment administratif, Cletus l'avait prévenu : « Marche doucement, Klein. Tu as encore tout le temps de déconner. »

Le capitaine était du genre à dire ça à sa grand-mère le jour de ses quatre-vingt-dix ans. Klein, pourtant, sentait dans ses tripes qu'une merde de proportion épique allait exploser et qu'il était à l'épicentre. Il chercha les indices justifiant cette brusque paranoïa. N'en trouva aucun. Henry Abbott avait perçu des vibrations, lui avait dit d'éviter Nev Agry. Okay, mais Abbott n'était pas un satellite météo. Ensuite Hobbes s'était révélé un maniaque garanti sur facture et avait émis quelques bruits à propos d'améliorations. C'était tout. Zéro. Absolument zéro. Lui-même était plus fou que Hobbes et Abbott réunis. Seuls les plus courageux d'entre nous. Bon Dieu. Où avait-il trouvé le culot de dire ça ? Pourtant, ça avait marché. Maintenant, il avait d'autres problèmes. Secoue-toi, Klein. Son intellect redémarra. La vérité n'était pas compliquée : il crevait de trouille à l'idée de retourner dans le monde, et il transférait son angoisse dans les délires de deux déments. Avoir peur d'être libre lui faisait honte, donc il cherchait à préserver sa fierté. Affronter l'avenir, voilà ce qui lui faisait peur, pas Cletus ni Hobbes.

Et il y avait aussi Devlin. Elle vivait là-bas, dans le monde, où il serait bientôt. Qu'est-ce qu'il allait faire à son propos ? Pouvait-il faire quoi que ce soit ? Le désirait-il ? Ou elle ? Avait-il une queue assez grande ? Marcherait-elle encore ? Est-ce qu'elle aimait sucer ou qu'on la suce ? Il ne savait même pas si elle avait un petit ami. Ne lui avait jamais demandé. Pour ce qu'il en savait, elle pouvait être une lesbienne endurcie. D'un autre côté, c'était une fana des paris sur le sport, la seule femme qu'il ait jamais connue ayant un bookmaker et parlant de points compensés. À son avis, la tendance à parier sur le golf, le basket et la boxe n'était pas un trait caractéristique des lesbiennes. Lui-même ne connaissait pas grand-chose au sport. Il n'avait jamais fait partie d'une équipe universitaire, et son souvenir le plus précis, au lycée, était d'avoir tourné en rond sur le terrain pendant qu'un entraîneur plein de bière hurlait : « Les Viets vont te trouer les fesses ! » Son incapacité à se distinguer à ces occasions, et même les innombrables humiliations qu'il y avait récoltées, avaient, lui semblait-il, alimenté sa dévotion par ailleurs excentrique envers le karaté. Mais le karaté n'est pas un sport. Tous ces héros du sport lycéen, il le savait bien, avaient acquis des ventres gonflés de bière, des mioches braillards et des épouses qu'ils n'avaient plus envie de baiser. Connards. Lui, le grand Klein, le guerrier shotokan, était passé sur un plan supérieur. Et maintenant il n'était plus qu'un détenu, un rebut de la société.

Putain, se dit-il, qu'est-ce que Devlin avait à voir avec un imbécile tel que lui ? Un perdant, un minable, condamné pour viol ? Humiliant, mais vrai : il avait peur de la liberté. Pour la première fois depuis qu'il avait arrêté de fumer, Klein eut l'envie irrépressible d'une cigarette.

Le couloir fut rempli par le corps massif de Coley qui

descendait l'escalier avec une brassée de draps et de taies d'oreiller. L'infirmier le regarda d'un air hargneux.

« Devlin t'attend au bureau, dit-il.

— Je croyais qu'elle ne venait pas aujourd'hui.

— C'est une surprise. Dit qu'elle a quelque chose de spécial à te montrer. Probab que c'est sa chatte. Pour moi, cette garce est en chaleur. »

Klein fut blessé. Chaque fois que Devlin venait à l'infirmerie, Coley était plus brutal que d'habitude. Jamais il ne le lui avait fait remarquer. Peut-être aurait-il dû le faire, mais il savait que ces visites rappelaient à Coley ce que lui-même représentait : un homme blanc ayant encore un avenir. Aujourd'hui, cet avenir allait se réaliser, et Coley pouvait le lire sur son visage.

Quand il avait commencé à travailler avec lui, Coley lui avait dit de ne jamais se faire d'amis à Green River. L'amitié est un luxe, et le luxe entraîne la douleur : tôt ou tard on vous en dépouille. Cette douleur était visible dans les yeux jaunes de Coley. L'infirmier lui tourna le dos, remonta l'escalier.

« Frog ? » dit Klein.

Coley s'arrêta sans se retourner. Klein hésita, avala sa salive. Il avait l'impression d'enfoncer un couteau dans le large dos voûté.

« Ils me laissent sortir. Demain à midi. »

Coley ne bougea toujours pas. Ses épaules massives se soulevèrent. Retombèrent.

« Ne crois pas que je vais te féliciter.

— Je n'y croyais pas. »

Il y eut un silence, puis Coley tourna la tête pour le regarder. Sa voix tremblait.

« Les types me payaient pour venir travailler ici. J'avais la vie facile. Aujourd'hui ça me coûte vingt putains de Valium juste pour faire laver par terre.

— Je t'ai payé, Frog. »

Coley cligna des yeux, secoua la tête.

« Peut-être que t'as payé trop cher. »

Klein avait la poitrine serrée. Il avait envie de lui dire sans détour tout ce qu'il avait pensé. Tu es un grand médecin, mec. Je vénère le putain de sol où tu mets les pieds. Tu es un grand homme. Un grand thérapeute. Un ami génial. Je regrette que tu ne puisses pas sortir avec moi, mais je n'y peux rien. Et je regrette aussi, putain, que tu sois mon ami mais je n'y peux rien non plus. Même si je pouvais, je n'y toucherais pas. Tu m'écoutes, gros con ? Les mots qui résonnaient dans sa tête restaient coincés dans sa gorge. Il se sentait idiot.

« J'arrive dans dix minutes », dit-il.

Coley poussa un grognement et disparut en haut des marches.

Klein martela le mur avec sa paume. Que cet endroit aille se faire foutre. Et nous tous avec. Il s'écarta du mur et se dirigea vers le bureau. Bordel de merde, il allait sortir. Plus facile d'être en rage que d'avoir mal. En profiter. Pourquoi pas ? Dans vingt-quatre heures, ce ne serait plus qu'un mauvais souvenir. Tout le monde, Coley compris, ne serait plus qu'un tas de regrets imbéciles. Plein d'amertume et de culpabilité, il poussa la porte du bureau et vit Juliette Devlin.

Klein, mentalement, fit un pas en arrière.

Devlin lui tournait le dos, debout devant la table où elle était accoudée, les fesses en l'air, pour feuilleter une revue de neurologie. Une Winston Light se consumait entre ses doigts, rappelant à Klein qu'il admirait les femmes qui fumaient. C'était une tache sur leur perfection divine, et il se sentait un peu moins embarrassé de ses propres défauts, si nombreux et monstrueux qu'ils fussent. Pour Devlin, cette tache était essentielle, car il la trouvait réellement parfaite. Elle était sacrément grande, avec des jambes qui n'en finissaient pas, attribut qu'il admirait encore plus que sa façon de fumer. Elle avait aussi des petits seins apparemment très fermes — du moins l'espérait-il, ne les ayant jamais vus de ses yeux. Mieux encore, elle avait un cul plein et musclé laissant un intervalle de quatre centimètres à la naissance de ses cuisses, vision radieuse qui lui brûlait les rétines, faisait naître dans ses entrailles le désir primordial d'être englouti par la terre. Devlin avait aussi un cerveau grand comme une planète, que Klein appréciait, mais qui n'adoucissait en rien son trouble originel. Elle tourna la tête vers lui : un long cou, des traits anguleux, des yeux marron qui ne cillaient pas en croisant son regard. Les cheveux courts, qui lui donnaient l'air d'un petit punk effronté, enfoncèrent un dernier clou dans les paumes et les pieds de son désir malheureux.

Cette vague de sensations fit instantanément fondre l'extrémité de ses nerfs. Aussitôt après — réflexe conditionné par son terrible programme de survie — ce désir fut terrassé puis entraîné au loin, malgré ses hurlements de révolte, et jeté dans une cellule capitonnée au plus profond de son inconscient.

Quand Devlin vit son expression elle se redressa pour lui faire face.

« Qu'est-ce qui ne va pas ? »

Klein se sentit obligé de censurer ses pensées. Encore un autre aspect du problème qu'il avait avec les femmes. Il craignait qu'elles ne se précipitent en hurlant au commissariat le plus proche si elles avaient une petite idée de ce qu'il pensait. Pour lui, cela n'avait rien d'une plaisanterie. Il se rendait compte, au moins pour Devlin, que c'était plutôt absurde, puisqu'elle lui donnait l'impression d'être une dure à cuire et d'avoir vu ce qu'il y avait de pire au monde. Mais les vieilles habitudes ont la peau dure.

« Mauvais jour pour Coley, dit-il.

— Il survivra. »

Cette réponse le mit en colère. On avait peut-être pu l'entendre jusque dans la cellule capitonnée.

« Survivre ? dit-il. On survit tous, jusqu'au dernier jour. Il faut avoir une raison de survivre. »

Elle le regarda.

« Pour quelle raison survivez-vous ?

— Je ne sais pas. C'est peut-être pour ça que ça ne va pas. »

Une sorte de terreur traversa le visage de la jeune femme.

« La commission a refusé votre conditionnelle, c'est ça ? »

Klein ignorait qu'elle était au courant.

« Non. Je peux sortir demain. À midi. »

Elle sourit.

« Mais c'est génial. N'est-ce pas ? »

Klein s'en voulut de voir qu'elle était plus joyeuse que lui-même. C'était absurde.

« Ouais, c'est sûr.

— Pourquoi ne m'avez-vous pas prévenue de votre comparution ? »

Il haussa les épaules.

« Je pensais que cela ne vous regardait pas. »

Deux taches rouges apparurent sur les pommettes de Devlin.

« Ce que je veux dire, ajouta-t-il, c'est qu'il fallait que je n'en parle à personne.

— Mais pourquoi ? »

Klein n'y avait pas vraiment réfléchi, mais la réponse était évidente.

« Parce que si vous m'aviez souhaité bonne chance, si vous m'aviez dit merde, il y a de l'espoir, et qu'on m'ait refusé ma sortie, j'aurais prétendu que ça n'avait pas tellement d'importance. »

Il y eut un silence, pendant qu'elle cherchait à comprendre.

« C'est des conneries, dit-elle.

— Peut-être. »

Elle tendit la main, paume vers le haut, tenant toujours une cigarette entre deux doigts. « J'aurais pu écrire à la commission. J'aurais pu vous aider.

— Je sais. »

C'était exactement ce qu'il avait voulu éviter en ne parlant pas de sa convocation.

« Je ne voulais pas de votre aide. »

Les taches rouges flambèrent à nouveau. Elle le regarda fixement, longuement, en tirant sur sa cigarette. Et, à sa grande surprise, la combinaison des pommettes saillantes, des lèvres en train d'aspirer et du regard braqué sur lui le fit bander de façon incontrôlable. Devlin souffla un nuage de fumée.

« Vous savez, Klein, parfois, je pense que vous êtes presque quelqu'un de bien. »

Donc, il l'avait mise en rogne. Bon, en tout cas il

n'avait plus à s'inquiéter de la revoir après sa sortie. De toute façon, il avait besoin d'être seul, et en plus elle lui aurait probablement réduit les couilles en bouillie en moins d'une semaine. Quel plaisir, pensa-t-il alors, de se faire briser les couilles par une fille comme elle. Devlin, très calme, écrasa sa cigarette dans le cendrier.

« Vous êtes intelligent, vous êtes dévoué, et quelquefois vous me faites rire, et ici c'est un exploit.

— Ouh, merci, Miss Devlin », dit Klein.

Sans sourire, elle avança vers lui. Klein eut du mal à ne pas reculer.

« Il y a même eu des fois où j'ai eu envie de vous sucer la queue. »

Un brouillard traversa ses yeux. Klein cligna des paupières, supplia ses jambes de ne pas l'abandonner. Il força les muscles frémissants de son visage à composer, espérait-il, l'expression d'un homme habitué à ce qu'une belle femme ait envie de lui sucer la queue. Elle se planta devant lui, nez à nez.

« Mais la plupart du temps je trouve que vous êtes un trouduc. »

Elle fit un cercle avec le pouce et l'index et le lui montra.

« Un parfait connard. »

Klein attendit qu'une riposte cinglante sorte de sa bouche. Il devait bien y en avoir une, quelque part. Mais il était hypnotisé par ses yeux, perdu, sans voix. Salut, je m'appelle Ray Klein et je ne suis qu'un trouduc. Un parfait connard. Merci de m'avoir écouté. Il avait l'impression d'avoir une capote pleine d'air dans la bouche. Pour l'amour du ciel, mec, parle.

« J'ai besoin d'une cigarette. »

Devlin n'avait que trois ou quatre centimètres de moins que lui. Ses yeux étaient presque au niveau des siens. Les muscles de ses paupières se plissèrent légèrement. Était-ce de l'amusement ? Ou le mépris grandiose qu'il méritait ?

« Je croyais que vous aviez arrêté ?

— Oui. Mais maintenant que je suis sûr d'être un trouduc, j'ai le droit de recommencer. »

Il la vit défaire le premier bouton de son corsage, puis le second. Elle posa son regard sur la bouche de Klein.

« Alors allez-y. »

Il résista à l'envie de se lécher les lèvres. Et regarda celles de Devlin. Gorgées de sang, comme ses pommettes. Plus bas, dans la prison tachée de sueur de son jean, une érection prodigieuse, devenue une puissance souveraine et indépendante de sa volonté, hurlait pour être satisfaite. Sa stratégie psychologique et nietzschéenne de survie lui avait permis de s'empêcher pendant un an de draguer Devlin. Il s'était même refusé de fantasmer à son sujet, sur la taille et la couleur de ses tétons, la densité de ses poils pubiens ou la beauté sublime, sans nul doute, de la raie de ses fesses. À la place, il s'était servi des quelques exemplaires du magazine *Hustler* qu'il acceptait en paiement de consultations privées dans sa clinique souterraine. En tout cas, si Devlin avait signalé son attirance pour lui d'une façon ou d'une autre, il n'avait pas osé s'en rendre compte. Mais maintenant il était quasi libre. Libre de fumer, libre de fantasmer, libre, par Dieu, d'être un parfait connard. Son érection rugit pour l'approuver, l'encourager : libre d'enlever ce foutu froc et de lui faire goûter son sperme, puisqu'elle en avait visiblement envie.

Au lieu de baisser son foutu froc, Klein resta paralysé, fasciné par les lèvres tumescentes de la jeune femme.

Devlin glissa une main dans ses cheveux, à l'arrière de son crâne. Il sentit ses doigts se refermer, le tirer en avant. Elle ouvrit la bouche et l'embrassa.

Klein ferma les yeux, ses nerfs se changèrent en un océan de cuivre en fusion. Ses bras pendaient lourdement le long de son corps, et ses entrailles, aussi lourdes, plongeaient au plus profond de lui. Il pencha vers elle, en elle, à travers elle. Il se sentit se dissoudre et disparaître. Même cette érection grandiose, qu'il pressait maintenant contre le ventre de la femme, avait perdu toute précision, fondue dans le creuset de ses sensations. Il ne savait même plus si sa langue fouillait la bouche de Devlin, ou l'inverse. Un grognement, presque un gémissement, sortit de sa gorge. Plus tard, il saurait que c'était le seul et unique instant de pure béatitude qu'il eût jamais connu. Sur le moment, il était incapable de penser.

Devlin recula la tête.

Klein oscilla sur place, ouvrit lentement les yeux et vit qu'elle le regardait fixement, comme si elle était elle-même choquée par ce qu'elle avait fait. Peut-être n'était-elle pas aussi cool qu'il l'avait cru. Mais cool, quand même. Un éclair de terreur le traversa. Elle avait changé d'avis. Le baiser qui lui avait appris le sens du mot bonheur n'avait été pour elle qu'une affreuse erreur. Klein, après tout, n'était qu'un sale taulard, indigne de ses attentions. Son érection grandiose et toute-puissante l'écarta d'un coup d'épaule et prit le contrôle de ses membres. Klein empoigna Devlin par la taille, à deux mains, et la pressa contre son bas-ventre. Un instant, c'est lui qui resta sous le choc. La jeune femme leva les yeux : il s'attendait à ce qu'elle lui envoie son genou dans les couilles. Elle ouvrit la bouche et ils s'embrassèrent à nouveau.

Il lui serra la taille, sentit le tranchant de ses mains heurter les os pointus de ses hanches, et, à travers le mince tissu en coton, les muscles de ses flancs qui se tendaient. Klein tira la chemise de Devlin hors de son jean, pétrit la boule de coton blanc entre ses doigts. Il fit glisser sa bouche de la sienne et la pressa contre sa joue. Le souffle de la jeune femme effleura son oreille. Ce n'était pas simple. Cela aurait dû l'être, mais ne l'était pas. Brusquement, tous les besoins qu'il avait impitoyablement soudés dans les cages de son psychisme se mirent à secouer leurs barreaux en criant pour être entendus. Le sexe, le deuil, le chagrin, la joie, la solitude et l'espoir, la passion et la colère, encore et encore du chagrin, et encore plus. La nostalgie des feuilles d'automne et des couchers de soleil en hiver sur la baie, qui lui manquaient tant depuis qu'il était pris dans ce piège tourbillonnant. Le regret des amis qu'il avait perdus, de ceux qu'il aurait pu se faire. Des hommes qui étaient morts sous ses yeux, de ceux qui, comme Vinnie Lopez, allaient désormais mourir sans lui, d'Henry Abbott et Earl Coley et de tous les autres qui ne verraient pas les saisons changer entre ces murs de pierre. La douleur et la rage qui l'avaient envoyé dans cet endroit horrible, la douleur et la rage qu'il avait éprouvées alors qu'il était prisonnier. De l'homme qu'il aurait pu être et de celui qu'il était devenu. Et Klein comprit que malgré sa lutte incessante, il avait finalement échoué à empêcher ses propres fantômes, ainsi que ceux de la prison, de pénétrer au plus profond de son cœur.

Il sentait les seins de Devlin contre son torse, son ventre qui se frottait contre sa queue, le feu solitaire qui brûlait dans le sien. Et là aussi, il trouvait du chagrin. La seule chair qu'il eût touchée depuis trois longues années était celle des prisonniers malades, tous des hommes. Voilà que ses doigts allaient toucher la peau d'une femme, et pas n'importe quelle femme, mais la plus belle, pour lui, de toute l'histoire du monde. Ses mains tremblaient. Il souleva sa chemise, glissa ses paumes à l'intérieur. Quand il effleura le creux de ses reins, que sa peau toucha la sienne, une vague d'émotion sans nom parcourut son corps. Ses yeux fermés se remplirent de larmes, son angoisse largua les amarres et s'élança en hurlant dans le vide infini de sa poitrine. Tous les chagrins et tous les désirs, tous les passés et tous les futurs se rassemblèrent en cet instant unique. Un présent où il aimait cette femme. Absolument et pour toujours. Et il savait qu'il l'aimerait absolument et pour toujours jusqu'à ce que lui-même et tous ses chagrins fussent changés en poussière.

« Klein ? » lui dit-elle à l'oreille, d'une voix douce et pleine d'inquiétude.

Il se rendit compte qu'elle sentait ses larmes couler le long de son cou. Jamais, depuis qu'il était adulte, il n'avait pleuré en présence d'une femme. Jamais. Soudain une honte immense vint recouvrir toutes ses sensations. Il garda la tête pressée contre la sienne pour qu'elle ne voie pas son visage.

« Vous allez bien ?

— Très bien, dit-il d'une voix dure. Ne dites rien, c'est tout. »

La honte venait de ce qu'un homme ne ressent qu'en face d'une femme — jamais en face d'un autre homme ni de lui-même — la honte de montrer sa faiblesse et sa douleur. Klein connaissait trop bien la quantité de littérature consacrée aux avantages d'une telle exhibition, abondamment engraissée de conneries. Il n'en croyait pas un mot. Comme la femme est incapable de comprendre ou d'adoucir la douleur, le fait d'en être témoin lui donne seulement un avantage émotionnel, et toute femme, d'après son expérience, y plante aussitôt ses griffes. Il était peut-être dommage que Klein fût plus à même de s'agenouiller en pleurant devant Nev Agry qu'aux pieds d'une femme qu'il aimait, mais c'était néanmoins la vérité. On peut affronter le mépris d'un homme — si telle est sa réaction. Celui d'une femme — et laquelle, entre toutes, n'a pas ce mépris au plus profond de son cœur ? — est une souffrance pire que la mort. Devlin l'aurait cru fou si elle l'avait entendu penser, et peut-être l'était-il. Mais Klein avait trop souvent entendu pleurer des hommes, les avait vus avec leurs femmes ou leurs amies, comme les enfants avec leur mères, pour réagir différemment. Il pressa ses lèvres contre le cou de la jeune femme, lécha ses larmes et but sa propre honte, souhaitant que son cœur devienne aussi dur que sa queue. Puis il l'embrassa de nouveau sur la bouche.

Cette fois le bonheur et l'angoisse de sa honte cédèrent la place à une pure convulsion sexuelle. Tristesse et censure s'évanouirent. Il mordit les lèvres de Devlin, son visage, fit courir ses doigts sur la longue courbe blanche de sa gorge, prit la peau de son dos à pleines poignées comme s'il voulait l'arracher de ses côtes et la dévorer. Des bribes de sons rauques, informes, jaillissaient de son larynx, une stridence primale ponctuée par les sucements et les claquements des langues, un hurlement et une plainte venue d'une privation si brutale, d'un besoin si violent que cet air sans paroles montait de la moelle de son être. La serrant contre lui, il souleva à moitié Devlin, recula en titubant à travers la pièce sans arrêter de mordiller l'angle de sa mâchoire, son cou, la peau mince et tendue sur sa clavicule. Klein sentit son dos heurter le mur près de la porte et tourna sur lui-même, sans lâcher la jeune femme, pour la plaquer contre les briques peintes en jaune. Puis il s'arrêta et recula un peu pour la regarder.

Devlin haletait, les yeux agrandis par la stupéfaction, presque effrayée. Elle colla sa tête et ses épaules contre le mur, tendit son pelvis vers lui, leva ses lèvres rouges et humides. Il resta en arrière, scrutant son visage, et cette vision le remplit d'une douleur plus terrible que tout ce qu'il avait ressenti dans l'obscurité de sa cellule. Elle tourna la tête et regarda par terre, les paupières mi-closes, comme endormie, puis releva sa chemise au-dessus de ses seins. Elle portait un soutien-gorge en lycra blanc qui aplatissait sa poitrine. Les bouts sombres et durs de ses tétons pointaient vers lui, et l'âme de Klein tomba en chute libre dans le néant. Son ventre, tendu au-dessous de sa cage thoracique, ondulait à chaque respiration. Toujours sans le regarder, Devlin abaissa de la main gauche un bonnet du soutien-gorge, libérant un sein. Klein sentit les muscles de sa queue se crisper et une goutte de fluide s'en échapper. Il lui prit la tête et la tourna vers lui. Elle ouvrit des yeux aussi noirs et turbulents que l'océan, et il soutint son regard pendant une pulsation temporelle infinie. Sans la quitter des yeux, il posa la main sur son pubis et la souleva sur la pointe des pieds.

Devlin hoqueta, une exhalation profonde et gutturale, mais ne cilla pas et ne lâcha pas son regard. Elle poussa son bas-ventre contre les doigts de Klein, et il sentit le tissu du jean céder légèrement quand les lèvres de son sexe s'entrouvrirent. Les taches sur ses joues étaient maintenant rouge vif. Klein sentit une main se poser sur sa queue, la serrer fermement, la tirer vers le haut, et il trembla quand son gland humide glissa contre la paume de la fille. Ils s'embrassèrent, se sucèrent la langue, leurs dents s'entrechoquèrent. Klein la prit par les hanches et la fit pivoter contre le mur, sa bouche toujours collée à la sienne. Il pressa sa bite contre son jean, l'enfonça entre ses fesses, la sentit se cambrer contre lui, les bras appuyés au mur, la tête pendante. Glissant les mains sous les aisselles de la fille, il souleva ses seins. Elle tressaillit quand il tira sur les tétons. Il ferma les yeux, mordit la peau recouvrant les vertèbres juste au-dessous de la nuque, sentit la force de son éjaculation gonfler son bas-ventre. C'était trop tôt. Il arrêta de pousser et resta contre le dos de la jeune femme, la chemise et la peau trempées de sueur. La jouissance recula, et aussitôt il voulut qu'elle revienne. Klein poussa un gémissement en entendant le cliquetis d'une boucle en laiton. Devlin fit sauter les boutons de son pantalon, se tortilla et le poussa d'une main au bas de ses hanches. Il vit la lanière noire d'un string qui plongeait entre ses fesses.

Quand la lave de son orgasme imminent jaillit à nouveau dans sa queue, il se rappela qu'il ne s'était pas branlé de toute la semaine, et que dans cet état il serait incapable de donner plus d'une douzaine de coups de bite avant de jouir. Une bouffée de panique inonda ses tripes. Il voulait la baiser de façon grandiose, mais cela faisait trop longtemps. Trois ans. Il n'était pas prêt. Il fallait qu'il le soit. Lui, le nietzschéen. Le guerrier shotokan. Par la force de la volonté, il materait son système nerveux autonome et la baiserait jusqu'à ce qu'elle ne puisse plus tenir sur ses jambes. La bouffée de panique devint plus dense, plus âcre. Le nietzschéen toussa et crachota. Une sonnette d'alarme se mit à retentir.

Il fallut plusieurs secondes, et que Devlin se tournât vers lui, inquiète, pour qu'il comprenne que la sonnerie ne venait pas de sa tête mais de l'autre bout du bureau. Il se retourna, pris de vertige. Une lumière rouge clignotait sur un tableau, près des mots SALLE TRAVIS. Devlin remonta son jean.

« Arrêt cardiaque, Klein. Klein ?

— Merde. »

Il glissa les deux mains sur son visage luisant de sueur et se les passa dans les cheveux.

« Reste là », dit-il.

Il vérifia l'indication et courut vers la porte.

« Tu veux de l'aide ? cria-t-elle.

— Non. »

Il fit un sprint dans le couloir. La salle Travis. Premier étage. Klein monta l'escalier quatre à quatre. En haut de la première volée de marches, son pied glissa et il se cogna le tibia contre un rebord en ciment. Avec une bordée d'injures, il se remit à courir, la jambe parcourue d'élancements douloureux. Une image d'horreur absolue surgit dans son esprit : Frog Coley écroulé de toute sa masse tandis que Gimp Cotton lui faisait les poches pour prendre les clefs de l'armoire à pharmacie. Non : Frog était le seul qui avait pu penser à déclencher le signal d'alarme. En poussant la porte d'un coup d'épaule, il entendit Coley qui rugissait.

« Connards, qu'il y en ait un qui vienne m'aider ! Wilson ! »

Klein continua à courir entre les lits. La barrière qui coupait la salle en deux était ouverte. Tout au fond, Coley était penché sur Greg Garvey, les deux mains sur son sternum, et lui pressait régulièrement la poitrine. Klein arriva près du lit, releva la tête de Garvey, lui pinça le nez et posa sa bouche sur celle du malade. Les lèvres étaient bleu foncé. Il souffla dans les poumons de Garvey, laissa la poitrine se vider, souffla encore, et mit la main entre les cuisses du malade pour sentir l'artère fémorale. Il y avait un pouls, mais très faible, et uniquement au moment où Garvey appuyait.

« Arrête une minute », dit Klein.

Coley se redressa, s'épongea le front avec sa manche. Le pouls, sous les doigts de Klein, s'arrêta complètement. Il souleva une paupière de Garvey. La pupille, dilatée, ne réagit pas à la lumière. De même pour l'autre œil. Coley se remit à pomper.

« Tu l'as vu partir ? » demanda Klein.

Coley secoua la tête. La sueur gouttait de son nez sur la poitrine de Garvey.

« Je faisais un lit à l'autre bout. L'ai trouvé comme ça en revenant des gogues.

— C'est fini, Frog. Il n'y a plus rien à faire. »

Il posa une main sur celle de Coley, qui arrêta tout. Au bout d'un moment, il retira ses mains et regarda la chemise trempée de Klein.

« Où étais-tu ? »

La mâchoire de Klein se crispa.

« J'étais au bureau. Tu sais bien. »

Coley le regardait fixement.

« Greg était terminal. Nous avons fait au mieux, dit Klein.

— Nous ? » La voix de Coley vibrait de chagrin réprimé. « T'es parti, fils de pute. Y a plus de "nous" ici, maintenant. Qu'est-ce que t'en as à foutre ?

— Frog », dit Klein tout bas.

Coley avait vu des centaines de détenus quitter l'infirmerie pour la fosse commune dans un sac en plastique. Klein savait qu'il ne s'agissait pas de la mort de Garvey. Coley aussi. L'infirmier respira un grand coup et renvoya l'air par les narines.

« Pardon, mec.

— C'est rien », dit Klein.

Coley tira le drap sur le visage du mort, puis se leva et regarda Gimp Cotton, de l'autre côté de la salle, le visage vide, d'un air qui fit se hérisser la nuque de Klein. Cotton se recroquevilla sur son matelas. Klein aperçut un hématome important sur la moitié gauche de son visage.

« J'ai rien fait ! » glapit Cotton, terrorisé.

Coley avança vers lui. Klein fit le tour du lit et se mit en travers.

« Frog. »

Coley fixa Cotton pendant au moins dix secondes. Le Gimp se convulsait en tordant les draps entre ses doigts.

« J'ai rien fait ! Dis-leur, Wilson. »

Coley regarda Klein, parla assez fort pour que le Gimp l'entende.

« J'allais le renvoyer au boulot, cet après-midi. » Il tourna un regard mortel vers la silhouette ratatinée. « Je crois que j'vais le garder encore un peu, après tout. »

Coley traversa la salle, et Klein, en le suivant des yeux, croisa le regard de Reuben Wilson, un des rares types à peu près équilibrés de la taule. Lui-même, sur le moment, ne pensait pas en faire partie. Parler avec Wilson pourrait lui faire du bien, et il s'approcha de son lit.

« Garvey avait l'air de dormir, doc. Rien que j'aurais pu faire.

— Son numéro était sorti, dit Klein. Ne t'en fais pas. Comment va ton ventre ? »

Wilson, crispé, haussa les épaules.

« Bien, j'imagine.

— Laisse-moi voir. »

Klein s'assit au bord du lit. Quinze jours avant, à l'isolement, Wilson avait failli mourir. Un coup d'une violence extrême, dont les circonstances et la nature exactes ne seraient jamais déterminées, lui avait été porté par-derrière sur la neuvième et la dixième côte, à gauche, et lui avait écrasé la rate. Deux litres de sang étaient passés dans la cavité péritonéale pendant qu'il criait à l'aide, étendu sur le sol de sa cellule. Le capitaine Cletus était de service de nuit, et bien qu'il fût un enculé professionnel de première, il savait reconnaître un mourant et il avait fait appeler Klein. Klein, trouvant une tension réduite à zéro et un pouls dépassant les cent soixante, avait enfoncé une aiguille dans la veine sous-clavière et transfusé deux sacs de solution saline en attendant qu'une ambulance l'emmène à l'hôpital général. Trois jours après s'être fait enlever la rate d'urgence et avoir reçu trois litres de sang, Wilson avait été renvoyé à Green River.

Wilson releva son T-shirt. Une cicatrice récente partait du sternum et descendait presque jusqu'à l'os pubien. Dans l'abdomen, le tissu musculaire était recousu avec du fil en nylon n° 2. La plaie visible paraissait en voie de guérison. Klein passa la main sur le ventre de Wilson.

« Me semble bien, dit-il.

— Sans blague. C'est la plus grande putain de cicatrice que j'ai jamais vue, et j'en ai vu pas mal.

— Les chirurgiens avaient besoin de place pour travailler, et pas le temps de réfléchir à ce qu'allaient penser les filles qui te suceraient la queue.

— J'crois que c'est un problème dont j'ai plus à m'inquiéter. Enfin, pour un bout de temps.

— J'imagine. »

Une main glacée étreignit son cœur. Wilson tirait de quatre-vingt-dix-neuf ans à perpète pour un meurtre dont Cletus lui-même avait du mal à croire qu'il l'avait commis. Il avait été challenger du championnat du monde des poids moyens, avait gêné un grand promoteur de boxe allié à la mafia et s'était réveillé à Dallas, dans la chambre d'un motel, devant six flics armés se répétant l'un l'autre que ce négro prétentieux allait se retrouver sur la chaise électrique. Dans la chambre voisine, il y avait le cadavre d'une putain étranglée, un des caleçons en soie monogrammés de Wilson fourré au fond de sa gorge. Un caleçon et quelques-uns de ses poils pubiens. Il paraissait peu plausible qu'un Wilson à jeun ait étranglé une inconnue et soit allé piquer un roupillon dans la chambre d'à côté. Mais c'était au Texas, Wilson était un nègre qui avait des sous-vêtements importés de luxe, et la femme était blanche. Plusieurs pop stars et acteurs de cinéma avaient monté une campagne pour l'innocenter, et Wilson était devenu une *cause célèbre*, mais une fois la vague de publicité retombée, les stars s'en étaient désintéressées. Quand il avait fini par passer en jugement, deux ans plus tard, personne ne se souvenait plus de lui, surtout à Hollywood, et le juge avait rejeté son appel. Dans vingt-quatre ans, il serait autorisé à demander la conditionnelle.

Wilson sortit un paquet de Camel de sous son oreiller, en sortit une et l'offrit à Klein. Klein soupira, secoua la tête. Wilson la fourra dans sa bouche.

« J'ai entendu ce qu'a dit Coley, là-bas. Ça veut dire que t'as eu ta sortie ? »

Klein hocha la tête. Wilson sourit, tendit le bras, et ils se serrèrent la main.

« Bien joué, mec. Fais pas gaffe à Coley. C'est juste qu'avec toi il est cinglé.

— Tu peux me rendre un service avant que je sorte.

— Dis-moi.

— Je veux voir Claude Toussaint, lui dire au revoir. »

Wilson acquiesça.

« Bien sûr, pourquoi pas ?

— Je ne crois pas que Stokely Johnson me laissera faire sans un mot de toi.

— Donne-moi un bout de papier. »

Klein sortit de sa poche un stylo-bille et un carnet détrempé, les lui tendit. Wilson griffonna rapidement quelques mots, déchira la page, la plia et lui rendit le tout.

« Très aimable.

— Tu aimes bien Claude ?

— Quand je suis arrivé, dit Klein, Claude a été très bien avec moi, m'a introduit partout, comme Flynn a fait avec Agry. Il m'invitait au café du matin et aux cocktail-parties dans leur cellule.

— Quand il était une dame, Claude aimait jouer à ces conneries d'hôtesse mondaine.

— Tu lui en veux ? dit Klein.

— Y a des gens. Pas moi. On survit comme on peut. Claude avait la bonne planque, au D. Pourquoi est-il revenu au B ?

— Au D on dit qu'il n'avait pas le choix. Que Hobbes l'a fait revenir à ta demande.

— Merde, dit Wilson. Il nous a dit qu'il l'a demandé lui-même, qu'il en avait marre d'être la chienne d'Agry.

— C'est peut-être pour ça, et il a fait circuler cette histoire pour se protéger. Si Agry avait cru que Claude l'avait quitté, il l'aurait fait empaler sur un pieu en moins de deux.

— Cet enculé d'Agry est un vrai dingue.

— Il est cinglé, s'est simple. Hobbes est un fou. Je veux dire un vrai fou, camisole de force et tout, ou du moins il en prend le chemin. »

Wilson, inquiet, se rembrunit.

« Le bouclage est une folie, c'est sûr. Je ne vois pas le sens que ça a, sauf s'il veut seulement montrer qu'il est le patron. Comment ça se passe au B ?

— Ça chauffe », dit Klein.

Wilson haussa les épaules.

« Bon, c'est pas ton problème. Plus rien, maintenant. Comme a dit Coley, t'es parti, sale fils de pute. »

Wilson sourit. Klein lui rendit son sourire, consulta sa montre.

« Il faut que je prévienne Cletus de la mort de Garvey.

— Passe me voir avant de partir. »

Klein hocha la tête et sortit de la salle. Coley l'attendait en haut des marches. Il le regarda, puis baissa les yeux sur l'escalier.

« C'est pas personnel, dit Coley, mais j'veux plus de cette femme ici. J'veux qu'elle s'en aille. Tout de suite. J'suis pas rancunier, c'est juste… »

Il s'efforça de trouver ses mots, n'y arriva pas et se tourna vers Klein.

« Tu comprends ? »

Klein hocha la tête.

« Bien sûr, Frog. Je vais m'en occuper. »

Il posa une main sur l'épaule de Coley, qui secoua la tête et détourna le visage. Klein lui serra l'épaule.

« Je reviens après le comptage. »

Coley acquiesça sans rien dire. Klein retira sa main et descendit l'escalier vers le bureau.

Il n'avait plus qu'à virer sa nouvelle amoureuse de l'infirmerie et signaler un mort au fan club de Doris Day. Klein se sentait vidé. Il regarda sa montre. S'il lui restait du temps, après avoir rempli les formulaires de Cletus, il devrait aller affronter Stokely Johnson et ses coureurs de fond à la cantine. Pour dire au revoir à Claude Toussaint. Klein n'y était pas obligé, mais il avait envie de le faire. Le ventre noué il prit le couloir menant au bureau... et à Devlin. Il espérait qu'elle comprendrait, qu'elle n'allait pas faire une scène. Son dernier jour en prison était déjà plus compliqué qu'il ne l'aurait voulu. Et les menaces de Cletus le tracassaient. Tout de même, il avait pu refuser la cigarette offerte par Wilson. Et il était difficile que les choses puissent empirer. Il poussa la porte et entra.

XI

Hector Grauerholz était défoncé. Déchiré. Sur orbite. Pas avec des drogues, attention. Il en prenait rarement, et uniquement des *downers* pour contrer l'excès de produits chimiques aberrants spontanément produits par son cerveau. À huit heures, tous les matins, il avait déjà l'air shooté à la méthédrine. Mais cette fois il planait vraiment. Ce que devait ressentir un aigle traversant les couches d'air, l'œil fixé tout en bas sur un petit animal, pensait-il. Un lapin, par exemple. Ou un pigeon. Ouais. Soudain, un doute le traversa. Il ne savait pas vraiment si les aigles s'attaquaient aux pigeons. Peut-être n'y en avait-il pas beaucoup dans les montagnes. Ils étaient trop occupés à chier sur les statues et dans leurs pigeonniers. Alors, c'était peut-être l'inverse : il était un aigle enfermé dans une cage. Putain, ouais, c'était ça. Une cage assez grande pour qu'on puisse y voler. Des courants électriques faisaient vibrer ses os. L'oxyde nitrique remplissait sa poitrine. De larges éclairs dansaient devant ses yeux. C'est le truc, mec, le vrai truc. Des accords primitifs sonnaient à ses oreilles, comme des hommes des cavernes grattant des guitares dans un donjon en acier inoxydable. *Wang Dang Doodle*. Toute la nuit.

Grauerholz était dans l'atelier de charpente, au pied du mur nord, en face du portail secondaire et des accès de service vers la cuisine et le réfectoire. L'atelier était une sorte de grand hangar d'un seul tenant, avec un toit en plastique ondulé et des portes pliantes en aluminium, encombré de palettes chargées de briques, de ciporex, de pièces en béton moulé, de sacs de ciment, de grillage, de poutrelles en acier couvertes de peinture antirouille rouge sang avec des numéros de code peints en blanc. Installé sur un tabouret près des portes ouvertes, un maton noir, qui s'appelait Wilbur, lisait la page des sports. Agry avait dit d'y aller mollo avec les gardiens. Grauerholz n'aimait pas trop ça, mais il était d'accord pour essayer. Avec le revolver de Larry DuBois sous sa chemise, collé contre son ventre, il avait l'impression de bander. Il se rappela d'économiser les balles, de ne pas se laisser aller. Ça aussi, ce serait dur. Certains types préféraient une lame, la sensation, le contact physique. Il se rappela Agry en train de fouiller au rasoir le cou du vieux Larry, l'expression de son visage. Grauerholz aimait tout ça, bien sûr, mais il préférait les flingues, aucun doute. Il était encore émerveillé de les voir fonctionner : pop, pop, pop, c'est tout ce que ça disait, mec. Fantastique. Foutrement génial, plus qu'on en dit avec des mots. Horace Tolson passa lourdement près de lui, un sac de ciment sur l'épaule. D'un côté, sa barbe était pleine de poussière grise.

« Envoie Bubba chercher Sonny Weir, dit Grauerholz. Et dis aux gars que c'est le moment de lancer cette bonne vieille 99. »

Horace changea de direction pour aller vers son frère, et Grauerholz s'approcha de Wilbur. En le voyant venir, le gardien se leva, replia son journal et le mit dans sa poche arrière. Tout le monde devenait nerveux, autour de lui, et depuis toujours, semblait-il. Il ne l'avait jamais compris avant d'avoir demandé à Klein, un jour, ce qui les inquiétait. Klein lui avait répondu : c'était que Grauerholz était le plus pur exemple de psychopathe qu'il ait vu. En arrivant, Grauerholz fit son sourire d'enfant de chœur, croyant que les gens aimaient ça. Wilbur eut l'air encore plus inquiet.

« Permission d'utiliser la scie, chef Wilbur », dit Grauerholz.

Le gardien se détendit un peu.

« Bien sûr, Grauerholz. Et arrête cette connerie de "Chef". C'est monsieur, et tu le sais.

— Oui m'sieur, monsieur Wilbur. Merci. »

Il traversa le hangar. Au passage, les bras écartés pour garder l'équilibre, il trotta sur une poutrelle posée par terre attendant d'aller remplacer un chevron rouillé sur le toit du bloc C. Cette putain de prison était tellement vieille qu'il y avait toujours des trucs à changer. La poutrelle était biseautée aux deux bouts, les bords devant être boulonnés au faîtage et au mur. Elle faisait dix mètres de long, et avait le numéro 99 peint en blanc sur le côté. De chaque côté, trois boucles de gros câble en nylon étaient passés dans les trous de boulons pour la transporter plus facilement. Arrivé au bout, Grauerholz sauta par terre et se dirigea vers un établi massif, en acier, au fond de l'atelier.

La scie à parpaings était fixée à l'arrière de l'établi, momentanément cachée par une grande tôle posée devant. Il abaissa l'interrupteur mural et appuya sur un bouton rouge. La grande lame circulaire, gris foncé, se mit à tourner avec un vrombissement insupportable, encore amplifié par la tôle toute proche.

Putain de merde. Grauerholz, brusquement, se rappela la sensation qu'il avait éprouvée en violant une femme dans son appartement de Fort Worth, une de ces garces en tailleur-pantalon qui se font quarante bâtons par an. En la baisant sans arriver à jouir, il avait écouté sur son walkman Howlin Wolf chanter *Wang Dang Doodle* à fond les manettes, et avait gravé ses initiales sur ses nichons — H G — avec un cutter à linoléum. Ça lui avait donné une sorte de vertige dans la tête, comme en ce moment. Mec. Il n'avait pas tué la bonne femme, l'avait simplement laissée avec ses cicatrices et cent mille dollars de psychothérapie à prévoir. S'il avait pensé se faire prendre — il n'y avait pas pensé un seul instant — il aurait pu la tuer, mais cette idée ne lui avait même pas traversé l'esprit.

C'était parce que Grauerholz, comme le lui avait patiemment expliqué le docteur Klein, était un de ces rares individus — même à Green River — chez qui n'existait aucun intervalle entre l'acte et la pensée, et pour qui la notion de conséquences ou de n'importe quel futur n'avait aucun sens. Certaines personnes parlent de vivre au jour le jour. Lui, c'était à la minute. Les seules fois où il pensait à l'avenir, c'était quand il se rappelait qu'en cas de victoire, de défaite ou de partie nulle, il finirait un jour exactement comme avait fini son père, si respectueux et si docile : gras, quadragénaire et totalement foutu. En d'autres termes, pire que mort. Alors pourquoi s'en faire, bordel ? Grauerholz aimait la vie en prison. Logé, nourri, blanchi, toujours l'impression qu'il allait se passer quelque chose, de quoi jouer gros jour et nuit. Le cul lui avait manqué, au début, bien sûr, mais après un bout de temps on oublie ce genre de truc. La plupart des types se branlaient, payaient pour se faire sucer — certains matons le faisaient pour rien. Ça les rassurait, leur prouvait que leur bazar fonctionnait toujours, mais, putain, ils n'en tiraient pas grand plaisir. En tout cas pas Grauerholz. Le meilleur, pour lui, ça avait toujours été d'entendre pleurer ces garces quand il les punissait, et puisqu'elles n'étaient plus là pour l'exciter, il les avait plus ou moins oubliées, et le sexe avec.

Ce qu'avait voulu souligner Klein, c'était que cette absence du moindre délai entre la pensée et l'action, chez lui, terrifiait tous ces connards. Il n'était ni grand, ni fort, ni particulièrement malin, mais il était plus cinglé qu'un serpent voulant baiser une chèvre, qu'un chien tueur de moutons — il aurait fallu l'enchaîner pour l'abattre, et voilà pourquoi les gens avaient peur de lui. Il ignorait si Klein l'avait fait exprès, mais après il s'était senti très content de lui.

Il sortit de sa rêverie en voyant Bubba Tolson pousser Sonny Weir vers lui à petits coups dans le dos. Sonny avançait en trébuchant, le teint verdâtre, les lèvres tremblantes, se contorsionnant comme un tas d'asticots dans une boîte.

« Hé, Sonny, qu'est-ce qui t'arrive ? » dit Grauerholz avec son sourire d'enfant de chœur.

Il fallait qu'il parle fort pour couvrir le hurlement de la scie. Weir réussit à grimacer un sourire.

« J'ai la diarrhée. »

Grauerholz secoua la tête.

« Tst, tst. T'aurais dû te faire porter pâle. Si tu prends pas soin de toi, personne va le faire à ta place.

— J'aime pas aller à cette putain d'infirmerie. Tous des pédés, tu sais pas ? »

Grauerholz fit signe à Bubba, qui dominait le corps rachitique de Weir.

« Peur d'attraper quelque chose de pire, tu sais, continua Weir. Hé, bon Dieu ! »

Bubba le prit par-derrière, un bras autour de sa maigre poitrine, une main pressée sur sa bouche et son nez. Weir se débattit, donna des coups de pied. Bubba le souleva et l'emporta derrière la tôle dissimulant la scie à parpaings. Grauerholz jeta un coup d'œil vers la porte. Horace Tolson, qui jetait un dernier sac de ciment en haut d'une pile, s'arrêta en le regardant. Grauerholz leva le pouce, puis ferma son poing comme s'il appuyait sur un détonateur.

Horace prit une brique, s'approcha de Wilbur et l'assomma d'un seul coup.

Pendant qu'Horace tramait le corps du gardien dans le hangar, à l'abri du mirador ouest, Grauerholz passa derrière la grande tôle et fit un sourire à Weir. Le hurlement strident de la lame se fit encore plus aigu. Sous la main de Bubba, Weir roulait des yeux exorbités dans un visage bouffi et empourpré.

« Okay, le mouchard, cria Grauerholz dans le vacarme. Quel bras tu tiens vraiment à garder ? »

XII

Devlin, à la fois furieuse et désorientée, vit Klein traverser la cour vers le bâtiment principal de la prison pour le troisième comptage. Son instinct professionnel, venu de sa pratique psychiatrique libérale, l'obligeait à vouloir comprendre pourquoi il l'avait poussée hors de l'infirmerie et lâchée à la réception, pourquoi il s'était montré inaccessible et glacé si vite après la fureur sexuelle qu'elle avait déchaînée en lui dans le bureau de l'infirmerie. Greg Garvey était mort dans des circonstances pénibles. Il y avait une ambiance terrible dans les salles. Coley se sentait très mal. Bla-bla-bla. Son instinct libéral emboîtait le pas, trouvait parfaitement normal que cette mort puisse affecter Klein, Coley et les autres. Mais non, des salades, pensait-elle au fond. Des prisonniers étaient déjà morts, depuis qu'elle était là. Ils tombaient comme des mouches, ne provoquant le plus souvent que des plaisanteries obscènes et un déploiement de machisme défensif. Il fallait que ce soit lié au sexe, et Devlin se demandait si elle n'avait pas fait une connerie.

En y repensant, pendant l'attente interminable qu'elle devait subir à la réception, elle était à la fois secouée et troublée par l'intensité de son désir pour Klein. Elle avait voulu qu'il la baise contre ce mur. Et pas seulement qu'il la baise, mais qu'il la baise sauvagement, follement, dans cette pièce humide et sordide, entourés par les malades et les mourants. Des types avaient déjà eu envie d'elle, et beaucoup, mais elle n'avait jamais rencontré une telle sexualité, à la fois enragée, brûlante, tendre et terrifiante, adorable et bestiale. Devlin avait connu des moments de désir, mais pas le délire qui l'avait prise à ce moment. Pas de capote. Aucune précaution. Mon Dieu, elle avait dû perdre l'esprit. À moins que, pour une fois, elle fût elle-même. Quelque chose, au fond de son esprit, se révoltait contre la voix du bon sens. Elle avait souhaité qu'il la baise et qu'il jouisse en elle, malgré le danger. Elle avait souhaité qu'il revienne après avoir vu mourir Garvey, et qu'il recommence. La voix du bon sens et son instinct libéral chancelèrent, horrifiés. Quoi ? Que disait-elle ? Allez tous vous faire foutre, répondaient ses tripes. Je veux sa bite en moi. Je veux ses mains sur moi. Je veux l'entendre gémir tout près de moi. Je me fous de ce qu'il a fait, d'où il vient et où il va. Je le connais. Je le veux. Pendant quelques minutes, je l'ai connu mieux que je n'ai jamais connu quiconque. Et lui aussi m'a connue. Je l'aime.

Je l'aime.

D'un seul coup, ses pensées contradictoires furent balayées, et un grand silence intérieur les remplaça. Au contraire de son esprit conscient, le noyau antique de son être — une femme très sage et très vieille, âgée de dix mille ans — n'était pas surpris, ni secoué, ni horrifié. La vieille savait que Devlin avait regardé Klein pendant un an, regardé les rides de concentration autour de ses yeux lorsqu'il suturait une plaie, regardé les muscles qui bougeaient sous la peau et les grosses veines de ses avant-bras, regardé ses cheveux pousser et son habitude de les rejeter en arrière avec la sueur qui coulait constamment sur son visage osseux. Qu'elle avait écouté le rythme de sa voix et de son rire, la manière dont il jurait, sa facilité de s'y prendre avec les hommes qui comptaient sur lui plus qu'il n'acceptait de le dire. Qu'elle avait senti son haleine de prisonnier, son déodorant inutile de prisonnier, les odeurs d'infirmerie qui collaient à ses mains, à ses vêtements, et son odeur à lui qui venait des pores de sa peau. Que pendant tout ce temps elle était tombée amoureuse. La vieille l'avait su et elle non. Maintenant, elle le savait.

Devlin s'empêcha de penser aux sentiments de Klein à son égard. Elle savait qu'on pouvait interpréter ses actes de mille et une façons, certaines étant désirables et d'autres redoutables. Elle n'allait pas jouer à : il m'aime, il ne m'aime pas. Elle allait attendre et voir, et son silence intérieur lui ferait supporter l'attente. Demain, Klein serait libre et ils se retrouveraient dans un autre monde. Cela aussi lui faisait peur. Et donc, raisonnait-elle, cela devait faire sacrément peur, à lui aussi. Il était persuadé d'être un vrai dur, genre rien-à-foutre, sors-toi de là ou je te casse la tête, mais en fait il y arrivait si mal que c'était parfois presque comique, en tout cas pour Devlin. Il se croyait cool et trop malin pour être impliqué — avec les types atteints du sida, ou Coley, ou n'importe quel détenu. Devlin ne lui en voulait pas de vouloir se défendre, elle pensait seulement que son armure n'était pas si épaisse qu'il le croyait

Elle-même, à sa façon, n'était peut-être pas si différente. Elle s'était inventé un personnage à peu près de la même manière, avait justifié sa dureté par la compétition féroce qu'elle affrontait. Sa mère lui demandait quand elle lui donnerait des petits-enfants, ce qu'elle ne demandait jamais, bien sûr, à ses fils, les deux frères de Devlin. Deux hommes lui avaient proposé le mariage. Chaque fois elle avait refusé et rompu. Elle avait trop de choses à faire, même si parfois elle ne savait plus très bien quoi. Plus elle en faisait, plus ce qu'elle cherchait, quoi que ce pût être, semblait s'éloigner. Une intuition lui avait faire croire qu'elle le découvrirait ici, au pénitencier de Green River. Après tout, s'était-elle dit, c'était tellement improbable qu'elle devait avoir raison. Et pendant un moment, dans le bureau avec Klein, elle l'avait trouvé. Cela avait coulé en elle, vif et clair, et dans les doigts vigoureux qui fondaient dans sa chair. Maintenant qu'elle se sentait rejetée, désorientée, elle en était moins sûre. Comment une chose aussi fondamentale pouvait-elle si vite se transformer en doute ? Klein avait encore vingt-quatre heures à tirer. Elle l'attendrait au portail. Et là, elle saurait. Une phrase surgit dans son esprit : *Fais-moi boire la mandragore, que je dorme cette vaste étendue de temps/Mon Antoine est parti.* Elle rougit sur sa chaise. Bon Dieu, Devlin, qu'est-ce qui t'arrive ?

Un officier l'appela au guichet de la réception pour prendre ses affaires et signer le registre. En remettant son livre dans sa serviette, elle aperçut une couverture verte. Merde. Elle avait oublié la seule raison pour laquelle elle était venue : le premier article publié sur ses recherches à l'infirmerie.

Sida et dépression dans une institution fermée :
Étude pilote au pénitencier de Green River
par
Juliette Devlin Ray Klein Earl Coley

Elle n'avait pas dit à Klein ni à Coley que l'article avait été accepté depuis plusieurs semaines, pour leur en faire la surprise. Mais Klein sortait demain, et Devlin ne pourrait pas venir avant midi, au plus tôt. Elle devait animer une conférence clinique à Houston. Les trois signataires ne se réuniraient pas pour célébrer leur exploit. L'image de Coley arpentant lourdement la salle Travis, tout seul, lui fit monter les larmes aux yeux. C'était surtout pour lui qu'elle était fière de cet article. Elle voulait voir son expression quand il lirait son nom à côté des autres. Elle avait envie de savoir l'importance que cela aurait pour lui. Quand elle-même avait été publiée la première fois, Devlin avait été folle de joie, alors que cela n'avait rien que d'ordinaire, dans son travail. Pour Coley, elle espérait que ce serait une sorte d'hommage aux services immenses mais invisibles qu'il rendait aux malades passés entre ses mains. Il fallait qu'elle le lui donne, aujourd'hui même. Le sergent Victor Galindez passa près d'elle, s'arrêta.

« Il y a quelque chose qui ne va pas, docteur Devlin ? »

Elle se retourna, ne chassa pas les larmes de ses yeux. Il lui arrivait rarement d'exploiter sa féminité, du moins volontairement, mais il fallait à tout prix faire parvenir l'article à Klein et à Coley. Si les pleurs d'une femme pouvaient y contribuer, tant mieux. Devlin s'approcha du gardien à grands pas, ajoutant une certaine autorité médicale à ses larmes.

« Sergent, il faut que je retourne à l'infirmerie. J'ai oublié quelque chose de très important. »

Galindez jeta un coup d'œil au guichet.

« Vous avez déjà signé votre sortie, on dirait ?

— Oui.

— Dommage. Qu'est-ce qu'il y a de si important ? »

Plusieurs prétextes imaginaires lui traversèrent l'esprit. La plupart des gardiens se moquaient bien de Coley, de Klein et de leurs recherches, ne leur accordaient pas la moindre importance. Galindez était différent, et Devlin n'avait pas envie de lui mentir. Elle le regarda dans les yeux, se décida, sortit la revue, l'ouvrit au début de leur article et la lui montra.

Galindez s'en empara, lut le titre, puis l'introduction et le résumé, sans dire un mot.

« Félicitations, dit-il en levant les yeux.

— Klein et Coley ne l'ont pas encore vu. Il y a eu un mort à l'infirmerie et je suis partie sans le leur montrer.

— Pas de problème. Je vais le leur donner. »

Devlin eut le ventre serré. Ce n'était pas ce qu'elle voulait. Elle avait envie d'y être, de voir leurs visages. De voir Klein.

« Klein sort demain », lâcha-t-elle.

Galindez haussa un sourcil. Sentant qu'elle risquait de tout dévoiler, elle se calma.

« C'est un an de travail, une recherche unique. Je voulais le leur montrer moi-même, pour que nous puissions fêter cet exploit… »

Galindez leva une main.

« Je comprends. »

Il regarda la revue. L'administration pénitentiaire exige de ses serviteurs — surveillants, gardiens, matons, crabes — qu'ils abandonnent au service de la société la plupart de leurs impulsions les plus humaines. Sacrifice que certains trouvent plus faciles que d'autres. Devlin voyait Galindez se débattre entre la lettre de la loi — chaque visite devant être prévue, annoncée et enregistrée avec au moins vingt-quatre heures d'avance — et la tentation de se montrer généreux. Elle sentait qu'il comprenait l'importance de cet article pour Klein et Coley. Cela réveillait peut-être les souvenirs de son propre passage en prison, au Salvador. En lui rendant la revue, il leva les yeux vers Devlin, et elle lui lança un regard à lui fondre le cœur.

« Allons-y. »

Devlin lui fit un grand sourire.

« Je m'en souviendrai, dit-elle. Est-ce que je me réinscris ? »

Il consulta sa montre, secoua la tête.

« Il faut que j'aille au bloc D pour le troisième comptage. Je remplirai les formulaires plus tard, à votre place, mais ne le dites à personne. Venez. »

Galindez lui prit le bras ; ils sortirent dans la cour et suivirent à grands pas le mur d'enceinte en direction de l'infirmerie.

« Vous n'avez pas besoin de m'accompagner.

— Si, il le faut. Officiellement, maintenant que vous avez signé votre sortie, vous n'êtes plus là. Je vais vous confier à Sung. Quand vous aurez fini, dites-lui de m'appeler et je vous ramènerai au portail.

— Je vous remercie vraiment beaucoup. »

Il hocha la tête, puis lui posa sur leur article plusieurs questions très perspicaces. Elle se demanda quelle matière il avait enseigné au Salvador. Soudain, en approchant de l'infirmerie, Galindez tourna brusquement la tête vers les divisions cellulaires. Il plissa les yeux, fronça les sourcils, se gratta la nuque. Devlin suivit son regard. Quelques détenus faisaient des haltères derrière le grillage, quelques autres, venant des ateliers, se dirigeaient vers les services centraux. Face à l'entrée de l'infirmerie, l'arête géante du bloc B, en granit, était pointée vers eux, les portes en acier hermétiquement fermées. Elle ne voyait rien d'inhabituel, mais le visage tendu de Galindez l'inquiétait. Le gardien leva les yeux vers le mirador le plus proche. L'homme, à l'intérieur, ne disait pas un mot, tranquille en apparence. Galindez regarda l'infirmerie. Ils n'étaient plus qu'à cinquante mètres.

Derrière eux, le portail principal était à plus de quatre cents mètres.

« Qu'est-ce qui ne va pas ? » demanda Devlin.

Galindez haussa les épaules.

« J'ai cru entendre quelque chose. Pas vous ? »

Elle secoua la tête. Ils marchèrent en silence. Galindez, préoccupé, était en alerte. Au bout de quelques secondes il s'arrêta et tendit l'oreille. Devlin essaya d'écouter, elle aussi. Rien. Puis, presque imperceptiblement, elle crut percevoir des frottements, des bruits sourds. L'atelier de mécanique, pensa-t-elle. Mais non, Galindez avait raison : cela venait de la prison elle-même. Ce bruit lui rappelait quelque chose, sans qu'elle puisse dire quoi. Elle jeta un coup d'œil au gardien. De plus en plus pâle, il regarda en arrière, vers la réception et le portail principal. Tout paraissait calme. Il se tourna vers elle :

« N'ayez pas peur, dit-il, mais je crois que nous devrions repartir. »

Devlin, soudain, fut très inquiète.

« Comme vous voulez. »

Huit cents mètres plus loin, au nord, de l'autre côté de la prison, il y eut une bouffée de bruits secs et crachotants. Galindez sortit aussitôt son talkie-walkie.

Devlin se rendit compte que les crachotements étaient des coups de feu.

Puis elle comprit ce que le bruit de la prison lui avait rappelé : celui d'une foule, lors d'un match de football, hurlant pour encourager un joueur allant marquer un but — un hurlement poussé par une masse humaine.

Deux cents mètres plus loin, le portail arrière du bloc B se mit à rouler sur ses rails, entraîné par un moteur électrique. D'un seul coup le rugissement s'enfla, sans plus ressembler à un match de football. Des centaines d'hommes hurlaient de terreur, comme si la mort allait tous les faucher. Devlin essaya de voir ce qui se passait.

Le portail s'ouvrit brutalement, une énorme boule de feu orange et noir jaillit de l'ouverture, et un nuage visqueux, enflammé, s'élança vers eux.

Galindez cria quelque chose en espagnol, mais Devlin ne comprit pas. L'allée clôturée venant des services centraux fut soudain envahie par des silhouettes en kaki qui couraient vers le grand portail. Encore des coups de feu. Des hommes en kaki. Des gardiens.

Les gardiens s'enfuyaient de la prison.

Devlin, abasourdie, resta sur place. Derrière les fuyards surgirent des hommes en jean qui couraient dans tous les sens, le poing brandi, sautaient comme des fous et poussaient des hurlements sauvages. Le talkie-walkie de Galindez déversa un fouillis incompréhensible de voix brouillées parlant toutes en même temps.

Le nuage huileux venu du bloc B se dissipait. Dans les volutes noires et rouges, un homme chancelait en hurlant, le haut du corps en feu. Derrière les flammes, Devlin distingua un pantalon kaki.

Galindez la prit par les bras, serrant très fort, et parla d'une voix à la fois intense et calme, les yeux dans les siens.

« On ne doit pas vous voir. Vous serez à l'abri dans l'infirmerie. Allez-y et restez là jusqu'à ce qu'on vienne vous chercher. »

Il la fit pivoter et la poussa vers les portes en acier, vingt mètres plus loin.

« Courez ! Entrez et ne bougez plus. Courez donc ! »

Lui-même s'élança vers l'homme en train de brûler.

Devlin coinça sa serviette sous son bras et fonça vers l'infirmerie.

XIII

Claude Toussaint était assis tranquillement au bout d'une table en Formica du réfectoire, en train de manger des haricots rouges avec des carottes à la crème et des bâtonnets de poisson reconstitué. À la même table, quatre autres types écoutaient Stokely Johnson insister lourdement sur le sujet brûlant de la semaine : comment, sans passer par Hobbes, faire parvenir une pétition sur le bouclage au gouverneur de l'État. Depuis son retour au bloc B, Claude avait pour politique de ne rien dire si on ne lui adressait pas la parole. Cela lui avait évité quelques humiliations, mais pas toutes. Chaque fois que la conversation tombait sur le bloc D, les Blancs, ou « ce pédé d'Agry », des regards noirs la prenaient pour cible. Claude gardait le nez baissé dans son assiette.

« Je l'encule, ce gouverneur, dit Stokely. Ce suce-bite passe la moitié de son temps à signer les condamnations à mort de tous les frères qu'ont pas payé leurs contraventions à temps. Même s'il reçoit une pétition, il va juste se torcher son gros cul blanc avec. Les enculés… vous savez ce qu'est arrivé à ces flicards bouffe-merde qu'ont essayé de tuer King à L.A. ? Tout juste si on les a pas décorés. Croyez qu'ils vont nous écouter ?

— Alors qu'est-ce qu'on est censés faire, Stoke ? Envoyer des signaux de fumée à M. Farrakhan ? Au pasteur Jackson ? Aller prier tous les dimanches à l'église ? »

Myers, l'air écœuré, était un triple récidiviste de

Brownsville. Vols et attaques à main armée. Il faisait rouler ses épaules massives en enfournant de la purée de carottes.

« On devrait les brûler vifs, ces enculés, voilà ce qu'on devrait faire, répondit Stokely. Leur montrer qui on est, putain.

— Stoke a raison. Merde, en face des gardiens, on est cinquante contre un. »

Reed était un des extrémistes alliés à Stokely.

« Des conneries, dit Myers. Ils enverraient la Garde nationale, descendraient une vingtaine de taulards et on ramperait tous dans nos cellules comme des poules mouillées.

— T'es pas en train de causer à des poules mouillées », lança Stokely d'un ton menaçant, mais très calme.

Myers en avait vu d'autres.

« Et alors quoi ? Bon, on est pas des poules mouillées. Alors on les crame et quelques-uns d'entre nous vont mourir debout au lieu de mourir à genoux. Comme dit Wilson, ça leur donnera juste un prétexte pour nous écraser à coups de talon et raconter à tout le monde qu'on est bien des animaux sauvages, comme ils le croient déjà. Je trouve qu'il a raison.

— Wilson, il est pas là. Il crève pas de chaud dans le bloc avec nous. »

Tous le regardèrent un instant sans rien dire.

« Ils l'ont salement amoché », répondit Myers.

Stokely baissa la tête, respira profondément et cligna des yeux.

« J'veux juste leur envoyer un message qu'ils oublieront jamais. »

Myers parla d'une voix douce, avec un regard plein d'amertume :

« Des Nègres Enragés. C'est le seul message qu'ils recevront. Le seul qu'ils imprimeront. Tout le monde s'en fout, Stoke. Vraiment. »

Stokely abattit ses poings sur la table.

« Moi pas. »

Il ferma les yeux. Les muscles de son cou étaient tendus comme des câbles. Puis il regarda son assiette pleine de haricots et de débris de poisson sans paraître la voir. Myers, au bout d'un moment, tendit le bras et posa la main sur le poing serré de son vis-à-vis.

« Mec, on le sait. C'est pour ça qu'on a besoin de toi en bon état, pour nous aider à tenir, pas troué comme une passoire ou en train de pourrir au mitard. »

Les hommes restèrent silencieux. Aucun ne s'intéressait vraiment à la bouillasse qu'on leur avait servie. Claude, par solidarité, posa sa fourchette en plastique. Il ne pouvait pas se permettre de voir les choses comme eux. Peut-être aurait-il dû avoir plus de tripes, mais tout ce qui comptait, désormais, c'était sa sortie, et Hobbes, enculé ou pas, lui avait donné une chance. Une chance d'aller s'asseoir chez Alonso et de boire un One Hundred Pipers avec une paille. Claude était profondément troublé par la haine raciale qui régnait dans la prison. Il fallait apprendre à vivre avec, comme avec la chaleur. C'était une tension permanente en arrière-plan, si constante et envahissante qu'on la trouvait normale et qu'on arrivait presque à l'oublier jusqu'à ce qu'un épisode violent vienne la mettre en relief. Son trouble était d'autant plus profond qu'il avait vécu des deux côtés de la barrière. Claude ne s'intéressait pas à la politique. À Green River, par définition, il y avait pas mal de sales types, mais la plupart des hommes étaient normaux. Bien sûr, on n'entendait pas souvent Wallon Jennings au bloc B ni beaucoup de rap au bloc D, mais la plupart du temps, au déjeuner, c'étaient les mêmes sujets qui revenaient avec n'importe qui : le basket, les femmes, les douleurs dans le dos, les cours d'appel, les nouvelles de la famille, des récits de sexe ou de violence superbement enjolivés grâce à l'éloignement et l'imagination. Claude n'y voyait pas grande différence, jusqu'au jour où il arrivait dans la cour et trouvait les Mexicains d'un côté, les Frères de l'autre, et qu'il fallait choisir son camp.

D'après Ray Klein, dont l'amitié avait grandement flatté Claude — en tant que Claudine — c'était du tribalisme. Klein disait que c'était primitif et mystérieux, mais très profond. Un truc animal, une sorte de mécanisme de survie. Les hommes sont des animaux tribaux, par nature et par instinct. Quand tout le monde est à l'aise, en sécurité et civilisé, il est facile de chanter une rengaine telle que *We Are The World*. Mais dès que c'est la merde, nos tripes vous disent d'aller rejoindre les nôtres sous peine de se faire couper les couilles ou même pire. Ce n'est même pas forcément un truc de race, avait précisé Klein, ni un truc religieux. Regardez le Moyen-Orient, musulmans contre musulmans, ou l'Afrique du Sud, Noirs contre Noirs. Regardez la guerre civile américaine, bon Dieu. Des tribus. Des vieilles tribus et des tribus récentes : tout ce qui peut, en théorie, vous garder la vie sauve. Sauf que ça provoque énormément de tueries.

Claude jeta un coup d'œil aux autres sans se sentir particulièrement tribal ni en sécurité. Moitié noir, moitié blanc, moitié femme, moitié homme, pas étonnant qu'il soit dans la merde. Ils étaient à six tables de l'entrée et la salle était à moitié vide. Depuis le début du bouclage, on faisait manger les taulards du B en deux fois, d'abord un côté du bloc, puis l'autre. Les matons avaient peur de la pression qui s'accumulait chez des types comme Johnson. Et la plupart d'entre eux détestaient cet enfermement : du sale boulot en plus, des rancunes en plus, des risques en plus. Claude se disait que, pour le maton moyen, la meilleure prison était une prison vide. Ou peut-être avec quelques junkies très riches pour leur vendre de la dope. Green, un détenu du rez-de-chaussée, vint donner un bout de papier à Stokely, qui se mit à lire laborieusement. Du coin de l'œil, sans tourner la tête, Claude regarda par-dessus son épaule.

> *Stoke,*
> *Doc est un type bien.*
> *Donne-lui ce qu'il veut.*
> *Wilson.*

Stokely le surprit en train de lire, fourra le papier dans sa poche de chemise et regarda vers la porte. Klein était là, debout, les mains vides, et l'attendait. Stokely se tourna vers Green.

« Qu'est-ce qu'il veut ?

— Il dit qu'il veut parler avec Claude. »
Stokely regarda Claude avec un rictus.
« C'est quoi, cette merde ? »
Claude écarta les mains, paumes en l'air.
« Je ne sais pas. »
Il se sentait vulnérable. Il avait envie de voir Klein, mais pas en face de ces types. Pourtant, avec l'enfermement, c'était peut-être ce qu'il pouvait espérer de mieux. Et merde, il avait le droit de parler avec qui il voulait, pas vrai ? Quand il vit qu'il était incapable de le dire à voix haute, Claude comprit qu'après tout il n'avait aucun droit.
« On m'a dit que Klein a sauvé la peau de Wilson à l'isolement, dit Myers.
— J'y croirai quand Wilson me le dira lui-même. »
Stokely haussa les épaules et se tourna vers Green.
« Il a eu les couilles de venir demander, alors je suppose qu'il peut y aller. »
Green alla le dire à Klein, qui s'approcha. Il avait l'air sur ses gardes, mais pas effrayé, et Claude l'envia. Respectueux du protocole, Klein s'adressa d'abord à Johnson.
« Johnson.
— Klein, répondit Stokely. Qu'est-ce que je peux pour toi ?
— Je voudrais une minute avec Claude. Si c'est okay pour toi. »
Stokely, satisfait de se voir respecté, indiqua de la tête la table voisine.
« Assieds-toi. »
Les chaises en plastique étaient fixées au sol. Klein, ne pouvant pas déplacer sa chaise, se percha au bord du siège le plus proche. Claude se leva et alla se mettre en face de lui. En le faisant, il s'aperçut que Stokely n'aimait pas ça, et en fut ravi. C'était presque le premier geste qu'il faisait sans l'aval de son protecteur depuis son retour au bloc B. Klein lui sourit, content de le voir.
« Comment ça va, Claude ?
— Bien. »
Claude sentait que Stokely, tout en picorant dans son

assiette pendant que les autres discutaient du match de la soirée entre les Lakers et les Knicks, les écoutait parler.

« Je veux dire bien, vraiment. Le bouclage est une vacherie, sûr, tu sais. Mais c'est bien pour moi, de revenir au bloc. Tu sais, retrouver les frères. Comme si c'était chez moi.

— Ça me fait plaisir. »

Brusquement, Claude eut peur que Klein aille répéter tout ça à Agry, qui viendrait lui découper les lèvres. Puis il se calma. Klein, c'était pas son genre. Il était cool. Il eut envie de dire : « Si Agry le demande… » mais il ne pouvait pas se le permettre, avec Stokely qui les écoutait. Claude avait l'impression de marcher sur une corde raide tendue au-dessus de deux bassins, l'un rempli de requins, l'autre de piranhas. Personne ne savait toute la vérité, sauf Hobbes et lui. Il avait envie d'en parler à Klein. De lui raconter que Grierson l'avait coincé quand il allait à la séance de thérapie de groupe, l'avait emmené dans une remise pour rencontrer Hobbes en secret. Que Hobbes lui avait dit qu'il allait passer en commission, que s'il arrêtait ses conneries de travesti et revenait au B il avait une chance. Une bonne chance. Une chance de retourner chez Alonso et se faire sucer la bite. Claude avait envie d'entendre Klein lui dire « Ouais, mec », peut-être lui donner des conseils sur la façon de faire avec cette merde de commission. Mais Stokely ne les lâchait pas.

« Hobbes vous en fait vraiment baver, vous autres.

— On peut encaisser tout ce qu'il nous envoie, ce suce-bite, et avec du rab. »

Klein se tourna vers lui.

« Je n'en doute pas. Mais je crois que Hobbes prépare un drôle de truc, je ne sais pas quoi. C'est un malade. De la tête. »

Soudain, Claude se sentit mal à l'aise. Stokely ricana.

« Merde, Klein, on n'a pas besoin d'un docteur pour nous dire ça. Hobbes, il mérite juste qu'on le crève.

— Peut-être », dit Klein.

Claude pressentait une querelle, et il s'inquiétait d'entendre parler du directeur.

« Comme dit Stoke, on fait aller, lança-t-il. Et pour toi, ça va ?

— Ma conditionnelle est passée, dit Klein. Demain, je sors d'ici. »

Un instant, Claude eut le ventre noué par la terreur. Abandonné. Quand il allait mal, que la tension de sa double vie était trop forte, ou la terreur d'être écrasé par les rages imprévisibles d'Agry, Klein était le seul type avec qui il pouvait parler. Souvent, quand il était Claudine, il était allé pleurer dans son unique sanctuaire, la cellule de Klein. Agry le laissait faire. Cela aidait sans doute à enraciner plus encore la féminité de Claudine dans son esprit. Se plaindre et pleurer chez un médecin, pour Agry, c'était le genre de choses que les femmes faisaient sans arrêt. Dans le même sens, Claude s'était régulièrement efforcé de le harceler pour qu'il nettoie sa cellule, alors qu'Agry n'en avait rien à foutre. Le fait de vivre au bloc B, en sachant que Klein n'était pas loin, avait suffi à le rassurer un peu. Et voilà qu'il s'en allait. Claude voulut cacher sa déception, mais Klein s'en était rendu compte.

« Je t'écrirai, dit-il. Dès que je serai installé quelque part.

— Ce sera la première lettre que je recevrai ici, dit Claude, en réussissant à sourire. Merde, mec, c'est génial. Une grande nouvelle. Et puis c'est justice. C'est justice. »

Claude avait envie de lui parler de son propre passage en commission, mais il n'osa pas. Stokely comprendrait comment il se servait d'eux et trouverait le moyen de le baiser. Il tendit le bras et serra la main de Klein.

« C'est justice ? répéta-t-il.

— Je voulais juste te présenter mes respects avant de partir. »

Claude sentit son cœur se gonfler. Personne n'avait de respect pour quelqu'un comme Claude Toussaint. Certains types lui avaient léché le cul, quand il était la femme d'Agry, sachant qu'il pouvait les faire rosser par la bande de son homme. Et quelquefois elle l'avait fait, uniquement parce qu'elle en avait le pouvoir. Mais on ne la respectait pas. On avait peur d'Agry.

« Merci, Klein. » Les mots lui manquaient. « Je veux dire, bonne chance, mec. Fais attention à toi, dehors.

— J'essaierai. Vaut mieux que je rentre pour le troisième comptage. Je ne voudrais pas me faire punir le dernier jour.

— Bien sûr. »

Claude avait la gorge serrée.

Klein se leva.

« Quand tu sortiras, viens me voir. »

Claude se redressa maladroitement.

« Bon Dieu, mec, tu peux le croire.

— Bien. »

Klein tendit la main en souriant. Claude la lui serra une fois de plus.

Soudain, à la porte arrière du réfectoire, il y eut un cri. Un gargouillement déchirant qui monta, perçant les entrailles de Claude, puis s'éteignit dans un sanglot étouffé.

Klein tourna la tête. Son sourire disparut, laissa place à la terreur. Claude suivit son regard.

« Laissez passer le blessé ! »

Titubant le long de l'allée centrale, moitié traîné, moitié porté par deux hommes, c'était Sonny Weir du bloc A, un petit voleur soupçonné d'être un mouchard. Il portait dans sa main droite le tronçon de son bras gauche, coupé un peu au-dessus du poignet. Weir était couvert de sang, le visage convulsé par la souffrance et la terreur, la bouche tordue, grotesque, aspirant l'air pour hurler de plus belle.

« Laissez passer le blessé ! » beugla de nouveau Bubba Tolson.

Bubba, la tête saupoudrée de ciment gris, avait passé un bras massif et tatoué — autour du corps de Weir. De l'autre côté, c'était le dingue des dingues, le petit Hector Grauerholz.

Il y eut un brouhaha d'un bout à l'autre de la salle, une clameur mêlée d'exclamations et d'obscénités, quand les détenus du B se levèrent tous ensemble. Le petit groupe ensanglanté vira vers la table de Claude. Klein fit un pas en avant, pour aider le blessé, pensa Claude. Stokely, sur la pointe des pieds, paraissait vigilant, tendu et soupçonneux. Toute l'attention se portait sur le spectacle horrible du mutilé.

Claude se détourna, pris de nausée.

Du coin de l'œil, il aperçut une silhouette massive émerger des guichets et glisser très vite, sans bruit, vers Stokely Johnson.

C'était Nev Agry.

Les tripes de Claude se liquéfièrent. Il ouvrit la bouche, mais sa gorge était paralysée.

Soudain, sur sa gauche, Grauerholz et Tolson projetèrent le corps de Weir en direction de Klein. Le blessé bascula en avant dans une gerbe sanglante, et tomba en avant. Son visage s'écrasa sur le dossier d'une chaise en plastique avant que Klein ait pu l'atteindre.

Nev Agry était à cinq pas derrière Stokely, les yeux brillants. Stokely, les poings serrés et prêts à cogner, était concentré sur Bubba Tolson, lequel se jeta sur lui en criant quelque chose à propos des nègres.

Il y eut le bruit sourd d'une explosion. Une gerbe de feu jaillit au fond de la salle. Puis une autre.

Claude eut la tête remplie par des cris de panique.

Les détenus commencèrent à s'écarter des tables en renversant leurs plateaux, à se piétiner pour échapper aux flammes.

Stokely envoya son pied dans le ventre de Bubba, recula pour garder l'équilibre. Agry se rapprocha, le visage luisant de malveillance. Son bras se leva. L'éclair d'un rasoir visa le cou de Stokely, qui n'avait pas encore vu Agry à cause du brouhaha. La voix de Claude jaillit enfin de sa gorge.

« Stoke ! »

Quand le Noir se retourna pour affronter Agry, Grauerholz sortit un revolver et lui envoya une balle en plein visage. Stokely pivota, s'écroula, son sang éclaboussa les joues de Claude.

Klein se jeta sur Grauerholz, essaya de lui arracher son arme.

Myers chancela de côté en hurlant et s'enfuit quand Bubba Tolson lui lança un bocal de nettoie-four dans les yeux.

Du verre brisé, encore des explosions — une, deux — des flammes. Des cocktails Molotov. Des hommes affolés se bousculaient dans le couloir, se précipitaient vers la porte. Le vacarme et la fumée tourbillonnaient autour de Claude qui restait pétrifié, les yeux fixés sur son cauchemar : Nev Agry.

Et Claude comprit brusquement que tout ça — *tout ça* — c'était pour lui. Il eut envie de vomir. Tout ça pour lui : Nev Agry était venu reprendre sa femme.

Ensuite, ce fut comme si son cerveau s'était déconnecté. Il vit, sans rien ressentir, Agry lever le pied et piétiner avec acharnement la tête ensanglantée de Stokely. Comme dans un rêve sous-marin, il se laissa traîner au ralenti à travers l'espace. Une main se glissa sous son aisselle gauche et prit sa tête en étau. Claude, les membres pâteux, ne résista même pas. Il sentit la lame d'Agry sur sa gorge, entendit la voix d'Agry brailler dans son oreille.

« Klein ! »

De son bras gauche, Klein avait serré le cou de Grauerholz, dont le visage s'empourprait, et agrippé la main qui tenait le revolver. Il se figea sur place et leva les yeux.

« Laisse partir le gosse, dit Agry. J'ai besoin de lui. »

Klein jeta un coup d'œil à Claude et resserra sa prise.

« J'ai aussi besoin de toi, pauvre connard », dit Agry.

Claude se sentit secoué comme une marionnette.

« Et aussi de cette chienne. Mais je peux me passer de vous tous, s'il le faut.

— J'ai horreur de dire ça, répondit Klein en grinçant des dents, tant il s'efforçait de contenir sa colère, mais tu viens d'arriver en tête de ma liste noire. »

Klein lâcha Grauerholz, et à deux mains, très vite, arracha le revolver du dingue. Grauerholz tomba à quatre pattes en toussant. Klein releva le chien et braqua l'arme le long de sa cuisse, fixant Agry dans les yeux. Claude sentit le couteau s'écarter. Une main le poussa dans le dos et il tituba en avant. Klein, d'un pas étonnamment léger, fit un pas de côté pour le laisser passer.

« Ramène-la au bloc D, Klein », dit Agry.

Klein ne bougea pas. Agry grimaça un sourire.

« Comprends ça tout de suite, doc, avant de te foutre en l'air. C'est la guerre totale. Nous contre les autres. Et il n'y a qu'un camp où tu peux te mettre. »

Klein le regarda et comprit que c'était vrai. Son visage se glaça, vidé de toute expression. Il vint prendre par le bras Claude encore ahuri par tout ce chaos dont il était le centre.

« Allons-y », lui dit-il à l'oreille, d'une voix calme.

Une toux déchirante monta du sol.

« Je veux... » Grauerholz toussa encore, réussit à se mettre à genoux. « Je veux mon putain de flingue, Nev. »

Agry lui ricana au visage.

« Tu viens de le perdre, trouduc. Johnson était pour moi, je te l'avais dit. Pour moi. Maintenant ferme ta gueule et au boulot. »

Grauerholz se releva en chancelant, regarda Klein avec une haine brûlante. Klein, visant de la hanche, pointa le revolver sur son cœur.

« Il y a aussi quelque chose que tu dois comprendre, Agry, avant que notre Hector fasse le con. »

Klein, les lèvres blêmes, tremblait de rage. Claude ne l'avait jamais vu dans un état pareil. Agry fit même un pas en arrière. Klein, l'arme toujours braquée sur le dingue, regarda Agry au fond des yeux.

« S'il le faut je tuerai ce petit pourri. Et s'il le faut je te tuerai aussi. Et je tuerai tous les connards qui se mettront en travers de mon chemin. Parce que je vais te dire une chose : vous autres, vous avez vraiment pissé sur mon défilé. »

Claude, un instant, crut que Klein allait abattre Grauerholz, toujours à genoux. Agry tendit une main pacificatrice :

« Hé, Klein, du calme. C'est qu'une bande de nègres.

— Je devais rentrer chez moi demain. »

Il leva son arme comme s'il allait tirer sur Agry. On aurait dit qu'il allait craquer.

Agry, spécialiste de la question, savait reconnaître cet état.

« Bordel, comment j'aurais pu savoir, pour ta putain de sortie ? dit-il.

— Je viens seulement de l'apprendre, suce-bite. »

Claude n'aurait pas imaginé un dialogue aussi improbable — Nev Agry s'expliquer devant Ray Klein, se faire traiter de suce-bite, et voir Klein s'en tirer indemne. Mais dans le sang et la fumée de son rêve éveillé, tout lui paraissait naturel.

« Merde, Klein, on a tous nos mauvais jours », dit Agry.

Klein regarda le revolver. Ses épaules se détendirent. Il respira un grand coup.

« Te mets pas dans mes pattes, putain, c'est tout. »

La salle se remplissait d'un nuage graisseux, des sonneries d'alarme retentissaient, quatre foyers d'incendie rougeoyaient, et la panique des détenus les avait laissés seuls. Il y eut un nouveau tumulte au fond du réfectoire.

Agry jeta un coup d'œil.

« Ce serait plus facile si tu te mettais pas dans les nôtres. »

Par la porte du fond, déboulèrent six des plus grands détenus blancs de la prison, menés par Horace Tolson, le jumeau barbu et monstrueux de Bubba. Ils chargèrent à l'unisson dans la salle presque déserte en poussant un cri de guerre. Le groupe était précédé par les trois premiers mètres d'une poutrelle en acier longue de dix mètres qu'ils portaient à l'horizontale. Claude vit sans réagir le bout effilé de la poutrelle foncer vers lui. Klein, brutalement, le tira de côté. Quand Tolson et les autres passèrent en rugissant, Claude vit le numéro 99 peint sur le métal. Il regarda Klein, comme si cette vision l'avait soudain ramené sur terre.

« Sacredieu », murmura Klein.

Agry haussa les épaules, sourit, ayant repris la situation en main.

« Tu nous rends service à tous les deux, doc, et on oublie ce qui s'est dit. »

Klein accepta l'inévitable.

« Qu'est-ce que tu veux ?

— Ramène la petite dame chez moi. Au D. »

Claude comprit lentement que c'était lui, la « petite dame ». Ou plutôt « elle ».

Claudine.

Merde, se dit-il. Pas Claudine. La journée d'une femme ne finit jamais.

On la tira par le bras une fois de plus et elle trébucha dans l'allée à la remorque de Klein. Un fracas assourdissant leur parvint quand la poutrelle atteignit sa cible : la tour de garde. Claudine s'en moquait. Elle pensait que tout était trop injuste. Elle venait seulement de s'habituer à être Claude, et hop, retour à Claudine. Oh, bon. Elle soupira, réfléchit à la robe et aux sous-vêtements qu'elle allait mettre. Quelque chose de sexy, probablement. Une jolie surprise.

Pour Nev, quand il rentrerait du boulot.

XIV

Quand Tolson et ses porte-bélier finirent par enfoncer en hurlant la fenêtre de la tour de garde, Klein eut un sursaut.

Le Plexiglas renforcé se fendit sans éclater, mais les boulons qui le fixaient au cadre furent arrachés. La poutrelle peinte en rouge pénétra de deux mètres dans le poste de commande et de contrôle, et l'autre bout tomba sur les dalles avec un bruit retentissant quand l'équipe lâcha les cordes. Longeant le mur pour faire le tour de l'atrium, Klein vit Bubba courir vers le trou et lancer un cocktail Molotov allumé à l'intérieur. Il y eut une explosion de flammes et de fumée. Quelques secondes plus tard, la porte de la tour s'ouvrit et deux gardiens noircis sortirent d'un pas incertain en portant le vieux Burroughs. L'un d'eux lâcha aussitôt les jambes du vieux et courut vers la sortie. L'autre hissa Burroughs sur ses épaules et boitilla derrière le premier.

On aurait dit la fête du 4 Juillet en enfer, vue par Jérôme Bosch. Des hommes couraient dans tous les sens, les gardiens arrachaient leurs chemises et leurs casquettes en courant, des détenus erraient sans but en hurlant des obscénités. Plusieurs prisonniers noirs gisaient sans vie sur l'asphalte, roulaient au hasard sous les coups de pied des fêtards. Un torrent de Blancs, principalement les bandes d'Agry et de DuBois, surgit de l'escalier menant à la blanchisserie. Leurs armes venaient du garage, de l'atelier, de la cuisine. Des marteaux, des scies, des clés anglaises, des tournevis et des barres à mines, des tiges de bois ou d'acier, des démonte-pneus, des pelles, un chalumeau, des pistolets à graisse, des boîtes de solvant, tout ce qui pouvait cogner ou pénétrer, aveugler, brûler ou ronger. Ils étaient tous ivres, mais pas à cause de l'alcool ou de la drogue, pas encore. L'énorme stock de vin et d'alcool de pomme de terre, les bouteilles cachées dans tous les recoins de la prison, les sachets dissimulés dans les briques creuses, les ourlets des vêtements ou les semelles des Reebok, tout cela serait consommé plus tard, dans l'effort désespéré de tout oublier. Mais maintenant, fondus dans un seul être brûlant de fièvre, ils étaient ivres d'anarchie et assoiffés de néant.

Il n'y avait plus un seul maton en vue. Tout en traînant un Claude au regard vitreux vers le portail du bloc D, Klein guettait l'apparition de Grauerholz. Mais personne, pas même le psychopathe au crâne rasé, ne leur barra le chemin. Des plaintes et des bruits de barreaux qu'on secouait venaient du bloc C. Pris au milieu de leur troisième comptage, les Noirs et les Latinos du C étaient restés bouclés dans leurs cellules. Ceux du A étaient sortis et l'émeute s'était déclenchée avant que le comptage ait commencé dans le bloc de Klein, le D. Il entendit un bruit de ferraille, regarda derrière lui.

Un grand chariot de linge à trois côtés, couvert d'une bâche crasseuse, émergea de la cafétéria, poussé par quatre types d'Agry. Leur chef les suivait, en sueur à force d'exercer le pouvoir ; il les encourageait avec des injures, criait aux détenus de virer ces putains de négros hors de leur chemin. Le chariot brinquebala devant la tour de contrôle incendiée et s'arrêta devant le portail voûté du bloc B. Agry arracha la bâche, dévoilant un grand tonneau et deux caisses de bouteilles avec chacune un bout de tissu enfoncé dans le goulot. Il leur fit mettre le côté ouvert du chariot face à l'entrée du bloc. Sur son ordre, ils renversèrent le tonneau qui s'écrasa sur les marches et déversa un torrent bouillonnant.

« Bon Dieu », dit Klein, quand l'odeur lui remplit brusquement les narines. Une odeur d'essence. Des litres et des litres de liquide inflammable inondèrent l'allée principale du bloc. Les hommes d'Agry tirèrent le chariot à l'écart. Klein sentit ses tripes se nouer en entendant les cris hystériques et désespérés des détenus qui se jetaient contre les portes de leurs cellules.

Une bonne moitié du bloc, sur trois niveaux surpeuplés, était encore occupée par ceux qui attendaient leur tour pour aller déjeuner. Les hommes regardaient par les barreaux, les yeux exorbités, les poumons brûlés par l'odeur de leur incinération imminente.

Avec un grand geste, Agry sortit une boîte d'allumettes de sa poche de chemise.

Klein serra son revolver et ferma les yeux. S'il descendait cet enculé tout de suite, cela changerait peut-être quelque chose. Faire sauter la cervelle de ce fou pourrait sauver les pauvres types du bûcher. Peut-être que l'émeute, sans Agry pour la diriger, allait faire long feu et ne pas devenir une guerre totale.

Ouais. Et les hommes d'Agry pourraient aussi bien lui arracher les quatre membres, alors qu'il n'avait qu'à rentrer dans sa cellule et fermer la porte. Attendre que toute cette merde soit finie.

Rien à foutre, putain.

Klein avait déjà entendu beaucoup de gens hurler de douleur. Il se rappela des enfants broyés dans des accidents d'auto, les sanglots d'un homme qui avait tranché le bras de son fils de huit ans quand sa tronçonneuse avait rebondi sur un clou. À l'époque, il s'était bouché les oreilles et avait fait son travail. Il voulut en faire autant. Rien à foutre, putain. Mais Klein ne pouvait plus s'abriter derrière la médecine. Tuer Nev Agry n'était pas un travail. Il n'y était pas obligé. Il n'avait d'obligation qu'envers lui-même. Celle de survivre et d'être libre.

Pourtant, malgré les souffrances dont il avait été le témoin en salle d'opération, rien ne l'avait préparé aux plaintes de ces hommes pris au piège, à la terreur indicible qui résonnait dans la Vallée des coureurs de fond.

Non. Les détenus du B, cela ne le regardait pas. Encadré par l'arc du portail, Agry frotta sa boîte d'allumettes et la brandit au-dessus de sa tête. Il avait les yeux tournés dans leur direction. Klein se rendit compte qu'il regardait Claude, et sentit les doigts du détenu s'enfoncer dans son bras.

« Semper fidelis ! » cria Agry.

Il lança la boîte enflammée et courut se mettre à l'abri.

Klein se tourna face au mur.

La seconde d'après, une vague de chaleur déferla sur son dos, un immense grondement recouvrit les hurlements des hommes voués à la mort.

Il se retourna. Claude était à genoux, secoué de sanglots, et se mordait les doigts, le visage sillonné de larmes.

« Seigneur Dieu, pleura-t-il. Seigneur Dieu. »

Les hommes d'Agry se mirent à danser de joie autour de leur chef, brandissant leurs gourdins en bois ou en métal. Klein refoula une envie de vomir. De l'acide suintait dans ses tripes. Il aurait pu liquider Agry. N'avait rien fait.

Il fallait vivre avec.

Il se raidit. Contre lui-même. Contre sa faiblesse, la pitié qui pourrait le détruire.

Vivre avec.

Il se cuirassa.

« Seigneur Dieu », chantait Claude.

Klein le releva brutalement, lui cria en pleine figure :

« Faut qu'on fasse attention à nous ! »

La haine de soi bouillonnait dans sa gorge. Il se cuirassa.

« À nous !

— Seigneur Dieu ! »

Avec un effort, Klein réussit à contenir son dégoût. Puis il se pencha, passa un bras autour de la taille de Claude et l'entraîna vers le bloc D.

XV

Victor Galindez se jeta sur le gardien qui brûlait au milieu de la cour et essaya d'étouffer les flammes. Une odeur âcre de peau et de cheveux brûlés lui remplit les narines et la bouche. L'homme se convulsait en hurlant. Chaque fois que Galindez réussissait à l'éteindre, l'uniforme imbibé d'essence se rallumait. Il arracha la chemise à pleines poignées. Des lambeaux de peau restaient collés au tissu. Le gardien criait sans arrêt, et brusquement Galindez le reconnut. C'était Perkins.

« Galindez ! »

Il se retourna. Sung, tout près, braquait un extincteur. Il roula sur le côté et Sung noya Perkins dans un nuage de mousse blanche. En quelques secondes, le feu fut éteint. Galindez, à genoux, regarda le blessé. Le crâne de Perkins était une masse de cheveux brûlés et de peau ridée, à vif. Un fluide suintant de ses brûlures engluait ses paupières. Galindez n'avait encore jamais vu un brûlé. Une horreur viscérale empoigna son anus et ses couilles. Perkins ouvrit la bouche, et il se pencha vers lui.

« Les hommes », coassa le blessé.

Il s'interrompit, reprit son souffle dans un râle.

« Ils sont encore dedans. »

Galindez sentit ses larmes jaillir. Bien qu'il fût horriblement mutilé, Perkins pensait d'abord aux hommes dont il avait la charge. Il regarda Sung.

« Tu dois le sortir de là. »

On entendait des coups de feu dans la direction du rempart. Galindez prit Perkins par un bras. Sung laissa tomber l'extincteur et empoigna l'autre bras. Ils remirent l'homme sur ses pieds.

« Il faut que tu marches, mec, tu comprends ? cria Galindez dans l'oreille racornie du gardien. Il faut que tu marches. »

Perkins hocha faiblement la tête. Les radios accrochées à leurs ceintures émettaient des crachotements frénétiques.

« Ici Bill Cletus. Tous les surveillants au portail principal. Sortez de là. Je répète, bordel. Sortez de là. Vous tous. Immédiatement. »

Cletus continua, uniquement pour répéter un ordre unique : sortez tout de suite. Galindez regarda le bloc B, puis se tourna vers Sung :

« Vas-y, dit-il. Avance ! »

Sung passa le bras de Perkins sur ses épaules et le prit par la taille. Le Coréen était un dur. Il réussirait à sauver Perkins. Ils se saluèrent d'un hochement de tête.

Sung et Perkins traversèrent la cour en titubant.

Galindez se rendit compte qu'il avait ramassé l'extincteur, que son poids, comme celui d'un terrible devoir, pendait au bout de son bras.

La dernière pensée de Perkins avait été pour ses hommes.

Il se plaqua une main sur les yeux. Mère de Dieu. Des visages tournoyaient dans sa tête. Sa femme, Elisa. Ses enfants. Le long voyage du Salvador à Panama. Le voyage encore plus long de Panama à Laredo. Les combats et les souffrances pour en arriver où ils étaient. Pour accepter tout ce qu'ils avaient laissé derrière eux. Ce qu'ils avaient perdu. Tout cela assaillit son esprit comme une flamme terrible et concentrée. Ils avaient payé trop cher. Dieu seul savait combien, et combien cela valait. Et Dieu seul savait ce qu'il devait faire, désormais, pour ne pas perdre son âme.

La radio couinait toujours à sa ceinture, mais il ne l'entendait pas. Pas plus que les coups de fusil tirés des remparts.

La dernière pensée de Perkins avait été pour ses hommes.

Ils étaient deux cents.

Galindez ôta la main de ses yeux. Il n'avait plus le choix.

Il courut vers la porte arrière du bloc B.

Perkins avait ouvert le portail pour s'enfuir, libérant sans le savoir la boule de feu qui l'avait submergé. Galindez se cogna la jambe contre l'extincteur et trébucha dans l'entrée. Son regard effaré fut frappé par une vision d'enfer. Il croyait avoir déjà connu l'enfer, lors de ses interrogatoires au Salvador, mais là, pour la première fois, ce mot prenait toute sa réalité. C'était vraiment l'enfer dont les jésuites avaient rempli sa cervelle d'enfant. L'allée centrale était un fleuve de feu qui culminait au fond du bloc. Il venait s'éteindre à mi-chemin de la traînée noire laissée par la boule enflammée qui s'était arrêtée à ses pieds. Une fumée épaisse et noire remplissait la verrière, éclipsait le soleil et transformait la prison en maison de la mort.

Sur sa droite, les étages étaient vides, sur sa gauche, remplis de détenus convulsés par la terreur. À quelques mètres, en le voyant, des hommes tendirent les bras à travers les barreaux en criant au secours. Un peu plus loin, les grilles restaient muettes : les détenus s'abritaient comme ils le pouvaient au fond de leur cellule. On ne pouvait pas ouvrir les portes depuis le petit poste de garde situé près du portail, seulement depuis le bureau du portail principal. Galindez se précipita dans le poste, sortit ses clefs et ouvrit un placard métallique dans un coin de la pièce. Il était plein : vêtements, flacons de lotion solaire, revues porno, bouteilles de soda, divers accessoires sportifs. Tout le bordel de Perkins. Galindez vida le placard jusqu'à trouver ce qu'il cherchait : un masque à gaz réglementaire. Quand il ressortit en courant, il remarqua au pied du mur deux seaux et deux serpillières laissées par les détenus qui avaient lavé le sol de l'allée. Un des seaux étaient encore plein d'eau sale. Il posa son extincteur, ôta sa casquette, prit le seau et s'arrosa du mieux possible avant d'enfoncer à nouveau sa casquette sur son crâne. Des cris rauques lui parvinrent quand les détenus comprirent ce qu'il voulait faire.

« Enculé de ta mère ! »

« Putain de merde ! »

« Fonce, mec ! »

« Vas-y connard, cours ! »

« Va te faire enculer, mec ! »

Galindez s'élança, tenant l'extincteur de la main gauche. Il sentit que ce geste lui arrachait des lambeaux de peau, comprit qu'il s'était brûlé en déchirant la chemise de Perkins. Arrivé à quelques mètres du fleuve de feu, la chaleur le gifla en plein visage et il posa l'extincteur. Là-dedans, il n'y aurait plus d'oxygène. Galindez reprit son souffle à plusieurs reprises, le plus profondément possible. Les cris des détenus, de plus en plus hystériques, étaient assourdis par le crépitement de l'incendie. Il mit son masque à gaz, dont les épaisses lentilles déformaient les flammes, braqua la longue lance conique et noire de l'extincteur sur le sol, juste en face de lui, marmonna une dernière prière et déclencha le jet de mousse blanche.

Aspirant un grand coup, Victor Galindez retint son souffle et s'avança dans les flammes.

Accroupi, faisant gicler la mousse par brèves saccades devant ses pieds, il pénétra dans une poche sans air et sans flammes. Trop vite, et il se heurtait à l'incendie ; trop lentement, et il n'arriverait jamais au bout. À chaque pas, les flammes se reformaient derrière lui. Son dos commença à brûler. Au bord de sa casquette, il sentit les cheveux mouillés grésiller et se recroqueviller contre son crâne. Doucement. Doucement. Un pas, et puis un autre. Sous le masque, la sueur coulait dans ses yeux et embuait les verres. Ne respire pas. Pas d'oxygène, ici. Ses oreilles étaient remplies par le grondement de l'incendie. Il avançait à l'aveuglette. Du calme. Du calme. Mettre un pied devant l'autre, en espérant marcher en ligne droite — espérant, doutant, priant — en s'attendant à chaque instant à se cogner aux barreaux d'une cellule. Dans ce cas, il serait foutu. Galindez voulut faire demi-tour. Il n'osa pas. Voulut courir. Il n'osa pas. Voulut respirer. Il n'osa pas. Ne tourne pas. Ne cours pas. Ne respire pas. Il n'avait plus aucune idée du temps passé, de la distance parcourue. Les secondes duraient des heures. Pourtant, il devait bien se rapprocher. Il le fallait. Son épaule heurta quelque chose de dur. Il tourna le dos à cet obstacle. Ce n'étaient pas des barreaux. Lisse et dur, mais pas épais. Du verre. Du verre. Il avait dépassé les cellules. La chaleur était intense. Il fit gicler un demi-cercle de mousse à ses pieds et glissa sur le côté, le dos collé à la paroi lisse et dure. Sa tête allait exploser sous l'effet de la chaleur, de la claustrophobie, de l'effort de retenir son souffle. Soudain le verre disparut et il trébucha en arrière.

Son dos avait suivi la paroi vitrée du bureau des gardiens, et il avait à moitié traversé la porte coulissante entrouverte. Galindez ouvrit la porte d'un coup d'épaule, la referma d'un grand coup. L'extincteur lui tomba des mains. L'air vicié jaillit de ses poumons et il s'adossa au mur en haletant. De la fumée. Plus de fumée que d'oxygène, mais son masque le protégeait. Il était toujours presque aveugle. De mémoire, il traversa la pièce en chancelant, fouilla dans sa poche, trouva ses clefs. Ses mains trouvèrent le panneau de contrôle des cellules. À tâtons, il glissa son passe-partout dans la serrure et tourna. Le clavier attendait le code nécessaire : 101757. Priant pour que ce soit le bon, il enleva son masque pour mieux voir. La fumée attaqua sa gorge et ses yeux. Quand il réussit à pianoter les chiffres, rien ne se passa pendant une éternité. Mère de Dieu.

Un sourd grondement et le fracas de l'acier sur la pierre couvrirent le bruit de l'incendie. Les grilles s'étaient ouvertes. Galindez entendit vaguement des cris de soulagement, s'affaissa contre le panneau de contrôle. À chaque respiration, une brosse métallique lui raclait les poumons. Il remit son masque, se redressa, ramassa l'extincteur et rouvrit la porte coulissante. À travers les verres embrumés, il vit passer un homme enveloppé dans un drap mouillé en direction de l'atrium. La cour, ce serait mieux, pensa-t-il. Dans la cour, il serait en sécurité. Et de là il pourrait atteindre l'infirmerie. D'autres détenus passèrent en se bousculant, vers l'intérieur de la prison. La cour serait plus sûre. Mais il était incapable d'affronter les flammes une deuxième fois. Galindez suivit les hommes qui s'enfuyaient.

Cinq mètres plus loin, il émergea du brasier sous la lumière de la grande verrière, lâcha son extincteur et tomba à genoux en arrachant son masque à gaz. Des jambes en train de courir défilaient devant ses yeux. Une rumeur de violence chaotique emplit ses oreilles.

Quand il leva la tête pour voir où il était, un objet dur et lourd s'abattit sur l'arrière de son crâne.

Et le chaos sombra dans la nuit.

XVI

Au bloc D, la frénésie destructrice avait déjà commencé. La grande majorité des détenus n'avaient pas pu être prévenus du blitzkrieg projeté par Agry, et tous, pourtant, dès la première occasion, comme programmés par une sorte d'instinct, s'affairèrent à démanteler la prison. Ils s'attaquèrent aux vieux murs, aux charpentes, à l'installation électrique, au mobilier de leurs cellules, même aux dalles en pierre des allées, avec tous les ustensiles disponibles, tout ce qu'ils réussissaient à arracher pour cogner, percer ou écraser. Des douzaines de cellules furent inondées par l'eau jaillissant des robinets cassés, des toilettes volontairement bouchées, et des cascades étincelantes tombaient des étages supérieurs. Des draps déchirés et la bourre des matelas éventrés flottaient dans les travées. Par-dessus tout, le bruit. Le bruit d'une rage massive, insensée, trop longtemps réprimée.

Klein, le visage impassible, traversa cette apocalypse. Claude Toussaint le suivait en trébuchant, le regard vide, comme dans un brouillard. Les détenus lui lançaient au passage des regards narquois, mais personne ne s'en prenait à lui, malgré la couleur de sa peau. Klein s'arrêta devant la cellule d'Agry et fit signe à Claude d'y entrer.

Claude ouvrit de grands yeux.

« Emmène-moi avec toi.

— Attends Agry. Ici, tu es en sécurité.

— J'ai peur. »

Klein vit un enfant qui le suppliait. Il repensa à Vinnie Lopez. Même âge. Vingt-deux ans. Non. Klein se raidit intérieurement. Plus que jamais, il lui fallait son échafaudage de glace et d'acier. Il secoua la tête.

« Tu restes là, Claude. Si tu t'accroches à moi, Agry va nous tomber dessus. » Il posa une main sur la nuque de Claude et serra doucement. « Écoute, je ne crois pas qu'Agry veuille te tuer. Si tu peux supporter ce qu'il te fait, tu peux survivre à ce qui se passe. Nous le pourrons tous les deux. Tu comprends ? Le supporter. »

Au bout d'un moment, Claude hocha la tête.

« Il vaut mieux que je m'habille », dit-il.

Klein comprit soudain ce que « supporter » signifiait pour quelqu'un comme Claude. Il retira sa main, avala sa salive. Claude écarta le rideau de mousseline et entra dans la cellule d'Agry sans un regard en arrière.

Klein regagna l'escalier sans attirer l'attention et monta au premier étage, écartant deux hommes qui dégringolaient les marches en acier. La coursive était encombrée de toutes sortes de débris. Quelques détenus étaient restés dans leur cellule, espérant qu'on les oublierait et qu'ils n'avaient pas trop d'ennemis. Il entra dans la sienne, décrocha son miroir et le posa par terre entre les barreaux, face à l'escalier, pour que personne ne puisse approcher sans être vu. Puis il sortit de sa poche le revolver de Grauerholz et ouvrit le barillet. Cinq balles. Bon Dieu. Klein abaissa le chien sur la première cartouche intacte. Il aurait ainsi quatre coups de suite avant que la chambre vide ne lui rappelle qu'il n'avait plus qu'un seul coup à tirer. Peut-être pour se suicider. Il remit le revolver dans sa poche, les dents serrées, décidé à en rester là. À tuer le premier qui voudrait entrer. À ignorer n'importe quel blessé qui pourrait se vider de son sang sur la coursive. Il ne bougerait plus de son trou avant la fin de l'émeute, avant d'être libre. Pour personne. Sur le sol, entre les barreaux, il aperçut le bout de ruban adhésif au bas du miroir.

RIEN À FOUTRE

Ray Klein referma la grille de sa cellule et s'allongea sur sa couchette pour attendre.

XVII

Le directeur Hobbes, face à la fenêtre nord de son bureau, contemplait sa prison. La géométrie fabuleuse du toit, sous le soleil de midi, brillait comme du vieil or.

De la fumée sortait par le portail arrière du bloc B.

Quelques coups de feu venaient des miradors.

Dans la cour, pas un mouvement, personne, sauf plusieurs blessés étendus sur le sol. Tous habillés de bleu.

Hobbes ne savait pas ce qui se passait dans la prison, mais il pouvait s'en douter.

Dans son dos, le téléphone se mit à sonner.

Il ne bougea pas.

Pour la première fois depuis un temps infini, son esprit n'était pas encombré par des pensées, des mots ou des idées. Passé et futur étaient finalement soudés dans un présent d'une importance capitale.

Il consulta sa montre.

D'après les gardiens du mirador ouest, il y avait exactement vingt-trois minutes que Sonny Weir, hurlant et perdant son sang, avait été traîné hors de la cour d'exercice. Il n'avait pas fallu plus longtemps pour que l'ordre le plus rigide laisse place à l'anarchie la plus débridée.

Le téléphone continuait à sonner.

Un tel moment ne devait pas être contaminé par des détails triviaux. C'était un moment de l'histoire. Plus encore : une date historique. Et cela méritait, du moins de sa part, quelques instants d'obscure contemplation.

Le téléphone sonnait.

Après tout, pour la première fois depuis cent quarante-deux ans, le pénitencier de Green River se retrouvait tout entier au pouvoir de ses détenus — et ils pourraient en faire ce qui leur plairait.

DEUXIÈME PARTIE

LE FLEUVE

XVIII

Nev Agry savait qu'il ne pouvait pas se fier à Claudine tant qu'il n'avait pas sa bite dans son cul, et à tout point de vue, cela lui convenait très bien.

D'ailleurs, quel intérêt d'avoir une femme à qui on pouvait totalement faire confiance ? Bon Dieu, aucun, et Agry était payé pour le savoir. La pire année de sa vie, y compris de celles qu'il avait passées à Green River, c'était quand il avait été assez bête pour épouser une femme, merde, il y avait presque vingt ans de ça. Elle dépensait tout le fric qu'il gagnait à l'usine, le rendait à moitié fou à force de se plaindre et se laissait baiser sans bouger comme si elle ouvrait les portes de ce putain de paradis. Elle était aussi fidèle et dévouée que le jour était long, ce qu'elle lui rappelait inlassablement et ce pourquoi il était censé lui devoir une reconnaissance éternelle. Le jour où elle lui avait annoncé qu'elle était enceinte, Agry avait rempli sans rien dire un sac de plage vert, malgré ses larmes, ses plaintes et les plaques rouges de ses joues, et il avait pris le premier train de marchandises vers l'est. Malgré tous les coups fourrés qu'il avait joués ensuite, y compris l'incendie du bloc B pour récupérer Claudine, rien ne l'étonnait autant que d'avoir épousé Marsha.

Depuis, il préférait que ses femmes soient surtout de bonnes garces. Elles, au moins, n'en veulent qu'à ce que vous avez dans votre portefeuille — et dans votre pantalon, si vous avez de la chance — et ne cherchent pas à vous voler quarante ans de votre putain de vie. Et puis, ça vous apprend à faire gaffe. En plus, elles baisent mieux et, bordel, à quoi sert une femme ? Il ne voyait strictement rien d'autre. Et il pensait même qu'il n'avait jamais mieux baisé qu'en prison. Et jamais mieux baisé en prison qu'avec Claudine. Pendant que sa bande démolissait la prison, Agry avait bu du bourbon et baisé Claudine pendant cinquante-cinq minutes d'affilée, se débattant contre le speed qui retardait son besoin frénétique de jouir, avant d'éjaculer finalement dans un spasme si violent qu'il avait failli lui décrocher les tripes.

Après, pendant un moment, il avait eu la gorge serrée et presque envie de pleurer sans savoir pourquoi. Maintenant, il se rendait compte qu'il était comblé. Pour la première fois de sa vie, il était comblé. Il embrassa Claudine sur la nuque — la peau jaune clair emperlée de sueur, reflétant la flamme de la bougie. Claudine murmura, et il se sentit parfaitement bien.

Nev Agry ne s'était pas laissé aller peu à peu au crime, c'était une profession qu'il avait choisie. Dans son train de marchandises, il avait décidé que le mariage avait été la dernière fois qu'il se ferait avoir. Il s'était acoquiné avec deux durs qu'il avait rencontrés au cachot de la prison militaire, pendant son service, et ils avaient dévalisé une banque à Starkville, dans le Michigan. Son intelligence, sa volonté et son agressivité naturelle en avaient fait le chef de leur petite bande, à son grand plaisir. Pendant huit ans, il avait vécu largement d'une série d'attaques à main armée dans des petites villes au Montana, en Floride, dans le Michigan, jamais deux fois le même État. À cette époque il avait tué cinq fois : un civil, deux gardiens de banque, un shérif adjoint et un de ses associés qui avait protesté un peu trop fort contre la part qu'Agry s'était attribuée. La première et dernière fois qu'il avait attaqué une banque au Texas, à Sulphur Springs, il avait laissé un flic paralysé à partir de la taille et un autre avec une plaque en titane dans le crâne. Et pris de trente-cinq ans à perpète.

Dehors, Agry avait vécu à l'écart de la société dont il

faisait sa proie, et n'avait guère prêté attention à ses mécanismes. Une fois en prison, jeté dans une société hautement structurée dont il ne pouvait pas s'échapper, il avait vu qu'il n'y avait que deux mécanismes importants : la domination et la soumission ; et deux sortes de détenus : les chefs et les autres. La grande majorité était très satisfaite d'appartenir à la seconde catégorie. Il avait aussi compris qu'au bon moment la soumission pouvait mener à la domination. On ne contredit pas la hiérarchie. Il l'avait appris à ses dépens pendant son adolescence, dans les Marines, quand il avait fracturé la mâchoire d'un sergent. C'est la hiérarchie qui recèle le pouvoir, pas les individus qui la composent. Un homme faible en haut de l'échelle hiérarchique était infiniment plus puissant qu'un homme fort resté à l'écart.

Nev était un homme fort. À son arrivée à Green River, le caïd de la D, Jack « Hammer » Cutler, venait d'avoir sa deuxième crise cardiaque. C'était encore lui qui commandait, mais son passage à l'infirmerie lui avait ôté toute son énergie. Sa bande était sur le déclin, de moins en moins puissante et influente. Agry avait fait alliance avec eux, le groupe le plus faible. Il s'était fait un ami de Dennis Terry, à l'Entretien. Et il avait cherché à entrer dans les bonnes grâces de Bill Cletus, qui n'était alors que sergent. Grâce aux contacts de Terry avec ses fournisseurs et ses propres connaissances à l'extérieur, il avait organisé un nouveau réseau de contrebande, renforcé la bande, et était devenu le bras droit de Cutler. Un soir, il s'était arrangé avec Cletus pour que la porte de sa cellule et celle de Jack restent ouvertes. Au petit matin, il s'était accroupi sur la poitrine de Cutler et lui avait fermé la bouche et le nez d'une poigne d'acier. Cutler avait succombé à sa troisième et dernière attaque.

L'économie interne du pénitencier était aussi complexe que celle de Manhattan. Voilà deux mille huit cents types qui travaillaient et habitaient un trou merdeux. Ils avaient envie de confort, de sexe, de drogues, de magazines, de tabac, de sucreries, de photos de cul, des moindres miettes de plaisir qu'ils pouvaient se mettre sous la dent. La population changeait très vite : il y avait un noyau dur de longues peines, mais Agry pensait en gros qu'en deux ans quatre-vingts pour cent des visages étaient renouvelés. Ces hommes avaient des visiteurs : épouses ou petites amies, frères et mères, et ces visiteurs apportaient des cadeaux : de l'argent et de la drogue. Une mère en larmes qui embrassait son fils à la fin de sa visite mensuelle lui glissait deux billets de vingt, ou même de cent dollars. Une petite amie pouvait avoir un ou deux grammes de coke dans une capote cachée au creux de sa joue ou au fond de son vagin. Les cadeaux arrivaient aussi par la poste : des radios ou des chaussures de sport avec un petit quelque chose glissé à l'intérieur. En plus, les hommes travaillaient, gagnaient du crédit à la cantine. Un million de dollars par an — peut-être même le double — en liquide, se changeait en biens et en services avant de ressortir dans la poche des camionneurs, des livreurs et des gardiens. Pour un détenu, les billets eux-mêmes n'étaient que du papier cul. Agry les transformait en ce que vous vouliez : quelque chose pour apaiser la douleur, pour rappeler à toutes ces âmes perdues ce qu'elles avaient laissé derrière elles.

Parfois, Agry se disait qu'il avait mieux réussi qu'il ne l'aurait jamais fait à l'extérieur. Ici, il dirigeait une affaire, une organisation, sur le marché le plus difficile du monde. Quelques-uns de ses hommes ne connaissaient rien à rien, mais à sa demande ils auraient enfoncé les barreaux de leur cellule à coups de tête. D'autres, comme Tony Shockner, étaient plus intelligents que lui et s'occupaient des détails délicats. Les punitions, quand il le fallait, étaient toujours rapides, violentes et exemplaires. En général, ses hommes s'en chargeaient. Parfois, s'il entendait chuchoter qu'un des nouveaux arrivés le croyait ramolli, il donnait un exemple convulsif de sa brutalité personnelle.

La bande d'Agry fournissait l'alcool et la drogue du bloc D, laissant le reste de la prison à DuBois et Grauerholz. Les drogues rapportaient beaucoup, mais comme il y en avait partout, la demande était faible. Agry se figurait qu'il gagnait plus sur le porno et les gadgets électriques que Larry sur la cocaïne et l'herbe mexicaine. Il avait vraiment construit quelque chose d'extraordinaire : c'était le mot qu'avait employé Klein, un jour, dans sa cellule, alors qu'il prenait du thé et des gâteaux au café avec Claudine. Agry n'avait jamais sympathisé avec Klein. Ce type était trop indépendant. À la fois en dehors, et ayant un certain pouvoir. Très inhabituel. Peut-être unique. Et peut-être qu'Agry était jaloux, juste un peu, du rire cristallin de Claudine lorsque Klein disait quelque chose de drôle à quoi lui-même n'aurait jamais pensé. Mais Klein n'était pas une menace, et il faisait du bien à Claudine. En plus, bon Dieu, il avait mieux traité Agry pour ses putains d'infections pulmonaires que cet enculé de Bahr. Et enfin, Agry avait apprécié ce mot : extraordinaire. Personne n'avait jamais dit ça de lui. Maintenant, cette chose extraordinaire volait en éclats tout autour de lui.

Agry, néanmoins, sa transpiration éclairée par la bougie, se sentait comblé.

L'air de la chambre était saturé d'humidité et de chaleur sexuelle. La sueur collait à son crâne, assombrissait ses cheveux blonds et les poils de son torse. Avec son rouge à lèvres et sa lingerie, Claudine avait l'air de valoir un million de dollars. Agry eut un sourire. Elle allait coûter au moins aussi cher à l'État du Texas, et probablement beaucoup plus, maintenant que la taule était foutue en l'air à cause d'elle. Lui-même allait payer, mais il aurait donné n'importe quoi pour obtenir ce qu'il avait sous les yeux : cette super-garce maigre couchée dans son lit.

Agry avait deux cellules doubles au rez-de-chaussée, communiquant l'une avec l'autre grâce à une très gosse somme versée à Cletus. Dans la chambre, il y avait un lit à deux places avec un matelas orthopédique et des draps couleur pêche. La nuit était presque tombée, et les bougies qui brûlaient sur la table projetaient des ombres papillotantes sur les murs en granit. Agry trouvait cela plutôt romantique. Il espérait que Claudine était d'accord, mais elle n'avait encore rien dit. Il y avait quelque chose de pas net, entre eux, et il fallait qu'il mette ça au clair.

« Pourquoi m'as-tu quitté ? »

Elle voulut tourner la tête vers lui. Il posa une main sur sa nuque pour qu'elle n'aille pas plus loin. Ses doigts s'enfoncèrent dans le cou de Claudine jusqu'à sentir le sang battre dans ses veines. Son pouls était régulier, et ne dépassait pas quatre-vingts malgré le speed qu'elle avait sniffé. Claudine était plus cool que ne le croyaient la plupart des gens. Agry le savait : il avait vécu quatre ans avec elle. Elle était tombée tout droit du trou de sa mère dans un HLM de La Nouvelle-Orléans, un endroit à risques où elle s'était débrouillée pour survivre.

« Je ne t'ai pas quitté, mon chou, dit-elle. C'est eux qui m'ont pris. Tu te souviens. »

Il se souvenait, en effet. Comme si on lui avait enfoncé des clous émoussés dans la paume des mains. Et au bout de sa queue. Cletus, qui s'était plus d'une fois rempli les poches avec l'argent d'Agry, était arrivé avec une demi-douzaine de ses gardiens, casqués et vêtus de vestes matelassées, et avait violé en plein jour le sanctuaire de son appartement. Ils avaient traîné Claudine hors de la cellule, l'avaient emmenée au bloc B. Quand Agry l'avait vue trottiner sur les hauts talons qu'il avait payés une fortune, aiguillonnée par la matraque de Cletus, les six matons l'avaient cloué au sol. L'écume à la bouche, il avait menacé d'exterminer leurs familles entières.

Une humiliation sans précédent. Ils lui avaient même refusé un passage au mitard, ce qui aurait pu au moins lui rendre une sorte de dignité. Agry avait envoyé une douzaine de suppliques à Hobbes pour demander un entretien, une explication quelconque. Tout lui avait été refusé, et Hobbes, du haut de sa grandeur, lui avait écrit qu'aucun fonctionnaire de la prison, et particulièrement le directeur, n'avait à expliquer ses actes à « lui ou ses semblables ». Ses semblables. Hobbes avait eu le culot de finir sa lettre avec une putain de citation : « Qui ne gouverne pas son propre esprit est comme une cité détruite et dépourvue de remparts. » Et, bordel, qu'est-ce que ça pouvait bien vouloir dire ?

Le seul mot qu'il avait pu soutirer aux matons, c'était que Hobbes avait transféré Claudine pour calmer les négros, et notamment le plus pourri de ces enculés de négros, Reuben Wilson, d'après qui la captivité de Claudine au bloc D était dégradante pour toute la population noire. Comme s'ils n'étaient pas déjà tombés au dernier niveau de la dégradation au jour de leur putain de naissance. Bon, Agry leur en avait trouvé un autre, de niveau : brûler vifs ces enculés dans leurs putains de cellules, ce qui réglait les comptes une bonne fois pour toutes. Quant à Hobbes, qui léchait le cul de Reuben Wilson, la seule cité détruite dont il avait à s'occuper, maintenant, c'était la ruine de sa putain de prison, de son bébé. Agry se permit un sourire d'orgueil. Il y avait encore du boulot. Du bon boulot à faire. S'ils ne s'étaient pas déjà alliés contre lui — Hobbes et Wilson —, eh bien, c'était fait. Il eut un ricanement méprisant. Qui ne gouverne pas son propre esprit. Lui, il savait gouverner. Il allait leur montrer. Finalement, il restait Claudine et sa trahison. Sa conditionnelle. Un mot anonyme, tapé à la machine, lui était parvenu par la poste, trois jours plus tôt : « Toussaint va passer en commission. » Est-ce qu'elle allait avouer ? Il pesa sur sa nuque.

« Qui a eu l'idée de t'envoyer à la B ? »

La pression enfonça le visage de Claudine dans le matelas, déformant sa voix.

« Je ne sais pas. En tout cas c'est pas moi.

— C'est Wilson ? »

Claudine ne dit rien. La main d'Agry se crispa.

« Wilson ! Wilson ! »

Le cou de Claudine allait se briser. Elle se débattait, le souffle coupé, sans pouvoir parler. Il relâcha la pression. Elle glapit, la bouche dans l'oreiller.

« Ouais, Wilson. C'est Wilson qu'a demandé. J'sais pas pourquoi. J'sais pas.

— Qui te l'a dit ?

— Stokely Johnson.

— Qu'est-ce qu'il a dit ? rugit Agry.

— Il savait pas pourquoi non plus. Juste que j'étais la honte pour les frères et que si c'était lui il m'aurait fait buter.

— C'est tout ? C'est ça ?

— C'est tout.

— Sale menteuse, petite garce.

— Ils m'ont mal traitée, Nev. Vraiment mal. Tu peux pas savoir comment. »

Un instant, Agry ressentit au fond de sa gorge le plaisir qu'il aurait à la tuer. Il avait au bord des lèvres les mots pour la confronter à ses mensonges, mais il les ravala. Tant que lui savait, et elle non, il gardait le contrôle. Le bon moment viendrait. Il lâcha sa nuque.

Claudine fut secouée par une quinte de toux, et Agry, soudain, en la voyant se tordre, fut envahi par la pitié et la compréhension. Elle n'était qu'un être humain, après tout. Pourquoi ne voudrait-elle pas sortir de cette putain de taule ? Elle avait besoin de temps, de sympathie, de tendresse, toutes ces merdes dont les dames ont envie, avait-il lu dans *Cosmo*. Sur la table, à côté des bougies, il y avait un flacon d'huile corporelle Johnson. Il se pencha, prit le flacon et versa un peu d'huile au creux de sa main. Puis il fit glisser sa main sur le dos de Claudine, laissant une traînée luisante.

« Comment tu trouves, baby ? »

Claudine répondit sans ouvrir les yeux.

« C'est bon. »

Agry, appuyé sur un coude, fit pénétrer l'huile dans la peau, centimètre par centimètre. C'était encore un truc qu'il avait trouvé dans *Cosmo*. Les filles adoraient ça. Baiser sans arrêt, ça ne leur suffisait pas. Lui, il ne se lassait jamais de la beauté de cette peau lisse, de sa couleur, de sa texture, de la façon dont elle accrochait la lueur de la bougie. La beauté coulait au bout de ses doigts, sa rage s'apaisait, et il sentit revenir son impression de complétude. Comblé comme un roi. Le Roi. Il était un roi dans la plénitude de son pouvoir, gorgé de conquêtes et de victoires. Le roi du monde. Ses hommes ravageaient désormais les rues du monde, brûlaient, violaient et pillaient, privilège d'une armée victorieuse. Ils avaient écrasé un adversaire supérieur en nombre grâce à leur volonté impitoyable. Lui, Nev Agry, avait imposé sa volonté à une concentration d'anarchistes, de psychopathes et de rebelles désespérés plus dense que partout ailleurs sur le continent. Il avait chassé les prétendues autorités de l'enceinte de son palais. Il avait chassé les barbares des remparts. Il avait repris la Reine enlevée grâce à une vengeance rapide et sans pitié. Pas d'autre justice que la sienne. Sa parole faisait loi, et le goût en était agréable à sa bouche.

Cet instant valait tout ce qui était arrivé et tout ce qui pourrait arriver. Que le diable vienne prendre son dû, quoi que ce pût être. La plupart des hommes vivent en rampant dans la boue, lèchent nuit et jour le cul de la peur, transpirent et se tordent les tripes pour celui qui fait claquer son fouet. Et le fouet est toujours là, que vous soyez riche ou misérable, parce qu'il claque à l'intérieur de votre putain de tête et que c'est la peur de la mort, de sorte que vous laissez le petit enculé de chef le plus proche vous pisser dans la gueule quand il en a envie, ou bien vous livrez vos couilles aux mains rapaces et glacées d'une femme avide pour qu'elle vous les arrache, et tout ça parce que vous avez peur de mourir. Eh bien, Nev Agry n'avait pas peur. Lui, un sur un million. Il était extraordinaire. Il était un roi dans la plénitude de ses pouvoirs. Et il ne craignait ni homme ni Dieu.

Claudine tressaillit, poussa un cri, et Agry fut chassé de sa rêverie, les mains sur le dos de la femme.

« Pardon, baby. J'appuie trop fort ?

— Un peu. »

Il appuya de nouveau au même endroit, à gauche, en bas des côtes, et elle sursauta une fois de plus. Un nuage noir gonfla la poitrine d'Agry. Il y avait aussi une marque sur la joue de Claudine, qu'elle s'était faite, d'après elle, en revenant de la cuisine.

« C'est un bleu, ça. »

Elle ne répondit pas. Agry lui prit l'épaule et la retourna sur le dos. Elle croisa son regard l'espace d'une seconde, et il vit la peur dans ses yeux. Agry ne voulait pas qu'elle ait peur. Pas de lui. Et celui de qui elle avait peur, il faudrait qu'il meure. Elle ferma les yeux.

« Qu'est-ce qu'il t'a fait, Johnson ? »

Claudine se couvrit les yeux avec son bras, serra la mâchoire pour empêcher ses lèvres de trembler. Agry sentit son cœur fondre. Il fouilla sa mémoire pour se rappeler l'essentiel de ce foutu article de magazine.

« Baby. » Il lui caressa les cheveux. « Il ne faut pas que tu gardes ça pour toi. Ça te fait du mal de réprimer toute cette merde. » Un mot lui vint aux lèvres. « C'est traumatisant. »

Claudine, brusquement, fondit en larmes. Bon Dieu, ces trucs, ça marchait vraiment. Agry sentit un frémissement d'orgueil devant sa propre sensibilité. Quelques mots échappèrent à Claudine.

« Johnson m'a violée. »

Agry la serra dans ses bras. Le nuage noir s'enfla immensément dans sa poitrine, devint une noirceur insondable qui atteignit ses yeux et lui donna le vertige. Il la serra plus fort. Cette noirceur était un gouffre attendant d'être comblé par la souffrance humaine. Rien d'autre. Ni la liberté, ni la richesse, ni l'amour. La douleur. Quelque chose craqua. Claudine poussa un grognement. Agry se concentra, réussit à desserrer les bras. Le visage de Johnson flotta dans son esprit, la noirceur fut balayée par une envie de vomir. Il la refoula, attrapa la bouteille de Maker's Mark sur la table. Ses pires fantasmes étaient confirmés. Il enfonça le goulot dans sa bouche, versa, puis reposa la bouteille. Non, pas les pires. Elle n'avait pas désiré Johnson. Ce chien galeux de négro avait dû la violer. Agry empêcha ses doigts de se refermer sur le cou de Claudine. Il lui caressa les cheveux sans rien dire. Elle écarta son bras et regarda Agry avec ses grands yeux marron, humides.

« Je suis désolée.

— C'est okay, dit Agry sans conviction.

— Tu sais de quoi il m'a menacée ?

— J'ai dit c'est okay, bon Dieu. Il est mort. Je voudrais que cet enculé soit encore vivant, mais il est crevé.

— Si ça peut te faire du bien, dit-elle, il a toujours mis une capote.

— Bon Dieu », hoqueta-t-il.

Il ne restait plus trace de son impression d'être comblé. Agry fut tout à coup intensément conscient de son corps. Il n'était pas aussi musclé qu'avant, mais il se maintenait en forme et pouvait encore faire cent pompes sans s'arrêter. Pourtant, cela ne se voyait plus sur son physique. De naissance, il avait le torse épais, les hanches larges. En plus, il avait quinze ou vingt ans de plus que Johnson, ce qui l'exaspérait. Une question monta du fond de ses tripes. Agry sentit sa bite se ratatiner et perdre toute sensation quand son esprit, malgré lui, posa et reposa la question. Un anneau d'angoisse lui serra la poitrine, et des mots lui échappèrent.

« Il était comment ? demanda-t-il, sans pouvoir la regarder.

— Qu'est-ce que tu veux dire ? »

Il se tourna vers elle, féroce.

« Je veux dire exactement ce que tu penses que je veux dire, putain. »

Claudine se recroquevilla, et il eut le bref plaisir de revoir la peur sur son visage. Que cette chienne se foute de sa gueule, et ce qu'il lui ferait, à côté de ce dont l'avait menacé Stokely Johnson, serait de la chirurgie esthétique. Agry fit une pause. Retrouva son calme. Bon Dieu. Johnson n'était qu'un négro mort parmi tous les autres. Agry, roi du monde, était content qu'il n'y ait que Claudine pour le voir. Il se passa une main sur le visage pour essuyer la sueur.

« Alors ? La vérité, Claudine. Pas des salades pour me faire plaisir.

— La sienne était plus longue. »

Le cercle qui enserrait la poitrine d'Agry se resserra de trois crans. Il resta impassible. Quelqu'un d'aussi cool que lui ne se laissait pas atteindre par ce genre de merde. Pas de quoi s'inquiéter. La taille, ça ne compte pas, tout le monde le sait, tous ceux qui lisent les magazines.

« Mais seulement de deux ou trois centimètres. »

Agry sentit son visage s'empourprer. Seulement deux ou trois centimètres. Bon Dieu de merde. Qui ne tuerait pas sa mère ou ne trahirait pas son meilleur ami pour deux ou trois centimètres de plus ? Le cercle l'étranglait. Il n'arrivait plus à respirer.

« Mais la tienne est plus grosse, chéri. »

Agry scruta son regard. Elle se foutait de lui ou pas ?

Impossible de savoir. Putain, impossible. Elle avait son air de sainte-nitouche.

« Plus grosse ? » souffla-t-il.

Claudine lui sourit comme elle seule savait le faire. Ces lèvres charnues, éternellement boudeuses. Ces pommettes, à rendre jalouses toutes les vraies femmes. Et ces sourcils. Merde. Elle posa une main sur sa bite et Agry sentit sa gorge vibrer de désir. Il bandait si fort qu'il avait mal. Brusquement, il comprit pourquoi il avait fait exploser cette saloperie de prison.

« Plus grosse de partout, dit Claudine. D'un bout à l'autre. »

Elle se pencha sur son ventre et se mit à le sucer. Merde. Il avait des choses à faire. Sans débander, ni relever le rideau en mousseline, il beugla : « Tony ! »

Claudine pompait sans arrêt. Les paupières d'Agry frissonnaient, sans qu'il puisse appeler ça du plaisir. Tony Shockner toussa discrètement derrière le rideau.

« Tony ?

— Patron.

— Amène-moi Hector Grauerholz. Dans dix minutes. » Il se mit à haleter. « Et tous ses gars. J'ai un truc spécial pour eux. »

Il s'interrompit avec un grognement étranglé. Claudine commençait à employer ses dents.

« Vas-y », réussit-il à dire.

Les pas de Shockner s'éloignèrent. Agry se dégagea, fit rouler Claudine sur le ventre, prit le flacon d'huile et fit gicler un peu de liquide dans la raie de son cul. Bon Dieu. Cette fois, décida-t-il, il essaierait même de penser à passer une main par-devant.

XIX

Les pensées dégringolaient dans le champ gravitationnel de sa conscience comme des fragments de maçonnerie. Hobbes voulait les éviter, mais chaque fois elles lui tombaient dessus avant de disparaître, remplacées par d'autres pensées, d'autres fragments, d'autres émotions plus pesantes et plus puissantes.

Son cœur se gonfla d'une pitié si profonde et si vaste que c'était presque de l'amour. Les prisonniers impitoyablement enfermés dans leur chaudron de verre et de granit, après tout, étaient les siens. Il leur devait de les nourrir, de les soigner. Qu'il faille en sacrifier certains pour déchirer le voile d'hypocrisie et de criminalité qui empêchait une réforme authentique et utilitaire du système pénitentiaire ne lui procurait aucun plaisir. Hobbes, en fait, éprouvait une douleur exquise.

Il avait consacré sa vie, sa vie entière, à ces êtres parmi les plus misérables. Il avait étudié la pénologie, la psychopathologie, la sociologie ; la pédagogie, la psychologie et la philosophie ; il avait fouillé de fond en comble son propre esprit, dont la capacité intellectuelle était pour le moins considérable ; il avait organisé une surveillance continuelle de son cœur et de son âme pour détecter les murmures d'espoir pouvant le maintenir au travail. Hobbes avait eu des crises de mélancolie, des dépressions dévastatrices qui l'avaient mis à genoux, fait pleurer devant un Dieu auquel il ne croyait pas, implorer une mort consolatrice. Il n'avait pas recherché le poste élevé qu'un homme de sa qualité aurait facilement obtenu. Au contraire, il avait quitté une prison moderne, dans l'Illinois, pour rouvrir Green River et en faire quelque chose d'extraordinaire.

Il était maintenant si loin des visions de réforme et de reconstruction sociale qui l'avaient inspiré, tellement contaminé par le poison amer de l'échec, qu'il n'aurait pu racler au fond de sa mémoire une seule des nobles idées qui avaient électrifié son imagination vingt-cinq ans plus tôt. Quelque chose à voir, se rappelait-il vaguement, avec la notion de rendre à la société des hommes purifiés par le feu de la discipline ; le fantasme de restituer leur dignité de citoyen à des âmes mutilées, perdues. Aurait-il investi l'énergie de toute une vie dans cette entreprise fantastique, s'il avait su qu'en fin de compte il ne serait rien d'autre qu'un porte-clefs remplissant de lavasse l'écuelle d'un criminel apeuré ? Une bile amère lui remplit à nouveau la gorge. Il aurait pu faire n'importe quoi, être qui il voulait. Un médecin, comme Klein. Un juge. Un professeur d'université. Docteur Campbell Hobbes. Professeur Campbell Hobbes. En fait, il était entré dans une bureaucratie aussi fétide et labyrinthique que les égouts de Green River et il s'était battu pour ces êtres, les damnés de la terre.

Hobbes contemplait l'horizon rougi par le crépuscule, les épaules secouées par un terrible mélange de rage et de chagrin. Il était le fils du soleil, et pourtant le soleil mettrait une éternité à s'éteindre, alors que sa propre vie serait finie en un clin d'œil. La justice n'existait pas. À chaque occasion, le système lui avait barré le chemin. Non seulement personne ne se souciait de justice, mais nul ne savait plus ce que ce mot signifiait. Les mises en liberté conditionnelles n'étaient que des pailles qui volaient sous les pets des politiciens. Ses budgets étaient sans cesse tailladés, ses projets non financés, ses cellules surpeuplées de façon barbare. La corruption flagrante des gardiens, des fournisseurs, des entreprises et des membres des commissions pénales était officiellement couverte au plus haut niveau. Tout ce qui alimentait cette situation était acceptable. Tout ce qui abaissait les coûts et renforçait la docilité des prisonniers. Si la population carcérale était perpétuellement abrutie par des stupéfiants qu'ils payaient de leur poche, tant mieux. Quant à l'épidémie de sida, la seule réaction officielle était l'indifférence. Au bout de tant d'années, le gouverneur des prisons de l'État considérait toujours Hobbes comme un intellectuel de la côte Est, indulgent envers les criminels et les homosexuels. Si cette population était décimée par le sida, personne n'allait pleurer. À l'argumentation véhémente avancée par Hobbes, que les détenus étaient un réservoir d'infection d'où la maladie serait transmise à la population civile, on répondait que ce n'étaient que des nègres, des Mexicains et autres canailles dévoreuses d'aide sociale, que personne ne les regretterait, ni eux ni leurs familles. En plus, tout Blanc qui allait baiser des nègres, surtout sans préservatif, méritait la mort, et tout particulièrement si cette personne était une femme ou un pédé.

Selon Hobbes, ils avaient perdu depuis longtemps l'autorité morale nécessaire pour faire appliquer la loi. Et pourtant, ces dernières semaines, à mesure que la possibilité d'un changement radical s'était présentée et qu'il avait lutté avec sa conscience, le directeur en était venu à comprendre que lui aussi avait été l'esclave de sa misérable vanité, de son délire des grandeurs. L'illusion de pouvoir agir seul n'était rien qu'une fuite devant la véritable rédemption, l'abject désir d'être applaudi par ceux-là mêmes qu'il méprisait le plus. Tout ce qu'il possédait, il le jetterait dans un délire libérateur. Au lieu d'achever le suicide au ralenti qu'il avait entrepris depuis si longtemps, il allait rejoindre son destin, le destin de tous les hommes, dans la gloire d'une perte impossible à racheter.

Hobbes regarda le voile de fumée grasse qui s'attardait encore dans l'air humide, au-dessus du portail arrière du bloc B. Pour maîtriser l'impression d'horreur qu'il avait ressentie au début, quand il avait compris jusqu'où Agry était allé, il lui avait fallu toute la force de sa volonté. Et il y était parvenu. Hobbes avait annulé l'alerte lancée aux pompiers locaux. Oui. Il avait interdit toute tentative de sauvetage, avait fait évacuer les gardiens et coupé toutes les communications dans la prison. Si on peut apprendre une leçon de l'histoire, c'est que les changements ne se font pas sans sacrifices sanglants, les plus absurdes et arbitraires qui soient. Hobbes avait appris de l'histoire qu'il fallait des cataclysmes pour pousser l'homme en avant. Les recherches rétrospectives des historiens en quête de causes et d'explications n'étaient que vaine futilité — des singes aux doigts gourds cherchant des larves dans un tas de merde. Les causes n'avaient aucun intérêt. Tout ce qui comptait, c'était la convulsion en soi, et son éternel retour narguait la vanité des humanistes et leurs misérables institutions. La force ne revient que grâce à la blessure. Virescit vulnere Virtus. Ici, peut-être, dans ce minable petit coin marécageux du Texas, un nouveau départ pourrait avoir lieu, à l'endroit où Hobbes lui-même avait libéré de leur cage les instincts primitifs désireux d'abolir, et donc de recréer, la réalité. Oui. D'un trait audacieux et terrifiant, John Campbell Hobbes avait abandonné raison, mobiles et résultats pour se brancher directement sur l'énergie primordiale et radicale de l'histoire elle-même.

On frappa. Il se retourna.

« Entrez. »

Le capitaine Bill Cletus apparut, referma la porte derrière lui. Sa carcasse massive était revêtue d'une combinaison noire constellée d'ustensiles : radio, gaz incapacitant, matraque, menottes et revolver. Cletus le salua.

« Monsieur le directeur. »

Hobbes hocha la tête, se dirigea vers son bureau et indiqua une chaise à Cletus.

« Asseyez-vous, capitaine. »

Lui-même prit place derrière son bureau. Aucune lampe n'était allumée, et seule la faible lumière du soleil couchant éclairait la fenêtre sud, derrière le directeur. Bill Cletus avait la quarantaine, des traits lourds, et cela faisait vingt ans qu'il était quotidiennement en contact avec la lie de la société. Son visage était bronzé par le soleil, tanné par l'absence de toute pitié. Chaque fois qu'on refusait à un détenu d'aller voir un parent mourant, chaque fois qu'on traînait un homme au trou, chaque fois qu'un corps mutilé était ramassé sur les dalles et envoyé à la morgue, il était là. Au bout de vingt ans, Hobbes n'en savait toujours pas plus sur ce que dissimulait ce visage qu'à sa première rencontre avec le jeune gardien tout juste revenu du Viêt-nam. Aucune plainte contre Cletus ou ses hommes, et il y en avait eu beaucoup, n'avait jamais abouti. Cela faisait partie de leur contrat, et Hobbes s'y était toujours tenu. Cletus allait-il faire de même, cette fois ? Le directeur ouvrit un tiroir, en sortit un cendrier en verre qu'il posa sur le bureau.

« Vous pouvez fumer.

— Merci, monsieur.

— Comment sont les hommes ?

— Solides au poste. Ils savent ce qu'on leur demande.

— Et les détenus ? »

Cletus haussa les épaules.

« Nous pensons que ceux du bloc C sont encore enfermés dans leurs cellules depuis le comptage de midi. Surtout des Mexicains et des Noirs, donc je crois qu'Agry les laisse au frais. Les autres sont déchaînés. Les câbles électriques du bâtiment principal sont coupés, mais pas ceux de l'infirmerie ni des ateliers. Selon vos ordres, nous maintenons le black-out sur toutes les communications et on ne lancera le générateur de secours que si cela nous convient. En gros, on les laisse faire, et ce soir, ça va chauffer et ça va saigner. Demain matin, la plupart vont nous supplier qu'ils veulent se rendre.

— Nous ne pouvons pas accepter des redditions en désordre, dit Hobbes. Ils doivent sortir tous ensemble ou pas du tout.

— Je suis d'accord. C'est un peu comme un troupeau, là-dedans. Pour l'instant ils veulent du sang, mais quand la marée change, on veut qu'elle se retourne contre les enragés. Je ne veux pas voir mes hommes coincés à l'intérieur avec trente ou quarante cinglés parmi les plus durs, autrement ça pourrait durer encore une semaine.

— Vous avez vérifié le nombre définitif des otages ?

— Oui, monsieur. Il y a treize hommes enfermés dans le bâtiment principal.

— Et les blessés qui en sont sortis ?

— Surtout des coupures et des hématomes, mais le surveillant Perkins est dans le service des grands brûlés, à Beaumont. S'il passe la nuit, il a une chance. Sung, qui l'a sorti de là, a été touché par un pavé. On lui a retiré un caillot du cerveau, cet après-midi, et il va être okay. Pour ce qu'on en sait, il n'y a pas d'otages dans les ateliers. » Cletus sortit un paquet de Camel sans filtre. « L'un dans l'autre, la procédure d'évacuation s'est plutôt bien passée. » Il tapota une cigarette et la mit entre ses lèvres.

« Et l'infirmerie ? demanda Hobbes.

— Aucun personnel à l'intérieur. Coley et des détenus, c'est tout.

— Y a-t-il eu d'autres surveillants bloqués par l'incendie, et qui pourraient être restés à l'intérieur ?

— Pas que nous sachions. Le sergent Galindez a enfreint le règlement en entrant dans le bloc B après l'ordre d'évacuation.

— Il est allé dans les flammes ?

— Il a ouvert les cellules pour laisser sortir les détenus. C'est un des treize manquants. Kracowicz l'a vu se faire assommer, n'a pas pu l'aider. On ne sait pas s'il est gravement blessé.

— Il a dû sauver de nombreuses vies.

— Il a enfreint le règlement, dit Cletus, sans émotion. Et il a abandonné Perkins et Sung quand ils avaient besoin de lui.

— Il a certainement fait preuve de courage.

— S'il survit, je le mettrai au rapport. »

Le directeur préféra ne pas discuter. Pour Cletus, il le savait, deux mille cinq cents détenus ne valaient pas la vie d'un seul de ses hommes. Les procédures anti-émeutes avaient été établies en tirant les leçons d'Attica, du Nouveau-Mexique et d'Atlanta. Quand un soulèvement menaçait de devenir incontrôlable, les gardiens devaient quitter la prison. La question n'était plus le rétablissement de l'ordre, mais le nombre des victimes.

« Comment les hommes réagissent-ils au problème des otages ? »

Cletus alluma sa cigarette.

« Ils veulent les voir sortir, bien sûr, mais ils me font confiance pour leur dire quand et comment. Ils n'ont pas envie d'une merde à la Waco. Quant aux gars eux-mêmes, bon, ils étaient aussi bien préparés qu'on peut l'être », dit-il avec une certaine fierté.

Cletus envoyait régulièrement ses hommes suivre des séminaires de préparation psychologique à la situation d'otage. Effectivement, il était rare que des gardiens soient tués dans ce genre de circonstances. Dans une émeute, les détenus s'en prenaient surtout à eux-mêmes, le plus souvent pour des questions raciales. La puissance de l'État, incarnée par l'uniforme kaki, se faisait sentir même en plein chaos, et les prisonniers la redoutaient. Les surveillants pris au piège, lorsqu'ils devaient vivre un enfer, ne risquaient pas vraiment la mort, sauf si les détenus les plus féroces étaient enragés ou paniqués par une tentative de sauvetage au mauvais moment.

« Quelle est la position du gouverneur ? » demanda Cletus.

Hobbes le regarda dans les yeux.

« Il nous soutient à cent pour cent. Il a mis en alerte la Garde nationale, mais pense comme moi qu'il est actuellement inutile de la déployer. Et il tient particulièrement à un black-out des médias aussi longtemps que possible, comme moi. »

Tout cela, sauf les derniers mots, n'était que mensonge. Hobbes n'avait pas contacté le gouverneur de l'État, et n'avait pas l'intention de le faire jusqu'au dernier moment. Cette affaire ne le concernait pas.

« Je veux que ce black-out soit bien compris, capitaine. Je ne veux pas voir d'hélicoptères de la télévision au-dessus de nos têtes.

— Moi non plus.

— Je ne veux pas voir présenter Green River comme une ménagerie. Nous ne sommes pas dans les rues de Los Angeles. Ici, c'est la machine panoptique. Notre devoir est de maintenir la discipline et de punir, pas d'offrir un cirque aux cerveaux affaiblis de nos citoyens. Ils ont voulu que cet endroit soit le lieu obscur de la douleur, et l'œil des citoyens a perdu le droit de compter ses victimes. » Il s'interrompit, essuya la salive qui perlait sur ses lèvres. « Ceci ne les regarde pas.

— Je suis d'accord, monsieur. »

Cletus tira sur sa Camel et se cacha derrière la fumée. Hobbes fut traversé par un doute. Est-ce que le capitaine se moquait de lui ? Le prenait-il pour un imbécile ? Allait-il faire de grasses plaisanteries à ses dépens une fois qu'il serait sorti ? Le directeur se sentait écrasé par l'ampleur de sa tâche, par l'impossibilité de communiquer ne fût-ce qu'une fraction de sa vision, une vision aussi vaste, monumentale et sévère que la prison elle-même. Soudain, il souhaita que Klein soit toujours dans son bureau. Voilà un homme capable de comprendre, se dit-il, d'entrevoir le phare qui clignotait dans l'immense obscurité. Klein était pris au piège, lui aussi. Sans l'impatience d'Agry, il aurait été libéré le lendemain. Mais, inutile de s'attarder sur l'impitoyable ironie du destin. De toute façon, chaque crise contient le secret du pouvoir.

« Savez-vous quel sens a le mot crise ? » demanda Hobbes.

Cletus fronça les sourcils.

« Je crois que oui, monsieur.

— La racine grecque signifie "décider". Mais, en chinois, c'est mieux : deux caractères combinés, l'un signifiant "danger", l'autre "opportunité". Vous me suivez ?

— Je n'en suis pas sûr, dit Cletus derrière son nuage de fumée.

— De façon à découvrir cette opportunité, à prendre cette décision, il faut plonger dans le tourbillon du danger et s'abandonner à son courant. »

Cletus le scruta un long moment.

« À vous entendre, on dirait que l'émeute a été prescrite par un médecin. »

Hobbes resta silencieux. Dans la pénombre, le regard du capitaine était invisible. Avait-il les moyens de le comprendre ? Probablement pas. Valait-il la peine d'essayer ?

« Dans la cité de la justice, reprit-il, nous sommes

l'égout, la région obscure où le pouvoir de punir n'ose plus se faire connaître à ceux qu'il sert. Nous ne traitons plus les effluents et nous n'avons plus le courage de les éliminer. Nous ne sommes pas non plus des médecins qui examineraient les fèces d'un corps malade pour identifier la maladie. Ni vidangeurs, ni diagnosticiens, nous sommes devenus de garde-merde. Est-ce une tâche digne d'hommes tels que nous, Cletus ? Ramasser la merde ?

— C'est pas parfait. Je sais ça aussi bien que n'importe qui. Mais il faut bien que quelqu'un le fasse », dit le capitaine.

Hobbes eut un vertige intérieur, au bord de la nausée, et une vague de désespoir secoua ses entrailles. Il ferma les yeux.

« Il y eut un temps où le problème de l'incarcération préoccupait les plus grands esprits du siècle des lumières : Tocqueville, Bentham, Servan. Nous avons abandonné, Cletus. Nous sommes à la fin d'une ère, et la raison a perdu.

— Vous vous sentez bien, monsieur ? »

Quelle bêtise, d'imaginer que cette brute serait capable d'entrevoir sa vision. Hobbes ouvrit les yeux.

« Quand la justice néglige les principes rationnels et moraux où elle a jadis fondé son autorité, le temps est venu de rendre la prison à ses habitants. Qu'ils engendrent eux-mêmes une nouvelle moralité, mieux adaptée à l'époque.

— Je veux juste récupérer mes gars en bonne santé, dit le capitaine. Pour le reste, je n'en sais rien.

— Votre femme est convertie, n'est-ce pas, Bill ? »

Cletus haussa les épaules et montra la Camel qui brûlait entre ses doigts.

« Me laisse pas fumer à la maison, si c'est ce que vous voulez dire.

— Alors vous devriez savoir qu'il n'y a aucune sécurité sur cette terre. Ni peut-être au ciel. Après tout, même le plus brillant des anges du Seigneur est tombé. Le seul endroit sûr, c'est l'enfer, où il n'y a plus rien à perdre.

— Pour Jésus, je sais pas trop, mais je crois que Dieu a mis sur terre le genre d'animaux qu'on a dans cette prison pour nous mettre à l'épreuve. Comme on dit, on reste pas longtemps sur terre et on reste longtemps ailleurs. J'imagine que tôt ou tard on a tous à faire ce qu'on croit être juste. »

Hobbes hocha gravement la tête.

« Rares sont ceux d'entre nous qui ont le privilège de se trouver face à l'immensité du destin. La plupart des hommes s'emploient à l'éviter, même au moment de leur propre mort.

— Je crois que c'est ce que je voulais dire. »

Les dernières lueurs du jour s'évanouissaient, et ils étaient presque dans le noir. La cigarette de Cletus rougeoyait tout près de ses doigts. Il tira une dernière bouffée, écrasa le mégot dans le cendrier en verre et se leva.

« Mieux vaut que j'y aille, si vous le voulez bien, monsieur. »

Hobbes se leva, lui aussi.

« Si je pouvais changer de place avec vos hommes, je le ferais. »

Cletus le regarda au fond des yeux :

« Je sais, monsieur.

— Bien, nous nous comprenons. »

Il tendit une main au capitaine, qui la serra, et le regarda sortir de la pièce. Quand la serrure cliqueta, Hobbes sentit une sensation d'isolement le recouvrir comme un suaire. Il lui sembla que l'espace obscur de son bureau était l'univers lui-même, et qu'il en était le seul occupant. Hobbes voulut se rappeler ce que Klein lui avait dit le matin même. « Même les plus courageux… » Frustré, il n'y parvint pas, et à la place un air d'une banalité infecte s'insinua dans son esprit et s'y installa.

Quand j'étais petit, j'ai dit à ma mère,
Que vais-je devenir…

Assis au centre de son univers, Hobbes écouta l'affreuse petite chanson tourner et virer dans son crâne.

XX

Comme une tornade tropicale, la violence archaïque des humains soufflait par brusques rafales dans le pénitencier. Elle arrachait des hommes de leurs cellules, les exposait impitoyablement au fer et au feu, dévoilait la laideur, la virulence, la lourde puanteur de l'homme dans toute la pureté de son être, et rugissait du haut en bas des cages entassées du bloc D. Ray Klein attendait, allongé sur sa couchette, l'évolution des circonstances fort peu désirables qu'il était lui-même incapable d'influencer.

La porte était fermée, mais pas verrouillée. S'il avait eu un chalumeau, il aurait soudé la grille. À défaut, il attacha une tasse en fer-blanc à un barreau et la posa sur son placard. Au cas improbable où quelqu'un ouvrirait la grille quand il serait endormi. La paranoïa lui suggéra que l'intrus pourrait d'abord couper la ficelle. Klein raya le sommeil de sa liste. Pour essayer de se détendre, il ferma les yeux et s'imagina qu'il était libre : qu'il lisait le New York Times en buvant du jus d'orange dans un restaurant ; qu'il se couchait à trois heures du matin et se levait à dix ; qu'il emmenait Devlin en voiture à La Nouvelle-Orléans où ils baisaient dans un hôtel minable aux ventilateurs trop lents pour les empêcher de rouler dans leur sueur. Il se demanda ce qu'elle était en train de faire. Elle se prélassait dans son bain, peut-être, où elle mangeait une salade au fromage de chèvre dans un café climatisé. Non, elle devait s'apprêter à regarder le match des

Lakers. Il se demanda si les Knicks se maintiendraient à six points d'écart.

Rien ne marchait.

Aucun fantasme n'avait la force d'occulter le maelström de bruit et de souffrance qui faisait rage à l'extérieur de sa cellule.

Les émeutiers avaient consacré leurs premières heures à une destruction aveugle. Tout ce qui pouvait être écrasé, plié, démonté ou répandu l'avait été. Tout ce qui pouvait passer de l'ordre au chaos y avait été plongé. L'odeur prévalente était de plus en plus infecte, car les détenus terrorisés chiaient et se pissaient sous eux. Klein se rappela Ludwig von Boltzmann et sa théorie de l'entropie. C'est peut-être ce qu'il aurait dû dire à Hobbes : dans un système fermé, le désordre est en augmentation constante. Mais le directeur devait le savoir. De la grosse radiocassette de Nev Agry, au rez-de-chaussée, montaient des sons propres à déboussoler Boltzmann lui-même : les voix sucrées de Bob Wills et ses Texas Playboys flottaient de façon surréelle dans le vacarme ambiant.

La lune dans toute ta splendeur
Ne connaît que mon cœur,
Rends-moi ma Rose, ma Rose de Saint Antoine.
Des lèvres si douces et si tendres,
Comme des pétales entrouverts,
Me parlent encore de mon amour...

Au coucher du soleil, tandis que les Playboys roucoulaient dans la lumière crépusculaire, les lumières ne s'allumèrent pas. On avait coupé le courant à chacun des blocs. Naturellement, Agry est le seul à avoir une provision de piles pour nous bombarder avec sa putain de musique. Il a répété le même air tout l'après-midi. Au fond de mon cœur, il y a une chanson. Merde. Il y a de quoi le faire sortir sur la coursive et chanter *Que sera sera*... Un homme, un peu plus loin, hurlait depuis environ une heure — un cri à la fois aigu et baveux, lamentable, qui arrivait parfois à couvrir Bob Wills.

Klein s'aperçut qu'il n'éprouvait aucune pitié pour ce hurleur. En fait, il aurait préféré que ce type ferme sa gueule et crève. Crier, c'était de la complaisance. S'il avait si mal que ça, il serait incapable de faire autant de boucan. C'était un putain de simulateur. Quelqu'un devrait lui trancher la gorge. Ou en tout cas lui écraser la gueule. Bon, peut-être aussi qu'il se faisait violer par toute une bande, auquel cas ses cris étaient l'expression d'un plaisir extravagant, délivré par une soumission totale. Ça arrivait. Klein refréna la dérive morbide de ses pensées. Son tour pourrait venir. Une lueur mélancolique, la dernière que le jour voudrait bien accorder, filtrait au fond de sa cellule par un carré de verre armé. Il allait bientôt faire nuit, et rien n'indiquait que le courant reviendrait.

Tant qu'il restait un peu de jour, des équipes d'exécuteurs masqués parcouraient les coursives à la recherche de victimes ou de drogue. Comme le D était le bloc d'Agry, cela se passait surtout ailleurs. Klein était content de ne pas être en A, ou pourchassé dans le labyrinthe du sous-sol. Il y avait de vieux comptes à régler. La justice, pour être faite, devait être vue. Des humiliations mesquines ressassées pendant des années explosaient en féroces vendettas. Des dettes, grandes et petites, étaient réglées avec du sang et de la souffrance. Des avances sexuelles rejetées étaient maintenant subies. Et chaque acte de terreur était alimenté, avivé et enflammé par la prison elle-même. Les années d'internement, les comptages, les bites molles, l'attente des visites, les femmes demandant le divorce et allant baiser ailleurs, les rituels quotidiens d'impuissance et de dégradation, la puanteur ammoniacale de la pisse, les visages hypocrites des gens des commissions, les miettes de plaisir trouvées grâce à des gâteaux rassis, de l'alcool fabriqué avec un sac de croûtons et des pêches en conserve, la photo engluée de sperme d'une femme à la chatte mouillée, le pompier furtif acheté à un pauvre junkie en manque de fric. Et la peur. La peur du jour et la peur de la nuit. La peur de minute en minute et la peur d'heure en heure. Jour après jour. D'un an sur l'autre. La peur virulente qui ronge les artères et les nerfs, les reins, les glandes et le cœur. La peur ai-je-pris-la-mauvaiseplace-au-cinéma. La peur d'être seul et la peur de ne pas être seul. La peur suis-je-trop-jeune-et-mignon de sentir une douzaine de bites non graissées vous rentrer dans le cul l'une après l'autre dans les latrines du bloc ou cloué sur un banc de la chapelle. La peur de se réveiller chaque jour à l'aube. La peur de la vie et la peur de la mort. Les cris qui résonnaient maintenant sous la voûte chantaient l'hymne guerrier de la république de la peur. Une peur ignoble, totale, qui chancelait, nue et clignant des yeux, grosse de vengeance, jaillie de mille cœurs aigris et qui réclamait en hurlant sa propre part de terreur.

Klein comprimait sa peur dans une petite boule dure au creux de sa poitrine, en s'aidant de la raison. Une intelligence supérieure, platonique, des calculs rationnels, un savoir glacé, voilà les armes qui lui serviraient, comme elles l'avaient fait depuis trois ans. Si l'émeute faisait cinquante morts, ce serait la plus importante de l'histoire pénitentiaire des USA. Il avait donc cinquante chances contre une de survivre. En restant dans sa cellule au lieu de se mêler aux cinglés, il avait encore plus de chances. Deux jours, trois jours, les détenus allaient perdre tout intérêt, commencer à souffrir de la faim et de la chaleur. L'émeute ferait long feu, finirait par une reddition abjecte, comme toutes les émeutes. Klein n'avait qu'à rester en dehors.

Les cris continuaient. Peut-être était-ce un type brûlé dans le bloc B, d'abord sous le choc, puis réveillé par des douleurs atroces. Klein n'allait pas demander s'il pouvait l'aider. Il ne ressentait rien, aucune pitié. Qu'ils gémissent et s'adressent à leur Dieu. Qu'ils se gavent d'alcool et d'héro. Lui-même s'endurcissait, faisait la sourde oreille, s'obligeait à écouter l'eau qui coulait et les cris des ivrognes. Intérieurement, il chantait en même temps que la putain de bande d'Agry.

C'est là que j'ai trouvé, tout près de l'Alamo,
Un charme aussi étrange que le bleu du ciel...

Klein s'assit sur sa couchette, posa les pieds par terre. Un bruit de pas qui pataugeaient lourdement dans l'eau.

Il jeta un coup d'œil à son miroir : une paire de bottes avançait vers sa cellule. Klein se leva, sortit le 38 de sa poche. Connaissant mal les armes, il inspecta le barillet : le chien était bien sur la chambre vide. Il garda le revolver le long de sa cuisse. Une grande silhouette se découpa devant la grille, bouchant le peu de lumière qui restait. L'homme baissa la tête, et un visage allongé, aplati, regarda entre les barreaux.

« Docteur, dit Henry Abbott.

— Henry. »

L'intensité de son soulagement lui donna la mesure de son angoisse. Il se détourna un peu pour cacher son arme.

« Entrez donc. »

Abbott fit coulisser la grille. La tasse en fer-blanc tomba sur le ciment. Le géant s'arrêta pour la regarder.

« C'est okay », dit Klein.

Il remit le revolver dans sa poche et indiqua la couchette d'un signe de tête.

« Asseyez-vous.

— Je vois que vous avez suivi mes conseils », dit Abbott.

Klein rembobina ses souvenirs tout au long de cette journée chaotique pour chercher ce qu'Abbott avait bien pu lui dire. Il l'avait vu au petit déjeuner. Il y avait si longtemps. Klein prit le tabouret en face de la couchette. Ouais. Henry lui avait dit d'éviter tout contact.

« Éviter tout contact », dit-il.

Un frémissement d'inquiétude traversa le visage du géant, qui voulut se lever.

« Si vous voulez que je m'en aille, j'y vais. »

Klein leva une main pour l'arrêter.

« Je suis content d'être avec vous. » Abbott avait quelque chose d'un prêtre, ce qui rassurait Klein. « Je me sens plus en sécurité.

— Pourquoi ? » demanda Abbott.

Klein, un instant, fut pris de court. Abbott, comme un enfant, avait l'habitude de poser des questions incroyablement directes, presque stupides, à première vue, et qui, après réflexion, s'avéraient pertinentes.

« J'imagine qu'en cas de besoin nous pouvons nous protéger l'un l'autre. »

Abbott réfléchit, hocha gravement la tête.

« Je vois. »

Son visage était fait d'éléments simples, de plaques conçues à grande échelle par son créateur. Un front sans aucune ride, une bouche jamais complètement fermée. Les antidépresseurs qu'on lui donnait, et Klein pensait qu'il en avait besoin, contribuaient à l'effet d'ensemble : une surface plane, non réfléchissante, où un observateur pouvait inscrire tous les fantasmes qu'il voulait. Abbott était brutal, stupide, dangereux, mignon ou bestial, au goût de chacun. Henry, à vrai dire, était rarement à même de prouver autre chose, parce qu'il n'en avait pas l'occasion : en général, personne ne lui demandait son avis et les gens évitaient son regard insondable.

Il avait des yeux très purs : en les regardant, on ne voyait qu'eux. Son visage était tellement immobile qu'il y avait peu de rides, de froncements ou de mouvements, aucun jeu de muscles pour donner un contexte à son regard. Seulement des iris gris cerclés de brun, une sclérotique boueuse, des orbites creuses. Klein toussa, détourna le regard vers l'eau qui coulait devant la grille, venue de l'étage supérieur. Il était en compagnie d'un meurtrier psychotique qui avait vingt centimètres et quarante kilos de plus que lui. Pourtant, effectivement, il se sentait moins en danger.

« Ce moment doit être plus dur pour vous que pour moi », dit Abbott.

Klein se demanda s'il avait entendu parler de sa liberté conditionnelle.

« Pourquoi, Henry ?

— Parce que vous êtes médecin. »

Abbott raisonnait souvent de façon oblique, et faisait d'étranges rapports entre les choses.

« Je ne comprends pas. »

Le géant inclina la tête vers le vacarme, à l'extérieur.

« Il y a des blessés, dehors. Je les ai vus. Un médecin a le devoir de les soigner, mais vous obéissez à mon ordre d'éviter tout contact. Alors vous ne pouvez pas. Je suis venu vous délivrer de cette obligation. »

Klein le regarda fixement. Il sentait la sueur couler le long de ses flancs comme des glaçons glissant sur sa peau.

« C'est très bien de votre part, Henry. Mais si je reste ici, c'est d'abord parce que je ne veux pas me faire tuer. »

Abbott cligna lentement les yeux.

« Votre conseil était bon. Vous avez bien senti les vibrations. Je sais qu'il y a des blessés, mais je ne leur dois rien. Vous comprenez ? »

Cette fois Abbott ne cilla pas. Ni ne hocha la tête. Klein se raidit.

« Ce n'est pas ma guerre. Ces gens ne sont pas les miens. Mon savoir ne m'oblige pas à risquer ma vie. Ailleurs et à un autre moment, peut-être, mais pas ici et maintenant. »

Klein attendit. Il y eut un long silence. L'attention du géant parut se porter ailleurs, et Klein supposa qu'il écoutait la voix hallucinatoire qu'Abbott appelait le Verbe. Grâce à leurs conversations, Klein avait compris que le Verbe contrôlait Abbott un peu comme un parent dirige son enfant. Un parent jaloux et imprévisible. Le bon sens semblait inspirer une grande partie des commandements et des vibrations du Verbe : plus encore en prison, où la paranoïa est une sagesse, qu'à l'extérieur. Le Verbe lui disait quelles bandes éviter, à quels matons dire « Monsieur », à quelle vitesse il devait travailler, quand il fallait rentrer pour les comptages, quand il devait ou non manger son porridge.

Mais si le Verbe était habituellement son guide et son protecteur, il devenait parfois, aux heures les plus sombres, son plus cruel persécuteur, son ennemi le plus implacable. C'était le Verbe qui l'avait réduit à l'animal tremblant, encroûté de crasse, que Klein avait trouvé accroupi dans l'angle d'une cellule. C'était le Verbe qui lui avait ordonné de liquider sa propre famille à coups de marteau. Dans la cosmologie abbottienne, le Verbe était à la fois Dieu et Diable. Aucune puissance terrestre, et certainement pas celles de Green River, n'était capable de rivaliser avec la sienne. Quand le Verbe parlait, Abbott ne pouvait qu'exécuter ses ordres : aucune menace d'un détenu, aucune sanction d'un gardien n'aurait pu le faire dévier de son but. C'est ainsi que Myron Pinkley avait perdu l'usage de sa main. Abbott — celui qui pensait à lui-même sous ce nom — celui pour qui Klein avait tant d'affection, l'homme de muscles et d'os qui mesurait deux mètres et pesait cent trente kilos, n'était qu'un instrument du Verbe, prêt à être sacrifié sans la moindre hésitation.

Klein savait que les médicaments les plus puissants n'avaient pas réussi à faire taire la voix du Verbe. Ils aidaient à réprimer le ton méprisant, masochiste, persécuté de cette voix, celui qui plongeait périodiquement Abbott dans une déréliction extrême et suicidaire, mais la voix ne disparaissait jamais tout à fait. Elle lui parlait probablement, pensa Klein, jusque dans ses rêves. Or, si cet homme renfermé, isolé, sans expression, cette coquille qui semblait parfois n'être qu'un automate, était vraiment tout ce qui restait d'Abbott, qui donc alors était le Verbe ? Au cours de cette amitié, Klein avait été fasciné par cette *persona*. Il avait très envie de la rencontrer, de parler avec elle, alors qu'Abbott savait seulement traduire sa voix de façon rudimentaire, et uniquement quand il se sentait particulièrement en sécurité. Klein croyait une chose : le Verbe n'était pas la voix de Dieu. Le Verbe *était* Dieu.

Abbott, jadis, avait dominé ses élèves d'anglais et remué leurs cœurs avec la musique de poètes morts depuis longtemps. Maintenant, c'est à peine s'il pouvait aligner une phrase élémentaire, sans aucune métaphore ni le moindre double sens. Il avait tout perdu. Il était complètement perdu. Ou presque. Le peu qui restait de lui n'était que l'humble serviteur de Dieu, et l'enfer complexe où il était emprisonné n'était qu'un nouveau jardin d'Éden. Klein pensait qu'à un moment donné il fallait oublier le genre de connaissances dont Devlin était une spécialiste — la génétique et la biochimie, la psychodynamique et l'expressivité émotionnelle, les niveaux de dopamine et les récepteurs 5-hydroxy triptamine — pour simplement se mettre à la place du dément et regarder avec ses yeux. C'était peut-être impossible. Mais il avait éprouvé, en compagnie d'Abbott, des instants vertigineux où il s'en était rapproché, où il avait senti l'empreinte d'un pouvoir absolu, où la prison n'était plus qu'un vague arrière-plan du drame primordial entre Dieu — le Verbe — et l'homme. Pas le Dieu du Christ, d'Abraham ou de Mahomet : un Dieu préreligieux. Le Dieu qui avait régné avant que fussent inventés les faux-semblants, les métaphores ou même l'imagination, avant le choix, avant la volonté, avant le bien et le mal, peut-être avant le langage. L'ego d'Abbott, son soi, lui, n'était qu'un pauvre reste, le moignon usé d'un Je, quelques fragments liés ensemble par la peur et peut-être, espérait Klein, par le peu de reconnaissance humaine que lui-même lui avait apportée. Au sommet de l'empyrée, dominant ce pauvre hère, se tenait le Verbe, un être, une force, une autorité sans limites contenue par l'espace illimité de l'esprit d'Henry tout en lui restant étrangère et séparée d'une façon terrifiante. L'ego d'Abbott avait abandonné toute prétention à gouverner son propre univers intérieur, et s'accrochait à un misérable îlot de conscience au bord de l'infini.

Tandis qu'Henry supportait le porridge au verre pilé, sa tâche infecte dans les égouts, les médicaments avalés de force et toutes les blessures et insultes dont sa vie était faite, le Verbe jouissait d'une liberté et d'un pouvoir inimaginables. Comment savoir quelle force avait violemment séparé l'Homme et le Dieu ? Klein l'ignorait, certes, mais aux rares minutes de calme qu'il passait avec Abbott, en écoutant le souffle léger du Verbe qui pouvait ordonner sa mort à tout moment, il se demandait souvent ce qui se passerait si on les réunissait à nouveau. Que deviendrait le géant débile au pas traînant s'il était à nouveau habité par ce Dieu lui-même ? Quel feu se mettrait-il à briller dans ces yeux éteints ? Quelle voix sortirait, tel le tonnerre du jugement, de cette poitrine massive ?

Aux mêmes moments, Klein se demandait aussi ce qu'était devenu le Dieu qui était en lui. Klein était sain d'esprit. Parfois, il se voyait comme le reflet inversé d'Abbott. Là où l'ego d'Henry était un esclave brisé, prostré aux pieds d'un Dieu noir — sans qu'il le sache —, le Dieu de Klein n'était que l'ombre pâle d'une divinité, virtuellement effacée par les lumières crues du savoir, de la science, de l'intelligence et de la raison. Libre arbitre, compréhension, imagination, faculté d'envisager conséquences et résultats — tels étaient les ennemis de Dieu, les chaînes qui le maintenaient dans une étroite cellule, au plus profond de ce même infini où régnait sans partage le Verbe d'Abbott. Klein, en ce sens, savait qu'il était aussi fragmenté qu'Henry : là où celui-ci triait les morceaux brisés de son être et en gardait une simple coquille d'humanité vivant littéralement dans les égouts de l'égout de la société, Klein avait trié les fragments de Dieu pour chercher un but quelconque, au-delà de la simple survie, et avait fini par dire à son compagnon du bloc D : « Je sais qu'il y a des blessés, mais je ne leur dois rien. »

Brusquement, il se rappela où ils étaient et ce qui se passait autour d'eux. Klein s'était perdu dans les cercles vides qu'étaient les yeux d'Abbott. Le silence sépulcral où il avait été plongé se dissipa comme une vapeur. Il entendit à nouveau la plainte du blessé. Dieu disparut en même temps que le silence. Klein redevint un détenu avec sa conditionnelle dans sa poche et l'espoir de survivre à l'émeute.

« Vous avez raison, dit Abbott.

— Quoi ?

— Ce n'est pas le moment ni l'endroit où mourir.

— Je suis content que vous soyez d'accord, dit Klein. On va rester ici un jour ou deux, tout ira bien. On peut dormir à tour de rôle.

— Nous pourrons nous protéger mutuellement.

— C'est ça. Personne ne va le faire à notre place. »

En finissant sa phrase, les yeux fixés sur le large visage sincère d'Abbott, Klein fut soudain pris de dégoût. Ils pourraient s'aider mutuellement. Ouais. Jusqu'à ce que les trois portails sous les fenêtres du directeur s'ouvrent l'un après l'autre et qu'il lui dise adieu, ma chère Polly, mais je dois m'en aller, et Klein serait parti. Après quoi

Henry pourrait rentrer dans son égout et s'aider tout seul. Les chaînes qui entravaient le Dieu de Klein entaillaient de plus en plus sa chair divine. C'était peut-être une honte, mais l'homme Klein n'avait qu'une envie : sortir, boire un jus d'orange, prendre une douche et s'allonger sur des draps humides avec Juliette Devlin. Il avait eu son compte de souffrance et de peur, les siennes et celles des autres. Après trente-quatre mois dans ce trou de merde, il n'était pas assez endurci. Ses terminaisons nerveuses, si émoussées qu'elles fussent, auraient dû l'être encore plus. Et pourtant, s'il franchissait le portail, ce ne serait plus nécessaire. Il pourrait même les laisser repousser.

Pour Abbott et les autres, c'était différent, n'est-ce pas ? Ils étaient sur une autre voie, et l'avaient toujours été. Klein pensa aux recherches imaginées par Devlin pour répondre à la grande question : est-il plus dur de mourir lorsqu'on a un avenir, ou quand on est un pauvre hère illettré qui ne possédera jamais que six pieds de cailloux au fond du cimetière ? Tu peux parier ta putain de peau que c'est plus dur, hurlait le chaos qui bouillonnait dans ses tripes. Klein chercha la petite boule dure, au creux de sa poitrine, où il entassait toutes ses peurs. Elle avait disparu, s'était fragmentée, dissoute, avait inondé son intestin, son rectum, ses couilles, changé ses muscles en saindoux, son sang en eau de boudin. Ses yeux allaient sans cesse de l'eau qui tombait devant la grille au visage massif d'Abbott, puis aux cabinets où il allait devoir, d'une minute à l'autre, lui semblait-il, chier sa propre vie. Son cœur cognait comme un marteau-piqueur. Une monstrueuse vague de panique se dressa au-dessus de sa tête, menaçant de le balayer.

Une idée toute simple, qu'il n'avait jamais eue, tomba dans son esprit comme un caillou dans l'eau : pendant quelques heures, le méchant bout de terrain compris entre les murs de la prison serait probablement l'endroit au monde le plus déserté par la loi. De plus, il était peuplé par les hommes les plus violents de l'histoire du monde.

Au-dessus de lui, la vague, instable, frémissait. C'était peut-être une folie de rester enfermé dans sa cellule. Avec son arme, il pouvait s'en sortir. C'était possible. Il pourrait se glisser hors du bloc, longer les services centraux, traverser la cour. Maintenant, pendant qu'il y avait encore assez de lumière. Une fois la nuit tombée, n'importe quoi pouvait arriver. Il s'imaginait devant le portail principal, il voyait Cletus ordonner l'ouverture, il sentait la pression froide et confortable des menottes qui accepteraient sa reddition, son innocence, avant qu'on ne l'envoie passer ses dernières heures de détention à l'abri d'une petite prison provinciale très loin de Green River, dans un autre comté, très loin de Coley, d'Agry, d'Abbott et de Grauerholz, très loin des cris, de la puanteur et du sang. Maintenant, mec, c'est le moment. Quand il fera noir, ce sera du suicide. Maintenant, tu as une chance.

Klein se remit sur ses pieds en chancelant. Ses jambes tremblaient. Il se retint aux barreaux de la porte. La vague était toujours là, au-dessus de sa tête. Et il comprit qu'il devait la laisser venir. S'il essayait de courir devant elle, la vague le recouvrirait, l'emporterait, le fracasserait sur les récifs de sa panique, l'empalerait sur la queue d'un tueur ivre qui aurait flairé sa peur. La vague bougea, et Klein se livra à sa merci.

Respirer à fond. Agrippées aux barreaux, ses phalanges blanchirent. Respire à fond, connard. La vague le submergea, le colla contre la porte. La sueur lui piquait les yeux. Un bruit indéchiffrable s'échappa de sa bouche. Ses cuisses et son ventre se pressèrent contre l'acier quand ses genoux plièrent sous son poids. Respirer. À fond. Des spasmes brûlants convulsèrent son anus, sa vessie et son gland. Il se demanda s'il était en train de chier sous lui et, malgré son état, une voix honteuse au fond de son esprit souhaita qu'Abbott ne soit pas là, obligé de sentir l'odeur de ses excréments. Respirer à fond. Finalement il put aspirer un peu d'air, le garder une seconde, le laisser aller. Compte. Compte et respire. De un à dix. Il compta de un à dix. Reforme cette petite boule dure dans ta poitrine. De un à dix.

La vague passa sur lui et disparut dans le crépuscule. Lentement, très lentement, Klein retrouva la balle au creux de sa poitrine et se hissa à l'intérieur. Les différents morceaux de son corps se réunirent à nouveau. Sa chemise, trempée de sueur, lui collait à la peau. Il se mit à frissonner. Ses jambes paraissaient le soutenir, et il lâcha la grille. Son sphincter tremblant et crispé lui assura qu'il n'avait pas chié, mais qu'il devait se dépêcher d'y aller.

Péniblement, il se retourna. Abbott le regardait.

« Vous êtes tout blanc », dit le géant.

Klein comprit que sa crise de panique, qui lui avait semblé durer une vie entière, n'avait pris en fait que quelques secondes. Il hocha la tête.

« Surveillez la porte. »

Précautionneusement, à petits pas, Klein alla vers la cuvette et tira la couverture derrière lui. Il défit sa ceinture, baissa son jean et s'installa. Aussitôt il se vida entièrement dans une cataracte fumante. La commission, Hobbes, Nietzsche, Dieu, l'émeute et plusieurs mètres de merde — tout ce magma puant se déversa et Klein se sentit envahi par une paix extraordinaire. Il entendit chanter les anges, et laissa échapper un grognement de reconnaissance béate.

« Vous allez bien, docteur ? » dit la voix d'Abbott, derrière le rideau.

Klein se mit à rire, d'un grand rire venu des tripes, en respirant profondément sa propre odeur. Dieu, quelle infection. Il rit encore.

« Très bien », cria-t-il.

Et c'était vrai. Jamais, dans son souvenir, il ne s'était senti aussi bien que sur ce siège de W-C. Il se rappela que Martin Luther avait conçu la Réforme protestante dans un mouvement de boyaux transcendantal du même genre, et maintenant il comprenait pourquoi. Klein s'épongea le front avec du papier toilette. Quelle merveille. Ensuite il se torcha le cul, puis tendit l'oreille : le type ne criait plus. Il se leva, se reboutonna, tira la chasse et leva la main comme pour un salut, se sentant prêt à tout.

C'était aussi bien, car Abbott l'appela :

« Quelqu'un vient. »

Klein écarta la couverture et avança d'un pas. Claude

Toussaint était devant la porte à moitié fermée, habillée en Claudine Agry.

Il grimaça un sourire.

« C'est la rose de Saint-Antoine. »

Claudine portait une robe rouge moulante, des chaussures à talons, et avait l'air de s'être habillée très vite, car ses parties génitales faisaient une bosse disgracieuse sur le devant de sa robe. Son maquillage, pourtant soigné, était maintenant taché par les larmes et la sueur. Elle le regardait avec des yeux agrandis par la peur. Le sourire de Klein disparut.

« Klein ? »

Il alla vers elle. Son euphorie n'était plus qu'un souvenir. Claudine fit quelques pas en trottinant et jeta les bras autour de son cou.

« Qu'est-ce qui ne va pas ? »

Il la prit par les poignets et la repoussa pour voir son visage.

Elle détourna la tête, affolée.

« Tout est de ma faute.

— Reste calme, dit Klein, et dis-moi ce qui ne va pas. »

Elle se mordit les lèvres.

« Nev a envoyé Grauerholz à l'infirmerie. Je crois qu'il veut tous les tuer. »

Il lui fallut une seconde pour comprendre.

« Tous qui ? demanda-t-il.

— Tous ceux-là ! sanglota Claudine. Coley, Wilson. Les types qui ont le sida. »

Dans un donjon caché dans une caverne à dix mille kilomètres au fond de son être, Klein sentit le cliquetis des menottes cosmiques qui se tordaient sur une chair divine.

« Pourquoi ? »

Sa voix était soudain glacée.

Elle se débattit.

« Vous me faites mal. »

Klein resserra encore sa prise. Il secoua Claudine.

« Pourquoi, bon Dieu ? Regarde-moi. »

Elle leva les yeux.

« Je ne sais pas. »

Claudine s'effondra sur lui en pleurant. Klein lâcha ses poignets et la serra contre sa poitrine. Par-dessus la tête de Claudine, il regarda Abbott qui le regardait, ses grands yeux vides pénétrant jusqu'au fond de son être. Son vertige le reprit. Les chaussures du fou. Il prit Claudine par le menton.

« Okay, dit-il. Mieux vaut que tu m'emmènes voir Nev Agry. »

XXI

Juliette Devlin, assise sur la table du bureau, ôta son bracelet-montre et fit l'effort de ne pas regarder l'heure. Elle l'avait si souvent fait, depuis que le gardien coréen — dont elle ne se rappelait pas le nom — l'avait poussée à l'intérieur en lui disant d'y rester, que le temps lui semblait se traîner au ralenti. La gravité évidente de la situation — les flammes, les coups de feu, les hommes envahissant la cour — avaient fait passer son cerveau en mode petite-fille-perdue, ce qu'elle trouvait parfaitement adapté. Bouge pas, et reste calme jusqu'à ce que maman vienne te chercher ou qu'un gentil policier te demande ton adresse. Ni Galindez ni le Coréen n'étaient venus pour la ramener chez elle. Devlin en avait conclu qu'ils s'étaient fait tuer ou capturer. Les rafales venues des remparts s'étaient tues depuis plusieurs heures. Après quoi elle n'avait plus entendu que quatre coups de fusil très espacés. Le téléphone était mort et elle ne s'attendait plus à l'entendre sonner. La dernière fois qu'elle avait consulté sa montre, Devlin s'était rappelé quelque chose de si important qu'elle avait dû le refouler : elle avait signé le registre des sorties, signalant qu'elle avait quitté la prison.

Personne ne savait qu'elle était là.

Elle laissa tomber sa montre par terre et l'écrasa à coups de talon. Au deuxième coup, le verre se fendit. Au troisième, il fut réduit en poudre et les aiguilles furent arrachées. Pendant un moment, Devlin se sentit mieux. Le temps allait un peu plus vite. Ce n'était peut-être pas la meilleure chose à faire, mais le mode choisi serait bientôt périmé. La petite fille perdue allait bientôt se mettre à pleurnicher. Elle devenait folle, à rester dans cette pièce. Devlin pensa aux deux mille huit cents hommes enfermés avec elle derrière les murs en granit. Ils n'avaient pas couché avec une femme depuis, quoi ? Disons cinq ans, en moyenne. Additionnés, cela faisait dix mille ans sans baiser. Plutôt long. Et un tas de ces types avaient un chromosome y en plus. Devlin prit son paquet de Winston froissé : il n'en restait plus qu'une.

Elle fut d'abord prise de panique, puis tout de suite soulagée. C'était parfait. S'il y avait plus grave que d'être coincée dans une révolte de prisonniers, c'était d'être coincée n'importe où sans avoir de quoi fumer. Cela lui donna le prétexte nécessaire pour abandonner le mode petite fille et sortir de la pièce peinte en jaune. Comme par défi, elle alluma sa cigarette.

Il y avait deux portes dans le bureau. L'une donnait sur le couloir, vers la sortie et la cour. L'autre menait à une salle de douches et ensuite au dispensaire. Devlin prit cette porte, tira sur sa cigarette et sortit.

La petite salle de douches avait un carrelage vert pâle, couleur qui renforçait encore l'odeur de moisi. Contre un mur, sous une tache décolorée marquant la place d'un miroir disparu, il y avait un lavabo. En face, deux cabines de douches avec des bacs en faïence, dont l'une possédait toujours un rideau en plastique déchiré. Klein lui avait dit un jour qu'un des principaux avantages de l'infirmerie, c'était de pouvoir prendre une douche tout seul. Malgré la sueur qui imprégnait sa chemise, Devlin ne fut pas tentée et poussa la porte donnant sur le dispensaire.

La lumière était allumée. Un établi en bois incluant deux éviers faisait toute la longueur d'un mur. Des étagères recouvraient les autres murs et contenaient les fournitures de base : perfusions, cartons d'échantillons médicaux, seringues, aiguilles, sacs en plastique de solution saline et de glucose, pansements, compresses et sparadrap. Quelques étagères étaient pleines de médicaments, surtout des antibiotiques et des tranquillisants. À l'autre bout de la pièce, des portes battantes ouvraient sur un couloir. Earl Coley, debout, les paumes à plat sur l'établi pour soutenir le poids de son corps, avait une serviette blanche sur la tête. Devlin le reconnut à sa carrure. On entendit le bruit d'une profonde inhalation, suivi par plusieurs grognements brefs et saccadés.

« Bon Dieu », soupira Coley sous sa serviette.

Son corps se tassa, et il posa les coudes sur l'établi, sans paraître avoir entendu entrer la jeune femme. Devlin se demanda s'il était malade et s'approcha.

« Coley ? Ça va ? »

Il sursauta violemment, surpris, et arracha la serviette.

« Bordel de merde ! » haleta-t-il en roulant des yeux. Ensuite il plissa les paupières et la reconnut.

« Jésus-Christ. »

Coley se détendit, s'adossa au mur en fermant les yeux, pressa une main contre son cœur et respira profondément. Puis il tituba jusqu'à un évier, ouvrit le robinet à fond et mit la tête dessous. Quand l'eau froide se déversa sur sa tête et son cou, il se mit à marmonner un chapelet d'obscénités où revenait plusieurs fois le mot « garce ». Coley se redressa, s'essuya le visage avec sa serviette. Il y avait sur l'établi une bouteille d'un litre et demi en verre marron foncé. Coley regarda Devlin, qui passa d'un pied sur l'autre.

« Salut », dit-elle.

Coley ne dit rien. Devlin voulut tirer une bouffée de sa cigarette.

« Merde, mec. »

Coley bondit, boucha la bouteille avec sa main, ramassa un bouchon en plastique et le revissa sur le goulot.

« Ce truc est salement inflammable. Vous voulez tous nous faire sauter ? »

Devlin comprit instantanément, s'approcha de l'évier, éteignit sa cigarette sous le jet d'eau, ferma le robinet et jeta le mégot dans une poubelle.

« De l'éther ? »

Coley, maussade, hocha la tête, ramassa la bouteille,

la rangea dans un placard et ajouta un petit cadenas au verrou du placard. Ensuite, il se tourna vers elle.

« De temps en temps ça m'aide à décompresser. Je suis pas un toxico.

— Je ne le pensais pas.

— Je prends pas de Valium, de poudre, d'herbe, rien. » Il était sur la défensive. « Merde, je ne fume même pas.

— Coley, c'est okay. Jadis, la moitié des anesthésistes du pays prenaient une bouffée d'éther par-ci par-là. »

Coley se détendit.

« J'voulais juste que vous pensiez pas que ça m'empêchait de bosser. »

Il alla prendre une boîte à moitié pleine de serviettes en papier, la vida par terre et la posa sur l'établi.

« Qu'est-ce que vous venez foutre ici, d'ailleurs ?

— Je cherchais des cigarettes.

— Sans blague. Je croyais avoir dit à Klein de se débarrasser de vous.

— Il l'a fait. Je suis revenue.

— Pour quoi foutre ?

— Je vous l'ai dit ce matin. J'ai quelque chose à vous montrer, à vous et à Klein.

— Eh bien, vous avez vraiment choisi votre jour. »

Il s'approcha des étagères, prit deux flacons en plastique, vérifia leurs étiquettes, les ouvrit et vint vider un flot de comprimés dans le carton.

« Savez-vous ce qui se passe ? » demanda-t-elle.

Coley haussa les épaules.

« Des types qui se plantent, qui se volent, qui se saoulent et qui se défoncent. Le truc habituel des émeutes.

— C'est déjà arrivé ?

— La dernière émeute raciale, ça fait à peu près quatre ans, mais c'était juste une bande de Mexicains et de négros qui se sont foutus sur la gueule dans l'atelier de mécanique. Ça, c'est différent. On n'a jamais rien eu de si gros. Oh, des types vont vous parler d'Atlanta, du Nouveau-Mexique. Les taulards prennent toute la taule, les Noirs tuent les Blancs, les Blancs tuent les Mexicains, les

Mexicains se tuent entre eux avec en plus quelques Indiens et Chinetoques. C'est ça qui va venir, on dirait.

— Qu'est-ce qui va se passer ? »

Coley alla reprendre d'autres bidons en plastique. Il lui répondit le dos tourné.

« Quand ils seront fatigués de tuer, les gardiens vont faire entrer la garde et p'têtre qu'ils vont en tuer un peu plus. On sera tous punis, plus de visites, peut-être bouclés pour plusieurs semaines, ensuite je suppose qu'on sera prêts pour la prochaine. »

Il vit quelque chose sur son visage et sourit gentiment.

« Ne vous en faites pas, docteu' Devlin. Ici, on est à l'abri. » Il lui montra ses tubes de comprimés. « Surtout si on se débarrasse de cette merde. »

Coley vida les tubes dans la boîte.

Devlin s'approcha, prit un des tubes vides. Thorazine, 50 mg. Elle regarda Coley.

« La seule chose qu'on ait et qu'ils veulent, c'est les médicaments. N'importe quoi les fait planer. Ou les défonce. Ou les allonge raides, de préférence. Ils vont venir les chercher tôt ou tard. Mais on est pas contre, pas vrai ?

— Si vous le dites.

— Mieux vaut qu'ils marchent à la Thorazine et aux benzos qu'à la coke, au speed ou à la gnôle. » Il eut un autre sourire. « Vous me donnez un coup de main ?

— Bien sûr. »

Devlin sourit, elle aussi.

Ils examinèrent les flacons et les tubes, sortirent des étagères tout ce qui pouvait avoir un quelconque effet psychotrope. Valium, Tofranil, Tranxène, Halopéridol, Largactyl, Témesta. Comprimés, capsules, ampoules. Le fond de la boîte se changea en kaléidoscope multicolore et chimique. Devlin ne s'étonnait plus, comme à son arrivée, d'une telle quantité de tranquillisants majeurs dans ce qui était officiellement une petite antenne hospitalière. Elle vit Coley prendre un gros bocal d'Amitriptyline.

« C'est très toxique, quand on en prend trop.

— Pour vous, docteu', j'saurais pas dire, gloussa-t-il,

mais moi je suis pour. Un taré de moins qui veut m'égorger et tout est pour le mieux. »

Il jeta les comprimés dans la boîte. Pour Devlin, donner un tas de neuroleptiques à des gens ignorant leurs effets allait contre toutes ses convictions. Mais elle se rappela les cris du gardien brûlé vif.

« Bon, si on nous fait un procès, on s'en occupera quand tout sera fini. »

Elle tomba sur un carton de laxatifs puissants, qu'elle montra à l'infirmier.

Il ricana.

« Ça, c'est une bonne idée. »

Ensuite elle se surprit à ajouter des diurétiques, des comprimés contre l'hypertension et une pincée de Digoxine. Une fois la boîte à moitié pleine, Coley remua le tout et y lança quelques poignées de seringues et d'aiguilles.

« N'importe quoi pour les tenir occupés, dit-il. Allons-y. »

Devlin lui ouvrit les portes battantes et il emporta la boîte dans le couloir. Elle le suivit jusqu'à l'entrée de la salle. Ils passèrent une porte en bois massif maintenue ouverte par un coin, traversèrent le salon TV et les salles de bains, arrivèrent à la première des deux portes blindées qui barraient le passage. Celle-ci avait un judas à hauteur d'homme. Coley coinça la boîte sous un bras et déverrouilla la porte. Après, il y avait la salle des gardiens, le bureau du docteur Bahr où se trouvaient d'anciennes archives médicales, rarement utilisé par Klein ou Coley, et une petite pièce sinistre pour les visiteurs — avocats ou familles. La seconde porte était une grille en acier que Coley ouvrit aussi. Au bout du couloir ils passèrent sous un porche voûté où deux portes en chêne donnaient sur la cour.

Les portes étaient poussées, mais non verrouillées. Le gardien de service était le seul à avoir les clefs de l'unique entrée de l'infirmerie. D'habitude, on ne les fermait que le soir, et Sung les avait laissées ouvertes. Sung — Devlin s'était souvenue de son nom. Après tout, elle n'était pas raciste.

« Où est passé Sung ? demanda-t-elle.

— Aux dernières nouvelles, il trimbalait vers le portail un type qui fumait de partout. »

Devlin fut prise de panique, qu'elle réprima en plaisantant.

« Dix mille ans sans baiser », dit-elle.

Coley la regarda.

« C'est quoi ?

— J'ai calculé que si on ajoute toutes les fois que les détenus n'ont pas eu de femme, ça fait environ dix mille ans.

— Pouvez le croire. Plein de couilles au bleu, ici. Plein de testostérone aigrie. Comme du lait qui aurait tourné. »

Devlin trouva cette comparaison plutôt répugnante. Elle resta derrière les portes quand Coley poussa un des battants, et jeta un coup d'œil par la fente du chambranle. À l'est, au-dessus des remparts, le ciel était noir. Installés sur le portail principal, deux projecteurs fouillaient la cour. Les blocs cellulaires, apparemment, étaient dans une obscurité complète. Coley appuya sur un interrupteur et une lampe extérieure s'alluma près de la porte, rendant encore moins visibles la cour et les bâtiments.

« Donnez-moi la boîte à bonbons », dit Coley.

Elle lui passa le carton, et il se glissa par l'ouverture. Collant de nouveau son œil à la fente, elle le vit reparaître au bas des marches, où il posa le carton.

« Hé, Coley, tu fais quoi, mec ? Bouge pas ! »

Coley ne s'arrêta pas, mais ne se pressa pas et ne laissa paraître aucune crainte. Il montra la boîte.

« Y a des sacrés bons trucs pour vous là-dedans, cria-t-il dans la nuit. Des benzos, des barbis, de la codéine. Tout ce que j'ai. Vous allez vous amuser, les gars. »

Il se retourna vers les deux dernières marches.

Une silhouette jaillit de la pénombre.

« Coley ! » cria Devlin.

La silhouette bondit en haut des marches, une grosse clef anglaise à la main. La masse énorme de Coley pivota, son pied écrasa la gorge de l'homme qui tomba en arrière. La clef anglaise, brandie très haut, lui échappa des mains. Coley se baissa, la tige d'acier heurta la porte en chêne et rebondit sur les dalles. L'infirmier reprit son équilibre et sauta en haut des marches. Une deuxième silhouette émergea dans son dos, s'agrippa à ses jambes. Coley se débattit pour ne pas tomber, serra le cou de son assaillant avec une main tout en fouillant dans sa poche. Il en sortit son trousseau de clefs, jeta un regard désespéré vers Devlin. Alors qu'il s'écroulait comme un arbre mort, il lança les clefs dans le couloir.

« Fermez les portes ! hurla-t-il. Rentrez à l'intérieur ! »

Devlin, sans rien décider consciemment, se mit en mouvement dans un tourbillon de sensations intenses. Des cris, des bruits de pas précipités, un grognement quand Coley heurta la porte et tomba sur le sol. La lumière éblouissante au-dessus du porche, les ombres spectrales qui s'attroupaient plus loin. Le trousseau luisait sur les dalles. À côté, l'acier poli de la clef anglaise. Elle avança, prit la barre de métal à deux mains, entendit quelqu'un crier :

« Laissez-le tranquille, salopards. »

Une tête paraissait flotter, à ses pieds, les yeux vitrifiés par la peur et regardant quelque chose se dresser au-dessus de la tête de Devlin. Elle avait les jambes écartées, bien plantées sur le sol, à peine pliées. Comme fendre des bûches, l'hiver, dans la ferme de son père. Un autre grognement, sorti cette fois de sa propre poitrine. Une onde de choc secoua ses poignets, ses bras, sa colonne vertébrale. Avec derrière une impression lointaine de fragmentation, de morcellement. Pas du tout comme le bruit sec du bois qui se fend.

Elle entendit quelqu'un dire « Bon Dieu ».

D'autres cris résonnaient, confus. Un bras musclé encercla sa taille, la traîna derrière les portes, la projeta dans le couloir. Elle se retourna, haletante. Coley repoussait les lourds battants. Un visage apparut entre les deux. Le poing gauche de l'infirmier jailli comme un piston, effaça le visage. Devlin aperçut deux hommes gigantesques, barbus et tatoués, deux monstres qui montaient lourdement les marches. Elle se jeta de tout son poids sur la porte avec Coley. Les battants se refermèrent. Un pêne rudimentaire, fragile, vieux d'un siècle et dépourvu de clef, cliqueta.

« Le verrou ! » souffla Coley.

Les portes tremblèrent sous le poids des géants. Les vis de la serrure grincèrent dans le bois, l'acier se tordit et les battants s'écartèrent une seconde. Coley appuya de toutes ses forces. La fente se referma.

« Le verrou ! »

Un long verrou de forme oblongue était installé à hauteur de poitrine ; Devlin agrippa la poignée en fer et tira. Le verrou ne bougea pas. À l'abandon depuis des années, il avait rouillé dans son logement. Les yeux de la jeune femme tombèrent sur les deux poignées fixées à chaque battant. On entendit les beuglements des géants qui chargeaient. Coley fit un bond en arrière, ramassa le trousseau de clefs.

« Venez ! »

Au lieu de le suivre, Devlin avança d'un pas, enfila le manche de la clef anglaise dans les poignées. Un quart de tonne de muscles psychotiques s'écrasèrent sur la porte, qui se gonfla vers l'intérieur. La clef anglaise crissa dans les poignées antiques et frissonna longuement sur place en absorbant l'énergie cinétique. Puis les portes se remirent en place avec un gémissement. Coley revint en courant et s'attaqua au verrou avec le plat de la main.

« Bouge, enculé. »

Le verrou bougea d'un centimètre. Une rouille orange avait rongé le métal. Coley continua à cogner. Les parties rouillées une fois passées, le verrou glissa plus facilement.

Ils entendirent une voix aiguë crier de l'autre côté :

« Enfoncez-moi cette putain de porte. »

Coley indiqua la clef anglaise d'un signe de tête. Devlin comprit et s'empara du manche.

« Vous tirez, et je pousse », dit Coley.

Deux beuglements, de l'autre côté, qui se rapprochaient.

« Maintenant ! »

Devlin retira l'outil et Coley poussa le verrou en place. C'était une barre en acier plus longue que la clef anglaise, retenue par quatre ferrures bien espacées, deux par battant. Quand les géants se précipitèrent une troisième fois, la porte ne bougea presque plus.

Des cris obscènes, étouffés par le chêne, résonnèrent sous le porche. Coley posa ses mains sur ses cuisses et se pencha en avant, le souffle court. Ses yeux proéminents, mi-clos, se posèrent sur Devlin.

« Croyais vous avoir dit d'aller à l'intérieur. »

La porte enfin verrouillée avait libéré les écluses du système endocrinien de la jeune femme. Elle avait à la fois envie de vomir, de chier, de s'évanouir et de rire. Un tremblement convulsif la traversa de la tête aux pieds. Elle se secoua.

« Va te faire foutre, Coley. »

L'infirmier se redressa.

« Vous m'auriez laissé dehors, je serais mort bien tranquillement. Maintenant faut que je m'inquiète pour vous et tous ces enculés de malades.

— Donnez-moi un paquet de cigarettes et je me débrouillerai. »

Il jeta un coup d'œil à la clef anglaise.

« Vous savez une chose, docteu' ? »

Elle secoua la tête.

« Vous êtes un sacré fils de pute. »

Une sensation quasiment sexuelle tendit ses muscles pelviens, et elle se sentit rougir. C'était peut-être ridicule, mais ses tripes lui disaient qu'elle venait de recevoir le plus grand compliment de sa vie.

Elle baissa les yeux sur l'outil qu'elle tenait encore. Les mâchoires de la clef anglaise étaient pleines de sang et de cheveux. Pas vraiment comme si elle avait fendu des bûches.

« Mieux vaut pas la lâcher, dit Coley. Vous vous en servez pas si mal. »

Il y eut des coups sur la porte.

« Hé, Coley ! Frogman ! »

« Restez là », lui dit l'infirmier.

Il abaissa un interrupteur. L'entrée fut plongée dans le noir. Devlin alla se mettre à l'angle du couloir menant au bureau. Coley fit glisser de côté un judas et se colla le dos à la porte. Éclairé par l'ampoule du porche, un visage inconnu d'elle s'approcha de l'ouverture, essaya de fouiller l'obscurité. Devlin fut stupéfaite : c'était un visage d'enfant, littéralement, celui d'un jeune garçon maigre, le crâne rasé, qui aurait dû porter une robe orange et faire sonner des cymbales.

« Tu m'entends, Frog ? »

Coley ne répondit pas.

« T'as une dame, là-dedans ?

— Non. Je me suis trouvé un petit mignon du A que je peux sucer.

— Tu me racontes des salades, Frog ? C'est pas bien.

— Il a une plus grande bite que toi.

— Écoute, Frog, on n'a rien contre toi personnellement. On veut juste les pédés.

— Les seuls pédés, ici, c'est toi et moi. Si tu veux passer un bon moment, t'as qu'à revenir demain.

— Tu sais ce que je veux dire, Frog. Les enculés de sidéens. Il faut qu'ils y passent, mec. Je l'ai promis à Nev Agry. Merde, on leur rend service, tu sais.

— Lèche-moi le cul.

— Écoute, tu peux partir. T'as ma parole. Ton petit mec aussi. On veut juste les pédés. »

La voix, le visage étaient tellement innocents, angéliques, que Devlin le croyait presque. Un ange demandant la permission d'exécuter les malades. Elle frissonna et resserra sa prise sur la clef anglaise.

« Lèche-moi le cul », répéta l'infirmier.

Dans le judas, le visage eut une grimace de rage déçue.

« Tu sais qu'on va entrer, d'une façon ou d'une autre. Le directeur n'en a rien à foutre, mec. Les matons sont tous partis. On a pris toute la putain de taule en vingt minutes. Tu crois que tu vas nous empêcher d'entrer dans ton trou à rats ? »

Il fit une pause. Dans le noir, Devlin entendait Coley respirer. Soudain, l'ange sourit. Elle se demanda s'il pouvait entendre les battements de son cœur. Devlin savait qu'il ne pouvait pas la voir, mais on aurait dit qu'il la fixait droit dans les yeux.

« C'est à vous que je parle, maintenant, Miss. »

Elle détourna son regard de ces yeux incapables de la voir.

« Docteur Devlin, c'est ça ? »

Entendre son nom résonner dans le noir lui serra le ventre.

« J'ai encore jamais baisé un médecin. Mes gars non plus, mais ils seront tous derrière moi. »

D'une main, Devlin s'appuya au mur. Les yeux brillants paraissaient toujours fixés sur elle.

« J'vais quand même vous faire une promesse, parce que je sais qu'on a déjà un truc spécial en train, tous les deux. Tenez, je vais vous baiser dans le cul. Et mes gars, ils vont vous baiser que dans la bouche ou dans la chatte. Z'avez ma parole d'honneur. Vous voyez, docteur Devlin, je veux vous garder bien serrée, juste pour moi. »

Coley fit claquer le judas. Il y eut quelques murmures, des bruits de pas, puis le silence.

Engourdie, Devlin pressa son front contre le mur. Les mots prononcés avaient été compris, puis avaient été enfermés dans un coin de son cerveau imperméable à l'angoisse. Elle n'avait qu'une idée en tête : dire à Coley de rouvrir le judas pour qu'elle puisse demander à l'ange où était Klein. Devlin était brusquement très anxieuse à son sujet. Plus que vingt-quatre heures à tirer, et il était pris au piège dans la prison. Elle sentit la main de l'infirmier sur son épaule.

« Il n'a pas d'ennemis, n'est-ce pas ? dit-elle.

— Qui ? demanda Coley, perplexe.

— Klein. »

L'infirmier plissa les yeux un moment et scruta le visage de la jeune femme. Puis il sourit gentiment.

« Tout le monde l'aime. Personne a de raison de lui tomber dessus. Personne. Klein ne risque rien, vous entendez ? »

Elle hocha la tête. Coley prit un mouchoir en papier dans sa poche et le lui donna. Devlin se rendit compte que ses joues étaient inondées de larmes.

« Excusez-moi. » Elle s'essuya le visage. « C'est juste que je m'inquiète pour lui.

— Moi aussi. »

Devlin le regarda.
« Merci.
— Pourquoi ?
— De ne pas me donner l'impression d'être une conne.
— Mec, z'êtes bien trop dure pour être une conne. »
Elle sourit.
« Grauerholz va revenir, dit Coley. Vaut mieux nous préparer. » Il lui serra l'épaule et reprit le couloir d'un pas lourd. Elle se moucha, mit le mouchoir dans sa poche, puis repassa derrière lui la grille en acier qui ne lui avait jamais paru si fragile.

XXII

Ray Klein traîna Claudine le long de la coursive et au bas de l'escalier en colimaçon. Il respirait du nez, à petits coups rapides, comme si l'air manquait d'oxygène. Ses muscles tremblaient, pourtant il avait l'esprit calme, les gestes précis, mais ignorait ce qui le poussait. Un mot se présenta. L'indignation. Une indignation totale. Il comprit qu'il n'avait jamais su le sens de ce mot. Pas même quand les policiers étaient venus à l'hôpital lui dire qu'il était accusé de viol.

Agry allait tuer les sidéens dans leurs lits, incapables de se défendre.

L'indignation. Ce n'était plus de la colère. Il était audelà de la colère, privé de sa rage à cause de l'extrémisme d'Agry. Klein avait cru connaître cet endroit, l'étendue de sa bestialité, de sa bassesse. Il avait cru en faire partie, avait écouté les cris du blessé et souhaiter sa mort, uniquement pour ne plus entendre ce bruit. Mais l'infirmerie était un lieu sacré. Qu'ils se tuent entre eux, qu'ils torturent les pédophiles, que les Blancs massacrent les Noirs, que les Noirs massacrent les Latinos et que les Latinos à leur tour massacrent les Blancs jusqu'à ce que Klein soit le dernier à rester en vie, mais l'infirmerie était une terre sainte. Sans l'infirmerie, il ne restait rien. Sans elle, même les ombres qui voletaient sur les parois de la caverne auraient disparu.

Ils arrivèrent au rez-de-chaussée. Claudine, à sa suite, pleurait toujours. Il s'arrêta et se tourna vers elle.

« Claude, putain, il faut que je sache de quoi il s'agit. »

Claude, blottie derrière les larmes de Claudine, secoua la tête.

« Je ne sais pas. »

Il la poussa contre le mur, leva un bras. Apeurée, elle se cacha le visage avec ses mains. D'un coup, il écarta ses mains, lui maintint le visage et essuya le rouge à lèvres avec sa manche.

« C'est à toi que je parle, Claude. Je sais que Claudine t'a maintenue en vie, mais ce n'est pas le moment de te foutre de moi. Je ne dirai rien à Nev qui puisse te mettre en danger, mais, putain, il faut que je sache ce qui se passe. »

Claude chassa les larmes de ses yeux, et Claudine avec. Il avala sa salive, hocha la tête.

« Okay, dit Klein. Nev doit savoir qu'il ne peut pas gagner. Tout ce truc est suicidaire. Il va passer le reste de sa putain de vie au mitard.

— C'est ma faute, dit Claude.

— Rien à foutre que tu te sentes coupable. »

Klein soupira, essaya de se calmer. Claude était malin, mais ce n'était pas un physicien nucléaire. Devant les grands yeux marron fixés sur lui, il se rendit compte que le travesti, coincé au milieu d'une guerre démente, était encore plus désorienté que n'importe qui.

« Raconte-moi seulement ce que tu sais, dit-il plus doucement.

— Nev voulait me reprendre. J'aurais su qu'il était fou comme ça, j'aurais pas accepté de revenir au B.

— Accepté devant qui ? »

Claude détourna les yeux sans rien dire. Klein le secoua.

« Agry croit que tu as été transféré de force sur ordre du directeur, à la demande de Wilson.

— Je sais.

— Wilson pense que tu l'as demandé à Hobbes. Lequel a raison ?

— Je suis juste un pauvre type qui veut retrouver le

trottoir, Ray. J'ai demandé à personne de me traiter autrement que les autres.

— Qu'est-ce qui s'est passé ?

— C'est le directeur.

— Wilson le lui a demandé ? »

Claude secoua la tête.

« Non, c'est Hobbes. Il m'a dit que si je quittais Nev, que j'arrêtais de me mettre en femme, il me donnerait une conditionnelle. Sans ça la commission me recalerait une fois de plus et il faudrait que je tire toute ma peine.

— Il te reste six ans, c'est ça ? »

Claude acquiesça d'un signe. Klein n'arrivait pas à lui en vouloir. Pour éviter six ans de plus, lui-même se serait laisser enculer par tout le bloc.

« Tu devais savoir qu'Agry ne pourrait pas accepter de perdre la face, dit-il.

— Je croyais qu'il me ferait tuer. Je l'ai dit à Hobbes, mais il a promis de me protéger.

— Comment ?

— Le bouclage. » Claude, honteux, se recroquevilla. « Il a enfermé les frères pour que Nev ne puisse pas m'avoir. Merde, je ne savais pas que ce serait comme ça.

— Hobbes le savait », dit Klein.

Claude écarquilla les yeux.

« Cet enculé ? »

Klein hocha la tête. Le directeur, ses discours sur l'amélioration et les événements, ses pilules pour cinglé qu'il ne prenait pas et ses fantasmes panoptiques où il les arrachait tous à la nuit pour les amener à la lumière. Le directeur savait que l'émeute allait éclater. C'était la sienne, pas celle d'Agry. Mais il devait y avoir encore autre chose. Agry aurait dû se contenter de tuer Claude. Même pendant le bouclage, il aurait pu acheter un tueur, il en avait les moyens. Et une fois Claude éliminé, il y avait assez de jolis garçons à Green River pour satisfaire sa vanité sexuelle. Quelque chose ne collait pas. Plusieurs choses. Klein n'arrivait pas à voir l'intérêt d'Agry dans cette histoire. Après l'émeute, il aurait tout perdu, y compris Claude. Et il ne sortirait plus jamais du mitard, sauf s'il avait la maladie d'Alzheimer et deux hanches artificielles. Au contraire de Hobbes, Klein ne pensait pas qu'Agry était fou.

« Hobbes a-t-il cité le nom d'Agry, ou vice versa ? » demanda-t-il.

Claude secoua la tête. Avant qu'il ne puisse insister, il entendit la voix d'Agry derrière eux.

« Tu cherches des noises à ma femme, doc ? »

Klein se retourna, scruta la pénombre. Agry, avec Tony Shockner et deux autres de sa bande, était près du portail donnant sur l'atrium, un drôle de sourire sur les lèvres.

Derrière ses lunettes à monture en acier, Shockner avait les traits tirés. Tous les quatre s'avancèrent vers lui. Klein se redressa. Le poids du revolver, dans sa poche, ne le rassurait guère. Il avait l'impression d'être le capitaine d'une équipe d'échecs lycéenne face à la section locale des Hell's Angels. Son indignation vacilla. Puis il s'imagina Horace Tolson fracasser le crâne de Vinnie Lopez avec une barre à mine.

« Où est Grauerholz ? » demanda-t-il.

Le sourire d'Agry s'effaça. Il jeta un coup d'œil vers Claude, vit le maquillage délavé par les larmes et les lèvres mal essuyées.

« Va t'arranger. »

Claude se décolla du mur et s'en alla sans regarder Klein, qui se sentit d'autant plus seul. Agry le regarda.

« Qu'est-ce que tu dis, doc ?

— J'ai dit, où est Grauerholz ?

— Il est allé se tuer quelques pédés.

— Pourquoi ? »

Agry retroussa les lèvres d'une façon grotesque.

« Qu'est-ce que tu veux dire, pourquoi ? » Ses yeux luisaient de haine. « Parce qu'ils sont là. C'est tout.

— Tu pourrais l'empêcher, si tu voulais, dit Klein.

— Si je voulais ? » Il regarda ses acolytes en souriant. « Putain, c'est mon idée. Ces enculés de pédés, ils sont morts. Je veux dire, Klein, c'est quoi, ça ? Tu essayes de me dire quelque chose ? »

Klein se remit à respirer difficilement. Il avait à la fois

envie de casser la gueule d'Agry et de se mettre à genoux devant lui pour demander grâce.

« Cela ne me paraît pas nécessaire, c'est tout.

— Tu sais un truc, doc ? » Le visage d'Agry était convulsé par la malveillance. « T'as raison. C'est foutrement pas nécessaire. Putain, qu'est-ce que la nécessité aurait à voir ? Tu crois qu'il y a quelque chose de nécessaire dans tout ça ? »

Klein calcula qu'il était plus rapide qu'Agry et en meilleure forme. Il pourrait sûrement lui toucher le genou, peut-être lui broyer la gorge ou lui défoncer une tempe d'un coup de coude. Ensuite menacer Shockner avec son arme, l'obliger à rappeler Grauerholz. Mais une autre part de son esprit lui indiqua qu'il était déjà presque paralysé par une surcharge d'adrénaline venue de sa peur. Ce débat prit fin quand Agry pointa son doigt vers lui.

« Tu crois que t'es nécessaire, courte peine ? »

Klein ne répondit pas. La haine, dans les yeux d'Agry, était au-delà de toute raison. L'index se planta dans sa poitrine.

« Même moi j'suis pas nécessaire, ricana Agry. Plus maintenant. Ce qui est fait est fait. La boule est lancée, doc. Et il n'y aura personne pour l'arrêter. Absolument personne. »

Klein jeta un coup d'œil à Shockner. Celui-ci, le visage plus creusé que jamais, regardait Agry comme s'il se rendait seulement compte de l'abîme où il les avait entraînés.

« T'as fait ce que tu devais, doc, et t'as été bien avec Claudine. C'est seulement pour ça que tu vas pouvoir faire sauter tes petits-enfants sur tes genoux et leur dire qu'un jour t'as braqué un flingue sur Nev Agry. » Il adressa un sourire à ses hommes, se retourna vers Klein. « Mais j'ai une super-idée : si ça te contrarie tellement, tu vas dire toi-même à Grauerholz de laisser les pédés tranquilles. Je te donne la permission, t'entends ça, Tony ? » Il jeta un coup d'œil vers Shockner. « Le doc, il veut parlementer avec Hector, tu laisses faire. Après tout — il se tourna vers Klein en ricanant —, grâce aux pédés, il se la coule douce. Se pavaner dans l'infirmerie comme s'il était pas en taule, murmurer des gâteries à sa demoiselle. Mieux que fabriquer des boucles de ceinture à l'atelier de mécanique. C'est pas vrai, doc ? »

Klein ne dit rien. Pour la plupart des gens, le fait de travailler à l'infirmerie en faisait une sorte de héros. Agry savait qu'il y trouvait plus que son compte, que la dette était de son côté, pas du leur.

Agry hocha la tête.

« Ouais, il sait que c'est vrai. »

Il soutint longuement le regard de Klein, puis se détourna, méprisant, et le heurta de l'épaule au passage. Klein recula contre les barreaux d'une cellule en trébuchant. Shockner et les autres suivirent leur chef. Klein se sentait tout petit. Il avait un goût aigre au fond de la bouche, et il avait envie d'une cigarette.

« Hé, doc ! »

Klein se retourna. Agry était au fond de l'allée.

« Si j'ai besoin qu'on me passe de la pommade sur mes hémorroïdes, je t'appellerai, okay ? »

Ses hommes éclatèrent d'un gros rire avec leur chef. Puis, toujours en riant, il pivota sur ses talons et regagna sa cellule.

Klein resta dans le noir. Un million de mots lui passèrent par l'esprit sans qu'il les entende, si nombreux qu'il ne perçut qu'un bourdonnement aussi vide que le silence. Le temps passa. Le bourdonnement le rassurait. L'émeute, peut-être, s'il l'écoutait assez longtemps, serait finie. Un mot qu'il n'avait pas envie d'entendre réussit à passer.

« Docteur. »

Klein l'ignora. Puis il sentit une main grande comme un gant de base-ball se poser sur son épaule.

« Docteur ? »

Ses yeux, fixés au fond de la nuit, refirent une mise au point. Le visage d'Abbott apparut peu à peu. Klein eut un sourire sans joie.

« Henry.

— C'est dangereux, ici, dit Abbott.

— Oui. Vous devriez rentrer dans votre cellule. »

Il sentit ses jambes l'emmener vers le portail.

« Où allez-vous ? » demanda le géant.

Klein s'arrêta.

« Il faut que j'aille à l'infirmerie. »

Il y eut un silence, puis la voix d'Abbott résonna dans le noir, une voix plate et massive qui signalait une vérité toute simple, irréfutable.

« Bien sûr. Ils ont besoin de vous. »

XXIII

La poutrelle rouge, avec le numéro 99 peint en blanc sur le côté, dépassait encore de la fenêtre éclatée et noircie de la tour centrale. Dans le noir, les chiffres blancs étaient vaguement lumineux, et si Klein ne les avait pas vus, il aurait pu se cogner à la poutrelle. Il aurait pu alors se démettre une rotule, s'arracher un ligament, être obligé de rentrer à l'abri de sa cellule. Mais il avait déjà compris qu'il n'aurait pas la chance de se casser une jambe, ce jour-là, et il enjamba l'obstacle.

L'incendie du B s'était éteint de lui-même. Les hommes d'Agry, avec ceux dont il avait hérité de DuBois, pillaient les cellules désertées. Klein contourna la tour et se dirigea vers les services centraux. Le couloir était obscur, bas de plafond, et on y voyait à peine. Il dépassa des silhouettes vagues appuyées au mur ou écroulées sur le sol. Certaines étaient muettes et ne bougeaient pas. D'autres émettaient des bruits indistincts, que ce fût à cause de l'ivresse ou d'une blessure. Klein ne fit aucun effort pour le savoir. Un amas de livres et de pages brûlées ou déchirées débordait de la bibliothèque, et en passant devant la chapelle il entendit un fracas de démolition et des grands rires d'ivrognes. Klein ne tourna pas la tête. Quoi qu'il pût se passer, il ne voulait pas le savoir. Trois détenus blancs, au milieu de l'allée, flottaient dans sa direction. L'un d'eux portait un seau en plastique, les autres avaient des morceaux de bois à la main. Il obliqua sur le côté pour ne pas traverser le petit groupe. Ils s'arrêtèrent en le voyant, le visage sombre. Le premier leva son seau et avala une gorgée de liquide. Klein évita de croiser leurs regards, espérant surtout qu'ils ne s'occuperaient pas de lui. Quand il arriva à leur hauteur, l'homme au seau le héla.

« Voulez boire un coup, doc ? »

Il ne s'arrêta pas.

« Merci, mon pote, pas maintenant. Plus tard, peut-être. »

Il continua, les dépassa, s'empêcha de regarder en arrière, tendit l'oreille au cas où on s'approcherait de lui. Rien. Ses épaules étaient serrées jusqu'à toucher ses oreilles. Détends-toi, se dit-il. Si tu es tendu, tu ne peux pas aller vite. Maintenant, il passait devant le gymnase. Un bruit de ballon de basket sur le parquet de la salle, des cris en chœur. Klein ne put se retenir d'y jeter un coup d'œil. Il y avait des feux dans des bidons d'huile vides troués sur les côtés. Les braseros improvisés jetaient des lueurs surréelles sur les joueurs qui se disputaient le ballon. Un homme nu, sur le côté, presque à genoux, sa peau noire reflétant les flammes, était pendu par les poignets aux barres d'exercice, face au mur, tandis qu'un détenu blanc, le visage grimaçant, l'enculait en poussant des grognements frénétiques. Un autre les regardait, braguette ouverte, et se branlait.

Klein détourna les yeux.

Ce qu'il ressentait ne lui servait à rien. Ni à personne. Il le gomma. Il n'avait rien vu. Il continua. La sortie sur la cour se rapprochait. Derrière la voûte, il distinguait l'allée en ciment menant au grand portail, les rayons des projecteurs qui oscillaient mollement et se reflétaient sur les hauts grillages en acier. Klein n'était pas surpris que Hobbes et Cletus aient fermé boutique et décidé d'attendre. Il en savait assez sur les émeutes dans d'autres prisons et les tentatives de sauvetage d'un zèle catastrophique. Mais, s'il avait seulement pu parler avec Cletus, il était sûr que le capitaine aurait protégé l'infirmerie. Cletus était une brute corrompue, mais il ne resterait pas sans rien faire en voyant massacrer des malades. Klein vit deux détenus assis au bas du mur, près du portail, tous les deux couverts de sang. Un des deux, écroulé, avait la tête qui pendait sur la poitrine.

Il dut se raidir pour passer devant eux.

« C'est vous, doc ? »

Klein continua à marcher. Plus facile, cette fois. Il sentait l'air frais de la cour sur ses joues.

« Ils vont te couper en morceaux, mec. N'essaye pas. »

Klein se retourna. C'était Hank Crawford, un petit-bourgeois de Fort Worth avec qui il avait joué quelquefois aux échecs. L'homme avait été comptable dans une compagnie pétrolière et tirait deux ans pour opérations frauduleuses. Qu'il soit allé en prison avait dû être l'exploit du plus mauvais avocat de l'histoire du Texas. Klein s'accroupit près de lui. La jambe droite de Crawford était pleine de sang. Une ceinture en toile lui faisait un garrot juste au-dessous du genou. L'autre avait reçu une balle dans l'aine, et quand le projecteur l'effleura, Klein pensa qu'il était mal parti, à voir la pâleur cireuse de sa peau et ses lèvres bleuies.

« On a essayé de se rendre, lui dit Crawford. À cent mètres du portail un haut-parleur nous a dit de reculer. On a continué. Un coup de semonce, et paf, Bialmann a reçu un pruneau dans la jambe. Je me suis retourné pour l'aider, et ils m'ont tiré dessus par-derrière. Je crois qu'il y a encore deux gars dehors. Tu n'y arriveras jamais. »

Klein l'écouta sans rien dire, regarda l'autre côté de la cour. La vue de l'infirmerie était bloquée par l'extrémité du bloc B.

« J'essaye d'aller à l'infirmerie.

— Tu n'y arriveras pas non plus.

— Pourquoi ?

— Grauerholz et tout un tas de mecs y sont allés, paraît qu'ils vont liquider tout le bazar. » Crawford, en voyant l'expression de Klein, détourna les yeux. « Jamais vu un truc pareil.

— Ils sont passés par ici ? »

Crawford secoua la tête.

« Je crois qu'ils sont passés par la B, c'est plus près. Mais je te dis, mec, il n'y a rien que tu puisses faire. Ces cinglés sont assoiffés de sang. C'est quand je les ai vus que j'ai décidé de me rendre. Je ne voudrais même pas être dans le même État qu'eux.

— Il y a combien de temps qu'ils y sont ?

— Merde, en ce moment je ne sais même pas si c'est le jour ou la nuit. » Faiblement, il leva le bras et consulta sa montre. « Peut-être une demi-heure ? À peine. »

Klein voulut se lever. Crawford le tira par la manche. « Vous pouvez quelque chose pour moi, doc ? »

Klein cligna des yeux. Il n'avait aucune envie de s'occuper de Crawford. Il n'avait pas le temps. Il fallait qu'il aille à l'infirmerie. Ou, du moins qu'il sache ce qui se passait. Il n'avait pas le temps, bon Dieu.

Avec un grognement, Klein plongea ses doigts dans le trou du pantalon du blessé et déchira le tissu. Crawford eut un hoquet, serra les dents. Du sang suintait encore à l'arrière du genou, où avait pénétré la balle. Klein vit qu'une artère avait été sectionnée, l'extrémité du fémur fracassée. Les gardiens avaient des M16. Le tourniquet était mal posé, risquait même d'empirer les choses.

« Je suis pas un mauvais gars, doc, haleta Crawford, vous savez bien. Il n'y a que trois mois que je suis là. J'essaye seulement de tirer ma peine. »

Il avait le visage presque aussi cireux que celui de Bialmann, verni par une mince couche de sueur. Klein posa le pouce sur l'artère fémorale. Cent trente. Il se demanda combien de sang le blessé avait perdu. De toute façon, il ne pouvait pas se permettre d'en perdre beaucoup plus.

« Ouais, soupira Klein. Moi aussi. »

Il dénoua la ceinture en toile. Crawford se raidit, grinça des dents. Le saignement n'empira pas, mais la coagulation était fragile. Il fallait immobiliser la jambe du blessé, sans quoi le moindre mouvement pourrait déloger les caillots et le vider de son sang. Klein se pencha vers Bialmann, prit son pouls à la carotide. Au bout de dix secondes il se mit à déchirer sa chemise.

« Comment va-t-il ? demanda Crawford.

— Il est mort. »

Crawford se mit à pleurer sans bruit.

Klein plia la chemise pour en faire un pansement, l'appliqua sur la blessure et noua la ceinture par-dessus avant de se relever. Il n'avait surtout pas voulu faire ce genre de chose. C'était totalement con. Il était totalement con. Crawford aussi. Trop con. Klein savait que si le blessé passait la nuit sur place, sans eau pour renouveler son volume sanguin, et s'il se mettait à ramper pour éteindre la soif terrible que lui vaudrait sa perte de sang, il mourrait au matin, ou du moins ses reins seraient totalement bloqués. Le problème, c'était de le *savoir*. S'il avait été comme n'importe qui, Klein aurait pu refaire le garrot, serrer la main de Crawford et le laisser mourir en ayant la conscience en paix. Malheureusement, il savait. L'obligation se dressait devant lui, inébranlable et absolue.

« Donne-moi tes mains. »

Crawford les lui tendit.

« Maintenant mets ta jambe valide sous ton corps. Tu vas te lever et ça va faire foutrement mal. »

Crawford plia le genou et posa un pied par terre. Il était terrifié.

« Je ne peux pas, sanglota-t-il.

— Va te faire foutre. Lève-toi. »

Klein recula et tira sur les bras du blessé. Crawford n'eut pas le choix et dut se hisser sur sa jambe indemne. Il hurla de douleur. Une fois redressé, ses yeux roulèrent dans ses orbites et il perdit conscience. Klein se mit sur un genou, le fit basculer sur son épaule. En se relevant, il manqua s'écrouler, s'appuya d'une main contre le mur. Quand il retrouva l'équilibre et se retourna vers le gouffre béant du bâtiment principal, il vit Henry Abbott qui le regardait. Klein reprit son souffle.

« Henry, dit-il péniblement, qu'est-ce que tu fous là ?

— J'ai pensé que vous pourriez avoir besoin d'aide. »

Klein ferma les yeux, respira profondément. Crawford se vidait de son sang, il pesait dix kilos de trop, Abbott était fou et avait l'intellect d'un taureau sacrificiel. Lui, Klein, il avait la tête à l'envers. Tout était simple, en fait. Il rouvrit les yeux.

« Allons-y. »

Avant que le géant puisse dire un mot de plus, Klein

repartit en sens inverse et remonta l'allée en zigzag, plié en deux, le genre de merde que Robert Mitchum faisait sur la plage d'Omaha en allumant sa cigarette avec un Zippo et en liquidant d'une grenade un nid de mitrailleuse nazi. Au bout de dix pas, il souffla comme un vieillard et se demanda laquelle de ses vertèbres allait céder. Tu es en forme, se rappela-t-il. William James t'a préparé à ça. Ouais. Et Crawford est un con qui a un gros cul. Il passa en chancelant devant le gymnase. Du basket et des viols à la lueur des flammes. Klein trébucha contre un corps allongé par terre. Folie furieuse. S'il s'arrêtait, il ne pourrait jamais repartir. Et il continua. Soudain, devant lui, son vieux copain Myron Pinkley émergea de la chapelle, ses vêtements et ses mains pleins de sang coagulé. Il leva les bras en l'air et se mit à crier d'une voix aiguë.

« Car voyez que les temps viennent où ils diront : Bénis soient les stériles, les matrices qui jamais n'ont engendré, les tétins qui jamais n'ont donné à téter ! »

Ce qui parut lui plaire immensément, car il fut secoué par un grand rire. Pour Klein, ce n'était pas précisément l'homme qu'il aurait préféré voir à un moment pareil. Pinkley, le voyant avancer lourdement vers la tour centrale, se mit à trotter à ses côtés.

« Les chaînes de la loi sont défaites. Sur les ailes des vertueux, l'esprit de Jésus va voler vers nous. Les infâmes et les faux justes seront plongés dans l'abîme du feu éternel. »

Que Pinkley l'ait vu s'élancer sur les ailes des vertueux ou plonger dans l'immensité de l'enfer, Klein n'en sut jamais rien. Son expression fervente fut brutalement remplacée par une terreur sans nom quand Pinkley se retourna juste à temps pour voir la main qu'il redoutait entre toutes le prendre à la gorge et le soulever de terre. Avec un glapissement de panique, il disparut du champ de vision de Klein qui avançait toujours. Son bras droit allait se séparer de son épaule. Ses cuisses tremblaient sous son poids. Il tituba en travers de l'allée et s'abattit contre le mur de la tour en ruine.

Après la claustrophobie du couloir, la coupole qui s'arrondissait très haut était une merveille, une vision splendide. Il reprit son souffle. Abbott émergea de la nuit noire du bâtiment principal.

« Où est Pinkley ? demanda Klein.

— Je l'ai remis dans la chapelle.

— Merci, Henry. »

Abbott désigna le corps sur son épaule.

« Vous auriez dû me laisser le porter. Il est lourd. »

Klein eut un demi-sourire. Une sorte d'orgueil à la macho l'empêcha de lui donner Crawford. De toute façon, il ne sentait plus son bras.

« C'est bien de te connaître, Henry. » Il indiqua l'atrium d'un signe du menton. « On va dans le B. Reste avec moi, au cas où tu aurais des ennuis. »

Abbott hocha la tête, solennel. Klein souleva Crawford et traversa en tanguant les cinquante mètres de la cour couverte. Au passage il dit à Henry de ramasser deux bouts de bois dans les débris répandus sur le sol. Quand il passa en boitillant le portail du bloc B, une puanteur d'essence brûlée remplit ses poumons. Il eut encore plus de mal à respirer qu'avant. Ses pieds glissaient sur un résidu huileux qui collait au ciment. Par endroits, dans les coursives, on voyait passer des lampes de poche, on entendait les hommes qui pillaient les cellules à la recherche d'alcool, de drogue, de cigarettes ou de fric. Klein s'adossa à la vitre du bureau des gardiens. Son machisme atteignait ses limites, comme il le faisait toujours tôt ou tard. Dans une minute, il devrait laisser tomber le blessé.

« Va dans le bureau, Henry, regarde si tu peux nous trouver une lampe électrique.

— J'en ai déjà une, dit Abbott.

— Quoi ? »

Le géant sortit de sa poche une grosse lampe torche à quatre piles enrobée de caoutchouc noir.

« J'en ai toujours une sur moi. »

Bien sûr : Abbott travaillait dans les égouts. Il avait l'habitude de marcher dans le noir.

« Trouve-moi une cellule vide », lui demanda Klein.

Abbott passa devant, braqua sa torche dans les cellules

du rez-de-chaussée. Les deux premières contenaient des cadavres, des détenus incinérés par la boule de feu, au début de l'incendie. À la troisième, ils entendirent bouger. Le faisceau lumineux tomba sur des vêtements kaki. Un visage blessé, clignant des paupières, une main levée pour se protéger les yeux. Un autre. Encore un autre. Trois gardiens. Tous les trois blottis au fond de la cellule.

« Ouvre la porte, Henry », dit Klein.

Abbott fit coulisser la grille. Klein se glissa de côté dans l'ouverture, pleurant presque de soulagement, se pencha en avant et laissa tomber Crawford sur la couchette. Le blessé ouvrit les yeux, se mit à crier. Le sang se remit à circuler dans l'épaule de Klein, ainsi qu'un millier de sensations douloureuses, et il faillit en faire autant.

« Qu'est-ce que vous foutez là-dedans, mec ? »

La voix venait de la coursive. Klein se retourna. Un type de la bande d'Agry, un malabar tatoué dénommé Colt Greely, les regardait à travers les barreaux, un tournevis aiguisé à la main. D'après ce que Klein en savait, Greely n'avait jamais tué personne. Klein se massa l'épaule. Sa main droite était hérissée d'aiguilles. Il ne pouvait pas remuer ses doigts. Greely jeta un coup d'œil inquiet vers Abbott, gigantesque et silencieux. Klein se dit qu'un type se faisant appeler « Colt » devait être un crétin, et en plus un crétin facile à rouler.

« Henry ! ordonna-t-il. Du calme ! »

Abbott n'avait pas fait le moindre geste, et ne bougeait toujours pas, mais Greely fit un bond d'un mètre, les yeux fixés sur le géant.

« C'est quoi, putain, mec ? Fais pas ça !

— Désolé, Colt, dit Klein. Abbott vient juste de buter quatre mecs dans la chapelle. À mains nues. Quand il flippe, je ne peux pas le tenir.

— Bon Dieu. »

Greely, horrifié, contempla bouche bée le visage impassible qui le dominait. Dans sa main, la pointe en acier tremblait, peu convaincante. Il regarda son tournevis comme si cette main n'était pas la sienne et glissa très vite son arme dans sa ceinture.

« Abbott a le béguin pour ce type, Crawford. Il m'a fait trimbaler ce gros lard dans toute la taule. » Klein indiqua de la tête les chemises kaki entassées dans les toilettes. Eux aussi paraissaient terrifiés par Abbott. « Il veut que ces connards s'occupent de lui.

— Merde, dit Greely. Pourquoi pas ? » Il adressa un sourire inquiet au géant, qui ne le quittait pas des yeux. « Bon Dieu, Crawford est un des nôtres, pas vrai ?

— Va lui chercher un peu de poudre, dit Klein.

— De la poudre ? » répéta Greely, ahuri.

« De l'héroïne. Tu connais ? Pas de coke. La meilleure que tu trouves, si possible du brown. C'est ça, Henry ? »

Abbott, le regard fixe, ne répondit pas.

Greely hocha la tête, reconnaissant.

« D'accord, doc. » Et il disparut.

Klein se tourna vers les gardiens. Burroughs, Sandoval, Grierson.

« Grierson », dit-il.

Pendant que Klein installait confortablement Crawford sur la couchette et rajustait son pansement, Grierson s'avança dans la cellule. Klein prit les deux morceaux de planche des mains d'Abbott et les plaça de chaque côté de la jambe du blessé, qui tressaillit de douleur.

« Ce que je veux que vous fassiez, dit Klein, c'est déchirer un drap pour maintenir ces attelles en place, comme ça. Il peut boire autant qu'il veut. Quand Greely apportera l'héroïne, laissez-le sniffer de temps en temps, pour la douleur.

— Compris, dit Grierson.

— Ça ne vous fera pas mal voir par les autres.

— Je suppose. » Grierson jeta un coup d'œil vers Abbott. « Il a vraiment tué ces types ? »

Klein ne voyait pas d'inconvénient à soutenir la réputation du géant, qui n'avait pas l'air de s'en soucier.

« Atroce, dit Klein. Vous avez de la chance de ne pas l'avoir vu. Qu'est-ce que prépare Grauerholz ?

— Il est passé il y a peut-être une demi-heure avec une vingtaine de types, tous déchirés et pleins de coke jusqu'aux yeux. On a cru que c'était notre tour, mais ils ont continué. » Il fit une pause. « Greely a dit qu'Agry les a envoyés tuer tous les pédés de l'infirmerie. » Un regard inquiet vers le géant. « Je veux dire les types qui ont le sida.

— Que sont devenus les Noirs ?

— Ils se sont fait avoir. Si Vic Galindez n'avait pas ouvert les cages, la plupart auraient crevé. La bande d'Agry est toujours en chasse. Ils sont armés, pleins de haine. Je suppose que les négros, ce qu'il en reste, se planquent dans les sous-sols, chacun pour soi. Y en a encore plein d'enfermés au C avec les Mexicains. »

De même que les détenus blancs, le gardien faisait de « Mexicain » un terme inexact et donc injurieux pour désigner les Latinos, dont la grande majorité étaient nés ici même, au Texas.

« Qu'est-ce que va faire Hobbes ? demanda Klein.

— À moins qu'ils ne se mettent à tuer des otages, il attendra qu'ils n'aient plus de gnôle ni de drogue et qu'ils commencent à appeler leurs mamans. Je dirais d'ici trois jours.

— Ou bien dix, grommela Burroughs, morose.

— Est-ce qu'il va empêcher Grauerholz d'attaquer l'infirmerie ? »

Grierson fronça les sourcils.

« Je ne compterais pas là-dessus, mais Hobbes est plutôt du genre imprévisible.

— Et Cletus ?

— Pour lui, je sais. Il ne laisserait pas un de nos gars risquer même une entorse pour sauver ce tas de merdeux. » Il regarda de nouveau Abbott. « Je veux dire...

— Ouais. » Klein se demanda pourquoi, depuis trois ans qu'il était là, il n'avait pas engagé Abbott pour le suivre partout. « Occupez-vous de sa jambe jusqu'à ce qu'on revienne. »

Il se leva, s'approcha de la porte et plia les doigts de sa main droite. Abbott lui tendit la lampe torche.

« Je vis dans le noir, lui dit le géant. Vous n'y voyez pas aussi bien que moi. »

Klein, l'espace d'un instant, crut entendre dans la voix

d'Henry quelque chose de nouveau, sans qu'il sache vraiment quoi. Une émotion, peut-être. Il chercha son regard. Les yeux du géant étaient aussi limpides et vides qu'ils l'avaient toujours été. Klein prit la lampe. *Je vis dans le noir*. Ces mots résonnaient encore au fond de son esprit. Il secoua la tête.

« Allons-y. »

« Klein ? »

Il se retourna vers Grierson.

« Environ cinq minutes avant vous, les Tolson et d'autres types sont passés par ici. Ils portaient cette putain de poutrelle avec quoi ils ont enfoncé la tour centrale. » Grierson vit l'expression de Klein. « Je pensais que vous devriez le savoir. »

Klein dépassa Abbott et se mit à trotter le long de l'allée. La lueur de la lampe sautillait devant lui sur le sol. Il entrevit un visage, une moustache, pressés contre des barreaux.

« Klein ! »

Il ignora la voix. Le visage était trop vague pour être reconnu. On l'appela de nouveau, derrière lui. Tous ces connards qui le demandaient. Et Grauerholz avec son bélier, contre lequel Klein souhaita une fois de plus s'être honorablement cassé une jambe. Quand Earl Coley et tous ses patients seraient morts, que ressentirait-il ? Coley lui aurait dit de s'en aller sans réfléchir. Lui-même, l'aurait-il fait ? Le bâtiment de l'infirmerie n'était pas neuf, et Coley y avait déjà passé presque vingt ans. S'il y avait un endroit où se cacher, il le saurait. Ouais. Coley le saurait, et il aurait survécu. Il aurait laissé Grauerholz et sa bande tuer à leur gré, sachant qu'il n'y pouvait rien, il se serait rappelé les conseils qu'il avait donnés à Klein et aurait sauvé sa peau parce que ce n'était foutrement pas ses affaires. Plus tard, Klein et lui pourraient porter le deuil, ensemble, et se dire l'un l'autre qu'ils avaient fait tout ce qu'ils pouvaient en tournant le dos. Plus il courait vers le portail, plus il voyait la cour au-delà, et plus la terreur obstruait sa gorge et engluait sa langue avec le goût de la honte. Il arrêta de courir et fit les derniers mètres au pas. Dans le lointain, des voix rauques, à l'unisson, ponctuaient des chocs sourds et réguliers. Entre le haut de la voûte et l'horizon de granit des remparts, on voyait une bande de ciel nocturne piquetée d'étoiles. Il mit la lampe dans sa poche et descendit la rampe.

De l'autre côté de la cour, un groupe était rassemblé au bas de l'escalier menant à l'infirmerie. Six hommes se trouvaient sur les marches et balançaient la poutrelle peinte en rouge contre la porte en chêne. La longueur de leur bélier et l'angle d'attaque rendaient l'entreprise malaisée, mais Klein ne doutait pas du succès. Les hommes chantaient quelques mots brefs au rythme du bélier. D'autres, en lisière de la foule, titubaient et tournaient en rond, à l'aveuglette. L'un d'eux tomba à quatre pattes et se mit à vomir. Quand il eut fini, il avança en rampant dans son vomi. Quelqu'un le montra du doigt en criant. L'homme qui rampait, inconscient, approcha de la trajectoire du bélier. L'extrémité biseautée de la poutrelle lui heurta la tête avec un bruit sec que Klein imagina sans pouvoir l'entendre. L'homme tomba face contre terre et ne bougea plus. Le rythme du bélier n'eut pas une seule hésitation. Dans la foule, personne ne prit la peine d'aller voir le blessé. Certains étaient pliés en deux de rire.

Les lumières de l'infirmerie étaient allumées. Aux fenêtres du premier, derrière les barreaux, Klein voyait des silhouettes observer leurs assaillants. Sa honte fit place à une épouvantable tristesse, et c'était encore pire. Il ne pouvait rien faire, après tout. Impossible de raisonner avec Agry, tandis que Grauerholz et sa bande étaient au-delà de tout dialogue, à part du napalm. De plus, Klein l'avait humilié dans la cafétéria en lui prenant son arme. En écoutant leur chant primitif, rudimentaire, il comprit qu'on aurait pu leur offrir le monde et toutes ses richesses et qu'ils auraient préféré continuer ce qu'ils étaient en train de faire : défoncer une porte, affolés par l'odeur du sang.

Une fatigue soudaine et absolue faucha ses jambes. Klein se retrouva à genoux, puis assis sur ses talons. Une sensation jusqu'alors inconnue, glaçante et dénuée de toute émotion, s'empara de lui : s'il avait pu tuer tous ces hommes, sur-le-champ, il l'aurait fait. Ils les aurait tous tués. Il les aurait gazés, brûlés, bombardés. Il les aurait enterrés vivants dans une seule tombe sans aucune inscription. Il les aurait massacrés en masse, leur refusant la dignité d'une mort individuelle, et aurait effacé de la terre toute trace de leur existence. Il ne leur aurait reconnu aucun droit, aucun procès, aucun appel. Il aurait prescrit leur extinction aussi facilement qu'un antibiotique pour éliminer des bactéries. Il avait parlé avec beaucoup, ri avec certains, en avait soigné quelques-uns. Il les avait reconnus en tant qu'êtres humains. Ses semblables. Plusieurs de ceux qui s'acharnaient au meurtre avaient été les compagnons de cellule de leurs victimes, quelques semaines plus tôt, avaient chié dans les mêmes latrines, s'étaient masturbés sur les mêmes revues porno, s'étaient échangé les lettres de leurs familles. Maintenant, ils voulaient les tuer dans leur lit.

Son esprit vacillait devant une telle immensité. C'était comme un phénomène naturel, quelque chose à observer sans vraiment le comprendre, un virus, un cancer, une explosion stellaire, opaque et impardonnable. Il ne pouvait y avoir ni pardon ni même de châtiment, car punir implique la compréhension, la justice et la réparation, or rien de tout cela n'existait pour ces êtres qui avaient été ses semblables. On ne pouvait que les éliminer, froidement, sans esprit de vengeance, car on ne pouvait pas plus se venger d'un pareil phénomène que d'en vouloir à la planète pour un tremblement de terre. Ce n'étaient plus des êtres humains. Il ne les considérait plus comme tels. Ce n'étaient pas des hommes malveillants, des fous ni des incompris. Ce n'étaient pas des hommes avides ou enragés ou violents. Ils avaient renié ce qui les rendait humains pour devenir des particules biologiques prises dans un étrange phénomène naturel. Klein désirait les exterminer, savait qu'il en était incapable. Il sentit des mains énormes lui prendre l'épaule et le remettre sur ses pieds, sentit le souffle du géant dans son oreille.

« Il faut les arrêter », dit Abbott.

Là encore, une variation subtile de sa voix atteignit les

franges du délire qui obscurcissait l'esprit de Klein. Il n'en tint pas compte.

« Il faut les exterminer.

— Pas nécessairement, répondit Abbott. Il suffirait de les arrêter. Il y a une différence. »

Klein se retourna, se dégagea d'un haussement d'épaules. Pour une fois, la pensée laborieuse et pédante d'Abbott l'exaspérait.

« Quelle différence y a-t-il, Henry ?

— Ce qui compte, c'est de les arrêter. Pas de les tuer. C'est une question de logique et de priorité morale.

— Bon Dieu, ça doit être l'heure de ta piqûre. »

Dès que ces mots lui eurent échappé, un courant de honte à haut voltage provoqua un court-circuit dans ses tripes. Voilà qu'il était réduit à tourmenter cruellement un ami à cause de son infirmité. Klein s'était lui-même transformé en vermine. Il empoigna la chemise d'Abbott et leva les yeux vers le long visage blême.

« Henry, pardonne-moi. Je regrette. Je suis un tas de merde. Je... »

Ce n'étaient que des conneries. Sa gorge se dessécha. Il posa le front sur la poitrine d'Abbott, souhaitant que le géant l'enserre de ses bras massifs et l'écrase contre lui.

« Des êtres humains... », dit Abbott.

Un instant, Klein crut avoir mal compris. Pris de vertige, il avala sa salive. « Quoi donc ? demanda-t-il sans relever la tête.

« Des êtres humains. »

Klein le regarda. Il y avait une lueur infime dans les yeux vides. Une lueur comme celle des étoiles les plus lointaines, celles qu'on voit seulement du coin de l'œil. Klein ne l'avait encore jamais vue. Puis il se rendit compte qu'il l'avait déjà vue, en fait : la première fois qu'il était entré dans la cellule d'Abbott.

« Je pense que nous devrions entrer », dit le géant.

Klein regarda par-dessus son épaule et comprit qu'Abbott parlait de l'infirmerie.

« Je vais vous faire traverser Green River », dit Abbott.

Klein sentit un frisson lui courir dans le dos, sans savoir pourquoi. Traverser Green River. Cette voix différente. Comme si, pour une fois, Abbott savait. Klein recula, le regarda. La lueur avait disparu. Il ne la voyait plus. Son cœur se gonfla et il eut les larmes aux yeux. Merde, mec, se dit-il, vaut mieux que tu te remettes d'aplomb, parce que si tu le lui demandes, ce grand bonhomme va se faire toute la putain de cour. Il va foncer dans la bande de Grauerholz et les descendre par poignées. Mais ils vont le tuer. Et ton devoir t'attend.

Mon devoir. S'il était incapable d'aider les types à l'intérieur, il pouvait au moins empêcher Henry de se faire tuer. Henry était un fou qui parlait comme un fou. Pas Klein. Klein n'était qu'un imbécile qui perdait son calme. C'était différent. Il s'essuya le visage avec sa manche et sourit.

« Non, Henry. Si je croyais qu'on a une chance sur mille, j'irais, mais ce n'est pas le cas. Ils sont trop nombreux.

— Ils sont nombreux et nous sommes peu nombreux.

— C'est ça.

— Mais il n'y a qu'un d'entre nous qui connaisse le Fleuve. »

Encore des folies. Il fallait qu'il éloigne Abbott avant qu'il ne perde tout contrôle et se fasse massacrer pour rien.

« Nous connaissons tous Green River, Henry, et si on ne sort pas de là on va se noyer. Viens. »

Il prit le géant par le bras. Des acclamations fusèrent dans leur dos quand un éclatement de bois et de métal annonça le dernier soupir des portes de l'infirmerie. À nouveau, ses yeux se remplirent de larmes, l'empêchant d'y voir. Klein ne voulait pas voir ça. Il ne le verrait pas. Il ne se retourna pas. Grauerholz avait encore deux obstacles à franchir, la grille en acier et les portes blindées du couloir. Sans personne pour s'y opposer, ce n'était qu'une question de temps.

« Allons-y, fit-il. Allons-y ! »

Il fit reculer Abbott sous la voûte, dans l'enfer obscur et empestant l'essence du bloc B ; maintenant, alors que Klein remontait l'allée sans se servir de sa lampe, il pouvait entendre et voir un autre enfer. Les hurlements des damnés lui arrachaient les oreilles, leurs voix étaient celles de ses patients qui mouraient sur leurs matelas imbibés d'urine et de sang. L'appel des noms : Vinnie Lopez. Reuben Wilson. Dale Reiner. Earl Coley, le Frogman. Titubant sans rien voir, il sentit un liquide brûlant couler de ses yeux. Klein comprit que dans un recoin puéril de son esprit, il ne croyait pas que Coley puisse mourir. Il entendit qu'on criait son nom — « Klein » — mais il n'était pas sur la liste. Des images traversaient sa tête, celle du Frogman en train d'agoniser, poignardé. « Klein ! » Et il ne pouvait pas l'aider. Ni les autres. « Klein ! » Il n'y avait rien à faire, pour aucun d'entre eux, et il écarta leurs fantômes. Klein n'y est pas, les gars. Il voudrait bien, mais il ne peut pas. Il ne peut pas, putain. Laissez-le tranquille.

« … Devlin ! »

Il se figea sur place. Devlin n'était pas sur la liste, elle non plus. Elle était en train de boire une bière bien fraîche, de regarder les Lakers rétamer les Knicks, de compter les cartouches de Winston qu'il devrait lui donner. Puis il se rendit compte que cette voix n'était pas une voix intérieure. Un accent latino, un ton coléreux. Il se retourna.

« Qu'est-ce que tu fous, Klein, t'es sourd, putain ? »

Un visage blême, avec une moustache, qui criait à travers les barreaux. Victor Galindez. Un sergent. Klein reprit ses esprits et s'approcha.

« Galindez ?

— Vous savez, pour Grauerholz ?

— Ils viennent d'enfoncer les portes de l'infirmerie », dit Klein.

Galindez remarqua les taches sur son visage, et Klein, gêné, frotta ses yeux avec sa manche.

« La fumée, dit-il pour s'excuser. Peux rien faire pour eux.

— J'essayais de vous dire que le docteur Devlin est à l'intérieur. »

Il eut comme un blanc.

« Elle est chez elle et elle regarde la télé, dit-il d'un ton uni.

— Elle est revenue, affirma Galindez. Je l'ai fait rentrer. Elle voulait vous montrer quelque chose, à vous et à Coley. »

Klein, cette fois, comprit. Soudain, il se sentit glacé. Tout ce qui s'était passé depuis quelques heures disparut dans un gouffre. La folie, la peur, la honte, la culpabilité, le chagrin. Tout. Il avait l'esprit clair.

« Devlin est à l'infirmerie, dit-il.

— C'est ça. »

Klein alluma la lampe et la braqua sur Galindez. Le gardien détourna la tête en clignant des yeux. Son uniforme était sale, en partie brûlé. Il avait les yeux injectés de sang, des traces de coups sur le visage. Klein avait envie de le traiter de menteur, mais Galindez avait risqué sa vie pour sauver des hommes qui lui auraient tranché la gorge en riant. Il devait dire la vérité.

« On dit que vous avez ouvert ces cages. Dans l'incendie. »

Galindez ne répondit pas. Le faisceau de la lampe tomba sur un tabouret. Il y avait quelque chose dessus. Klein crut voir ce que c'était, mais sans arriver a y croire.

« C'est quoi ? »

Alors, il réussit à y croire. Avant que Galindez ait pu répondre, Klein se rendit compte de ce qu'il voyait. Et à cet instant il entendit résonner la voix étrangement sonore d'Henry Abbott : « Traverser le Fleuve. » Et là, enfin, il comprit. Traverser Green River.

« C'est une tête, répondit Galindez sans regarder le tabouret. Pour moi tout seul. Me tient compagnie.

— Sortez de là », dit Klein à voix basse, en ouvrant la grille.

Le gardien hésita.

« Ils vont me tuer.

— Vous avez libéré les Noirs. De toute façon, vous serez le premier maton à être tué. »

Klein entra dans la cellule. La tête grossièrement tranchée était celle d'un détenu noir qu'il n'arrivait pas à reconnaître. Il prit une couverture sur le lit.

« Depuis combien de temps êtes-vous là avec ce truc ? » Puis il enveloppa la tête.

« Je ne sais pas. Peut-être huit heures. »

Klein fouilla le fond de la cellule, trouva un bleu de prisonnier humide et froissé, chemise et pantalon, qu'il tendit à Galindez.

« Le moment de vous changer. »

Le gardien prit les vêtements, les yeux mi-clos. « On va quelque part ?

— Ouais. On va se promener dans Green River. »

Galindez fut désorienté.

« Quoi ? »

Klein se tourna vers Henry Abbott, silencieux, qui restait dans la pénombre, derrière les barreaux. Cette fois, il crut revoir une lueur dans les yeux du géant.

Une lueur d'étoiles lointaines.

« Ils sont nombreux et nous sommes peu nombreux », dit Klein.

Sans un mot, Abbott hocha la tête. En soutenant ce regard infini, Klein sentit son dos le picoter et sa gorge se serrer. Quelque chose d'immense et de violent le saisit, et il fut un instant paralysé. « Klein ? dit Galindez. Qu'est-ce que vous voulez dire ?

— Il n'y a qu'un seul d'entre nous qui connaisse le Fleuve. »

XXIV

Juliette Devlin, sans rien dire, suivit Coley qui monta lourdement jusqu'au premier étage. Elle croyait qu'il allait entrer dans la salle Travis, mais il sortit son trousseau de clefs et déverrouilla une porte située dans une alcôve, à un bout du couloir. La porte était bloquée, et Coley dut l'ouvrir d'un coup d'épaule. Visiblement, il y avait longtemps qu'elle n'avait pas servi. L'infirmier appuya sur un interrupteur. Un escalier plein de toiles d'araignée montait encore plus haut.

« Venez », dit-il.

Elle monta les marches derrière lui, se demandant ce qu'il avait en tête. En haut, Coley alluma d'autres lumières. Derrière une grille coulissante, il y avait une salle aménagée dans les combles, à l'abandon. Deux rangées de cinq lits en fonte se faisaient face sous des ampoules nues. Coley ouvrit la grille et entra.

« Je ne suis jamais venue ici », dit Devlin.

La salle n'avait pas de fenêtre, et l'atmosphère étrange lui donnait la chair de poule.

« A pas servi depuis la Seconde Guerre mondiale. Klein et moi on pensait la rouvrir, si ça empirait au premier, l'encombrement, je veux dire. Mais y a des mauvaises vibrations, ici.

— Je peux les sentir. À quoi servait cette pièce ?

— C'est là qu'on mettait les dingos. Je veux dire ceux

qui devenaient fous, qui avaient la syphilis du cerveau, tous ces trucs.

— Mon Dieu. »

Coley traversa la salle, et Devlin le suivit. Par tempérament et par métier, elle n'était pas délicate, mais des esprits maléfiques semblaient hanter cet endroit. Certains lits étaient équipés avec des sangles en cuir moisi.

« On dit qu'on faisait aussi des expériences, ici. Des lobotomies. On injectait à des types de l'insuline, la malaria, de la réserpine et Dieu sait quoi. C'est juste des histoires qu'on raconte ou c'est vrai ?

— C'est vrai. À leur époque, c'étaient des idées raisonnables.

— Je suppose. On a encore une paire de camisoles quelque part là-dedans. »

Il y avait une porte, au fond, donnant sur un bureau sordide contenant une table éraflée, une chaise cassée et un classeur en métal vert. Deux camisoles de force jaunies pendaient à une rangée de crochets fixés au mur. Devlin ouvrit un tiroir du classeur, plein de dossiers cartonnés dont la plupart étaient verdis par la moisissure. Un autre jour que celui-ci, elle aurait été fascinée par cette trouvaille. Ils devaient contenir assez de matériaux pour un ou deux articles. Mais elle ne voyait rien, dans la pièce, qui puisse leur servir, à moins que Coley ne puisse persuader Grauerholz d'enfiler une camisole.

« Pourquoi m'avez-vous fait venir ici ? »

Coley referma le tiroir, prit le classeur à deux mains et le fit basculer en arrière, découvrant une petite porte sans poignée ni serrure. Un mince câble en acier allait de la porte à un trou à l'arrière du classeur. Il enfonça le bout d'une clef dans la fente de la porte et tira. Derrière, un trou noir, et deux solides verrous fixés sur la porte. Il regarda Devlin.

« Ça, c'est mon secret. Un jour, il y a soixante ans, les dingos sont devenus enragés, ils ont tué un docteur et deux détenus de corvée, juste où nous sommes. Leur ont arraché bras et jambes. C'est là qu'ils ont compris qu'ils auraient pas dû placer ce bureau au mauvais bout de la salle.

— Merde, je croyais que j'allais être, dans l'histoire, le premier médecin à mourir ici.

— Ils ont fait ce truc pour pouvoir se cacher, si ça recommençait. On peut le verrouiller de l'intérieur. »

Elle se mit à rire.

« Vous ne croyez pas que je vais entrer là-dedans ?

— Ce coup-ci, c'est pas une plaisanterie, docteu' Devlin. Grauerholz va revenir, et il va entrer. »

En montant, elle avait pensé à Grauerholz. Devlin ne l'avait jamais rencontré, mais elle avait lu son dossier, savait ce qu'il avait fait et ce dont il était capable. Son cas l'avait intéressée, parce que les rapports des psychiatres et des travailleurs sociaux disaient tous qu'il avait grandi dans un environnement parfaitement normal, sans aucun des signes précurseurs habituels d'une sociopathie. Il venait d'une famille stable, affectueuse, des petits employés qui n'avaient jamais eu affaire avec la justice. Aucun signe de mauvais traitements pendant son enfance, de lésions cervicales ou de troubles mentaux. Hector aurait dû épouser une fille du quartier. À la place, il s'était mis à tuer des gens. Sa criminalité flamboyante était apparue d'un seul coup, en grand, sans le moindre antécédent. En ce sens, il faisait injure à la science autant qu'à la société. Bon Dieu, il n'avait pas le droit d'être aussi infâme. Un jour, Devlin avait demandé l'autorisation de le rencontrer, et Hobbes avait accepté, mais Grauerholz avait refusé de la voir. Maintenant, elle allait peut-être en avoir l'occasion.

« Vous serez en sécurité là-dedans, continua Coley. Regardez. »

Il passa le bras dans l'ouverture et trouva un interrupteur. Sous la charpente du toit, il y avait un matelas et plusieurs caisses en carton, pleines de boîtes de conserve.

« J'ai arrangé tout ça moi-même il y a environ quinze ans. On disait qu'on allait fermer ce vieux trou à rats et nous emmener dans de nouvelles installations. J'avais pensé me terrer là-dedans trois ou quatre semaines, peut-être, en attendant que tout le monde soit parti, tout le monde, et puis sortir et faire le mur.

— Vous croyez que ça aurait marché ? »

Coley regarda son secret par la porte ouverte.

« Docteu', j'ai pas vu le soleil se lever à l'horizon depuis vingt-trois ans. À une époque je le voyais tous les jours, hiver comme été, qu'il pleuve ou qu'il fasse beau. Maintenant, ce mur de vingt mètres est sans arrêt devant moi. J'ai pas vu un arbre ou un champ de coton ou un brin d'herbe depuis qu'on a refermé les portes derrière moi. »

Il se tourna vers Devlin, qui sentit son cœur se serrer.

« Quand on rêve d'être libre, on croit que tout va marcher.

— Je n'irai pas là-dedans.

— Écoutez, docteu', vous êtes une femme. Vous savez ce que ça veut dire ? Ils vont vous violer dans le cul pendant deux jours et deux nuits avant de vous passer à leurs copains. Ils fourrent leur queue dans du sang ou de la boue et croient que Noël est arrivé. Serez peut-être déjà morte, peu importe, ils vous baiseront quand même. Parce que vous êtes une femme. »

Devlin tressaillit, sentit ses entrailles se convulser, des images très détaillées lui traversèrent l'esprit.

« Désolé, docteu' Devlin, mais c'est comme ça. »

Elle repoussa les images et regarda la cachette de l'infirmier.

« Il n'y a que deux personnes dans ce bâtiment qui soient en état de marcher. Vous et moi, dit-elle. Et vous et moi allons empêcher ces salopards d'entrer. »

Coley la fixa sans rien dire.

« Okay, Coley. » Elle tendit la main. « Donnez-moi les clefs. »

L'infirmier se détendit, décrocha deux clefs de son trousseau et les posa dans sa paume.

« S'ils arrivent à dépasser la troisième porte, en bas, je viendrai me cacher ici. Jusque-là je reste avec vous. D'accord ? »

Coley vit qu'elle était vraiment décidée. Il hocha la tête.

« Et il y a autre chose, ajouta-t-elle. Je veux que vous laissiez tomber cette connerie de "docteu' Devlin". J'ai l'impression d'être une putain de Scarlett O'Hara. C'est Devlin, okay ? »

Il sourit.

« Klein ne le sait pas encore, mais vous allez lui briser les couilles, Devlin.

— Allez vous faire foutre, Coley. »

On entendit appeler de la salle.

« Frog ? T'es là ? »

Coley se leva. La porte s'ouvrit et Reuben Wilson s'appuya au chambranle. Il avait une voix chaude et profonde, des yeux vigilants qui inspectèrent le corps de Devlin d'un seul regard et se fixèrent sur les siens. Il était mince, avec des épaules larges et une mâchoire dure à peine trop grande pour son visage. Devlin ne lui avait jamais adressé la parole. La sueur coulait dans son cou, dans la petite vallée qui courait entre ses pectoraux et le col de sa chemise. Dès qu'elle comprit qu'elle le trouvait séduisant, elle rougit et dut détourner les yeux. Le regard de Wilson se porta sur Coley, puis vers le trou dans le mur.

« Qu'est-ce qui se passe ? » demanda-t-il.

Coley se baissa, éteignit la lumière de la cachette.

« T'occupe de tes affaires, négro. Qu'est-ce que tu fais là ?

— Une bande de tarés, dehors, qui enfoncent les portes.

— Grauerholz, dit Coley. On lui a déjà dit de lécher notre sale cul noir. » Il regarda Devlin. « Et notre cul blanc. »

Devlin recommença à rougir, cette fois de fierté.

« Comme je vois ça, dit Wilson, Agry les a envoyés me chercher. » Il jeta un coup d'œil vers Devlin, comme s'il était gêné de parler devant elle. « Tu ouvres les portes et je vais me livrer. J'imagine qu'Agry me veut vivant, en tout cas pour un moment. Pas la peine qu'il s'en prenne à vous autres.

— Je t'ai déjà dit que t'étais une femmelette, Wilson, répondit Coley. Maintenant je sais que tu es aussi un trou-duc, et un qui se prend pas pour de la merde Les tarés sont là pour tuer les types qu'ont le sida. »

Wilson resta impassible, mais un éclair perplexe traversa ses yeux.

« Pourquoi ?

— Merde, c'est toi le politicien. Tout ce qui compte, c'est qu'ils viennent faire du mal à mes gars. Faudra d'abord qu'ils me passent dessus. » Un bref silence. « Ils savent aussi que Devlin est avec nous. »

Wilson la regarda, fit la grimace. Elle se sentit stupide.

« Mauvais, dit Wilson.

— Sans elle, ils t'auraient déjà coupé la queue pour la donner à Agry, dit Coley. A aussi sauvé ma vieille peau. C'est un fils de pute, mec. »

Wilson sourit, et Devlin se sentit toute chose.

« Toujours ravi de connaître un fils de pute. »

Il tendit la main. Elle s'approcha et la lui serra.

« Reuben Wilson, dit-il.

— Juliette Devlin. » Elle s'interrompit, troublée. « Je vous ai vu descendre Chester Burnett en cinq rounds au Superdome. »

Wilson cligna des yeux, stupéfait.

« À La Nouvelle-Orléans ?

— Ça doit faire dix ans. J'avais parié vingt dollars que Burnett tiendrait le coup. »

Wilson eut un sourire satisfait.

« Je m'excuse.

— Ça va. La fois où vous avez perdu aux points contre Pentangeli, j'avais aussi parié sur lui. »

Dans son dos, Coley poussa un gloussement étranglé. Wilson fit semblant de ne rien entendre, bomba le torse.

« J'avais une fracture à la main, mal guérie, dit-il.

— Le quatrième métacarpe. Voilà pourquoi j'ai parié sur Pentangeli.

— Bon Dieu », murmura Wilson.

Coley s'approcha de lui.

« Vois ce que je veux dire ? Ce soir, elle va parier que tu peux pas remuer ton petit cul pour nous aider à repousser les tarés. L'ennui, c'est qu'elle a personne pour parier sur toi. »

Il sortit de la salle. Wilson, appuyé au chambranle, vit que Devlin l'observait, se redressa et se mit à tousser.

Elle se rendit compte qu'elle était un peu plus grande que lui, ce qui la mit bizarrement mal à l'aise.

« Vous aimez parier sur les outsiders, alors, dit Wilson.

— Jouer à coup sûr, c'est pas drôle. C'est pour ça que je n'ai jamais parié sur vous. »

Wilson pressa une main contre son ventre. Devlin savait, grâce à Klein, ce qui lui était arrivé au mitard.

« Eh bien, ce ne sera plus à coup sûr maintenant. »

Devlin passa près de lui et sortit à son tour.

« Alors il vaut mieux que je passe un coup de fil à mon book. »

Elle ne verrouilla pas la porte de la salle abandonnée, au cas où elle devrait y retourner, mais vérifia qu'elle avait toujours les clefs dans sa poche. En descendant l'escalier, ils entendirent des chocs sourds, de plus en plus sonores, résonner lourdement dans l'air immobile. Coley était dans le dispensaire, et avait sorti deux gros rouleaux de pansement adhésif.

« Bandez-le, dit l'infirmier. Si je le fais, il va encore se mettre à pleurnicher. » Coley prit une voix aiguë, plaintive. « Attention, Frog, ça fait mal.

— Hé, Coley », dit Wilson, l'air sombre.

Coley fit un clin d'œil à Devlin.

« Pour vous, il va peut-être se conduire comme un homme. »

Il alla ouvrir un placard. Devlin regarda Wilson, hésitante. Il y eut un bref instant de gêne, puis elle passa en mode médical.

« Ôtez votre chemise. »

L'épaisse cicatrice qui traversait le ventre de Wilson était affreuse. D'autant plus, peut-être, que le reste de son corps était magnifique. Elle lui fit lever les bras au-dessus de sa tête et enroula la bande autour de son torse, de la poitrine aux hanches. Il était douteux que cela aide effectivement ses muscles à tenir, mais l'effet psychologique était important, et il se sentirait beaucoup plus sûr de lui. Quand elle passa la dernière bande autour de la taille de Wilson, Devlin heurta sa bite avec son ventre. Il avait un début d'érection.

« Excusez-moi », dit-il.

Elle leva les yeux. Il n'en faisait pas une affaire, n'essayait pas non plus de la draguer, et se montrait tout simplement poli.

« Pas de problème. »

Devlin ressentit une excitation passagère, repensa à Klein, à la façon dont il l'avait tournée contre le mur, ce qui l'excita encore plus. Deux érections de première classe en une journée, il y avait longtemps qu'elle n'avait pas eu cette chance. Sans en faire une histoire, elle non plus, Devlin laissa la queue de Wilson reposer contre son ventre pendant qu'elle finissait le pansement. Un vague doute déontologique effleura son esprit, mais après tout Wilson n'était pas son patient et ce n'était pas comme si elle avait sa bite dans la bouche. Devlin se demanda, une fois de plus, si elle aurait trouvé autant de plaisir à pécher au cas où ses parents n'auraient pas été des catholiques particulièrement dévots. Le dernier tour fini, elle recula d'un pas.

Wilson baissa les bras.

« Merci. » Il fit jouer ses épaules et roula des hanches. « C'est très bien.

— Voyez ce que je veux dire ? ricana Coley. Pas le même homme. » Après avoir disposé sur l'établi une série d'instruments et de ciseaux, l'infirmier sortit une lame stérile de son emballage et l'inséra dans le manche d'un scalpel.

« Ces trucs, c'est pour quand vous en aurez besoin. Ça coupe mieux qu'un rasoir mais la pointe vaut rien. Seulement le tranchant. Si ça en arrive là, faut rester hors d'atteinte, taillader en reculant. »

Brusquement sa main jaillit vers la gorge de Wilson. Sans hâte apparente, le boxeur fit un pas de côté. La lame frôla sa gorge à moins d'un centimètre, et Coley trouva soudain Wilson sur son côté aveugle, le poing serré, prêt à l'assommer.

« Tu vas peut-être faire l'affaire, après tout, dit Coley en montrant le scalpel à Devlin. Ce truc est okay pour vous ? »

Tous les deux la regardèrent. Des durs, des costauds,

et Devlin sentit le poids de sa féminité. Elle haussa les épaules.

« Je ne suis pas mauvaise en anatomie. Ça veut dire que je connais le meilleur endroit pour trancher la gorge d'un type. Mais je n'ai jamais tué personne. »

Wilson sourit.

« Merde, nous non plus.

— J'ai tué des chiens, dit Coley, et tuer des cinglés ne doit pas être très différent, sauf que peut-être ils vont couiner plus fort. » Il reposa le scalpel sur l'établi. « Allons voir ce qui se passe en bas. »

Ils traversèrent la salle Crockett. À leur arrivée, le murmure des patients se changea en rafales de questions adressées à l'infirmier. Coley leva les bras pour les faire taire. Deux des hommes les plus valides étaient à la fenêtre et regardaient dehors. On entendait encore mieux le bruit du bélier. Les chocs sur la porte d'entrée étaient soulignés par des cris d'hommes saouls et pleins d'une joie haineuse.

« *Au cul !* » Un silence.

« *Au cul !* » Un silence.

« *Au cul !* » Un silence.

Wilson jeta un coup d'œil à Devlin pour voir sa réaction.

« Contente de savoir qu'ils n'ont aucune imagination. »

Coley s'approcha de l'épaisse fenêtre garnie de barreaux, et Devlin regarda par-dessus son épaule. Un ramassis de vingt ou trente hommes se tenait au pied des marches. Quelques-uns fouillaient dans le carton de médicaments. D'autres, qui en avaient déjà pris, tenaient à peine sur leurs jambes. Sur les marches elles-mêmes, six brutes, dirigées par deux géants barbus, lançaient régulièrement une longue poutrelle en acier contre la porte en chêne.

« *Au cul !* »

« *Au cul !* »

« Au moins, ce truc passera pas le tournant du couloir. C'est trop long.

« Coley, qu'est-ce qui se passe, mec ? »

Vinnie Lopez s'était assis sur son lit. L'infirmier ricana, avec un humour brutal.

« Tu vas te faire couper tes petites couilles mexicaines.

— Mes couilles viennent de Cuba, enculé. »

Devlin observait le visage de Wilson. Il regardait le corps émacié de Lopez comme s'il ne le reconnaissait pas.

« Vinnie ? » dit-il.

Lopez vit l'expression qu'il avait.

« Où t'étais, putain, Wilson ? Pourquoi tu viens plus t'entraîner avec moi ? »

Le regard de Wilson voleta plus loin, comme s'il ne savait pas s'il pouvait ou non regarder les os qui pointaient sous la peau du malade.

« J'avais à faire, Vinnie.

— Putain, mec, t'as l'air d'un tas de merde T'es presque aussi gras que Coley. Faut que je t'emmène à la gym.

— C'est ça qu'il me faut. »

Wilson eut un vague sourire. Coley le poussa de côté.

« Tas de connards, vous allez pouvoir vous entraîner à gogo. Wilson, tu restes là. »

Il fit un signe de tête à Devlin, qui le suivit à l'autre bout de la salle. L'infirmier s'arrêta au bureau des soins et prit un tube dans un tiroir. Ils passèrent la grille de la salle et entrèrent dans le couloir. Entre eux et l'entrée voûtée, il y avait trois portes. La première était un simple battant en bois, sans barreaux ni verrous, avec une serrure ordinaire. D'habitude, on la coinçait en position ouverte. Ils dépassèrent la salle de TV, deux salles de bains, la lingerie et deux resserres. La porte suivante était une lourde plaque d'acier munie d'un judas. Coley l'ouvrit, et ils arrivèrent enfin, après le bureau de Sung et le cabinet de Bahr, à la dernière barrière interne : une grille avec des barreaux épais de quatre centimètres. Les chocs du bélier sur les portes extérieures étaient devenus assourdissants. Coley lui tendit le tube.

« De la colle. Une sorte de truc à la résine époxyde. Faites-en gicler dans la serrure au cas où l'un d'eux aurait l'intelligence d'essayer de la crocheter. Je reviens dans une minute. »

Devlin s'approcha de la grille, discernant peu à peu des détails dans le vacarme qui résonnait sous la voûte : l'éclatement du bois, les claquements du long verrou qui résistait héroïquement aux assauts du bélier, les grincements d'agonie des anciennes paumelles. Elle dévissa le bouchon, inséra le bout du tube dans la serrure et appuya. Quand la colle se mit à déborder, un terrible fracas remplit l'obscurité, un ultime arrachement de chêne et de fer forgé. Il y eut des éclats de rire, des cris triomphants, des bruits de pas, puis une voix domina toutes les autres. Devlin ne comprit pas ce qu'elle disait, mais les cris firent place à un silence mortel. Elle resta figée, paralysée par ce silence, qui s'éternisa. Le son de sa propre respiration lui remplissait les oreilles.

Une silhouette se détacha de l'ombre et s'avança vers la grille. Le garçon au crâne rasé, au visage d'ange. Hector Grauerholz. Il lui fit un sourire resplendissant.

« Docteur Devlin ? J'crois que vous vouliez me parler. »

Une poussée massive d'adrénaline court-circuita le système nerveux de la jeune femme, vida ses muscles de leur force. Elle se retrouva incapable même de cligner des yeux, d'avaler sa salive. Devlin ne ressentait aucune terreur, elle était remplie de la tête aux pieds par une sorte de liquide neutre et frémissant. La terreur absolue s'accompagne d'une anesthésie, d'une acceptation totale de la mort imminente. Comme un lapin qui fixe les phares d'un camion. Ou les petits yeux brillants derrière les barreaux. Grauerholz avança jusqu'à la grille.

« C'est quoi que vous vouliez me dire ? »

Sa voix ne contenait aucune menace, plutôt une étrange innocence, comme un gosse qui demande à l'instituteur d'aller aux cabinets. Le corps de Devlin se mit à trembler, et son esprit scientifique lui dit que c'était une bonne chose : tu peux bouger, d'une certaine manière. Maintenant, concentre-toi sur ton larynx, et crie.

Silence.

Grauerholz appuya son visage contre les barreaux.

Devlin ne bougea pas, sentit l'odeur âcre de son haleine.

« On a pris Ray Klein, vous savez. »

Devlin déglutit. Elle avait la bouche sèche.

« Je ne vous crois pas. »

Drôle, elle pouvait parler pour le compte de Klein, pas pour le sien. Le liquide neutre se contracta sous sa peau.

« Si vous nous laissez pas entrer, on va l'amener ici et lui éplucher la peau de sa bite sous vos yeux. »

Le liquide avait quitté ses bras et ses jambes pour son torse. Elle se rendit compte qu'elle pouvait à nouveau bouger, si elle le voulait. Quelque chose que Coley avait dit rebondit dans son esprit et sortit de ses lèvres.

« Lèche-moi le cul.

— J'adorerais », dit Grauerholz.

Sa main jaillit entre les barreaux, lui saisit le poignet gauche et il la tira contre la grille. Son autre main descendit et agrippa son bas-ventre.

« J'vais te bouffer la chatte, en plus. »

Il gloussa comme un gosse, le regard lubrique.

Devlin surmonta son dégoût, enfonça le tube de colle dans son œil et le vida d'un coup.

« Bouffe ça, plutôt. »

Grauerholz recula en titubant avec un cri étranglé.

« Merde ! » Il se plia en deux, se griffa le visage en essayant d'arracher un réseau de glu translucide qui collait à ses paupières et à ses doigts. « Bubba ! » gémit-il.

Il y eut des pas précipités, et une meute humaine apparut à l'angle du mur et courut vers la grille. Devlin recula lentement. Le visage presque aveuglé de Grauerholz laissa la place à des corps en sueur pressés contre les barreaux, tendant les bras vers elle, criant des menaces obscènes, lui ordonnant d'enlever sa culotte, de venir leur sucer la queue, de leur montrer ses nénés. Des yeux bestiaux, des bouches béantes et bavantes. Le liquide qui avait rempli Devlin était maintenant concentré dans la boule gonflée de son ventre, et elle comprit qu'il s'agissait de sa peur. Sa terreur avait été si grande qu'elle n'avait rien senti. Et, pour la première fois depuis de longues heures, depuis que Galindez l'avait poussée vers l'infirmerie, elle était réellement effrayée. À l'extérieur de la cage, une des hyènes sortit son pénis et se mit à se masturber.

Dans son enfance, le catholicisme avait imprégné Devlin de l'idée du mal — une force spirituelle, un être-en-soi inconnaissable, une sorte de puissance élémentaire non phénoménale en elle-même, car elle ne pouvait être ni observée ni expliquée, mais qu'il fallait supposer à l'occasion de certains événements. Comme, dirons-nous, le massacre des innocents. Son éducation scientifique, en revanche, niait l'existence du mal. Si la série de dominos tombant l'un sur l'autre qui constituait une vie humaine, pouvait être reconstituée avec suffisamment de détails, on aurait vu que ce massacre en était l'issue inévitable. Ce processus de reconstitution était la matrice de sa profession. Si un événement était absurde, c'était par manque d'informations, pas à cause du mal. Les milliards de mots du discours psychologique niaient son existence, méprisaient le concept lui-même. Mais là, quand Devlin regarda la masse grouillante de barbes emmêlées, de visages balafrés et de bras tatoués, elle comprit l'être-en-soi du mal. Non qu'elle le vît, qu'elle en perçût l'odeur : elle sentit sa propre peur, perçut l'odeur de leurs corps, vit leurs visages convulsés. Le mal ne s'offre pas à la perception, le mal ne survit jamais pour être jugé. Mais le mal était là, en eux, dans l'air empuanti, dans les barreaux de fer qu'ils secouaient furieusement, dans les blocs de granit qui les entouraient.

« Devlin ! »

Elle se retourna. Earl Coley traînait à reculons un tuyau d'incendie dans le couloir, et elle courut l'aider. Un torrent d'injures la suivit.

« Bitenégrosalopesuceuseputainconnasseenculée. »

Coley cria par-dessus son épaule :

« Par terre ! »

Le vieux tuyau en toile jaunie sauta et se tordit entre les mains de l'infirmier. Un jet d'eau explosa tout près d'elle. Coley s'arc-bouta pour résister, ouvrit grands les yeux en voyant Devlin s'emparer du tuyau et le lui arracher des mains. Elle se sentit hurler quelque chose, sans savoir quoi, à travers ses dents serrées, et puis la violence du jet faillit la renverser. Devlin se raidit, lutta pour ramener la lance contre sa hanche. L'énergie liquide alimentait sa propre sauvagerie. Le jet traversa le couloir et s'abattit sur les visages déformés par la haine, les ventres ballonnés et les barbes hideuses. La jeune femme avança vers eux, déroulant le tuyau derrière elle, sans écouter les cris de Coley. Ses lèvres remuaient et sa propre voix lui arrachait la gorge, sans qu'elle entende ce qu'elle disait dans le cataclysme du jet d'eau et la musique guerrière qui se déchaînait sous son crâne. Un par un, elle les décolla des barreaux et les projeta sous la voûte. Le masturbateur et son sperme, les géants furieux, toute cette vermine tatouée, toute l'horreur et la souffrance qu'ils voulaient infliger aux siens. Arrivé à deux mètres des barreaux, le tuyau se bloqua. Il ne restait qu'un homme agrippé à la cage. Un ange psychotique, le visage borgne déformé par une violence sans limites, les mains osseuses collées à l'acier avec une force démente. Devlin laissa tomber le tuyau qui se tordit à ses pieds, sortit la clef anglaise de sa ceinture, entendant vaguement Grauerholz pousser des cris spasmodiques et incohérents.

« Garce. Crève. Garce. Crève. Putain. Salope. Négros. Négros. Crève. Putain. Salope. »

Elle abattit l'outil sur sa main droite. Il poussa un gémissement, retira ses doigts. Levant à nouveau la clef anglaise, elle regarda son œil unique injecté de sang. Il ne lâchait pas prise. Elle écrasa sa main gauche contre l'acier. Grauerholz recula en titubant, tenant sa main ensanglantée, sanglotant de rage. Un des géants trempés par le jet surgit dans son dos et le prit par les épaules. Il se laissa lentement entraîner à l'abri, et peu à peu ses sanglots se changèrent en gloussements. Un de ses yeux roulait dans son orbite, l'autre était englué et déformé par la résine.

« On reviendra, suceuse de négros. On reviendra. On reviendra. »

Elle les vit disparaître à l'angle du mur.

« On reviendra, salope à négros. »

Brusquement, derrière elle, le couloir fut étrangement vide, et dans ce vide le sifflement du jet qui se brisait contre la pierre faisait comme un silence. Un spasme venu de nulle part la plia en deux. Devlin vomit un mince jet de bile dans l'eau qui tourbillonnait à ses pieds, se retenant d'une main à la grille. Elle trembla de tout son corps, puis resta complètement immobile. Au bout d'un moment, elle sentit la main de Coley sur son dos.

« Vous êtes okay ? »

Devlin cracha un liquide aigre, se pencha pour prendre un peu d'eau dans le creux de sa main, qu'elle recracha aussitôt. Puis elle se rinça le visage, se redressa et hocha la tête. L'infirmier sortit de sa poche un mouchoir en papier qu'il lui tendit. Elle s'essuya et se moucha.

« Merci. »

Elle fut surprise d'entendre sa voix, si calme. Au bout du couloir, Reuben Wilson la regardait. Il lui fit un signe de tête, qu'elle lui rendit avant de se tourner vers Coley. L'infirmier paraissait complètement sidéré. Alors, ce que Devlin avait attendu depuis le début de la journée lui revint en tête. Elle oublia aussitôt tout ce qu'elle venait de vivre et sourit à Coley.

« Je viens de me rappeler que j'ai quelque chose à vous montrer. »

XXV

« Qu'est-ce que tu fous avec ce crabe, mec ? Nev l'a vraiment mauvaise qu'il ait laissé filer les troncs. »

Colt Greely, devant le bureau des gardiens, les bras tatoués jusqu'aux épaules, bloquait le passage menant à l'atrium. Il montra Galindez.

« Qu'est-ce qu'il fait dans ces fringues ?

— Il vient avec nous, dit Klein.

— Je vous aime bien, doc, alors je vous donne un avertissement gratuit. Ne vous foutez pas de nous. » Il jeta un regard inquiet vers Abbott. « Et s'il le faut on a des gars qui s'occuperont de ce cinglé en dix putains de secondes. »

Klein lui braqua la lampe en plein visage. Greely plissa les paupières.

« Qui a eu l'idée de la tête, Colt ?

— Quelle putain de tête ?

— Celle qu'on a laissée sur un tabouret dans sa cellule. »

Greely posa la main sur la poignée de son tournevis.

« Je crois que vous feriez mieux de parler avec M. Agry.

— T'as juste coupé ou tu as aidé à le tenir ? demanda Klein.

— Ce négro était déjà crevé, doc. Mais, entre nous, ça nous a quand même bien plu. »

Greely fit un demi-pas en arrière. Klein décida qu'il

fallait l'éliminer. Une décision calme et sans colère. Désormais, s'il voulait rejoindre Devlin, il fallait qu'il en soit ainsi. Il éteignit la lampe, la mit dans sa poche revolver et sourit.

« Dis-moi, Colt, y a des types qui suivent le match des Lakers ? »

Greely fut pris au dépourvu.

« Ouais, dit-il, méfiant. Aux dernières nouvelles les Knicks avaient cinq points d'avance, au deuxième quart-temps. Pourquoi ?

— J'ai misé un bon paquet sur ce match. »

Klein fit un bond en avant et envoya quatre-vingt-dix kilos de muscles à l'intérieur du genou droit de Greely. Il s'était exercé pendant des années, mais c'était la première fois qu'il tentait le coup dans la vie réelle. À sa grande surprise, la réussite fut totale. Les ligaments croisés antérieurs et latéraux cédèrent avec un bruit étouffé, l'articulation se disloqua. L'homme ouvrit la bouche pour crier, mais Klein lui fit une manchette à la gorge, de la main gauche, et projeta la force de sa hanche droite dans un *mowashi empi*, un coup de coude à toute volée sur la tempe gauche de Greely. L'homme tomba comme un sac et resta sans bouger, les membres tressautants. Les mouvements combinés avaient pris moins de deux secondes. Klein regarda l'intérieur du bloc, les taches de lumière éparpillées. Personne n'avait rien remarqué, semblait-il. Il baissa les yeux. Froidement, sans plaisir, il écrasa la tête de l'homme d'un coup de talon. Les tressaillements s'arrêtèrent. Cela lui rappela les douloureux procédés qu'il fallait parfois infliger aux patients : sans se complaire à faire souffrir, mais c'était nécessaire. Greely avait été excisé comme un furoncle infecté. Il se baissa, prit l'arme à la ceinture du mort. Quand il se releva, Galindez le regardait.

« Cachez-le là-dedans », dit Klein.

Galindez hésita, puis hocha la tête et traîna Greely dans la première cellule, où étaient les corps carbonisés. Klein se tourna vers Abbott.

« C'est toi qui mènes, maintenant, Henry. Où va-t-on ? »

Le géant se courba et ramassa sur le sol de l'allée un lourd marteau de charpentier, la tête et le manche encroûtés de sang séché. Klein eut un léger frisson en se souvenant du crime pour lequel Abbott avait été condamné. Puis Abbott leva le bras et pointa son marteau vers le portail.

« Le réfectoire. »

Galindez ressortit de la cellule, vit le marteau brandi, jeta un coup d'œil vers Klein, qui lui donna le tournevis de Greely.

« Allons-y. »

Ils traversèrent l'atrium, où la coupole en verre de quinze mètres n'apportait plus aucune lumière. À travers les grilles du bloc D, Klein aperçut une faible lueur jaunâtre, due à des bougies, des feux ou des lampes à huile artisanales. Le pinceau d'une torche trouait parfois l'obscurité. Il décida d'employer la sienne aussi peu que possible, pour ne pas révéler leur présence. Cela les ralentissait, mais il valait mieux ne pas attirer un nuage de papillons de nuit psychopathes armés de couteaux. Puis ce fut l'entrée du bloc C. Un calme murmurant, imprégné de peur. Six cents Noirs, Latinos et Indiens américains toujours enfermés dans leurs cellules depuis le dernier comptage. Ils savaient ce qui s'était passé au B, entendaient depuis huit heures les bruits de la terreur. Un groupe émergea du C avec de grands rires, et Galindez s'enfonça dans l'ombre pour éviter le faisceau d'une torche. Des voix de paysans. Klein était content d'être blanc. La lampe l'aveugla, et il se figea sur place. Une voix inconnue gronda dans le noir :

« Klein ? »

Il leur montra qu'il n'était pas armé. Se demanda s'ils avaient vu Galindez.

« C'est okay, les gars. » Il indiqua les taches de sang laissées par Crawford sur ses vêtements. « Nev m'envoie examiner deux types descendus par les matons. »

Un grognement, puis le faisceau quitta son visage, tomba sur Henry Abbott et son marteau ensanglanté.

« Bon Dieu. »

La lampe recula d'un pas. Klein put reconnaître Ted

Spriggs, un criminel professionnel aux cheveux ras, à la peau bronzée, qui était un des hommes de Larry DuBois. Klein le connaissait assez pour qu'ils se saluent d'un signe de tête à l'entraînement. Derrière lui, une demi-douzaine de types, dont certains portaient des sacs-poubelle remplis. Ils jetaient sur Abbott des regards craintifs. Klein avait un avantage : aucun n'avait jamais parlé avec le géant, mais tous se rappelaient les six gardiens qu'il avait fallu pour le contenir.

« Abbott surveille mes arrières, dit-il. A buté trois troncs qui voulaient nous avoir dans la cour. D'un seul coup de marteau chacun, il en a pas fallu plus. »

Le géant réagit à cet accroissement de sa réputation par un clin d'œil laconique. Klein espérait surtout qu'Henry n'ait pas à la défendre. Spriggs approuva de la tête, gardant les yeux et sa lampe fixés sur Abbott.

« J'ai des types salement touchés en A, si t'as le temps.

— Bien sûr. Je descends juste à mon bureau, prendre des trucs de secours.

— Ça grouille de négros, en bas, doc. Quand il fera jour on va les faire sortir, mais ce soir vous devriez rester près des nôtres.

— Sans mes affaires, je ne peux pas faire grand-chose. Ce n'est pas loin.

— Vous voulez quelques-uns de mes gars ?

— Merci, Ted, mais Henry me suffit. Et c'est plus facile d'être deux pour ne pas se faire remarquer.

— Bon, mais faites gaffe, les troncs sont vicieux comme des serpents. C'est ce putain de négro de Johnson qui a déclenché cette salade, il a tué Larry DuBois pendant une négociation.

— Je ne savais pas. »

Klein se demanda combien de gens savaient la vérité sur Agry ? Shockner, Grauerholz ? Celui-là s'en moquerait.

« Vous connaissez les négros, reprit Spriggs. Probab' qu'ils font notre boulot, en ce moment, et qu'ils s'entretuent. Heureusement qu'on en a un tas enfermés au C. » Il agita un trousseau de clefs. « On vient juste de les fouiller, cellule par cellule. Aurais pas cru que nos négros auraient eu tant de fric. De la came et de la poudre, ouais, c'est comme ça qu'ils se supportent, mais du fric ? Je me figure que leurs chiennes leur passent les billets à la visite, vous savez comment les troncs traitent leurs femelles. Ils restent à la maison, au chômage, et c'est elles qui ramènent l'oseille. » Il sourit. « Là, on a peut-être quelque chose à apprendre. Avec les nanas blanches, c'est le contraire.

— Tu parles », répondit Klein.

Il s'empêcha de lui demander comment ils allaient dépenser l'argent qu'ils avaient pris. Spriggs, habituellement d'une intelligence normale, était emporté dans une folie collective. Puis il repensa aux Noirs terrés dans le labyrinthe souterrain, et douta de sa propre intelligence pour avoir quitté la sécurité de sa cellule.

« Vaut mieux que j'y aille. »

Spriggs hocha la tête.

« Fais gaffe à lui, le grand », dit-il à Abbott.

Le géant ne réagit pas.

Spriggs sourit.

« Si t'as les couilles de traîner avec ce type, avec les troncs ça va être du gâteau. À plus tard. »

Il s'éloigna avec ses hommes, et tous firent un large détour pour éviter Abbott. Quand la lumière de sa torche se fut estompée, Galindez émergea de l'obscurité et les rejoignit.

« Pouvons-nous ouvrir les cellules du bloc C ? demanda Klein.

— Pas tant que le jus est coupé, dit Galindez. Même si nous avions les clefs, il y a cent quatre-vingts portes. On n'y arriverait jamais. »

À trois portes à la minute, cela prendrait une heure. La bande d'Agry pouvait tous les tuer en cinq minutes. Klein essuya la sueur de ses yeux.

« Pourquoi ? demanda le gardien.

— Quelque chose qu'a dit Spriggs. Si on pouvait relâcher six cents hommes opposés à Agry, il serait peut-être obligé de faire revenir Grauerholz. »

Galindez réfléchit.

« Les portes sont ouvertes par des moteurs électriques

sur chaque travée, actionnés par le circuit principal. » Il fronça les sourcils. « Il y a un circuit secondaire, de secours, avec son propre groupe électrogène, en cas d'urgence. La dernière fois qu'on s'en est servi, c'est quand un ouragan a coupé les lignes à l'extérieur.

— Est-ce qu'on peut le mettre en marche ? »

Galindez secoua la tête.

« Cela n'est possible qu'à partir de l'administration. Le directeur n'a aucune raison de le faire. Il préfère que les hommes restent dans le noir et qu'ils aient peur.

— Où est ce groupe électrogène ? »

Le gardien haussa les épaules.

« Quelque part dans la cour, à l'est, près du rempart.

— Est-ce qu'on peut se brancher dessus ?

— Je ne saurais pas le faire. »

Klein eut une idée : Dennis Terry. Le vieux chef de l'Entretien saurait où était le groupe et comment s'en servir, si c'était possible. Il se remit à marcher aussi vite que possible, dans l'obscurité, vers le réfectoire.

Le sol de la grande salle était gluant à cause des aliments répandus. Ils coururent sur le carrelage glissant, passèrent entre les comptoirs de service, et virent les résultats de la première bouffée de destruction orgiaque. Les bacs de cuisson avaient été renversés, les grands bidons d'huile crevés et vidés, les sacs de farine et de haricots éventrés, les barils d'œufs en poudre déversés un peu partout. À un bout de la cuisine, un escalier menait à la blanchisserie, à l'autre bout, un deuxième escalier descendait aux entrepôts. Klein, alors qu'il s'apprêtait à le prendre, entendit quelqu'un gémir. Galindez et Abbott le rejoignirent sans bruit. Sur la gauche, il y avait une sorte de sifflement, de halètement irrégulier. Il sortit sa lampe, fut d'abord ébloui par les reflets des portes en inox, puis le faisceau lumineux éclaira une forme prostrée sur les mains et les genoux, encroûtée d'huile et de farine. Sa tête pendait entre ses bras, ses épaules tremblaient sous le poids de son corps. Klein fit deux pas en avant, et l'homme leva la tête comme si un poids énorme était fixé à l'arrière de son crâne. Un côté de son visage et de son cou était couvert de sang coagulé, son souffle sortait douloureusement par une bouche béante. Avec une lenteur terrible, il se tourna vers la lumière. Son regard semblait attendre la mort. C'était Stokely Johnson, le lieutenant de Wilson. Quand Klein arriva près de lui, Johnson s'effondra sur ses coudes. Galindez aida Klein à l'asseoir contre la porte d'un placard.

« Johnson, c'est Klein. Tu m'entends ? »

Stokely cligna des yeux et le reconnut. Klein examina son visage. Les narines de Stokely étaient bouchées par des caillots de sang. La balle tirée par Grauerholz avait pénétré cinq centimètres sous la tempe droite, laissant un petit trou bien net, et n'était pas ressortie. Au contraire de la blessure de Crawford, faite par un M16, il s'agissait d'une pénétration à basse vélocité, minimisant le choc et la cavitation des tissus. La balle avait probablement pénétré le sinus maxillaire et fracassé plusieurs petits os dans le tiers central du squelette facial, mais il n'y avait pas d'organes vitaux le long de sa trajectoire. Klein se rappela qu'Agry avait donné des coups de talon sur la tête de l'homme, ce qui pouvait être plus dangereux que la blessure par balle. Il inspecta les pupilles de Stokely, ne trouva aucun signe d'hémorragie intracrânienne, mais y vit une terreur intense. Stokely devait se croire aux portes de la mort.

« N'essaye pas de parler, dit Klein. Écoute-moi. Tu ne vas pas mourir à cause de cette balle. »

Soulagé, le blessé ferma les paupières, relâcha ses épaules.

« Ça fait mal et c'est pas beau, mais il n'y a aucune raison pour que tu en meures. »

Stokely ouvrit les yeux. Klein vit qu'il le croyait.

« Il n'y a pas de raison pour que tu ne puisses pas te lever et jouer au basket si tu en as envie. Tu n'as pas besoin de ramper comme un putain de chien battu.

— Fils de pute », souffla Johnson en levant le poing.

Klein lui attrapa le poignet, et l'homme se débattit un moment.

« Tu vois ? » dit Klein.

Stokely se rendit compte de ce qui se passait, se détendit, et Klein lâcha son bras.

« Tes coureurs de fond sont dispersés dans les souterrains. Agry les a passés à la moulinette. Ils ont besoin de toi pour se regrouper et se battre. Tu comprends ?

— Qu'est-ce que ça peut te foutre… » Malgré la souffrance que chaque mot lui infligeait, l'homme reprit son souffle pour ajouter : « … fils de pute.

— Parce que Agry a envoyé ton copain Grauerholz liquider mes copains à l'infirmerie. Y compris Coley et Wilson. Si tu peux serrer les couilles d'Agry assez fort, il faudra qu'il fasse revenir Grauerholz par ici. »

Stokely le regarda longuement et réussit à sourire, malgré la douleur.

« C'est exactement ce que je veux. »

Klein se leva, lui tendit la main. Stokely la prit et se remit sur ses pieds, jetant un coup d'œil à Galindez et Abbott. Il passa d'un pied sur l'autre, l'air gêné.

« Je, euh, je…

— Tu croyais que tu allais mourir, tu as paniqué, maintenant t'as l'impression d'être un trouduc. Ce n'est pas vrai, oublie ça, et allons-y. »

Stokely le regarda.

« Wilson avait raison. À ton sujet. »

Un cri résonna dans le réfectoire. Klein éteignit la torche.

« Des négros, les gars ! Je les ai vus ! »

Un faisceau de lumière flotta vers eux. Klein se baissa et fila vers l'escalier. Encore des cris. Quelqu'un glissa, jura, et il y eut un grand bruit de ferraille quand un corps tomba par terre. Klein alluma la torche pour voir la poignée de la porte, l'éteignit aussitôt.

« Là-bas ! Ces enculés ils vont en bas ! »

À tâtons, Klein fit coulisser la porte, les autres s'entassèrent avec lui, et Galindez referma derrière eux, les isolant du bruit de la cuisine. Klein éclaira une volée de marches en pierre, assez larges. En bas, un couloir s'enfonçait dans la nuit, avec des portes de chaque côté. Ils descendirent en courant. La porte se rouvrit d'un coup, laissant entendre les voix excitées des détenus, comme des chasseurs du week-end sur la trace d'un gibier facile à tuer. Le couloir était encombré de boîtes en carton venues du pillage des magasins, de rouleaux de papier hygiénique, de couverts et de tasses en plastique qui craquaient sous leurs pieds.

« Pourquoi on court, putain ? » haleta Stokely.

Klein l'ignora et ne ralentit pas. Le couloir tombait dans un autre. Il prit à gauche. Vingt mètres plus loin, il s'arrêta devant une porte donnant sur un escalier métallique et attendit ses compagnons. Abbott, au pas de course, arriva le dernier. Klein vit la lumière de leurs poursuivants atteindre le coin du couloir. Il éclaira les marches pour Galindez.

« Descendez. »

Puis il poussa Abbott à la suite du gardien. Stokely toussa, projeta des gouttelettes de sang sur la chemise de Klein, cracha des glaires ensanglantées.

« Moi je dis qu'on les attend ici.

— Je me battrai quand il le faudra, répondit Klein. Dans les sous-sols, je crois qu'on peut échapper à ces connards. »

Johnson le suivit. L'escalier étroit ne les laissait passer qu'en file indienne. Arrivé en bas, en éteignant la torche, il sentit la main de Stokely sur son épaule.

« Fais-moi confiance, mec. »

Klein hocha la tête à contrecœur. Ils étaient dans un tunnel, sous un fouillis de conduites et de tuyaux. Habituellement, c'était un endroit bruyant, à cause du vieux système de climatisation qui poussait un air tiède dans les galeries. Mais tout était silencieux. Des voix leur parvenaient du couloir, en haut. Le faisceau d'une lampe passa devant l'ouverture et disparut.

« J'te dis que le toubib est avec le grand cinglé. Hé ! »

Le faisceau revint et se braqua sur les marches, dévoilant Stokely Johnson en pleine lumière, son visage ensanglanté luisant de sueur.

« On l'a ! » La lampe se mit à descendre.

« Venez me chercher, bande d'enculés ! J'vais vous arracher la queue ! »

Klein sentit son rectum se contracter violemment et recula d'un pas sans le vouloir. La voix qui résonnait encore, jaillie de la poitrine de Stokely, était celle du nègre le plus féroce et le plus cruel qu'il ait jamais entendu. À côté, Ice T ressemblait à Donald Duck. Sur l'escalier, il y eut un glapissement. Deux jambes glissèrent dans leur direction. Ils entrevirent un visage terrifié, puis deux bras le tirèrent en arrière.

« Putain de merde ! »

Des pas précipités remontèrent dans le couloir. Une voix, faible et ridicule après le *tour de force* de Stokely, descendit dans le noir.

« On va revenir, négro de merde. »

Stokely ne daigna pas leur répondre.

« Il n'y a que la foudre qu'on puisse préférer au canon, dit Klein dans le noir.

— Qu'est-ce que c'est que ça ? demanda Stokely.

— De Napoléon. Dommage que tu n'aies pas été avec lui à Waterloo. »

Il ralluma sa lampe. Le faisceau disparut dans les profondeurs du tunnel. N'importe où ailleurs, dans les sous-sols, Klein n'aurait jamais pu retrouver son chemin, mais il était passé cent fois par là pour payer son loyer à Dennis Terry. Il les fit avancer dans l'obscurité et prit les deux tournants suivants sans se tromper. Ils arrivèrent à une vieille chaudière garnie d'un entrelacs de tuyauteries. Derrière, là où personne ne l'aurait trouvée sans être au courant, il y avait une porte. La porte était fermée à clef.

« Donne-moi cette lame », dit Stokely.

Galindez lui tendit le tournevis. Deux gestes rapides, et la porte fut ouverte. Une vague lueur flottait sur un petit escalier en bois.

« Terry ? cria Klein. Dennis Terry ? C'est Ray Klein. »

Pas de réponse. Klein monta les marches. Elles donnaient dans une petite pièce immaculée imitant le décor de l'émission de Dean Martin : une moquette grise, une peau d'ours, un bar le long d'un mur avec deux tabourets, un vieil électrophone, une TV dans un meuble en acajou, un canapé assorti à la moquette. On avait placé un troisième tabouret derrière le canapé. La pièce était éclairée par un lampadaire posé sur le bar, près d'un verre et d'une bouteille de gin presque vide. En deux piles distinctes, à côté de l'électrophone, il y avait des pochettes de disques et des microsillons, tous cassés en deux. Klein avança d'un pas. La pochette du haut était celle de *September of My Years*, de Sinatra. Terry avait employé ses richesses à recréer le fantôme du monde qu'il avait quitté trente-cinq ans plus tôt, alors que Dino était encore plus à la mode que Sinatra et qu'Eisenhower était à la Maison-Blanche. Sur le bar se trouvait aussi, dans un cadre en argent, la photo d'une jolie fille de vingt ans, la fiancée que Terry avait étranglée pour avoir appris l'anglais à un cuisinier portugais. L'illusion des années cinquante était détruite par le plafond, où couraient des conduites en fonte contenant des câbles électriques. Un des tubes avait été arraché et brisé à l'endroit d'un joint. Une poignée de fils étaient étirés en forme de V, vers le bas, par le bout d'une ceinture en cuir qu'on avait d'abord fixée à la conduite.

Klein trouva Terry allongé derrière le canapé, contre le tabouret, avec l'autre bout de la ceinture autour du cou.

Il respirait encore. Quand Klein dénoua la ceinture, ses yeux s'entrouvrirent, et il marmonna quelques paroles incompréhensibles d'une voix pâteuse. Sans plus de cérémonie, Klein le hissa sur ses pieds. Quand Terry chancela, il le prit par le bras et le mena au canapé. Terry s'écroula avec un gémissement et se mit la tête entre les jambes pour se masser la nuque.

« De l'eau », dit Klein.

Galindez passa derrière le bar et apporta un verre d'eau. Terry tendit la main pour le prendre.

« Merci », coassa-t-il d'une voix éteinte.

Klein lui envoya le verre d'eau en pleine figure. Terry eut un sursaut, crachota. Klein rendit le verre au gardien.

« Qu'est-ce que tu fous, Klein ? » Terry cligna des yeux, vit Abbott et Stokely. « Bon Dieu. » Klein s'installa près de lui.

« Écoute, Terry, foutu vieux poivrot, si tu veux te suicider, tu le fais comme un homme, tu sors et tu vas te faire couper la gorge comme tout le monde. Okay ? »

Il y eut un silence. Ils avaient tous l'air ébahis par la violence de Klein. Galindez apporta un deuxième verre d'eau. Terry regarda le gardien pour la première fois.

« Bon Dieu, dit Terry, qui jeta un coup d'œil sur les deux autres avant de revenir à Klein. Où sont Yul Brynner et Steve McQueen ? »

Klein sortit de la poche de chemise du suicidé un paquet écrasé de Pall Mall, en sortit une cigarette, la mit entre les lèvres de Terry, l'alluma avec un briquet venu de la même poche. Terry aspira la fumée, eut une quinte de toux, et recommença.

« Merci, Klein. » Il regarda en l'air, la conduite qui pendait au plafond. « Écoutez, je… »

Klein lui coupa la parole.

« On n'a pas le temps, Terry. On a tous nos raisons. Si tu veux encore mourir, plus tard, on t'arrangera ça. Pour l'instant on a besoin de toi, plus que de Yul ou Steve.

— Continue. » Les yeux de Terry reprenaient vie.

« Galindez dit qu'il y a quelque part un groupe électrogène de secours. »

Terry approuva de la tête.

« Marche au mazout. C'est près du mur sud-est, dans cet appentis en brique rouge, entre l'atelier de mécanique et le garage. Pourquoi ?

— On veut que tu le branches sur le circuit pour ouvrir les cages du bloc C.

— Le C est toujours bouclé ? »

Klein hocha la tête.

« T'as coupé le courant pendant leur troisième comptage. »

Terry tira sur sa cigarette. L'effort de réfléchir le faisait loucher dans le vide.

« Ça foutrait une sacrée poignée de piments dans le cul d'Agry, pas vrai ?

— Alors, c'est possible ? dit Galindez.

— Oh, bien sûr, répondit Terry, sardonique. Il suffit que j'y aille, que j'enfonce la porte, que je déconnecte les circuits du bloc administratif et que je fasse démarrer les turbines à froid. Ensuite, que je revienne jusqu'au bureau du portail du C, avec les putains de lumières allumées, que j'ouvre le tableau de bord et que je pose une dérivation pour ouvrir les cages. Facile comme bonjour.

— Facile comme de te laisser tomber du tabouret, dit Stokely d'un ton incisif.

— Qu'est-ce qu'il fout ici, celui-là ?

— Pourquoi ne pas faire d'abord la dérivation ? proposa Galindez. Du coup ça s'ouvrira dès que le jus reviendra.

— Pas mal, pour un Mexicain, dit Terry.

— Combien de temps ça va prendre ? » demanda Klein. Terry fit la grimace, mesurant à la fois la difficulté de la tâche et l'attention qu'elle lui valait. « Deux sacrés putains de boulots. Faut que je démonte tout un tas de boîtiers avant d'arriver aux vrais trucs.

— Personne d'autre ne peut le faire, dit Klein.

— Putain, je le sais, que personne ne peut le faire, répondit Terry, vexé. Sans compter les déplacements, et si tout va bien, peut-être trois ou quatre heures. »

Klein hocha la tête. C'était long, mais ils n'avaient rien à perdre.

« Qu'est-ce que t'en penses, Dennis ? »

Terry haussa les épaules.

« On dirait que j'ai rien de mieux à faire. » Il eut un sourire. « Ce sera le dernier boulot de l'Entretien pour Green River. » Il laissa tomber son mégot sur la moquette impeccable et l'écrasa sous son talon. « Comment je vais passer à travers tous ces négros ?

— Si t'es poli, Stokely va te faire aider par quelques types, pas vrai ? »

Stokely hocha la tête, maussade. Klein se leva.

« Agry a fait croire aux mecs que Stokely a tué Larry DuBois, ce qui a tout déclenché.

— Putain de sale pédé menteur ! marmonna Stokely.

— Agry a tué DuBois, dit Terry. Je l'ai vu. Il est cinglé.

— Je me demande, répondit Klein. Suffit pas d'être cinglé pour diriger la D. Je n'arrive pas à comprendre. Agry a plus à perdre, avec l'émeute, que n'importe qui. Il s'est totalement baisé les pattes. »

Terry fit la grimace.

« Ouais. Moi aussi, il m'a baisé.

— T'as idée pourquoi ?

— Il est fou de cette chienne de négresse, tout le monde le sait.

— Ça ne suffit pas, objecta Klein. Ça suffit pour tuer Claudine, bien sûr, mais pas pour se suicider. »

À ce mot, Terry rougit.

« Demande-le-lui toi-même. Et à propos de suicide, qu'est-ce que tu viens foutre ici ?

— Je vais à l'infirmerie.

— Tu pousses pas cette merde de serment d'Hippocrate un peu loin ?

— Grauerholz essaye d'y entrer. Agry l'a envoyé liquider les types qui ont le sida. »

Terry ne comprenait pas.

« Et alors ?

— Henry m'a convaincu qu'on pourrait les en empêcher. »

Terry se remit sur ses pieds, regarda Abbott, qui restait muet, puis les résultats de son suicide manqué qui pendaient au plafond, et enfin Klein.

« T'as raison. Si je veux me tuer, autant me joindre à des putains de pros. »

Klein lui serra la main.

« T'aurais jamais dû casser ces disques de Dean Martin, Dennis. Tu ne les trouveras jamais en CD.

— Ouais, peut-être bien. C'était peut-être le moment de changer. »

Klein soutint longuement son regard larmoyant puis hocha la tête, lâcha sa main et s'approcha de la porte. Stokely, lui aussi, lui tendit la main. Klein la lui serra.

« Dis à Wilson que je veux qu'il ramène son cul demain matin », dit Stokely.

Klein hocha la tête et descendit les marches.

« Bonne chance, Klein », dit le grand Noir.

Klein, sans se retourner, replongea dans l'obscurité, suivi par Abbott et Galindez. En bas des marches, il se tourna vers le géant.

« C'est à toi, maintenant, Henry. »

Il y eut un silence. Brusquement, Klein se dit qu'il avait perdu l'esprit. Henry avait du courage, mais sa tête était…

« Suivez-moi », dit Abbott de sa nouvelle voix, ferme et sonore.

Ils le suivirent le long des tunnels, dans le noir complet. Klein allumait sa torche une seconde tous les cinq mètres pour être sûr qu'Abbott était toujours là. Deux fois, alors qu'ils traversaient un carrefour souterrain, ils entendirent de vagues bruits d'origine humaine. Le géant leur fit descendre encore un escalier. L'air était de plus en plus lourd et malodorant. Les murs étaient couverts d'une moisissure visqueuse. Au milieu des marches, Klein marcha sur quelque chose de mou, s'arrêta et braqua sa lampe. Une casquette de base-ball, qu'il ramassa. Elle était propre et sèche, ne pouvait pas être là depuis plus de deux heures. Sur le devant, brodé en blanc, il y avait un X de Spike Lee.

« Henry », chuchota-t-il.

Le géant l'attendit. Klein lui montra la casquette.

« Il y a quelqu'un en bas. » Et il souhaita pouvoir prendre la voix de Stokely Johnson.

Abbott lui prit la casquette des mains, impassible. Sa nouvelle voix était de plus en plus sonore.

« Il n'y a qu'un chemin vers le Fleuve. C'est celui-ci. »

Ils continuèrent à descendre les marches raides et glissantes. En bas, la puanteur était presque intolérable. La nourriture servie au réfectoire donnait aux détenus une haleine infecte que personne n'avait réussi à combattre. Et, ici, ces mêmes aliments célébraient leur transsubstantiation finale en un miasme fécal presque tangible. Klein s'étrangla, respira profondément par le nez pour s'acclimater le plus vite possible, sans y réussir, et sentir une boue épaisse lui tapisser la gorge.

« Bon Dieu », hoqueta-t-il.

Klein alluma sa lampe. Ils étaient sur une sorte de jetée en béton qui donnait, sur la droite, dans un atelier, un espace souterrain jonché de palettes de briques, d'engins de curage, de brassées de cannes munies de filetages en laiton qu'on mettait bout à bout pour déboucher les canalisations. Au fond, le faisceau lumineux éclaira une cabane rudimentaire en bois. À gauche, la jetée se terminait par trois marches qui s'enfonçaient dans la nuit.

Abbott lui prit la lampe des mains, visa plus loin, au-dessus d'un courant miroitant d'eau noire et infecte qui coulait lentement dans un tunnel en brique, parfaitement cylindrique, large de deux mètres cinquante. Klein sentit son estomac se soulever à l'idée de se plonger jusqu'à la taille dans cet égout.

« Le Fleuve », dit Abbott.

Klein resta silencieux un long moment devant le fleuve d'Abbott. S'il avait pu séparer la surface de l'eau et les murs lisses du tunnel de la puanteur ambiante, il aurait peut-être trouvé à ce spectacle une mystérieuse beauté.

« Le sol étoilé, la rive abreuvée sont à toi jusqu'à l'aurore », dit Abbott.

Galindez, lui aussi, avait du mal à respirer.

« Vous pouvez nous emmener à l'infirmerie en passant par là ? »

Henry enfonça la casquette de Malcolm X sur sa tête. Klein pensa, bizarrement, que cela lui donnait un air distingué.

« C'est le chemin », dit Abbott.

Galindez le regarda fixement, et Klein pouvait l'entendre penser : il y a trois putains de kilomètres de tunnel, par là, et ce type est un débile, un dément, et en plus un tueur. Le gardien jeta un coup d'œil à Klein, haussa un sourcil.

« Si Henry dit qu'il peut nous faire passer, il le peut, affirma Klein.

— Il y a des masques dans la cabane, si vous voulez.

— On les veut », dit Galindez.

Ils arrivèrent au milieu de la cour avant de les voir : des jeunes détenus noirs armés de couteaux, une bande de Frères, des loups assoiffés de sang qui avaient surgi de la nuit environnante et avançaient vers eux des deux côtés. Ça y était.

Leur voyage au fond de Green River avait commencé.

XXVI

Devlin rêvait. Elle rêvait qu'elle jouait à un bizarre jeu vidéo dont elle ne comprenait pas les règles, avec un homme qu'elle ne connaissait pas. Elle rêvait qu'elle était enfermée dans une pièce pour un marathon de psychothérapie de groupe dirigé par son ancien chef de service, avec un tas de gens comprenant plusieurs ex-amants qu'elle ne tenait pas spécialement à revoir. Elle rêvait qu'elle s'échappait de cette pièce, qu'elle errait dans un village aux murs en pisé qu'elle était sûre de connaître par cœur et où pourtant chaque tournant lui faisait prendre une rue inconnue. Elle s'assit près d'un abreuvoir en pierre pour se réorienter. Et elle se réveilla.

Pendant un moment, les yeux mi-clos et la tête posée sur ses bras, affalée sur la table, Devlin réussit à se rappeler des fragments de rêve et à y réfléchir, mais sans trouver la moindre interprétation sensée. Elle ouvrit les yeux, leva la tête, se retrouva dans le bureau du dispensaire. Reuben Wilson était en face d'elle, une tasse de café à la main.

« Je ne voulais pas vous réveiller.

— Ça ira. »

Elle était gênée d'avoir été surprise en plein sommeil, comme si c'était le signe d'une faiblesse féminine.

« C'est plutôt cool, dit Wilson, de pouvoir fermer l'œil à un moment pareil.

— Vous confondez le cool et la fatigue. » Elle regarda le café. « C'est pour moi ? »

Wilson hocha la tête et lui tendit la tasse. Elle but quelques gorgées. Il n'avait pas remis sa chemise, depuis qu'elle l'avait bandé. Le regard de Devlin effleura rapidement les larges méplats des muscles pectoraux, revint au liquide fumant. Wilson sortit un paquet de cigarettes et s'en planta une entre les lèvres.

« Je peux ? demanda-t-elle.

— Bien sûr. » Il lui tendit le paquet. « Je croyais que les médecins ne fumaient pas. »

Elle l'alluma à son briquet, aspira profondément.

« Je croyais aussi que les boxeurs ne fumaient pas.

— Oh, il y a si longtemps. »

Quand goudron et nicotine inondèrent de bonheur son système nerveux, Devlin eut un instant de vertige. Les paroles de Wilson lui parvenaient de très loin, elle avait des picotements dans les bras et les jambes. Puis cette vague se retira aussi vite qu'elle était venue, la laissant parfaitement détendue. C'était terrible, mais elle ne pouvait rien imaginer, en ce monde, qui puisse lui faire plus de plaisir que la cigarette entre ses lèvres. Elle s'adossa à son siège et prit une autre bouffée.

« Comment avez-vous su, à propos du quatrième métacarpe ? demanda Wilson. C'était top secret.

— À l'époque, j'étais étudiante en médecine et je faisais de l'orthopédie. Votre chirurgien nous a montré vos radios. J'ai lu votre nom sur le film.

— Bon Dieu.

— Pour ce que ça vaut, je pense que vous auriez dû être déclaré vainqueur. Mais il est si rare que les juges laissent un Italien battre un boxeur noir. »

Wilson sourit, approuva de la tête.

« Pourquoi vous ont-ils fait accuser de meurtre ? »

Wilson s'assit précautionneusement sur le bord de la table.

« La plupart des boxeurs se font avoir, je dirais à quatre-vingts pour cent de leur bourse, par leurs managers. Si on veut un grand combat, il y a seulement quelques types qui peuvent vous l'avoir, et ils piquent presque tout le fric pour ce qu'ils appellent les « frais ». J'avais engagé un procès à mon manager et lui-même était managé par des mafiosi propriétaires d'hôtels à Las Vegas. Tuer une putain, ça ne coûte pas cher, et ça envoie un message que tous les boxeurs du circuit reçoivent cinq sur cinq. » Il haussa les épaules. « C'est comme ça.

— Vous n'avez pas l'air aigri.

— Aigri ? » Il regarda au loin. « En venant ici, je n'ai pas dormi pendant deux mois. J'avais perdu tout ce que j'avais. Merde, je dois encore du fric à mes avocats. Au réveil, en attendant le premier comptage, j'ai torturé ces types un million de fois, tué leurs familles sous leurs yeux, fait baiser à mort leurs femmes par des chiens sauvages… »

Il s'interrompit, la regarda, cligna les yeux, et sa rage s'éteignit.

« Excusez-moi.

— C'est okay », dit Devlin d'une voix douce.

Wilson tira une bouffée de sa cigarette.

« En tout cas, quand je me suis vu tenir un briquet sous un bout d'aluminium plein d'héroïne avec un tube en carton dans la bouche, juste pour arriver à me reposer, j'ai pigé qu'« aigri » était encore une lame qu'ils m'avaient plantée dans les tripes, et que je continuais à la remuer. J'avais déjà commencé ça… » Il leva sa cigarette. « … Mais j'ai foutu l'héro aux chiottes et je suis allé me coucher.

— Ça me fait plaisir. »

Wilson lui sourit. Elle se sentit à nouveau gênée. Ses souffrances, l'injustice qu'il avait subie, étaient si atroces qu'elle se sentait toute petite. Devlin ne se prenait pas pour une Blanche libérale marchant à la culpabilité, mais devant lui elle ne trouvait rien à dire qui ne fût dérisoire. Après avoir fumé sa cigarette jusqu'au filtre, elle écrasa le mégot et prit le paquet.

« J'en prends une autre ?

— Bien sûr. »

Elle alluma celle-ci avec une de ses propres allumettes.

« Donc, au lieu de ça, vous avez choisi la politique ? »

Wilson ricana.

« La politique ? » Il secoua la tête. « La politique vous change en un tas de merde, se fout de qui vous êtes. C'est juste la façon dont les gens voient ce que je fais. Leur idée, pas la mienne.

— Alors, qu'est-ce que vous faites ?

— Je donne des conseils. Surtout j'essaye d'aider les plus jeunes à se retrouver dehors. Pour moi, si on peut apprendre à vivre ici, quand on se retrouve dehors ça devrait être du gâteau.

— Comment ? Je veux dire, comment leur apprendre ?

— Ceux d'en haut, ils s'attendent à ce qu'on vive comme des bêtes, ici ou dehors, pareil. Je suppose que vous avez lu Malcolm. »

Elle acquiesça.

« Même chose. Je suis pas croyant, mais je respecte la religion. Je me respecte moi-même, je vous respecte. C'est ça. C'est tout ce qu'il faut. La plupart des jeunes truands ont fait le mal pour se retrouver ici. Même s'ils sont fiers de leurs crimes, et je comprends ça, ils savent quand même la peine que leurs mamans se sont donnée. Je ne veux pas qu'ils se servent de moi comme d'un prétexte, pour leur donner de l'espoir. Ce serait facile, pour eux, de me montrer du doigt en disant : Vous voyez ! Ça fait pas la moindre putain de différence ! Tenez-vous bien, et là-haut, on va quand même vous baiser ! »

Devlin frissonna en entendant sa voix changer si brutalement. Les mots étaient ceux d'un autre, mais la douleur et la rage étaient bien les siennes.

Wilson hocha la tête.

« Ils savent que je sais, vous voyez. Ils savent que j'y étais. Et je leur dis une chose, et je la leur dis jusqu'à ce qu'ils en aient marre de m'écouter, et quelquefois je les bats pour qu'ils m'écoutent, parce que c'est vraiment simple. Mais c'est vraiment dur aussi. »

Il fit une pause. Le feu quitta sa voix, se concentra dans ses yeux noirs, et il parla calmement, intensément.

« Je leur dis : malgré tout ce qu'on vous a fait — malgré tout ça —, vous pouvez encore être l'homme que vous êtes, et pas la bête qu'ils veulent que vous soyez. »

Devlin sentit des larmes lui piquer les yeux. Elle les

chassa en battant des paupières. Wilson écrasa sa cigarette. Il sourit, se détendit.

« Il y en a un tas qu'on peut pas atteindre. Voilà votre aigreur, qui travaille pour ceux d'en haut. Mais quelques-uns, oui. En proportion, il y a moins de mes gars qui marchent à l'héro ou au crack que dans tous les autres blocs. De tous les jeunes qui passent par ici, si dix ou vingt ne reviennent pas alors qu'ils auraient dû, ça suffit. Et quelques-uns qui restent dehors deux ans au lieu de deux mois, ou qui ne prennent pas ici l'habitude du crack pour la ramener chez eux, ça suffit. Ça me suffit. »

Devlin avait envie de lui dire qu'elle trouvait tout ça extraordinaire, mais là aussi, elle ne trouva pas ses mots.

« Alors, pourquoi Hobbes vous en veut-il ?

— Je n'ai pensé qu'à ça depuis que je suis allé au mitard et je n'ai compris qu'aujourd'hui. Il a des yeux pour voir et il sait de quoi il s'agit, dans ce truc. Jamais il ne nous avait traités de négros. Le bouclage, c'était une connerie. Je n'avais pas pigé, mais quand c'est arrivé, ce matin, j'ai eu la réponse : Hobbes voulait que cette émeute éclate. C'est vraiment son bébé.

— Mais pourquoi ?

— Je ne sais pas. C'est drôle, mais ce matin Klein m'a dit que Hobbes est fou, pas fou cinglé, il a dit, mais dément, bon pour la Thorazine et la camisole de force.

— Qu'est-ce qu'il voulait dire ?

— Sais pas non plus, mais on dirait qu'il avait raison. »

Devlin posa sa question suivante du ton le plus ordinaire.

« Croyez-vous qu'on sortira d'ici vivants ? »

Wilson la regarda franchement.

« Coley dit que les gardes ne savent pas que vous êtes là. »

Elle acquiesça.

« Alors ils vont rien foutre pour nous aider. Si on tient assez longtemps, il y a peut-être des types qui vont venir pour moi, mais j'imagine qu'ils sont pas en pleine forme.

— Vous dites que nous n'allons pas nous en sortir, alors ?

— Les autorités n'ont plus trop envie de briser un siège par la force. Souvenez-vous de Waco et toute cette merde, À moins qu'on commence à tuer des otages, et Agry est trop malin pour ça, le truc peut durer une semaine, peut-être plus. Et Grauerholz va revenir. Il a tout le temps qu'il lui faut.

— Pourquoi voudraient-ils tuer tous les malades ? »

Wilson haussa les épaules.

« Regardez CNN, et dites-le-moi. C'est vous la psy. Partout pareil, pas vrai ? En Bosnie, au Liban, en Afrique du Sud. La race, la religion, la famille, la tribu. Les gens n'arrêtent pas de tuer leurs frères. Vous croyez qu'ils ne détestent pas ceux qui ont le sida ? Bien sûr que si. Encore plus de raison de les haïr que les autres qu'ils haïssent aussi. »

La porte s'ouvrit. Coley entra.

« Quoi de neuf, Coley ?

— C'est tranquille, dehors, ils attendent un truc. Lopez monte la garde. Ce fils de pute n'a pas été en si bonne forme depuis longtemps. » Il regarda Devlin. « Grauerholz a foutu le feu à notre caisse de drogues. » Il sourit. « Mais on a une demi-douzaine de tarés dans le coma, et peut-être une autre demi-douzaine en train de dégueuler tripes et boyaux.

— Alors, qu'est-ce qui va se passer ? » demanda-t-elle.

Coley haussa les épaules.

« Ils ont deux choix : les fenêtres de Crockett et les portes. Les fenêtres sont hautes et il faut qu'ils grimpent un par un. J'me dis qu'ils vont encore essayer d'ouvrir les portes.

— Ils peuvent peut-être écarter les barreaux avec un cric », dit Wilson.

Coley secoua la tête.

« Là aussi ils entreraient un par un. Non, ils attendent autre chose. Nous aussi, on n'a qu'à attendre. »

Il se dandina vers la porte menant à la douche et au dispensaire.

« J'vais piquer un roupillon, si personne n'a d'objection. Sera peut-être mon dernier. »

Devlin aperçut sa serviette posée par terre, près de la table.

« Coley, venez voir. »

L'infirmier échangea un regard avec Wilson, s'approcha. Elle se leva.

« Asseyez-vous. »

Coley laissa tomber sa masse sur une chaise.

« Vous avez un truc derrière la tête ?

— Pas moi », dit Wilson.

Devlin ouvrit sa serviette, en sortit la revue à couverture verte.

« Qu'est-ce que c'est ? » demanda Wilson.

Devlin jeta un coup d'œil vers Coley.

« L'American Journal of Psychiatry. C'est l'équivalent de *Sports Illustrated* pour les psy.

— Sans blague. »

Elle ouvrit la revue et la posa devant Coley.

« C'est pour ça que je suis revenue. »

Coley regarda les pages, muet. Puis il leva les yeux sur elle.

Autour de ses lèvres, les muscles tremblaient.

Devlin sentit son cœur remonter dans sa gorge. Elle avala sa salive.

Toujours en la regardant, Coley sortit des lunettes à monture en acier de sa poche de chemise et les posa sur son nez. Puis il baissa les yeux, porta une main à sa tête et plongea ses doigts dans ses cheveux gris acier coupés court.

Sida et dépression dans une institution fermée :
étude pilote au pénitencier de Green River
par
Juliette Devlin Ray Klein Earl Coley

L'infirmier regarda longuement la revue sans rien dire. Puis ses épaules massives commencèrent à tressauter sous le coup de l'émotion. Brusquement, il arracha ses lunettes et se cacha les yeux derrière une main.

« Fils de pute, vous ne voyez pas quand un type a besoin d'un peu de tranquillité pour lire ? »

Wilson, ahuri, regarda Devlin. Il voulut parler, mais elle secoua la tête et fit un geste en direction de la porte. L'infirmier ne montrait toujours pas son visage. Le boxeur arriva dans le couloir. Quand Devlin le suivit, elle jeta un coup d'œil en arrière. Coley se cachait toujours derrière sa main gauche. La droite caressait régulièrement la page imprimée, comme si c'était un objet magnifique. Puis il baissa sa main et la regarda, les joues trempées de larmes. Ce moment s'étira, sans un mot, sans un geste. Devlin finit par sortir et refermer la porte.

« Qu'est-ce que c'était ? » demanda Wilson.

Elle le suivit au bout du couloir, encore incapable de parler normalement.

« C'est un article de recherche que nous avons écrit avec Klein.

— Il y a le nom de Coley, dedans ?

— Il est coauteur, oui. »

Wilson regarda en arrière.

« Je n'ai jamais eu mon nom qu'à la page des sports. C'est bien, ce que vous avez fait.

— Merci. »

Une fois de plus, elle fit l'immense effort de tout refouler. Devlin avait l'impression d'avoir vécu dix ans d'émotions en une seule journée, des émotions qu'elle n'avait encore jamais ressenties. Mais il fallait qu'elle les réprime, pour ne pas tomber en morceaux. Elle se tourna contre le mur, trouva la force, Dieu sait où, et réussit à se contenir.

Devlin sentait Wilson, dans son dos, qui hésitait à parler.

« Ça ne veut rien dire, quand il nous dit des trucs comme fils de pute, qu'il nous crie dessus, c'est juste… »

Elle se mit à rire.

« Je sais ce que ça veut dire. Excusez-moi. » Elle voulut arrêter de rire, mais eut peur de se mettre à pleurer. « Je suis seulement contente qu'il ait vu son nom. Avant… » Son rire s'arrêta. « Avant qu'il ne soit trop tard. »

Devlin s'écroula contre Wilson, posa sa tête sur son épaule. Le boxeur, se raidit, mal à l'aise. Elle le prit par les bras et l'attira contre elle.

« Serrez-moi fort. »

Hésitant, il passa un bras autour d'elle. Devlin sentit sa queue durcir contre son ventre, et au milieu de cette tempête émotive, elle trouva cela juste et leva les yeux vers lui.

« Je veux pas vous manquer de respect, dit-il. C'est juste que je n'y peux rien.

— C'est okay. Je suis contente. »

Wilson déglutit, ses yeux se posèrent brièvement sur les lèvres de la jeune femme.

« Venez », dit-elle.

Elle l'emmena au premier, vers la cachette de Coley, ouvrit la porte du mur comme l'infirmier le lui avait montré, alluma la lumière. Wilson regarda le matelas, hésita.

« Vous êtes sûre ?

— Si on meurt tous cette nuit, qui cela peut-il gêner ?

— Klein ? »

Elle fixa le plafond moisi en cherchant ses mots, puis le regarda au fond des yeux.

« Klein est l'homme le meilleur que j'aie jamais rencontré. »

Wilson battit des paupières, détourna son regard.

« Il n'en sait rien, mais je suis amoureuse de lui, et je prie Dieu, s'il existe, qu'il reste enfermé à l'abri de sa cellule jusqu'à ce que tout soit fini. Mais Klein n'est pas là. »

Il releva les yeux.

« S'il était au courant, je crois qu'il comprendrait, et je sais qu'il voudrait que ça se passe comme ça. » Elle s'interrompit pour reprendre son souffle, étonnée par la violence de ses propres sentiments, la chaleur de ses joues et l'intensité de sa voix. « Parce que c'est comme ça qu'il est. »

Elle vit les yeux de Wilson se voiler sous le coup de la jalousie et du soupçon, faillit poser une main sur ses lèvres pour le faire taire. Mais Devlin savait qu'il était obligé de le dire et qu'elle était obligée de l'entendre.

« C'est quoi, alors ? Vous voulez vous faire baiser par un nègre avant de mourir ? »

Elle eut un mouvement de retrait. C'était pire qu'elle

ne l'aurait cru. Devlin, pour la première fois, entrevit la cruauté qu'il devait nécessairement posséder au fond de lui pour avoir assommé trente-trois hommes sur un ring. Et bien que cette cruauté fût sans motif, elle lui pardonna, car elle en savait assez sur lui pour ne pas le juger uniquement là-dessus, et qu'elle aussi avait quelque chose à dire.

« Non, j'ai déjà baisé avec des nègres, comme vous dites. »

Wilson eut un rictus et se détourna pour s'en aller.

« J'aime Ray Klein et je ne vous aime pas, et ça ne changera rien. Je vous ai amené ici parce que vous êtes un homme qui le valez largement. »

Wilson s'immobilisa. Devlin regarda son dos. Au bout d'un moment ses épaules s'affaissèrent et il respira profondément.

« Je m'excuse. » Il reprit son souffle et lui fit face. « Je m'excuse. Je vous ai manqué de respect. Je me suis manqué de respect. J'ai manqué de respect envers mon peuple. C'est tout. »

Il repartit vers la porte.

« Les gens que nous voulions être sont ici même, dans ce bâtiment, dit-elle. N'est-ce pas ce que Coley veut dire quand il parle de « mes gens » ? Vous n'avez pas à vous qualifier. Vous n'avez même pas besoin d'être malade. »

Wilson s'appuya au chambranle et se plia en deux, étouffant une plainte. Devlin se précipita et le prit par le bras.

« Vous allez bien ?

— Ouais, hoqueta-t-il. Juste une crampe. Ça s'en va. » Il se redressa lentement. « Peut-être que Coley a raison aussi, de me traiter de femmelette. »

Devlin lui prit la main.

« Je ne pense pas. »

Elle le tira à l'intérieur.

« Venez avec moi. »

Une fois dans l'antre de Coley, elle le déshabilla et il se coucha sur le matelas moisi. Puis elle ôta ses vêtements pendant qu'il la regardait. Devlin n'avait jamais rien ressenti de tel. Elle ne se sentait ni fière, ni honteuse, ni timide. Elle ne se sentait pas non plus excitée, comme avec Klein le matin même, mais sexuelle d'une façon différente, comme si elle allait accomplir une sorte de rituel antique. Voir Wilson la regarder lui donnait le sentiment d'être désirée mais aussi honorée, estimée, l'impression qu'elle représentait plus et autre chose qu'elle-même. Elle s'agenouilla à cheval sur les cuisses de Wilson, prit sa queue en main et la serra. Elle était dure. Le boxeur gémit, ferma les yeux et s'écarta comme si c'était insupportable. Une perle de sperme apparut au bout du gland. Devlin comprit qu'il allait probablement jouir très vite, d'être resté si longtemps sans femme. Elle savait que sa sécurité était en jeu, mais le mot paraissait absurde, et elle voulait ardemment lui faire ce cadeau. De sa main libre, elle écarta les lèvres de son sexe et lentement, à cause de la blessure de Wilson, se laissa descendre sur lui. Les premiers centimètres la pénétrèrent, le blessé eut un sursaut et enfonça ses doigts dans le matelas.

« Doucement, doucement », dit-il.

Elle s'arrêta, sentant qu'elle mouillait, se releva un peu, le maintenant en place avec sa main, puis s'abaissa complètement. Wilson poussa un cri, se poussa en elle, lui prit la taille à deux mains pour aller plus loin, et soudain il se convulsa, se redressa presque, et elle le sentit jouir, jouir et encore jouir. Enserrant sa tête avec ses bras, Devlin l'attira entre ses seins. Une vague de tendresse la parcourut, elle crut que les spasmes de l'homme n'allaient jamais s'arrêter. Finalement il se ramollit et se laissa lentement retomber sur le matelas, les yeux fermés.

Devlin s'allongea contre lui, la tête sur sa poitrine. Elle se demandait ce qui se passait dans son esprit, s'il était déçu par elle, ou honteux d'avoir joui si vite. Wilson passa un bras sur ses épaules et la serra contre lui. Mais la pression augmenta, ses doigts s'enfoncèrent dans sa chair, elle prit peur. Puis elle se rendit compte, sans voir son visage, qu'il pleurait en silence pour qu'elle ne l'entende pas.

Elle garda le visage pressé contre son torse, ne dit rien, ne regarda pas son visage, se contentant d'être là, dans ses bras, et fit semblant de ne pas s'en apercevoir. Devlin s'étonnait de ce mystère et en même temps, au fond, le comprenait très bien, voyait ce qu'elle représentait pour ces hommes — Wilson, Coley, Klein —, ces corps et ces esprits torturés qui subissaient des souffrances et des terreurs extrêmes sans jamais les montrer, et qui s'écroulaient seulement en sa présence. Le sentiment de représenter autre chose qu'elle-même se renforça. Elle était plus que Devlin, plus qu'une femme. Elle était tout ce qu'ils regrettaient, tout ce qu'ils avaient manqué, tout ce qu'ils désiraient et qu'ils n'auraient pas. Elle était ce qu'il leur fallait pour en faire pleinement des hommes, pas seulement pour la baiser, même s'ils ne pouvaient pas la baiser pleinement, mais aussi pour la protéger, alors qu'ils ne pouvaient pas la protéger non plus, pour être forts, alors qu'ils étaient faibles, pour être fiers, alors qu'ils avaient honte, pour aimer, alors qu'ils vivaient dans la haine. C'était peut-être là, dans toute cette haine, qu'ils avaient le plus besoin d'elle. La haine la fit penser à Grauerholz, et elle comprit que lui aussi, dans le miroir obscur, le négatif de son esprit mauvais, avait besoin d'elle de la même façon. À cet instant elle ne le haïssait plus pour son désir de meurtre — puisque c'était entre lui et ceux qu'il voulait tuer — et elle ne craignait plus ce qu'il pourrait lui faire, car elle-même *était* ce qu'il pourrait lui faire, et désormais elle acceptait cet envers terrible de son identité comme elle en acceptait l'endroit. Si elle le pouvait, elle le tuerait, pour se sauver ainsi que les hommes, mais elle ne le haïrait plus, n'aurait plus peur de lui. Au moment de cette révélation, Devlin sentit brusquement qu'elle comprenait pour la première fois quelque chose au sujet des hommes, une chose impossible à évaluer scientifiquement, comme elle avait essayé de le faire, ni même à concevoir avec des paroles ou l'écriture. C'était quelque chose qui avait à voir avec ce qu'ils étaient et ce qu'elle était, l'un voyant l'autre en son entier et s'en contentant. Cela suffisait à combler le vide qui les séparait, du moins pour un moment. Elle avait enfin trouvé la réponse à la question de Galindez, à ses propres questions et à celles des autres, la raison qui lui avait fait choisir ce travail au pénitencier de Green River.

Elle avait trouvé ce qu'elle était venue chercher, en un instant qu'elle ne pourrait jamais expliquer à personne.

« Ça va ? demanda Wilson.

— Oui. Très bien.

— Je suppose qu'on devrait redescendre. »

Ils se rhabillèrent en hâte, sans se regarder. Devlin se rendit compte qu'elle n'avait pas embrassé Wilson une seule fois. Elle décida de ne pas se tracasser. En enjambant les solives pour sortir du réduit, elle croisa le regard du boxeur et lui sourit. Il secoua la tête, lui rendit son sourire.

« Coley disait que vous étiez un fils de pute. Je n'y croyais pas.

— Il dit aussi que vous êtes un connard.

— Je suppose que ça veut dire qu'il est malin. Merci, Devlin.

— Merci. »

Wilson la regarda, finit par comprendre qu'elle pensait ce qu'elle disait. Il hocha la tête, se retourna et passa par le trou.

« Et puis, bon Dieu, pourquoi Coley a-t-il fabriqué cet endroit ? »

En redescendant, Devlin lui expliqua le plan d'évasion que l'infirmier n'avait jamais eu l'occasion de mettre à l'épreuve. Wilson admit que ça aurait pu marcher. Quand ils arrivèrent dans le couloir, Deano Baines, un des malades du sida, sortait en boitillant de la salle Crockett.

« Vinnie Lopez dit qu'ils apportent du matériel à découper devant l'entrée. »

Devlin ouvrit la porte du bureau. Coley était encore assis à la table, avec ses lunettes, en train de lire la revue. Il ne leva pas la tête.

« Coley. »

L'infirmier posa le bout de son index sur sa phrase et la regarda.

« Ils ont fait deux — deux ! — fautes d'orthographe en troisième page ! Putain, ils se croient où ? Est-ce que ces enculés de la haute se rendent compte de ce qu'ils ont imprimé ?

— Grauerholz est revenu, dit-elle. Lopez dit qu'il a du matériel à découper. »

Coley referma la revue avec respect et la rangea dans le tiroir avant de se lever.

« On va voir ça. Pas question que ces tarés entrent ici avant que j'aie fini ma lecture. »

Son regard tomba sur l'entrejambe de la jeune femme, remonta vers ses yeux. Elle ne put pas s'empêcher de rougir. Coley jeta un regard noir à Wilson. Il remit ses lunettes et se leva. Devlin baissa les yeux, vit que trois boutons de sa braguette étaient ouverts. Pendant qu'elle refermait son pantalon, Coley passa lourdement sans la regarder et sortit. Choquée, elle jeta un coup d'œil à Wilson. Ils suivirent l'infirmier, passèrent la porte intérieure en bois, enjambèrent le tuyau d'incendie et s'arrêtèrent devant la porte blindée. Coley ouvrit le volet coulissant et se pencha pour y coller un œil.

« Merde », dit-il en se redressant.

Devlin, à son tour, se pencha. À l'autre bout du couloir, près de la grille en acier, Grauerholz surveillait deux de ses hommes qui tiraient près des barreaux un chariot portant deux cylindres métalliques. Un troisième portait un chalumeau relié aux cylindres par deux tuyaux. Grauerholz regarda le fond du couloir, l'œil gauche toujours fermé par la colle.

« C'est toi, Coley ? cria-t-il en souriant. On va couper cette grille, et ensuite on va te couper tes grosses couilles noires. »

Devlin referma le judas. Coley déverrouilla la porte. Wilson se posta près de la vanne d'incendie.

« Les tarés ont encore envie d'une douche, dit l'infirmier. Prête ? »

Elle ramassa le tuyau en évitant son regard. Une poignée fixée sur la lance contrôlait la pression du jet. Devlin coinça l'engin contre sa hanche, plus préoccupée par ce que l'infirmier pensait d'elle que par Grauerholz.

« Hé », dit Coley.

Elle s'efforça de le regarder.

« Ne faites pas trop gaffe à moi. C'est juste que je suis à l'ancienne mode.

— Okay.

— Okay. »

Il ouvrit la porte et franchit le seuil. Plus loin, un des hommes de Grauerholz allumait un briquet, l'autre lui présentait le bout du chalumeau. Une longue flamme jaune en sortit. L'homme la réduisit à un cône bleuâtre et rugissant long de trois doigts, abaissa des lunettes de soudeur devant ses yeux et s'accroupit près de la grille. Grauerholz regarda la lance à incendie que tenait Devlin, pressa son visage entre les barreaux et grimaça un sourire. Devlin se sentit mal à l'aise

« Allez-y », dit-elle à Wilson.

Le boxeur ouvrit la vanne. Au bout d'une seconde, un léger renflement courut lentement le long du tuyau. Rien à voir avec le serpent enragé de l'autre fois. Devlin tourna la poignée. Un jet d'eau inoffensif décrivit mollement une courbe, vint éclabousser le sol à un mètre de la grille.

« Surprise, pauvre enculés ! »

Grauerholz, excité, se tortillait contre les barreaux.

« Bon Dieu, dit Coley.

— C'est grand ouvert ! cria Wilson. Ça y est. »

Le jet d'eau se réduisit à un maigre filet qui fit une mare aux pieds de Devlin. Elle jeta un coup d'œil à l'infirmier.

« Rentrons », dit-il.

Devlin traîna le tuyau derrière la porte blindée, suivie par l'infirmier qui la claqua derrière lui et verrouilla la serrure.

« On est baisés, dit-il. Ils auront passé la grille dans dix minutes, et cette porte dans vingt-cinq minutes.

— On devrait commencer une barricade, dit Wilson. De l'autre côté. »

Il indiqua la porte en bois d'un geste du pouce.

« Non, dit Devlin. J'ai une meilleure idée. »

Les deux hommes se regardèrent.

« Quand la dame dit qu'elle a une meilleure idée, lança Coley, t'as intérêt à écouter, je te le dis.

— Frog, tu m'apprends rien que je sache déjà », dit Wilson.

Ils la regardèrent.

« Combien de bouteilles d'oxygène avons-nous ? » demanda-t-elle.

Coley haussa un sourcil et hocha la tête, pensif.

« Bon Dieu. On en a autant que vous voulez. »

XXVII

Les Frères jaillirent de l'obscurité et traversèrent l'espace désert sans faire plus de bruit qu'un virus. Il y avait deux groupes de cinq ou six types, des silhouettes obscures et denses, ombres parmi les ombres, mobiles et impénétrables dans les ténèbres mouvantes. À cinq mètres, Galindez prit une brique sur une palette et la lança parmi les têtes les plus proches. Il y eut un choc sourd, un gémissement, une forme tituba et tomba à genoux. Klein braquait sa lampe d'un groupe à l'autre, entrevoyant des visages noirs et coléreux, des hommes qu'on avait piétinés et brûlés sans pitié, assoiffés de vengeance contre tout ce qui avait la peau blanche et du sang dans les veines. Klein avait l'esprit brouillé par une impression confuse, proche de la panique. Il sortit le revolver de sa poche et le tint à la lumière.

« Personne n'a besoin de mourir ! » cria-t-il.

L'écho lui donnait une voix plus forte et menaçante qu'elle ne l'était vraiment.

« Il a un flingue ! »

Les groupes ralentirent et se dispersèrent, mais ne s'arrêtèrent pas. Il fallait qu'il tire ou qu'il se rende, et il ne voulait pas tirer. Cinq petites balles et six grands mecs. Après ça, il n'y aurait plus de quartier, aucune chance de trêve. Les dés seraient jetés et seuls les vainqueurs, couverts de sang, resteraient en vie. Au moment où son doigt se posa sur la détente, une grande main enveloppa son épaule.

« Passez par le Fleuve », dit Abbott.

La main le traîna en arrière, le retourna et le poussa vers les marches, au bout de la jetée. Klein, marchant en crabe, regarda derrière lui. Le géant propulsa Galindez à sa suite. Alors qu'il était resté caché par l'éclat de la lampe, Abbott était désormais silhouetté par le faisceau lumineux dans toute sa haute magnificence, et la casquette perchée de biais sur son énorme crâne en faisait le monstrueux roi des mendiants d'une débauche médiévale. Les Frères, le voyant pour la première fois, hésitèrent et se figèrent en demi-cercle.

« Bon Dieu.

— Putain. »

Abbott se pencha, prit une massette de maçon sur une palette, et leva les deux bras, un marteau dans chaque main.

« Soyez prévenus : le Fleuve est à moi. »

Sa voix résonna sur les parois gluantes du tunnel comme la rage d'une divinité païenne.

Les Frères oscillaient sur place, partagés entre l'attaque et la retraite. Klein descendit les marches en gardant sa torche braquée sur eux, de l'eau tiède jusqu'aux chevilles. Il trouva la marche suivante à tâtons, puis encore une autre, arriva au fond et s'avança vers le tunnel. Le liquide puant lui montait jusqu'aux genoux. Galindez était au milieu des marches. Klein entendit les jeunes détenus murmurer entre eux. L'un d'eux se jeta en avant, plié en deux. Une lame étincela. Le bras d'Abbott fouetta l'air et un craquement sec résonna dans les ténèbres. L'homme s'effondra sans un mot sur le sol.

« Le Fleuve est à moi. »

Klein sentit sa nuque se hérisser en entendant le tonnerre surgi de la poitrine du géant. Le demi-cercle des assaillants recula en marmonnant. Galindez dépassa Klein, s'engagea dans le tunnel, et Klein recula à sa suite. Il leva le revolver en espérant que les Frères pourraient le voir.

« Henry ! »

Abbott baissa lentement les bras, sembla regarder longuement ses ennemis. Brusquement, du moins les assaillants le crurent-ils, puisqu'ils firent tous ensemble un bond en arrière, le géant s'approcha des tas de matériaux. Il s'arrêta, enfonça les manches des marteaux dans sa ceinture. Aucun des jeunes Noirs ne fit un geste. Ils paraissaient tout aussi mystifiés que l'était Klein.

« Henry ! »

Abbott se baissa, prit un sac de ciment et le posa sur son épaule gauche aussi facilement qu'il aurait pu mettre sa casquette sur sa tête. Klein était sûr que le géant avait finalement perdu les pédales.

« Henry, bouge-toi le cul ! »

Sans hâte, Abbott tourna le dos à la bande et marcha vers la jetée, le sac en équilibre sur son épaule. Personne ne le suivit. Il descendit les marches et entra dans l'eau. Son visage ne trahissait aucune crainte et ses yeux, crut voir Klein, étaient pleins d'une lueur surnaturelle.

« Suivez-moi », dit le géant.

Il avança dans le tunnel, à peine gêné par la résistance de l'eau. Klein regarda en arrière. La bande se rassemblait en bordure de la jetée.

« On va te baiser ton cul blanc, fils de pute ! »

Le disque lumineux d'une lampe torche, incroyablement brillant après tout ce temps passé dans les ténèbres, le toucha en plein visage et l'aveugla. Une brique le toucha en pleine poitrine. Il tituba, poussa un grognement et glissa sur les briques gluantes du sol. Klein sentit ses jambes disparaître sous lui, dit adieu au point de non-retour, eut juste le temps de marmonner « Merde » avant qu'une eau fétide le recouvre et submerge son visage. Ferme ta putain de bouche. Ne respire pas. N'avale pas. Il roula sur lui-même, ses genoux et ses mains essayèrent de reprendre prise sur le fond glissant du bassin. Surtout n'ouvre pas la bouche. Ne respire pas. Des mains lui empoignèrent les bras, le tirèrent dans l'eau et le remirent sur pied. En sentant l'air sur son visage, il se mit à vomir à sec, de la salive et de l'acide gastrique qui lui brûlait la gorge. Les remous de l'eau, sous ses yeux, renvoyaient des reflets mouvants. Moitié porté, moitié poussé en avant, il pédala dans l'eau, recommença à marcher, toujours soutenu de chaque côté, secoua la tête pour chasser l'eau de ses yeux. Klein imagina un infect pot-pourri de micro-organismes malveillants qui dévoraient ses conjonctives. Ses cheveux emmêlés et poissés de déjections lui collaient au visage. Il s'efforça de respirer.

« Je suis okay », haleta-t-il.

Klein secoua les mains qui le soutenaient et avança en chancelant. La lampe était toujours dans sa main gauche, le revolver dans la droite. Il n'avait pas respiré, ni avalé l'eau pleine de merde, ce qu'il redoutait plus encore que la mort. Klein s'arrêta, se retourna. Ils avaient fait quelques mètres à l'intérieur du tunnel. Abbott et Galindez avaient les yeux sur lui. Le gardien paraissait inquiet, Abbott gardait sa sérénité apparente. Putain, qu'est-ce qui n'allait pas, chez ce type ? Klein avait l'impression d'être un imbécile, mais au moins c'était une approximation de normalité. Il remit le revolver dans sa poche, écarta les cheveux de son visage. Sa respiration se fit plus régulière. Il se redressa complètement, avec, espérait-il, un reste de dignité.

« Suivez-moi. »

Ils pataugèrent dans l'égout, passant régulièrement devant des alcôves où se nichaient des ampoules, toutes mortes, derrière un grillage. Il pensa à Dennis Terry et espéra que le vieil homme, pour sa mission au bloc C, avait plus de chance. Abbott, derrière lui, le sac toujours plié sur son épaule, se mit à fredonner d'une voix sépulcrale. L'air avait un caractère sacré, vaguement familier. Un hymne. Klein reconnaissait la mélodie sans pouvoir la nommer. Un vers surgit dans son esprit : « Est-ce que ces pieds, dans l'ancien temps... » Les mots collaient, mais il ne se rappelait rien d'autre. Il se demanda si le son portait loin, dans ces tunnels, mais ne dit pas au géant de se taire. Tout en pataugeant, Klein réfléchissait au changement intervenu chez Abbott depuis quelques heures. Les schizophrènes, soumis à des pressions trop fortes, tombent souvent dans une psychose aiguë. Sa manière de parler avait changé, était devenue plus fluide, peut-être même plus cohérente, à sa façon. Klein ne pouvait pas juger de ce qui passait pour de la logique dans l'univers parallèle du géant. Là où le Verbe régnait. Il se dit, avec un frisson dans le dos, que le Verbe était sur le point de prendre le pouvoir, et jeta un coup d'œil derrière lui. Abbott continuait à chantonner, les marteaux à se balancer à sa ceinture. Klein se rappela, inquiet, qu'on avait trouvé Abbott en train de chanter un hymne en regardant brûler les cadavres de sa femme, de sa mère et de ses enfants. Il ne doutait pas de l'affection et de l'estime que lui portait le géant, qui lui étaient précieuses. Mais, pensa-t-il, il en avait été de même pour sa famille. En arrivant à un croisement, il laissa volontiers Abbott se mettre en tête.

Au-dessus de leurs têtes se croisaient deux voûtes cylindriques. Le conduit où ils étaient se déversait dans un autre, nettement plus large, qui le coupait à angle droit et où le courant était plus rapide. En face, le prolongement de leur tunnel venait également s'y jeter. Klein espérait qu'ils ne devaient pas aller à contre-courant.

« De quel côté ? demanda-t-il.

— Vers l'ouest, dit Abbott.

— J'ai laissé ma boussole à la maison, répondit Klein. Je connais seulement le haut et le bas.

— Vers le bas, affirma Abbott.

— Écoutez », intervint Galindez.

Derrière eux, dans le tunnel, on entendait des voix, des bruits de pas dans l'eau. Klein ne s'en étonna pas. Les types qu'ils avaient mis en déroute étaient des Frères, des vétérans de la guerre des gangs dans les rues de L.M. et San Antonio, là où on était soumis impitoyablement au théorème sanglant « vie pour vie », comme à une loi mathématique. Ils n'allaient pas laisser trois blanchailles les humilier sans réagir.

« Après toi », dit Klein.

Abbott descendit dans le nouveau conduit. L'eau lui arrivait à mi-cuisse et Klein fit la grimace. Se tenant au mur pour garder l'équilibre, il sauta, enfonça jusqu'à la taille, mais ne glissa pas. Galindez le suivit. Un objet noir flotta vers lui, et Klein rentra le ventre pour le laisser passer, tout en s'accusant d'être trop délicat. Il était médecin, ça ne devrait pas le gêner, et il chassa de son esprit l'idée des microbes où baignaient ses parties génitales.

« On a une chance sur trois qu'ils nous manquent, dit Galindez.

— Non, affirma Abbott. Ils vont suivre le Fleuve, comme il se doit. »

Klein savait qu'il avait raison. Aller dans le sens du courant, c'était le choix le plus naturel. Le géant se mit en marche.

Un rebord large de vingt centimètres courait le long du tunnel, juste au-dessus du niveau de l'eau, où on voyait de-ci de-là courir des rats. Au contraire des microbes, qu'il ne pouvait qu'imaginer, les rats ne lui causaient aucun problème, ce qui le mit de meilleure humeur. Après tout, il était un dur. Le tunnel était plus long que le précédent, et Klein perdit tout sens de la distance et de la durée. Ils passèrent plusieurs carrefours, trois, quatre, cinq, avec chaque fois un déversoir à ce niveau, ce qui faisait monter le niveau et grandir la pression dans leur dos. Abbott avait dû rater un tournant, et le tunnel allait déboucher dans le golfe du Mexique. Ça ne pouvait pas être aussi loin. Quelle idée agréable : désolé, Devlin, désolé, les gars, mais on a préféré nager jusqu'à La Nouvelle-Orléans. Ou Vera Cruz. Ou Rio. Marcher était de plus en plus difficile. Il se mit à haleter, à transpirer abondamment, tout en clignant des yeux pour écarter l'ordure qui dégoulinait de son crâne et lui piquait les yeux. Devant eux, Abbott n'en avait que jusqu'à la taille et prenait de l'avance à chaque pas. Le géant, parfois, échappait au faisceau de la lampe, tenu au-dessus de l'eau d'une main peu assurée, et Klein avait peur que le Verbe n'ordonne à Henry de les abandonner, ou simplement de les oublier, et qu'ils se retrouvent seuls dans un putain de souterrain avec de la merde jusqu'au cou et une bande de Frères sur leurs talons. Il fut pris d'une claustrophobie intense, jeta un coup d'œil en arrière. Le visage grêlé, couvert de sueur de Galindez était à un mètre de lui. Sa claustrophobie diminua. Il ne mourrait pas seul. L'eau lui arrivait au milieu de la poitrine, et à chaque pas il se sentait faiblir, ayant d'autant plus de chances de glisser et de tomber. Il savait, cette fois, qu'il avalerait et inhalerait le liquide empoisonné, car il n'avait plus assez de souffle pour s'en empêcher. Derrière lui, il entendit crier, puis un corps tomber dans l'eau, puis plusieurs, puis de nouveau le silence. Les Frères gagnaient du terrain. Klein fouilla le tunnel avec sa torche.

Abbott avait disparu.

Doucement, s'ordonna-t-il à lui-même. Continue d'avancer. Tu es cool, comme mec. Garde un peu de fierté. C'est du gâteau. Ton père a fêté ses vingt ans à Guadalcanal avec le premier régiment des Marines, en attendant d'être évacué sous le feu ennemi, avec vingt centimètres d'acier japonais dans les tripes. C'est du gâteau. Son père était mort de deux paquets de Pall Mall par jour longtemps avant la condamnation de Klein. Il avait le sentiment que d'être en prison faisait peut-être honte à la mémoire de son père. Mais, même si c'était du gâteau, il espérait que ça comptait un peu pour quelqu'un. Peut-être pour son père, où qu'il pût être. Klein ne pouvait toujours pas voir Abbott, mais cela l'inquiétait moins.

Un nouveau tunnel apparut devant lui, sur la droite. En pataugeant vers le croisement, Klein entendit la voix bourdonnante du géant. Ce conduit, de même diamètre que le premier qu'ils avaient pris, était à plus d'un mètre de hauteur. Abbott était dans l'ouverture. Le tunnel, derrière lui, partait à un angle très prononcé. Klein lui passa la lampe, posa les mains sur le bord du tunnel et grimpa. Ses doigts plongèrent dans une sorte de gelée innommable. Il se mit à genoux et les frotta dans l'eau. Galindez grimpa à sa suite.

Klein reprit la torche et ils avancèrent péniblement, à contre-courant cette fois, derrière Abbott. Il n'y avait plus que vingt centimètres d'eau, et ils purent accélérer le pas ; en revanche, ils faisaient d'autant plus de bruit et ce bruit était amplifié par la voûte.

« Ils sont toujours là », dit Galindez au bout d'un moment.

Abbott s'arrêta. Le faisceau de la torche tomba sur un

trou dans le mur, large de plus d'un mètre. Abbott laissa glisser son sac de ciment et le posa au bord du trou.

« C'est ici, dit-il. C'est ici que prend fin le Fleuve. »

Klein éclaira le dernier tunnel, qui s'élevait à un angle de quarante-cinq degrés. La paroi cylindrique était lisse, et le fond couvert d'une boue marron. Malgré la lampe, on n'en voyait pas le bout.

« Tu blagues, dit Klein.

— Ce tunnel vous amènera sous une plaque donnant dans la cave de l'infirmerie. Il fait trente mètres de long. »

Klein s'était cru claustrophobe, mais ce n'était rien à côté de ce qu'il ressentait.

« C'est foutrement trop raide, et plein de vase. On n'y arrivera jamais.

— Il le faudra. Ce tunnel-ci s'arrête aux remparts. »

Abbott tendit le bras. Klein braqua sa lampe. Dans le lointain, on distinguait à peine des gros barreaux en acier scellés dans un mur de granit. L'eau coulait à travers la grille. Il fallait revenir en arrière, vers les Frères, ou escalader le tunnel en pente.

Les bruits d'éclaboussures se rapprochaient. Le géant sortit la massette de sa ceinture, et, en quelques coups, fendit le sac de ciment par le milieu. Prenant un bout du sac dans chaque main, il le déchira d'un coup et projeta les deux moitiés vers le haut, dans le nouveau tunnel. Puis il prit Klein par l'épaule et approcha son visage tout près du sien.

Klein avait observé les yeux d'Abbott de plus près qu'aucun autre, sauf ceux de ses maîtresses. Devant leur opacité constante, son imagination s'était épuisée à échafauder des hypothèses, et ces yeux n'avaient jamais varié. Maintenant, dans la lueur de la torche, les yeux d'Abbott brillaient d'une intelligence extraordinaire et pénétrante, d'une puissance intérieure sans limites et ignorant la peur, au-delà du bien et du mal. Un frisson secoua Klein de haut en bas. Il avait la bouche trop sèche pour pouvoir avaler sa salive.

Abbott était devenu le Verbe.

Et Klein croisait le regard de Dieu.

La divinité préreligieuse, le souverain du vaste univers

comprenant les cellules et les molécules, les instincts et les impulsions du cerveau humain, était penché vers lui, avait franchi le gouffre entre l'homme et Dieu. Abbott était devenu le Verbe.

« Écoutez, dit le Verbe. Vous allez ramper en haut du tunnel. Le ciment vous donnera une prise. Vous allez ramper en haut du tunnel. Et vous allez faire ce que vous êtes venus faire. De même que moi, ici, je vais faire ce que j'ai à faire. Vous m'entendez ? »

Klein, incapable de parler, hocha la tête. Abbott le lâcha et se tourna vers Galindez, qui regardait le trou.

« Je suis le plus petit. Je passe le premier. »

Les bruits de la bande des Frères se rapprochaient. La première lueur de leur lampe troua l'obscurité. Galindez grimpa dans l'ouverture, poussa une des moitiés de sac devant lui et se mit à ramper. Klein se tourna vers le géant. Il sentit soudain comme un étau lui broyer la poitrine.

« Alors, vous ne venez pas.

— Ils sont nombreux et je suis seul. Mais le Fleuve est à moi.

— Vous allez me manquer, bon Dieu, dit Klein.

— Klein. »

C'était la première fois qu'il l'appelait autrement que « docteur ».

« Pas un homme ne vous a plus aimé que moi », dit Abbott.

Klein aurait voulu détourner le regard, mais les yeux incandescents étaient rivés aux siens.

« Pas un homme n'a jamais eu de meilleur ami. Vous êtes venu à moi quand j'étais au fond, et vous êtes resté. Vous m'avez guéri. »

Klein sentit les doigts du géant entourer sa main et la serrer. Incapable d'ouvrir la bouche, il étreignit la main d'Abbott comme pour ne jamais la lâcher.

« Rappelez-vous, dit Abbott. Toujours. »

Klein avait la gorge nouée.

« Toujours », répéta-t-il.

Le géant sourit, et Klein se rendit compte que c'était la première fois. Jusqu'alors, il n'avait jamais vu de sourire sur ce visage lisse comme du marbre. Son cœur parut se fendre en mille morceaux. Abbott hocha la tête, comme s'il savait ce qui se passait en lui.

« Maintenant, allez. »

Il y eut des cris de triomphe, dans le tunnel, et un rayon de lumière dansa sur le visage du géant. On entendit un vague sifflement, un choc mou, et Abbott cligna des yeux. Klein vit le manche d'un tournevis qui vibrait sur la poitrine du géant. Abbott baissa les yeux, arracha la lame et la jeta dans l'eau. Puis il sortit le marteau de sa ceinture, se mit au milieu du tunnel et se tourna vers Klein, qui vit une dernière fois le regard de Dieu. Ils se saluèrent d'un signe de tête, puis Klein empocha sa lampe et grimpa dans le conduit.

Pendant le premier mètre de l'escalade, Klein se souvint qu'il s'était demandé à quoi ressemblerait la foudre divine sortant de la poitrine d'Abbott, s'il devait incarner un jour le Dieu qu'il était ? Un barrage de cris et de défis indistincts lui parvenait d'en bas. Les Frères venaient se faire payer leur dette. Il résista à l'envie de redescendre, se répéta qu'il fallait continuer, rejoindre Devlin et l'infirmier.

Puis un autre son, vaste et vibrant, secoua le granit qui soutenait son dos.

« *Un.* »

Ce mot fut suivi d'un bruit sourd et d'un cri de douleur. Klein frissonna, poussa le sac et rampa vers le haut. Galindez avait saupoudré de ciment les briques gluantes, laissant derrière lui une sorte de boue sableuse. Klein se débattait pour trouver le moyen d'avancer. Il faisait vingt kilos de plus que Galindez, et maintenant le gardien avait vingt mètres d'avance. La torche passée à sa ceinture lui rentrait dans les côtes et le bas-ventre. Il se tortilla pour se mettre sur le dos, plia les jambes et poussa. Ses talons glissèrent sous ses fesses. Il avait à peine gagné deux mètres. Klein maudit les maçons qui avaient si bien travaillé.

« *Deux !* » gronda Abbott.

Un autre hurlement résonna dans le conduit. Ce truc du ciment ne marchait pas. Il appuya les semelles de ses baskets et les paumes de ses mains contre les parois cylindriques, là où les briques étaient sèches, et poussa. Son cul monta de vingt centimètres dans la vase. Encore. Vingt centimètres. Il poussa, glissa, poussa, glissa.

« Trois ! »

Ce putain de sac de ciment était coincé derrière ses reins. Il souleva les fesses, poussa, s'assit sur le sac, poussa encore. Klein se souvint des alpinistes qui mettaient du talc, tendit le bras entre ses jambes, prit du ciment dans le creux de la main, puis se frotta les paumes pour sécher la boue et la sueur. Avec une autre poignée, il se frotta le ventre. En bas, il y eut un brouhaha de cris et de coups, puis un grand bruit d'éclaboussement suivi d'un hurlement collectif et triomphal.

Klein comprit qu'Abbott était tombé.

Dans sa tête, il vit les Frères, à dix contre un, s'acharner sur le géant, le déchiqueter avec leurs rasoirs et leurs lames. Puis il entendit des frottements mêlés de halètements, et le bruit du combat fut assourdi.

Il y avait quelqu'un dans le conduit.

Sa première idée fut de lui chier dessus. Ce serait facile. Son corps était maintenu par la pression de ses quatre membres sur les parois du cylindre. Il libéra une main, dégagea sa lampe. Soudain un cri lui échappa, une douleur perçante lui brûla la cheville. Puis une autre, atroce, qui toucha l'os. Il alluma la torche. Sous ses pieds, un jeune visage noir grimaça dans la lumière. Le type avait un tournevis et le lui avait planté dans la jambe. Klein pensa au revolver. Lui faire sauter sa putain de gueule. Mais il avait déjà la lampe, impossible de lâcher l'autre main. Le Frère leva son arme pour le frapper à nouveau. Klein retira sa jambe. Son talon se cogna au sac de ciment. Sans réfléchir, il le poussa avec la lampe, lui fit faire un demi-tour. Plus bas, le type ouvrit les yeux pour mieux viser. Klein donna un grand coup de pied dans le sac, qui fila vers le bas et fit exploser un nuage de poudre grise dans les yeux, la bouche et les narines du jeune homme. Le visage disparut. La poussière monta vers Klein, qui se mit à tousser. En dessous de lui, pris par la panique, le type se tordait, s'étouffait. Soudain, avec un cri étranglé, les ongles raclant la brique, il fut tiré vers le bas. L'ouverture du conduit fut à nouveau visible. Le Frère s'accrocha au bord, le visage rendu spectral par le ciment, aveugle et terrifié. Un marteau tenu par un poing énorme et taché de sang se leva et s'abaissa.

« *Quatre !* »

Le jeune homme s'écroula sans vie au bord du conduit. Au bout d'un moment, des sillons rouges venus de son crâne fracassé creusèrent les joues poudrées de gris.

Klein enfonça sa torche encore allumée dans son pantalon. Une faible lueur, vaguement réconfortante, traversa le tissu usé. Il reprit son ascension alternée du conduit. Les bruits de lutte s'éloignèrent, il trouva son rythme et sa technique s'améliora. À chaque poussée de ses mains et de ses pieds, il avançait maintenant de trente centimètres. Son esprit zappa sur un poème de Robert Burns « *Trente centimètres pour faire plaisir à la dame.* » Même dans ce tunnel puant, il ne put s'empêcher de sourire. Devlin devrait se contenter de moins que ça. Surtout après avoir pris toute cette peine pour le lui apporter. Il tua le temps en divisant cent mètres par trente centimètres. Cela donnait trois cent trente-trois, avec un reste de zéro trente-trois. Il ne put s'empêcher de renvoyer les arrière-pensées de cette statistique à la dame de Robert Burns. Cent vingt poussées bien sanguines, disons cent trente, et la dame aurait joui d'une queue de cent mètres. Klein gloussa, un peu hystérique. C'était mieux que de s'abandonner à la claustrophobie teintée de panique qui devait mijoter dans ses entrailles. Il continuait à pousser. C'est donc ça que ressent un spermatozoïde, pensa-t-il, dans son ascension de la trompe de Fallope. Or ce salopard de Galindez était passé avant lui. Et si c'était une trompe, la prison était un vagin et un utérus. Il fallait que quelqu'un se soit fait baiser pour qu'il soit là. Il pensa à son ex-maîtresse, qui était morte, et la métaphore n'eut plus rien d'amusant. Klein s'aperçut que les paumes de ses mains saignaient, s'arrêta et les frotta avec le ciment entassé sur son ventre. Ses mains ne lui faisaient pas mal, non plus que ses blessures à la cheville et au mollet. Trop d'adrénaline dans son système. Il avait de plus en plus de mal à respirer. La bataille, si elle durait encore, était très loin de lui. Il n'entendait plus que les sifflements et les crachotements de ses poumons, renvoyés dans ses oreilles par les parois du conduit. La soif le dévorait, et empira encore lorsqu'il s'en rendit compte. Il n'avait rien bu depuis le bloc D et n'avait pas arrêté de transpirer. Des crampes tordaient ses chevilles, ses avant-bras et son torse. La fatigue lui brûlait les muscles. Il se mit à prendre cinq secondes de repos entre chaque poussée. Car s'il lâchait prise et commençait à glisser en arrière, il ne voyait pas comment il pourrait s'empêcher de retomber. Pense plutôt à la dame, se dit-il, pense à la dame.

Klein sentit un souffle lui effleurer la nuque. Souffle était peut-être un mot trop fort. Un courant d'air un peu moins fétide que celui qu'il avait pris l'habitude de respirer. Il s'arrêta, s'arc-bouta et tendit le cou.

« Galindez ! »

Au bout de quelques secondes, une voix creuse, déformée, lui parvint. Elle était étonnamment sonore, peut-être même assez proche.

« Qu'est-ce que tu foutais, Klein ? Tu as fait un pompier à Abbott dès que j'ai eu le dos tourné ?

— Crève, sale Mex de merde, beugla-t-il en retour, soudain euphorique. Je me réservais pour toi. »

Il eut un rire dément, et soudain son pied glissa. Ses fesses commencèrent à descendre. Son autre pied tressauta sur la brique. Ses tripes étaient déjà au fond du tunnel. Il se brisa les ongles contre la paroi. Et la rage le prit.

« Merde ! »

De toutes ses forces, il plaqua son épaule et son dos contre le mur, poussa d'une main, réussit à remettre ses pieds en place. Une fois en sécurité, il reprit son souffle.

« T'es okay, Klein ?

— Va te faire foutre. »

Il se saupoudra les mains une dernière fois, en colère, et reprit son ascension. Après une douzaine de poussées, il sentit les mains du gardien saisir le col trempé de sueur de sa chemise. Ses mains trouvèrent le rebord et il se hissa hors du conduit. Assis au bord du trou, les mains sur la poitrine, haletant et les yeux fermés, une immense faiblesse secoua tout son corps et se retira, le laissant épuisé. Il se mit sur ses pieds et sortit sa lampe. Ils se trouvaient dans une sorte de fosse en brique. De tous les côtés, le sol penchait vers le tunnel qu'ils venaient de quitter. Des tuyaux sortaient du mur, à différents niveaux, prêts à déverser un torrent de déjections dès que quelqu'un actionnerait une chasse d'eau. Des barreaux en fer scellés dans un mur montaient vers une plaque de fonte.

Klein jeta un coup d'œil au tunnel, puis regarda Galindez.

« Content que ce truc soit fini.

— Moi aussi, mais j'ai vu pire.

— Ah oui ? » Klein serra les dents, eut un sourire genre pour-qui-tu-te-prends-mec ? « Comment se fait-il que tous ceux que je rencontre dans ce putain d'endroit ont toujours connu pire que moi ? Chaque putain de mec. C'est la pire journée de ma putain de vie. Je n'ai jamais connu personne dans le monde entier qui ait vécu un truc aussi dur. Mais non, il faut que j'arrive dans un putain de chiotte avec un type — un putain de maton, en plus — qui a vu pire. Bon Dieu, j'ai vraiment l'impression d'être un con. »

Ce discours, bizarrement, le remit en pleine forme. Il sourit.

« Je regrette que vous ayez cette impression, dit Galindez. Et Crawford, ou Bialmann ? Ils se la coulent douce.

— Bialmann est mort et Crawford, s'il survit, va perdre une jambe.

— Hum. J'vois personne d'autre. Ça doit faire de vous le type le plus heureux de toute la boîte. Vous avez même eu votre conditionnelle.

— Ouais. J'ai même eu ça. »

Klein dirigea la torche vers les barreaux métalliques.

« Après vous », dit-il.

Galindez monta l'échelle, souleva le couvercle en fonte, rampa dans une obscurité béante et disparut. Klein regarda une dernière fois le tunnel et dédia une prière à Abbott. Ensuite il grimpa et passa la tête par le trou. C'est à ce moment qu'il pensa qu'ils avaient réussi.

Ils étaient dans l'infirmerie.

XXVIII

Reuben Wilson s'écarta du judas et appela Devlin.

« Ils ont franchi la grille. »

Elle était en train de rouler en biais une bouteille d'oxygène vers la porte en bois, quand elle leva les yeux et vit un visage borgne et ricanant apparaître dans le judas.

« Attention ! » cria-t-elle.

Un jet de liquide corrosif jaillit par l'ouverture. Reuben eut le réflexe de se protéger les yeux, mais l'acide inonda tout un côté de son visage et de son cou.

« Merde, mec. » Il chercha autour de lui de quoi s'essuyer.

« Va te mettre sous l'eau courante, tout de suite, et longtemps, dit Devlin. Au dispensaire. »

Wilson se mit à courir : l'acide commençait à mordre. Devlin posa l'oxygène par terre, près de la porte blindée. Sous ses yeux, une tache gris bleu apparut sur la plaque d'acier à quelques centimètres de la serrure. Grauerholz et ses hommes avaient déjà découpé la grille et s'apprêtaient à forcer le dernier obstacle sérieux qui les séparait des assiégés. Après, pour les protéger, il ne resterait qu'une porte en bois. Elle refusa d'y penser. La tache s'agrandit, devint plus claire, le centre se mit à rougir, et un trou noir apparut en crachotant des gouttes de métal fondu qui se solidifiaient en refroidissant. Coley arriva derrière elle avec une deuxième bouteille d'oxygène.

« Celle-là n'est qu'à moitié pleine. »

Il dévissa le manomètre. Un fracas de verre brisé et un chœur terrifié leur parvinrent de la salle Crockett. Elle regarda Coley.

« Ils se servent de cette merde de poutrelle pour enfoncer les fenêtres, comme ça ils nous occupent aux deux bouts. »

Le fracas se répéta. Coley jeta le manomètre par terre, posa la bouteille à côté de la première et sortit de sa poche une clef plate.

« Vous êtes sûre que ça va marcher ?

— Ça va marcher, répondit Devlin. On va peut-être se tuer en même temps, mais ça va marcher. J'ai besoin de la clef du placard. »

L'infirmier prit son trousseau, en retira une clef qu'il contempla avec regret avant de la donner à la jeune femme. L'odeur de l'acier brûlé arrivait à leurs narines. Le trou dans la porte faisait trois centimètres de long.

« Attendez que je revienne », dit-elle.

En allant au dispensaire, elle s'assura que toutes les portes du couloir, celle de la salle TV, des salles de bains et des magasins, étaient bien fermées. Wilson était devant l'évier, la tête dégoulinante, mais le robinet ne coulait pas.

« J'ai dit beaucoup d'eau.

— On nous a coupés, vous vous rappelez ? Il n'en restait qu'un demi-litre.

— Vous avez une idée de ce qu'il a lancé ? demanda-t-elle.

— Ça sent l'acide de batterie. Ça brûle pareil, aussi. »

Devlin trouva dans un placard un flacon de bicarbonate de sodium en solution, et l'ouvrit. Il y avait des plaques de boutons et d'ampoules sur la joue, le cou et l'épaule de Wilson. Elle le fit asseoir et versa le liquide sur les brûlures pour neutraliser l'acide.

« Ça fait mal ? »

Il haussa les épaules.

« Ça va bien. »

Le vacarme d'autres destructions venait toujours de la salle. Vinnie Lopez entra en titubant dans le dispensaire.

Son regard tomba sur les scalpels posés sur l'établi. Il alla en prendre un, les yeux brillant d'excitation.

« Comment tu vas, mec ? demanda-t-il à Wilson.

— Pas mal du tout. »

Lopez montra son scalpel.

« J'en veux un, c'est tout, mec. Un de ces putains de grands barbus. Ils passent leur putain de tête par la fenêtre, putain, y existent plus, mec.

— On m'a toujours dit que t'avais les yeux plus grands que le ventre, Vinnie. »

Lopez resserra son pantalon sur sa taille de squelette.

« Les deux putains de barbus sont morts, alors. »

Il repartit. Devlin alla ouvrir le placard fermé avec un cadenas. Elle en sortit avec précautions le grand flacon d'éther de Coley, et vérifia l'étiquette — (C_2H_5) 20. Wilson se leva et s'approcha.

« La guerre chimique, hein, doc ?

— Si vous voulez leur lancer des rouleaux de papier cul, allez-y.

— C'est quoi, ce truc ?

— De l'éther. C'est un anesthésique, distillé à partir d'alcool et d'acide sulfurique, si je me souviens bien.

— Ça va les endormir, alors ?

— Non. C'est très volatil, ça se change en gaz au contact de l'air. Combiné avec de l'oxygène pur, ça donne un mélange explosif. »

Elle regarda le flacon, se rendit compte qu'elle préparait quelque chose d'horrible. Ce n'était pas pour ça qu'elle avait suivi les cours de chimie à la faculté de médecine.

Wilson devina ce qu'elle pensait.

« Eux aussi pourraient nous lancer du papier cul. C'est pas ce qu'ils font. »

Elle hocha la tête.

« On y va. »

Dans le couloir, la flamme du chalumeau avait cinq centimètres à couper pour détacher la serrure de la porte.

« Allez-y », dit-elle à Coley.

L'infirmier s'accroupit près des bouteilles avec sa clef et ouvrit la première bouteille. Un sifflement bruyant couvrit le bruit du chalumeau. Le métal porté au rouge devint orange vif. Coley s'attaqua à la deuxième bouteille.

« La porte s'ouvre vers eux, c'est ça ? demanda Devlin.

— C'est ça. »

La clef fit un quart de tour. Un jet d'oxygène pur jaillit dans l'espace restreint du couloir.

« Allez-y et attendez-moi. Quand je sortirai, claquez la porte le plus vite possible.

— Les voilà », dit Coley.

C'était parti. La grille tressautait, secouée par des mains impatientes. Le dernier centimètre d'acier se vaporisa. Coley recula et ferma presque entièrement la porte derrière Devlin. Elle resta seule avec les bouteilles qui sifflaient et la grille qui branlait. De l'autre côté, il y avait des hommes qui la violeraient et tueraient ses amis. Souviens-t'en, se dit-elle. Personne ne les a invités. Elle leva le gros flacon d'éther à deux mains au-dessus de sa tête. Ça ne collait pas. Elle prit alors la position du lanceur de poids, la base du flacon dans sa paume droite, elle-même tout près de son épaule. C'était mieux. Son ventre était noué au point qu'elle pouvait à peine respirer. Elle jeta un coup d'œil par-dessus son épaule, vers la porte en bois qui contenait l'oxygène. Elle était à peine entrouverte.

La grille en acier s'ouvrit d'un coup. Devlin mit tout son poids derrière le flacon, le lança au bout du couloir, puis bondit en arrière. Quand la porte s'ouvrit, elle perdit l'équilibre et faillit tomber.

À l'autre bout, un homme accroupi, un chalumeau à la main, regardait le flacon en verre marron qui arrivait sur lui.

Au moment où elle tombait, des bras saisirent Devlin et lui firent franchir le seuil à reculons. Quand Wilson claqua la lourde porte en bois, elle eut le temps d'entrevoir le flacon d'éther se briser contre les bouteilles d'oxygène.

Il y eut une explosion prodigieuse, deux en fait, l'une se mêlant à la suivante, d'abord un grondement brutal et massif, puis un bruit plus sec et plus aigu. L'épais panneau de chêne trembla dans ses gonds sous la force du souffle. Puis ce fut le silence complet. Coley remit Devlin sur pied. Elle s'efforça de ne pas vomir.

« Okay ? » dit-il.

Elle hocha la tête en regardant la porte.

« Ouvrez », dit-elle à Wilson au bout d'un moment, d'une voix rauque. Wilson tira les battants vers lui.

Le couloir, jusqu'à la grille, semblait sans vie. La première explosion, d'éther et d'oxygène, avait entraîné la seconde, les bouteilles du chalumeau. Quatre corps, brûlés instantanément par les gaz en combustion et déchiquetés par des fragments de métal, étaient en tas l'un sur l'autre. Un cinquième avait été écrasé contre la grille par le chariot du chalumeau, projeté par l'explosion.

Devlin sentit ses lèvres trembler, les couvrit du dos de la main, sentit aussi dans son dos les regards de Wilson et de Coley, mais ne se retourna pas. Elle était contente que Grauerholz et ses tarés soient morts, contente d'avoir massacré ces ordures. Mais elle ne voulait pas que les deux hommes puissent le lire sur son visage. Brusquement, elle eut honte d'elle-même, et sa joie disparut. Au moins, pensa-t-elle, c'était fini. Maintenant, sans Grauerholz pour les aiguillonner, les autres allaient peut-être abandonner. La grille sans serrure s'entrouvrit en grinçant. Un instant plus tard, une forme dépenaillée rampa derrière la porte.

C'était Grauerholz.

Des restes de cheveux brûlés collaient à son crâne, ses vêtements en lambeaux laissaient sa peau à vif. Il n'avait plus de main droite. La forme se redressa à demi, tomba contre le mur où elle laissa des traînées de sang.

« Hec ! »

Horace et Bubba Tolson apparurent au bout du couloir, bouche bée devant le carnage. Ils franchirent prudemment la grille et enjambèrent les corps pour rejoindre Grauerholz.

Wilson se mit à la hauteur de Devlin.

« Si vous en voulez encore, pauvres tarés, on a ce qu'il faut. »

Grauerholz leva lentement la tête vers eux. Son œil

unique était toujours aussi brillant. Sa bouche s'ouvrit, mais aucun son ne sortit de ses lèvres craquelées. Il tituba, leva le moignon sanglant de son bras qu'il pointa vers Devlin, la fixant droit dans les yeux comme un obsédé, et elle comprit qu'après tout ce n'était pas fini : qu'il ne laisserait pas les autres abandonner avant qu'elle ne soit morte. Les Tolson s'emparèrent de Grauerholz avec toute la douceur dont ils étaient capables et l'entraînèrent vers la cour.

« Ce connard va revenir », dit Wilson.

Elle s'approcha des corps.

« Où allez-vous ? » demanda-t-il.

Coley, qui avait compris, la suivit. Ils inspectèrent ensemble les cinq victimes. L'homme écrasé contre la grille et un autre étaient inconscients, mais encore vivants. Ils les traînèrent à l'intérieur, et Wilson ferma la porte à clef.

« Combien de temps avant qu'ils reviennent, croyez-vous ? demanda-t-il.

— Tu devrais connaître ces salopards mieux que moi, gronda Coley. Dis-moi.

— Grauerholz est en état de choc, dit Devlin, il est brûlé et il saigne. Même lui aura besoin qu'on s'occupe de lui, qu'on calme la douleur. Peut-être ne sera-t-il pas en état de revenir. »

Wilson et Coley la regardèrent d'un air dubitatif.

« S'il est capable de venir frapper à cette porte d'ici deux heures, je lui ouvrirai moi-même.

— Tu vois, Frog, c'est okay, dit sèchement Wilson. Hec ne va pas être là avant au moins deux heures.

— Y a une chose pour laquelle je te dis merci.

— C'est quoi ?

— Que tu aies essayé de devenir boxeur, pas comédien. »

L'infirmier fit un clin d'œil à Devlin et rentra dans la salle Crockett.

« Essayé ? Putain, qu'est-ce que tu veux dire ? Essayé ? »

Dans la salle, deux fenêtres en verre renforcé avaient été brisées, mais l'attaque était terminée. Ils allongèrent les deux blessés par terre. Vinnie Lopez proposa de leur trancher la gorge, mais Wilson lui dit que ce serait de la triche. Quand Devlin s'agenouilla pour les examiner, une odeur infecte lui remplit le nez. Elle leva les yeux. Wilson et Lopez, eux aussi, fronçaient les narines. Elle se retourna.

Une silhouette grotesque, debout dans une mare d'eau puante, saignant de partout et couverte d'une boue malodorante, était dans la porte. Galindez était derrière, pas aussi mouillé que Klein, mais tout aussi sale.

« Salut, dit Klein. Quelqu'un sait combien les Knicks ont fait ? »

Le ventre de Devlin se serra. Elle était assaillie par trop d'émotions contradictoires pour réussir à parler. Les autres restaient bouche bée, mais Lopez traversa la pièce, fier de montrer au médecin qu'il pouvait se tenir debout.

« Ils ont perdu. Comment tu vas, mec ? »

Il serra la main de Klein, qui lui grimaça un sourire. Quand il adressa ce sourire à Devlin, elle sentit son cœur fondre, s'approcha et l'embrassa sur la bouche.

« Hé. » Il recula. « Je suis plein de merde.

— Je n'en ai rien à foutre. »

Elle se jeta à son cou en essayant de ne pas pleurer, et entendit Klein s'adresser à Lopez par-dessus son épaule.

« C'est quoi, le score ?

— Quatre-vingt-treize pour les Lakers, quatre-vingt-huit pour les Knicks. »

Klein repoussa sa tête pour la regarder, vit les larmes qu'elle retenait et sourit.

« Bon Dieu. Ça doit être mon jour de chance. Voilà que j'ai gagné deux caleçons de chez Calvin le jour où j'en ai vraiment besoin. »

XXIX

Klein, en apprenant que l'eau était coupée, fit la grimace. Les gens resteraient à dix mètres de lui à cause de l'odeur. Après qu'il eut ruminé cette idée déplaisante le temps d'avaler un litre du mauvais soda de la prison, Frog lui rappela que les douches étaient alimentées par un réservoir d'eau chaude à l'ancienne. Sur ce, il fit un énorme rot et traîna Galindez vers la salle de douches.

Klein resta longuement sous le jet d'eau, les yeux fermés, appuyé au mur. Quand le plus gros de la saleté eut disparu, il se frotta avec un savon liquide antiseptique du haut en bas, se rinça et recommença. Il répéta trois fois l'opération. Chaque fois, il découvrit de nouvelles écorchures ou meurtrissures. Les seules qui le tracassaient étaient les trois coups de couteau à l'intérieur de son mollet et de sa cheville. Les bords avaient déjà pris une rougeur malsaine, ils devaient être infectés par un cocktail méphitique d'animalcules répugnants auxquels il préférait ne pas penser. Klein espérait seulement que la lame ne lui avait pas flanqué une poliomyélite osseuse. Après s'être lavé, il avalerait une poignée d'antibiotiques.

Dans la salle voisine, Galindez sortit de la douche, s'essuya et s'en alla. Klein ne bougea pas. Il se demanda, avec espoir, si Devlin n'allait pas lui rendre visite. Cette idée provoqua une érection, et il se lava le cul et les parties génitales une quatrième fois, pour être sûr. Un homme, après tout, ne sait jamais quand il va avoir sa chance. Il fit gicler un jet de savon dans sa bouche et se frotta les dents avec un doigt. Après l'eau d'égout, ça avait presque bon goût — artificiel, chimique, fait de main d'homme, propre. Il avait avalé assez de produits organiques pour le restant de ses jours. Meilleur que le soda, même. Klein se mit sous la douche, bouche ouverte, pour se rincer. Il se sentait bien. Une claque sur son ventre rendit un son plein, satisfaisant. Il était un bel homme, par Dieu, et il était vivant. Devlin avait de la chance, putain. Il se demandait ce qui la retenait. S'occuper des blessés, c'était bien beau, mais pourquoi ne pas fêter le retour du héros ? Magnanime, il admettait qu'ils avaient fait du sacré beau boulot en soutenant leur siège, jusqu'ici. Mais il ne restait qu'une seule porte, les fenêtres étaient presque enfoncées, et il n'y avait plus que le guerrier shotokan entre eux et le néant. Et Galindez. Mais Galindez était un gardien, et c'était son putain de travail, alors il ne comptait pas vraiment.

Il y avait des fois, pensa Klein, où il regrettait d'être un imbécile, et d'autres où cela lui procurait un certain plaisir. C'était le cas à cet instant. Il entendit la porte s'ouvrir, cachée par le rideau de la douche, et faillit siffloter, mais le seul air qui lui vint était celui de Doris Day. Il s'abstint.

« Klein ? »

C'était sa voix. Il fut pris d'indécision. Devait-il écarter le rideau d'une main et surgir avec un sourire sardonique ? Le souvenir d'un million de films de troisième ordre traversa son esprit. Un peu de style, mec. Sois cool. Il toussa, baissa la voix.

« Ouais ?

— Il faut qu'on parle. »

Rares étaient les mots capables de le terroriser à ce point, lui ou n'importe quel homme, supposait-il, lorsqu'ils venaient d'une femme qu'il désirait. Son érection se flétrit aussitôt. Comme si c'était un signe, la douche, au-dessus de sa tête, crachota quelques gouttes et s'arrêta. Le réservoir était vide.

« Ça vous va ?

— Bien sûr, dit-il, sans enthousiasme.

— Je vous attends au bureau. »

Quoi ? Bordel, quoi ? Est-ce qu'elle n'avait pas envie de le voir s'essuyer ? Il entendit la porte s'ouvrir et se fermer. Elle était partie. Et alors ? Allons, oublie ça. Elle a probablement l'œil collé au trou de la serrure. Sauf que les femmes ne font pas ce genre de choses, sauf dans les films porno, et seulement quand il y a plusieurs types à mater. Tout de même, juste au cas où, bombe le torse, fais ton fameux sourire. Bon. Il sortit de la douche, faillit glisser sur une tache de boue, entreprit de s'essuyer. Sois cool, Klein. Ne va pas trop vite. Sois un homme, foutre Dieu.

Après tout, cela faisait trois ans qu'une femme ne l'avait pas vu nu. Et, grâce à son karaté matinal et son entraînement dans la cour, il n'avait jamais été dans une telle forme. Quand il sortirait, il faudrait qu'il aille se promener sur les quais en T-shirt, le temps que ça durerait. Et se faire faire quelques tatouages. Ici, comme on ne le prenait pas pour un vrai taulard, il avait trouvé ça déplacé. Et maintenant il était trop tard, d'autant plus que c'était Colt Greely qui avait eu la réputation d'être le meilleur tatoueur de la prison. Ça pourrait aussi déplaire à Devlin, même si, d'habitude, ça excitait le genre de femme que lui-même désirait. C'était peut-être ça : elle aurait eu honte de le regarder. La serviette brûlait ses mains à vif. Peut-être que sa façon de parler de bite et de cul n'était qu'une façade. Il se souvenait vaguement qu'elle était plus ou moins catholique, une religion du tout ou rien. Péché mortel et toute cette merde. Quand elles étaient coincées, c'était un cauchemar. Quand elles y allaient, elles y allaient à fond. Celles-là, quelquefois, il fallait à peine les pousser pour qu'elles sautent le pas. Il s'entoura la taille d'une serviette sèche, se passa une main dans les cheveux. Aucun miroir pour se regarder. Probablement tant mieux. Il rentra le ventre et passa dans le bureau.

Devlin faisait les cent pas, en train de fumer. Elle lui jeta un coup d'œil, eut un sourire nerveux, puis contempla le bout de sa cigarette.

Klein sentit son cœur se serrer. Il ne put s'empêcher de penser que c'était une situation typique : malgré le fait que c'était lui qui n'avait pas baisé depuis plusieurs dizaines d'années, lui semblait-il, qu'il avait passé la nuit à jouer le rôle d'un bouchon dans l'anus de la création divine afin d'arriver près d'elle, c'était néanmoins lui qui devait se montrer dûment attentif à ses angoisses à elle, à celles de la femme. Elle avait pu changer d'avis, depuis la veille. Il y avait si longtemps. Elle avait peut-être passé son temps à méditer sur la totale imbécillité qu'il y avait à avoir une relation avec un pauvre type comme lui. Mais, bon Dieu, il ne s'était jamais senti si bien.

Doucement, Klein. La fleur de la psychopathologie texane était dehors, venue pour tous les tuer et violer Devlin. Lâche-lui la grappe. Il respira profondément. Je suis un guerrier shotokan. Je suis cool. Et, finalement, c'était vrai. Il pouvait faire face à n'importe quoi. Il suffisait de réserver son sourire sardonique pour plus tard. Klein sourit.

« Vous avez l'air en pleine forme », dit-il.

Terrible, comme entrée en matière. Merde.

« Vu les circonstances, ajouta-t-il.

— Vous aussi. »

Klein se dit qu'elle aurait pu y mettre plus de sentiment, mais c'était un début. Il y eut un silence gêné.

« J'ai quelque chose à vous dire », reprit Devlin.

Terrible, cette fois, ce n'était pas un mot assez fort. Une sonnerie d'alarme retentit sous son crâne. « Ça ne peut pas attendre ? » avait-il envie de dire, mais il aurait fallu qu'il monte sa voix d'une octave. L'épouse d'un de ses amis, un jour, lui avait confié qu'une voix grave et pleine d'assurance était le meilleur moyen de convaincre une femme qu'on avait une grande queue.

Klein parla sans réfléchir. « Est-ce que c'est : J'ai quelque chose à vous dire, ou : Ai-je quelque chose à vous dire ?

— Je crois que c'est un peu des deux. »

Elle sortit un paquet de cigarettes de sa poche, en prit une, lui en offrit une.

« Vous en voulez ? »

Pour une fois, il n'était pas tenté, et il secoua la tête.

« Vous voyez, dit-elle, prenant le temps d'allumer et d'avaler la fumée, je suis amoureuse de vous.

— Bon Dieu. »

Peu importait, soudain, que sa voix fût grave ou non. Il n'était pas un pauvre type, après tout. Il était vraiment le guerrier shotokan et elle était amoureuse de lui. Klein sentit sa queue se dresser majestueusement contre le tissu grossier, résista à l'envie d'arracher sa serviette et de danser une gigue. Mais il était cool depuis trop peu de temps, et cela avait été trop dur pour abandonner si vite. Le sourire sardonique, susurra une voix dans sa tête. C'est le moment. Il résista, et choisit plutôt d'avoir l'air stupéfait.

« Mais il y a autre chose », ajouta-t-elle.

Son érection resta ferme, mais l'envie de danser se dégonfla aussitôt. Avant que la panique ne l'entraîne trop loin, la porte s'ouvrit et laissa passer Coley, portant un bleu de prisonnier. L'infirmier enregistra la scène avec ses yeux jaunes injectés de sang, montra la table.

« Faut que je finisse de lire pendant que je peux.

— Lire quoi ? » demanda Klein.

Pour ce qu'il en savait, Coley ne lisait même pas la rubrique sportive. L'infirmier lui lança les vêtements.

« Des habits propres. » Il jeta un coup d'œil au renflement sous la serviette. « C'est-à-dire, si t'en as l'usage. »

Klein malaxa le paquet de linge. Ses paumes le brûlaient, et cela lui faisait du bien.

Devlin, apparemment contente de cette interruption, s'adressa à l'infirmier.

« Qu'est-ce que vous en pensez, pour l'instant ? »

Coley haussa un sourcil et alla se laisser tomber sur la chaise en face de la table.

« Faut que j'aie fini avant de pouvoir donner une opinion. » Il la regarda. « Mais pour l'instant je peux dire que c'est un putain de chef-d'œuvre. »

Devlin eut le premier vrai sourire que Klein lui ait vu depuis son arrivée. Il se sentit vaguement exclu.

« De quel putain de chef-d'œuvre parlez-vous, au juste ? »

Coley ouvrit le tiroir, en sortit *l'American Journal of*

Psychiatry, chercha la bonne page et l'ouvrit sous les yeux de Klein.

« Celui-là, connard. »

Klein se pencha, lut le titre. Puis la liste des auteurs. Juliette Devlin, Ray Klein, Earl Coley. Il avala sa salive et regarda l'infirmier.

Les yeux jaunes de batracien de l'infirmier étaient prêts à déborder, et le cœur de Klein, pour la deuxième fois de la nuit, faillit craquer. Il connaissait Coley mieux que n'importe qui au monde. Et vice versa. Si quelqu'un pouvait savoir ce que cela signifiait pour ce pauvre métayer noir jeté en enfer vingt-trois ans plus tôt, c'était lui. Il le savait. Si les Tolson étaient entrés à l'instant même et lui avaient tranché la tête, il n'aurait rien regretté, à voir ce qu'il y avait dans les yeux de Coley, à sentir l'émotion qui lui gonflait la poitrine. L'infirmier joignit les mains pour en faire un poing énorme et tremblant. Klein posa une main sur les siennes.

« On l'a fait, mec, chuchota Coley.

— On l'a fait.

— On leur a dit, à ces connards dehors.

— On leur a dit.

— On leur a dit la putain de vérité.

— On leur a dit la vérité.

— Et elle l'a écrit, ajouta Coley.

— Le moindre mot », dit Klein.

Entendant bouger, ils levèrent la tête pour voir Devlin disparaître par la porte. Coley ouvrit ses mains, se leva, et en posa une sur le dos nu de Klein, avec une douceur étonnante.

« Écoute-moi, mec. Elle a eu une journée pas croyable, et elle a fait ce qu'il fallait. Sans elle, tu n'aurais trouvé que des cadavres ici. Elle est spéciale, mec.

— Je sais, Frog.

— Tu la traites gentiment, tu m'entends. Gentiment. Ou tu vas voir ton cul. »

Klein déglutit, hocha la tête. Coley tripota ses clefs, en détacha une du trousseau.

« Maintenant tu l'emmènes dans mon logement. J'ai déjà mis des draps propres. Sous le coin gauche du lit, il y a une planche déclouée. Dedans, tu verras, y a une bouteille de gnôle, la meilleure de la maison. Vient de ce dingue d'Irlandais dont je t'ai parlé. Buvez-la. Et traite-là comme il faut. »

Il posa la clef dans le main de Klein.

« Merci, Frog.

— Je me figure que les tarés vont s'écraser un peu. S'il arrive un truc, tu le sauras. Maintenant, laisse-moi lire. »

Klein, un peu désorienté, prit son paquet et sortit dans le couloir. Devlin était debout, appuyée au mur, les yeux fermés. Il lui prit le bras.

« Ça va ? »

Elle hocha la tête, sourit maladroitement.

« Ce moment était pour vous, vous et Coley. Je ne voulais pas vous déranger.

— Vous l'avez entendu. « Nous », vous croyez que vous n'en êtes pas ? Vous avez écrit cet article. Jusqu'au dernier mot. »

Elle acquiesça.

« Je suis désolée.

— Pas de quoi. »

Klein se rappela les instructions de Coley. Il trouvait puéril, maintenant, son exaltation sous la douche. Ou simplement déplacée, sans savoir au juste. Il posa un bras sur les épaules de la jeune femme, qui le prit par la taille, et ils montèrent ensemble jusqu'à la chambre de Coley.

Il ouvrit la porte. La pièce était petite, aussi nue qu'une cellule de moine zen. Pas de livres, de musique ou de pin-up. Uniquement un lit, une petite table et une photo dans un cadre accroché près du lit. Coley avait laissé deux bougies allumées sur la table, un petit tas d'encens artisanal, fait avec de la sciure, du charbon et du déodorant, qui se consumait dans une passoire à thé. Le lit était étroit, mais venait d'être fait.

« C'est un sacré type, ce Frogman, vous savez ? » dit Klein.

Il se pencha pour regarder le cadre dans la lumière vacillante des bougies. C'était la photo en couleurs d'un paysan large d'épaules, au visage grave, près d'une femme aux traits vigoureux, de peau plus claire. La femme avait un bébé dans les bras et trois enfants étaient debout devant eux, deux garçons d'une dizaine d'années et une fille d'environ six ans.

« Il n'a plus de leurs nouvelles depuis douze ans, dit Klein. Supporte pas qu'on dise un mot de travers à leur sujet. »

Il se retourna. Devlin trempait un doigt dans la cire d'une des bougies, paraissant ne pas l'écouter. Elle lui fit face.

« Asseyez-vous et écoutez-moi une minute, dit-elle. Si vous parlez, je n'y arriverai pas. »

Klein s'assit en tailleur sur le lit, le dos au mur, et attendit. Devlin marcha de long en large à la lueur des bougies, fuma trois cigarettes et lui raconta ce qui s'était passé avec Reuben Wilson, en essayant de lui faire comprendre ce que cela signifiait pour elle. Il l'écouta sans rien dire. Quand elle eut fini, elle écrasa sa cigarette et resta près de la porte, lui tournant le dos.

« Voulez-vous que je m'en aille, maintenant ? demanda-t-elle.

— Je veux que vous restiez. »

En vérité, ce qu'elle lui avait dit ne changeait rien à ses sentiments, et ne faisait qu'augmenter le désir et l'admiration qu'il avait pour elle. Klein ne se demanda même pas si Wilson avait une grosse bite. Il avait autre chose en tête.

Elle se tourna vers lui.

« Pour moi, ce que vous avez fait est génial, dit-il calmement. Je veux que vous restiez.

— Vraiment ?

— Je suis peut-être un con, un grand con, mais pas de cette catégorie particulière de con pour qui ce serait un problème. » Il sourit. « Par contre, si vous aviez baisé avec Gimp Cotton, j'aurais pu avoir un problème. »

Devlin s'essuya les yeux.

« Ce que je vous ai dit en bas, je le pense. Je suis amoureuse de vous. »

Klein hocha la tête. Il n'avait plus qu'à dire ce qu'il avait à dire. Ce n'est pas qu'il avait décidé de ne pas lui en parler, mais il n'avait jamais eu de bonne raison pour le faire. Maintenant, oui.

« Si c'est le moment des secrets ténébreux, vaut mieux que je vous dise le mien. Ça peut changer ce que vous ressentez.

— J'en doute.

— On m'a condamné pour avoir violé ma petite amie. »

Il y eut un silence. Elle scruta longuement son visage. Klein sentit au fond de lui un frémissement, l'éruption imminente de sentiments qu'il espérait enfouis et labourés grâce à son travail, sa discipline, ses efforts pour survivre. C'était par peur qu'il avait refoulé ces émotions, car il s'agissait surtout de rage et d'amertume.

Devlin finit par parler.

« Je crois que vous nous devez à tous les deux un peu plus de détails. »

— Vraiment ? »

Elle respira profondément.

« Je reste, que vous m'en disiez plus ou non. Je ne pense pas que vous pourriez faire quelque chose qui me soit insupportable. Mais j'aimerais savoir. »

Klein fixa la flamme de la bougie.

« On était ensemble depuis quatre ans et ça avait mal tourné bien avant la fin.

— Comment ça ? »

Il continua de regarder la bougie. Le reste de la pièce, y compris la jeune femme, devint invisible.

« La merde habituelle. Des conneries, j'imagine. Les trucs qui font prospérer les avocats et les thérapeutes. Ni grands crimes ni trahisons. Le genre de choses qui paraissent triviales de l'extérieur et qui vous font saigner les tripes quand on y est. Nous étions très ordinaires. Juste un couple à la dérive qui jouait ses variations sur un thème rebattu. Une torture mutuelle. C'était assez prenant, tant que ça a duré, et puis on a tous les deux exagéré et ça a pris fin. »

Il jeta un coup d'œil à Devlin, lut la peur sur son visage, revint à la bougie.

« Ce n'était pas de la torture corporelle, si c'est ce que

vous pensez. Trop direct. Trop simple. On peut faire durer la torture mentale bien plus longtemps. À la fin, on ne pouvait plus que baiser avec la haine, vous voyez ce que je veux dire ? C'est bon tant que ça dure. Quand c'est fini, on ne supporte même pas de s'entendre respirer.

— Je sais.

— Un soir, on a encore baisé dans la haine, et après je lui ai dit que je ne voulais plus la voir. J'en avais marre. Elle m'a dit que si je la quittais, elle m'enfoncerait si loin que… » Il haussa les épaules. « J'avais déjà entendu ce genre de choses et j'en avais assez. Je me suis levé et je suis parti. Le lendemain matin les flics m'ont arrêté à l'hôpital et accusé de viol.

— L'avez-vous violée ?

— Elle l'a dit. Ça suffit, pas vrai ?

— Non. Vous savez que non.

— On a baisé aussi violemment qu'on l'avait déjà fait cent fois. Elle avait une brûlure dans le dos, à cause de la moquette. Elle a joui trois fois. Vous devriez lire les comptes rendus d'audience, tout y est. Elle prétend qu'elle m'a dit d'arrêter. C'est faux. Une bande de ses copains ont témoigné que je les avais agressés dans un restaurant, que j'étais un type violent, un dingue des arts martiaux, bla-bla-bla. Presque tout était vrai et en même temps c'étaient des salades. Tout était déformé, hors de son contexte. On avait juste changé de catégorie, des poids moyens aux poids lourds, mais c'était resté le même jeu imbécile, on se coupait le nez pour se cracher dessus. J'ai aggravé mon cas en allant la voir pour discuter avec elle avant le procès. Naturellement, c'est tout de suite devenu la resucée de nos vieux films, quatre ans de chien et chat condensés en deux heures. Mon avocat a failli en pleurer, et il avait raison. Arrivé au procès, l'histoire, c'était que je l'avais menacée et harcelée.

— Elle n'a pas voulu retirer son accusation ?

— Comment l'aurait-elle pu ? Tout s'était mis en marche. Un vrai cirque. Les journaux, les groupes féministes, les avocats. Et le procureur se léchait les babines en pensant aux voix qu'allait lui rapporter une condamnation. Jusqu'à mon procès, ce salaud devait croire que

La Femme eunuque était une histoire tirée de la Bible. Du coup il s'est trouvé deux femmes proc et une femme juge. »

Devlin eut un sourire involontaire, l'effaça.

« Je suis désolée, dit-elle, honteuse. Vous auriez dû…

— Je sais, je sais. C'était une vaste blague, putain. Voilà ce que je croyais. L'ennui, c'est que j'avais raison. Mon avocat, qui est maintenant propriétaire de ma maison, m'avait dit de ne pas témoigner. D'après lui, c'étaient eux qui avaient la charge de la preuve, et s'ils me traînaient à la barre j'aurais l'air de cet enculé d'Hannibal Lecter. Quand elle a témoigné pour l'accusation, j'ai su que j'avais gagné. N'importe qui voyait que son cœur n'y était pas. Alors, pendant le contre-interrogatoire, mon connard d'avocat l'a virtuellement violée à ma place, a essayé de la faire passer pour une traînée en chaleur, ce qu'elle n'était pas, et a fini par la faire sangloter dans son corsage. Arrivé là, même moi je me croyais coupable. Ils m'ont condamné à la majorité du jury. Le juge m'a donné cinq à dix ans. »

Il s'arrêta, se passa les mains sur le visage.

« Comment s'appelait-elle ? »

Klein répondit sans enlever ses mains.

« Je ne veux pas m'en souvenir. » Il ravala sa bile et baissa les mains, le visage tourné contre le mur. « Si violer veut dire se servir de l'acte sexuel pour faire souffrir quelqu'un, alors je l'ai violée bien des fois. Mais pas plus, et pas moins, qu'elle ne m'a violé.

— Parfois, la frontière entre l'amour et la haine est très étroite. »

Il ne répondit pas.

« Pour vous faire mal à ce point, vous deviez beaucoup vous aimer. Du moins au début.

— Ouais. Rien n'égale la rage d'un amour changé en haine, et ainsi de suite. On était tous les deux coupables. »

Klein se tourna vers Devlin, vit son visage ravagé par la pitié.

« Vous n'avez pas fait appel ? Elle n'a pas changé d'avis, même quand vous avez été envoyé ici ? »

Klein sourit, et la jeune femme pâlit.

« Peut-être l'aurait-elle fait, avec le temps. Mais une semaine après mon arrivée ici, elle a pris l'avantage sur moi et s'est fait une perfusion à l'insuline. »

Devlin sursauta.

« Quand on l'a trouvée, son cerveau était comme un œuf en gelée. Une semaine après, ils l'ont débranchée de la machine. »

Il y eut un silence. Devlin s'assit au bord du lit, leva la tête, ouvrit la bouche.

« Ne dites rien. Et comprenez-moi bien. Pour autant que je sache, j'ai mérité chaque jour de ma peine à Green River. Personne n'est innocent, ici. D'une façon ou d'une autre, on a tous voulu y venir. »

Klein resta adossé au mur, fixant la flamme de la bougie, aussi pure et calme que celle des yeux d'Henry Abbott, et pour la première fois depuis qu'ils avaient débranché la machine, ressentit un chagrin libre de toute colère, suivi d'un sentiment de paix. C'était comme si son cœur s'était enfin mis au repos. Il se demanda ce que devenait Abbott, si lui aussi avait trouvé son dernier repos, la tête plongée dans les eaux du Fleuve. Klein se rappela un vers cité par Devlin, se demanda encore si tous, à l'aube, justes aussi bien qu'injustes, ne seraient pas également renvoyés dans le chaos primordial d'où ils étaient venus. Il regarda l'arrière du crâne de la jeune femme.

« Nous qui avons pu nous croire la fin de toute création... »

Sans un mot, Devlin posa la tête sur ses genoux. Du bout des doigts, elle effleura les coupures de sa cheville. Cette douleur le rassura. Le poids de la tête de Devlin sur ses cuisses le faisait bander, et cela aussi le rassurait. En fin de compte, c'étaient peut-être les seules choses sur lesquelles on pouvait compter. Et il s'interrogea : si rien n'égalait la rage d'un amour changé en haine, alors que pouvait être l'inverse ? Il n'y avait soudain en lui ni paix ni haine, et il se demanda où elles étaient parties, car sans l'une ou l'autre il se sentait seul, effrayé et perdu.

C'est alors que Devlin fit le seul geste capable de le réconforter. Si elle ne l'avait pas fait, il n'aurait pas su qu'il existait, et il s'étonna qu'elle l'ait fait. Elle tendit la main sous la serviette et la posa sur sa queue.

Il lui caressa les cheveux. Les poils courts et doux de sa nuque ondulaient sous ses doigts. Elle écarta la serviette, prit sa queue dans sa bouche et lui caressa les couilles. La tendresse de ce geste le fit frissonner, mais il ne jouit pas, car ce n'était pas encore sexuel. Il se jura de ne pas pleurer, et ne pleura pas.

Devlin s'assit, fit passer sa chemise par-dessus sa tête. Les bouts de ses seins pointaient sous le coton du soutien-gorge. Elle ôta ses bottes, puis son jean, s'agenouilla devant lui en soutien-gorge blanc et string noir. Klein posa ses mains couturées et à vif sur le cul pour lequel il serait mort, et en un instant ce fut plus sexuel que tout ce qu'il avait connu. Il se mit à genoux, l'embrassa, sentit le goût du tabac sur la langue de Devlin, fit courir ses doigts le long de son ventre, dans ses poils, trouva son clitoris, comme une bille roulant dans l'huile, et elle mordit son visage et son cou. Il la repoussa sur le dos, écarta le string et la lécha. Elle jouit très vite, le ventre arqué, les muscles de l'abdomen tendus au point de frémir. Il poussa encore et la fit jouir une seconde fois et aurait continué mais elle s'empara de sa queue et lui dit de la baiser. Ce qu'il fit, glissant sa bite à côté du string, et ce ne fut pas dans la haine, ni la dernière baise avant de mourir. Il abaissa une bretelle du soutien-gorge, suça le bout d'un sein, sans essayer de retarder son propre orgasme. Il se laissait aller, la baisait lentement, longuement, et quand il jouit ce fut sans savoir le temps qu'il avait mis, ni s'en soucier, sachant seulement qu'il aimait Devlin, que toute la haine en lui était partie. Klein resta un moment sur elle, tremblant, puis se mit à sourire, car il n'avait même plus la force de supporter le poids de son corps sur ses coudes, comme l'aurait fait le gentleman qu'il croyait être.

Il resta donc ainsi, les yeux fermés, le souffle court. Puis, sentant qu'il s'endormait, il s'obligea à ouvrir les yeux. La lumière ambrée ciselait les méplats fabuleux du visage de Devlin, à moitié détourné, et il crut voir sur une joue la traînée luisante d'une larme. Elle était d'une beauté foudroyante. Plus belle que tout ce qu'il avait jamais vu. Il aurait voulu continuer à la regarder éternellement, mais ses paupières lui pesaient avec le poids de tout un monde. Il voulut les relever, mais cela dépassait les derniers vestiges de ses forces. Le visage s'effaça. Le bout de son sein était toujours entre ses lèvres. Il ouvrit la bouche, marmonna contre son sein, mais si bas et si mollement qu'elle ne put l'entendre.

« Je sais que ce n'est pas vraiment digne d'un gentleman, dit-il, mais je vais dormir. »

Klein sourit encore, parce qu'il était un peu con et le savait, et aussi parce que cela n'avait pas d'importance. Et il s'endormit.

XXX

Hobbes, couché sur son divan, regardait l'ampoule nue pendue au plafond. Ces derniers mois, il passait ses nuits dans cette petite pièce carrée contiguë à son bureau. Il dormait à peine plus d'une heure de suite, et plus du tout depuis le début de l'enfermement. Hobbes avait une femme et une maison, mais les moments où il se sentait poussé à s'y rendre avaient été de moins en moins fréquents et avaient finalement disparu. Si son épouse trouvait cela troublant, lui-même n'avait pas été enclin à le remarquer, encore moins à s'en préoccuper. Désormais, il avait parfois du mal à se rappeler son nom, et la vision de son visage traversait rarement son esprit. Dans son bureau, il n'avait aucune photo d'elle. À son avis, le mariage lui avait été profitable, ou du moins équitable. Elle avait dépensé le plus gros de ses économies de toute une vie pour se vêtir et meubler sa maison ; quand à ses fréquents bêlements sur le thème que sa vie manquait d'amour et d'épanouissement, Hobbes y restait sourd, ou leur opposait une oreille hostile et méprisante. Jane Hobbes — ou était-ce Janet ? Rebecca ? — n'aurait pas reconnu l'amour et l'épanouissement si ces qualités avaient forcé sa porte au milieu de la nuit et l'avaient violée en chœur. Hobbes sourit à cette idée, puis se demanda pourquoi, à un moment pareil, il pensait à elle. Peut-être son esprit se vidait-il en prévision de sa sortie. Car la sortie se rapprochait et il pressentait, sans encore la voir, la lumière éblouissante qui brûlait de l'autre côté.

Il avait livré sa machine — Klein avait raison, la machine panoptique lui appartenait — à une convulsion historique d'une violence paroxystique. Historique. Lui, John Campbell Hobbes, était entré dans l'histoire. Il avait renoncé à son œuvre dans l'espoir que le nihilisme fiévreux ainsi libéré pourrait se soumettre à une fin plus grande. Or il avait échoué. L'expérience panoptique avait échoué, aussi sûrement que l'amour jadis ressenti pour sa femme. Les preuves étaient là : dans les flammes du bloc B, ou dans la frénésie sanguinaire déchaînée contre les misérables sans défense de l'infirmerie. Il leur avait donné une chance d'exercer une sensibilité plus haute, et ils avaient craché dessus. Il avait rêvé qu'ils se hissent au-dessus des remparts pour crier : « Nous sommes autre chose que cela ! Nous sommes plus que cette ordure en quoi vous nous avez changés ! »

Autour de lui, la pièce résonna comme une tombe, profonde et vide, et il se rendit compte qu'il avait parlé à voix haute. Le temps de rêver était passé, c'était le temps du désespoir, le désespoir océanique contre lequel il s'était dressé dans un dernier sursaut. Maintenant, il se préparait à s'y livrer. Le désespoir, après tout, était l'ultime transcendance de l'ego, et son ego avait été réduit en cendres par un cosmos voué à la destruction. Le désespoir était *hubris*, et non humilité ; un non-savoir radical ; un abandon ; un long voyage sans destination imaginable. Il était enfin libre de voyager, avec une seule obligation, celle de partir du seul point d'embarquement convenable : se rendre visible au centre même de la machine panoptique qu'il avait faite sienne.

On frappa à la porte. Hobbes reconnut Cletus, se leva, défroissa son costume et rajusta sa cravate. Il ouvrit au visage massif du capitaine. Cletus avait mis l'uniforme noir des SWAT, qui le faisait paraître plus obèse qu'il n'était. Un fil courait d'une radio dans la poche de sa veste à un écouteur placé dans son oreille gauche.

« Excusez-moi, monsieur. »

Hobbes alla s'asseoir à son bureau sans un mot. Ce

meuble, il le trouvait émouvant, depuis toujours. Il était dans cette pièce depuis 1882. Sous la plaque de verre, on voyait un plan architectural du pénitencier. Hobbes fut frappé plus que jamais par la terrifiante beauté de cette symétrie. Il avait parcouru chaque mètre de la réalité physique de cette prison, en connaissait chaque cellule, le moindre couloir. Pourtant c'était là, sous ce verre, que se trouvait la perfection : dans la conception plutôt que dans l'exécution. Pour lui, ce dessin incarnait la fin suprême du projet cartésien, la tentative de connaître Dieu et l'Homme par l'application de la raison pure. Cette époque était désormais révolue, le projet avait échoué sur les récifs de l'irrationnel. Près du dessin se trouvait un fragment de ces récifs : un morceau de mauvais papier froissé, à quadrillage bleu, arraché à un petit calepin. Hobbes l'avait trouvé entre les blocs de granit, enveloppé de plastique, dans une cellule de l'isolement. Griffonné à l'encre verte, d'une écriture laborieuse, il y avait un numéro : 1057. Puis quelques mots.

Chaque matin et chaque nuit
Certains sont nés pour la douceur du plaisir
Certains sont nés pour la douceur du plaisir
Certains sont nés pour une nuit sans fin.

Il ignorait qui avait écrit ces vers, s'il s'agissait d'une citation ou d'un poème original. Pour lui, ils recelaient un pouvoir, une fascination d'autant plus forts qu'il avait attendu au plus profond de la nuit que se lève sa dernière aurore. Une nuit interminable. La douceur du plaisir. Il avait connu les deux côtés de la médaille, et il savait enfin que son destin était dans un camp plutôt que dans l'autre. En tout cas, il n'aurait pas sombré dans la médiocrité. Hobbes fit glisser le sous-verre, en sortit le bout de papier qu'il replia dans les mêmes plis avant de le mettre dans sa poche de poitrine. Cletus toussa. Le directeur l'avait complètement oublié. Il leva les yeux.

« Asseyez-vous, capitaine.

— Je resterai debout, monsieur, si c'est possible.

— Comme vous voulez.

— Je viens de parler avec le Bureau des affaires pénitentiaires d'Austin. » Cletus, mal à l'aise, roula des épaules. « On m'a donné pour instruction de prendre provisoirement le commandement de la prison, monsieur. »

C'était une humiliation qu'il n'avait pas prévue. Hobbes fut modérément stupéfait de son inconséquence.

« Continuez.

— Le gouverneur a été plutôt surpris que vous n'ayez pas jugé bon de l'informer de la situation ici. Franchement, monsieur, moi aussi. Il a l'impression que dans ces circonstances vous n'êtes pas en état d'assumer votre charge.

— Le gouverneur ?

— Oui, monsieur.

— Vous avez été en contact avec lui ? »

Cletus crispa la mâchoire.

« Oui, monsieur.

— Et sur quels éléments le gouverneur fonde-t-il son évaluation de mon état de santé ?

— Sur les éléments et les inquiétudes que j'ai formulés dans mon rapport, monsieur. »

Hobbes hocha la tête sans dire un mot.

« Le gouverneur a envoyé une unité de la Garde nationale pour nous épauler. Votre remplaçant arrive ce matin par hélicoptère. »

Là encore, le directeur acquiesça, sans ressentir aucune émotion. Il ne lui fallait qu'une heure, et il n'avait surtout pas besoin de Cletus ni de ses hommes. Tout avait été décidé avant l'arrivée du capitaine. Il n'y avait aucune raison de se conduire de façon indigne.

« Ai-je le temps de rassembler mes affaires ?

— Oh, bien sûr, monsieur. » Cletus piétina d'un pied sur l'autre. « Je regrette que cela se passe de cette façon. »

Hobbes fit le tour du bureau.

« Je vous ai toujours trouvé loyal et digne de confiance, capitaine. Servir avec vous a été pour moi un honneur. »

Il tendit une main que Cletus serra, le visage rouge et bouffi d'émotion.

« Merci, monsieur. »

Un son étouffé sortit de son écouteur. Le capitaine

pressa l'index contre l'oreille et loucha. Puis il alluma sa radio et se pencha vers le micro.

« Ce n'est pas possible. »

L'écouteur se remit à bourdonner. Cletus regarda le directeur.

« On a rallumé la lumière dans les cellules. »

Hobbes alla à grands pas vers la fenêtre nord, le capitaine sur ses talons. De la verrière nervurée des quatre blocs rayonnait une lueur teintée de vert. Au centre, la grande coupole qui couronnait le bâtiment restait obscure. Le directeur comprit aussitôt.

« Je n'ai pas donné cet ordre, dit Cletus abasourdi.

« Dennis Terry », dit le directeur.

Le capitaine approuva.

« Merde, ce vieux salopard a dû atteindre le groupe de secours. C'est probablement lui aussi qui a coupé les lignes hier après-midi. Excusez-moi, monsieur, il vaut mieux que j'y aille. »

Mais Hobbes n'écoutait plus. Il gardait les yeux fixés sur la coupole éteinte. C'était mieux qu'il n'aurait osé l'espérer. La coupole : le cockpit suprême d'où il s'élancerait. Et pourtant il y manquait un nimbe, l'incandescence nécessaire pour qu'il puisse remplir sa fonction. Il se retourna. Cletus était parti. Il était seul. L'ex-directeur Hobbes comprit qu'il n'avait plus de temps à perdre.

XXXI

Devlin s'assit au coin du lit, près de la photo de Coley avec sa famille, et laissa couler toutes les larmes qu'elle avait retenues. Elle pleura doucement, pour ne pas réveiller Klein, parce qu'elle ne voulait pas s'excuser, ni s'expliquer, ni ravaler encore une fois ses larmes. Elle n'était même pas sûre de ce qui la faisait pleurer, mais elle pleura longtemps. Le bras de l'homme endormi passé autour de sa taille la réconfortait, ainsi que la lueur des bougies. Elle était contente d'être dans cet endroit sinistre où l'abstraction était impossible, et où elle avait dû s'abandonner à l'émotion la plus crue. Puis ses larmes se tarirent, elle s'essuya le visage avec le drap et alluma une cigarette. Son esprit se mit à errer, à divaguer, et quand elle voulut se souvenir d'où il était parti, elle en fut incapable.

On frappa à la porte. Devlin sursauta. Il lui fallut une seconde pour comprendre qu'Hector Grauerholz ne se serait pas donné la peine de frapper.

« Entrez. »

La porte s'entrebâilla.

« C'est moi, Coley. »

Elle s'enveloppa dans le drap.

« C'est okay. »

L'infirmier entra, timide, regarda Klein endormi, puis la jeune femme.

« Tout va bien ? »

Elle sourit, hocha la tête. Du matelas monta un grognement, puis la voix étouffée de Klein.

« Qu'est-ce que tu veux, vieux cochon ?

— Suis venu te foutre dehors à coups de pied au cul, fils de pute. Grauerholz a du renfort, et nous, on n'a sûrement pas besoin d'un minable comme toi. »

La tête de Klein se redressa, roula sur l'oreiller. Il tressaillit à mesure que ses diverses blessures se rappelaient à son souvenir. Un gros bleu marbrait la peau de son torse. Coley lui tendit une paire de baskets.

« Me suis dit que t'aurais besoin de ça pour nous rendre le service de te tailler.

— T'es une putain de vieille femme, Coley. Je te l'ai jamais dit ?

— C'étaient celles de Greg Garvey, mais ça ne le gênera pas que tu les mettes. On a monté tous les types qui le voulaient à la salle Travis.

— Tu aurais dû nous demander de vous aider. »

Coley l'ignora.

« Trouvé ça, aussi, dans tes affaires merdeuses. »

Il lui tendit un revolver à canon court. Klein le prit, s'assit au bord du lit.

« Où as-tu eu ça ? demanda Devlin.

— Je l'ai pris à Grauerholz, hier après-midi. »

Coley jeta un coup d'œil à la jeune femme et Klein s'en aperçut. Il enfonça le canon dans le ventre de l'infirmier.

« C'est ça. J'ai passé la journée à empêcher qu'on te coupe tes grosses couilles noires, et tu ne me laisses même pas ronfler un peu.

— Les lumières viennent de revenir dans les blocs. On dirait Noël. Me suis dit que tu devrais le savoir.

— C'est Dennis qui l'a fait. Bon Dieu.

— Qu'est-ce que ça signifie ? dit Devlin.

— Ça signifie que tous les Noirs et les Latinos bouclés au bloc C sont libres, expliqua Klein. Ce qui double plus ou moins nos chances contre Agry. En plus, la bande d'Agry se défonce depuis des heures. Les types du C sont tout frais et fous de rage. Si Stokely Johnson ne fait pas de conneries, ils devraient pouvoir mettre le feu aux couilles d'Agry, et il faudra qu'il ramène Grauerholz en renfort. »

Coley alla ouvrir la porte.

« Eh bien, le vieux Stoke devrait se magner. Parce que Grauerholz est revenu avec une trentaine de nouveaux mecs, et ils sont moins défoncés que moi. » Coley fixa Devlin et leva le doigt vers le plafond et l'ancienne salle des fous. « C'est pas parce que le bon docteu' est revenu que j'ai oublié le marché qu'on a passé. Vous avez toujours ces clefs ? »

Elle hocha la tête.

« Servez-vous-en. »

Coley s'en alla, Klein se leva et enfila son jean.

« Combien Frogman vous prend? demanda-t-il.

— Pour quoi ?

— Pour baiser des mecs dans son trou à rats. » Il sourit et se pencha vers elle. « Écoute, si tu veux que je fasse le maquereau pour toi, je sors aujourd'hui et je te cherche du boulot dans la rue.

— Salaud. »

Elle le frappa sur le bleu qu'il avait à la poitrine. Klein, le pantalon à hauteur des genoux, poussa un cri et tomba par terre. Horrifiée, elle sauta du lit et le remit sur pied en scrutant son visage. C'était totalement pathétique, Devlin le savait, mais elle cherchait un signe montrant qu'elle comptait autant pour lui que lui pour elle. Étant donné que son affection pour Coley était généralement exprimée par des menaces et des insultes, elle ne savait pas très bien ce qu'elle cherchait. Peut-être que sa proposition de proxénétisme était du même genre. Klein posa une main sur sa joue.

« Fais ce que dit le Frogman. S'ils arrivent à entrer, ferme à clef derrière toi. Je vais dire à Vinnie de te donner sa radio. Ne descends pas avant que les infos annoncent la fin de l'émeute. »

L'idée de rester seule dans les combles la remplissait d'horreur. Il s'en aperçut.

« Je sais que tu n'aimes pas ça, je sais aussi tout le boulot que tu as fait, mais si ça en vient au corps à corps, on se sentira mieux si on n'a pas à veiller sur toi. »

Il avait raison. Elle n'aimait pas ça. Mais elle voyait qu'il avait raison, aussi, à propos d'un combat. Elle hocha la tête. Klein prit le revolver.

« Tu as déjà tiré au revolver ? »

Elle secoua la tête. Il fit basculer le barillet.

« Moi non plus. Regarde, il y a cinq balles et une chambre vide. J'ai placé le chien devant la première cartouche. Ce qui donne quatre coups de suite et un coup à blanc. Au déclic, tu sauras qu'il te reste une seule balle.

— Je n'ai jamais marché dans ce truc, se tuer plutôt que d'être capturée par les Apaches.

— Une fois qu'on commence à tirer, il est facile de vider le barillet. La chambre vide, c'est juste un rappel. Ce que tu fais avec la dernière balle, ça te regarde. »

Il lui tendit l'arme, qu'elle trouva plus légère que prévu.

« Garde-la pour la cachette de Coley. S'ils arrivent à passer, ils devront se glisser par le trou un par un.

— Je sais ce que j'ai à faire.

— Et tire-leur dans la tête, de tout près. Ce n'est pas un flingue à la Clint Eastwood.

— Je dis que je sais ce que j'ai à faire.

— Je veux juste que tu survives à ce truc. »

Klein se retourna pour enfiler sa chemise. Tout en l'aimant beaucoup, Devlin fut soudain prise d'une colère noire.

« Tu étais en sécurité, bordel, dit-elle. Pourquoi n'es-tu pas resté là-bas ? »

Il la regarda.

« J'ai essayé, mais ça s'est passé autrement.

— Est-ce que tu es venu à cause de moi ? »

Elle voulait qu'il dise « oui », et redoutait en même temps de survivre avec sa mort sur la conscience. Klein s'assit sur le lit pour mettre les baskets de Garvey.

« Cela a été encore plus important quand j'ai su que tu étais là, mais j'étais déjà en route.

— Pourquoi ?

— Je ne sais pas. »

Il attacha ses lacets. Elle ne voyait plus son visage.

« Peut-être que c'est ma place. »

Sans nécessité, il défit le nœud d'une chaussure et le rattacha, sans montrer son visage. Elle s'approcha de lui, passa une main dans ses cheveux. Il entoura ses hanches de ses bras, l'attira contre lui. Elle sentit sa barbe naissante contre la peau de son ventre. Puis Klein la lâcha, alla au bout du lit et se mit à genoux, essayant toujours de cacher son émotion. Il tira le lit de côté, souleva une planche et brandit soudain une bouteille pleine d'un liquide pâle.

« Le meilleur de la maison. » Il sourit, de nouveau maître de lui. « La Gnôle légendaire de Doherty. Un type de l'IRA, un passeur d'armes, a distillé ça il y a des années. Ça doit être la dernière. »

Il se leva et se dirigea vers la porte.

« Viens, dit-il. On a plein de choses à fêter. »

Devlin, en le regardant, sentit son cœur se serrer.

« Oui, c'est vrai. J'arrive dans une minute. »

Klein tordit les lèvres de façon grotesque et lui fit un clin d'œil.

« De quoi s'agit-il ? »

Il eut l'air blessé.

« C'était mon sourire sardonique. »

Il arqua un sourcil. Elle éclata de rire.

« Ça te fait déjà mouiller ? »

Toujours en riant, elle fit un cercle avec son pouce et son index et le lui mit sous le nez.

« Je sais, dit-il. Je sais. »

Il ouvrit la porte et sortit.

Devlin s'habilla, mit le revolver dans la poche arrière de son jean et laissa tomber par-dessus les pans de sa chemise. Ensuite elle souffla les bougies et descendit. Dans l'escalier, elle dépassa Gimp Cotton qui boitillait avec son plâtre. Son visage gonflé et tatoué se tordit en ce qu'il croyait sûrement être un sourire engageant. Elle l'évita soigneusement.

« Tous aux pompes, hein doc ? » lui lança-t-il.

Devlin l'ignora, entra dans le bureau. Il était vide. Elle passa par la salle de douches et s'arrêta. La porte du dispensaire était ouverte. Klein, Coley, Wilson et Galindez étaient tout au bout de la table de laboratoire, en train de boire la gnôle de Doherty dans divers ustensiles. La tête émaciée et souriante de Vinnie Lopez émergea du groupe quand il tendit son verre. Elle vit Klein se pencher et dire quelques mots à l'oreille de Wilson, qui partit d'un grand rire. Klein lui donna un petit coup de poing sur son ventre bandé et rit avec lui : Puis Coley désigna Klein en marmonnant quelque chose comme « ce fils de pute de Blanc », et Klein répondit par une phrase incluant « … on dirait dix kilos de merde dans un sac de cinq kilos… », et tous rirent, même Galindez, d'habitude muet et morose. Quand Coley remplit à nouveau leurs verres, Devlin s'aperçut qu'elle pleurait : ces types, elle les aimait tous. Ces putains de mecs, tous déments, incompréhensibles, sauvages et tourmentés et grossiers qui riaient comme des cinglés, une nef des fous à la dérive dans la tempête. Elle les aimait. Et quand ils levèrent leurs verres pour trinquer, elle se détourna et se cacha derrière la porte pour ne pas leur gâcher ce moment avec ses larmes.

Des pas s'approchèrent. Elle recula plus loin et s'essuya le visage avec sa manche. Galindez entra sans la voir, ouvrit sa braguette en lui tournant le dos et pissa dans le lavabo en face de la douche. Devlin respira sans bruit. Elle remarqua qu'il avait les cheveux brûlés jusqu'à la peau du crâne. Il termina, se reboutonna et se lava les mains. Puis il se retourna pour chercher une serviette, et sursauta en la voyant.

« Docteur Devlin. » Une rougeur assombrit sa peau brune. « Excusez-moi. Coley a dit que c'était là que…

— C'est moi qui devrais m'excuser. Je vous en prie. C'est okay. »

Elle sourit, l'impression d'être idiote. Galindez s'essuya les mains sur sa chemise. Le manche d'un tournevis dépassait de sa ceinture.

« Je vous dois encore des excuses, dit-il, pour vous avoir mise en danger.

— C'était ma faute. »

Il secoua la tête.

« J'ai enfreint le règlement. Je le mettrai sur mon rapport… »

Sa voix s'éteignit dans un non-dit : « … si jamais nous sortons d'ici ».

« Quand j'ai vu que personne ne venait me chercher, j'ai eu peur qu'on ne vous ait tué, dit-elle. Je suis contente que vous soyez là. »

Galindez indiqua d'un signe de tête les rires de la pièce voisine.

« Ils ont déjà bu trois fois à votre santé. Wilson trouve que vous devriez avoir votre propre gang. » Il sourit, décrivit un cercle de la main. « Et Klein vous appelle la Reine guerrière. »

Cette fois elle se sentit rougir. En même temps, elle eut le souffle coupé.

« Ils vous attendent. »

Par réflexe, elle se passa une main dans les cheveux.

« Il faut que je me lave la figure », dit-elle.

Pourquoi fallait-il qu'elle fasse l'idiote ?

Il secoua la tête.

« Vous n'imaginez pas ce que c'est, pour eux, que vous soyez là. Bien sûr, ils aimeraient mieux que vous soyez à l'abri quelque part, mais…

— Je préfère être ici que n'importe où ailleurs. »

Galindez la fixa de ses yeux noirs, hésita, puis sortit une feuille de papier pliée en quatre de sa poche. Il la lui tendit.

« Si je ne m'en sors pas, et vous oui. Pour ma femme. Si vous pouvez…

— Sûr. »

Devlin prit la lettre. Sa main trembla en la mettant dans sa poche.

« Merci. Si vous voulez bien. »

Galindez lui offrit son bras. Devlin l'accepta, tout en sentant son estomac palpiter. Ils entrèrent ensemble dans le dispensaire.

Des acclamations ponctuées par des applaudissements accueillirent leur arrivée. En traversant la pièce, Devlin se prit à sourire bêtement, les yeux embués. Klein lui ouvrit ses bras.

« Est-ce le visage qui lança mille navires et fit tomber les tours décapitées d'Ilion ?

— Va te faire foutre, Klein. »

Elle lui donna un coup en pleine poitrine et il tomba contre elle, les bras autour de son cou.

« Donne-lui un verre, Frogman ! »

On lui mit dans la main une éprouvette aux deux tiers pleine d'alcool blanc. Klein se libéra, la prit par la taille. Devlin se raidit et avala une gorgée de gnôle, qui s'avéra aussi suave qu'un single malt. Elle attendit une explosion dans son estomac vide, mais il n'y eut qu'une douce chaleur qui se répandit dans ses membres, et un curieux arrière-goût de caramel. Elle regarda Coley.

« Des patates douces ? »

Il hocha la tête.

« Cette femme mérite vraiment tout ce que tu en dis, Klein. »

« Un toast, Devlin », demanda Wilson.

Il fut approuvé à grand bruit, et le silence revint. Devlin avait déjà la tête qui lui tournait un peu. Elle regarda Klein, tout contre elle, et il lui fit un signe d'encouragement, son regard lui caressant le visage. Elle regarda Coley, qui la contemplait d'un air très sérieux, puis Wilson, qui lui fit un clin d'œil, et Galindez, debout près de la porte. Enfin, elle regarda Vinnie Lopez, assis sur une chaise pour ménager ses forces, son regard admiratif posé sur les détenus plus âgés. Sa peau parcheminée était tendue sur ses côtes et ses clavicules, presque transparente.

« À la santé de Vinnie », dit-elle.

Le jeune homme fit une grimace horrifiée.

« Pas question, mec. » Il se hissa sur ses pieds. « Vous pouvez pas faire ça ! Vous allez pas gâcher votre putain de toast sur un tas de merde comme moi ! »

Il y eut un murmure de réprobation.

« Tu as raison, dit Devlin. Tu es un tas de merde. »

Vinnie chancela sur ses jambes mal assurées, quémanda la compréhension de Klein. Elle s'écarta de lui, ne pouvant pas dire ce qu'elle avait à dire tant qu'il la touchait, reprit son souffle et regarda Vinnie.

« T'es un tas de merde, un moins-que-rien, et tu chies ta vie dans les chiottes de la société. Mais cet homme est revenu alors qu'il n'y était pas obligé. »

Elle désigna Klein, sans se tourner vers lui.

« Il ne sait pas pourquoi. Mais quelque chose en lui le sait, et moi aussi. C'est parce que... »

Devlin sentit sa voix se briser, s'interrompit, les laissant en suspens. Puis elle se reprit.

« C'est seulement quand le plus minable tas de merde vaut tout le reste, tout, que nous pouvons valoir quoi que ce soit. »

Devlin sentit le bras de Klein s'arrondir autour de sa taille et sa hanche se presser contre la sienne. Elle était toujours incapable de le regarder.

« Alors je bois à la santé de Vinnie Lopez. Et à celle de vous tous, putains de tas de merde. »

Il y eut un silence. L'espace d'une seconde, elle crut avoir énoncé une stupidité totale. Puis Galindez leva son verre.

« Tas de merde, dit-il.

— Tas de merde, résonna la voix de Coley, chargée d'émotion.

— Tas de merde », répéta Wilson.

Klein fit tinter son verre contre le sien.

« Tas de merde. »

Ils entrechoquèrent leurs verres à la ronde. Pendant qu'ils buvaient, chacun se retira un instant dans ses pensées, et il y eut un silence pesant.

Puis Lopez s'écria :

« Ce toast était pour moi, bande de pédés, pas seulement pour les putains de tas de merde ! »

Le silence fut brisé par les rires et les huées.

« Elle est peut-être assez bête pour gâcher un toast avec toi, mais pas nous, bordel.

— Va te faire foutre, Coley, enculé de nègre. »

Devlin sentit la bouche de Klein contre son oreille.

« T'aime. »

Avant qu'elle ait pu le regarder, ils entendirent dans la salle voisine le bruit d'un choc et le souffle d'une explosion. Leurs verres tombèrent sur le sol. Galindez bondit vers la porte. Wilson prit la bouteille de gnôle. Klein l'embrassa sur la joue et disparut. Elle le suivit dans le couloir. La porte en bois était secouée par de grands coups. À travers la grille, elle vit la lueur dansante des flammes éclairer la salle Crockett, puis il y eut l'éclair d'une autre explosion et aussitôt d'une troisième. Avant qu'elle puisse entrer, le gros ventre de Coley la poussa par-derrière et la propulsa vers l'escalier.

« Allez-y! »

L'infirmier plongea dans les flammes qui montaient, prit dans chacun de ses poings de laboureur un des barreaux d'acier arrachés aux fenêtres. Vinnie boitilla dans le couloir et le suivit.

Devlin était seule.

La porte vacillait sous des coups redoublés.

Elle sortit le revolver de sa poche, releva le chien et reprit le couloir en sens inverse.

Dans la salle, des flaques d'essence enflammée dégageaient des nuages de fumée grasse, et des hommes se battaient comme des bêtes sauvages. Entre les lits des malades, cloués à des matelas sanglants, sous le trou béant des fenêtres par où l'ennemi se précipitait, ils cognaient, tailladaient et s'étripaient dans un combat sans merci.

Wilson écrasa sa bouteille sur un visage barbu, enfonça le goulot déchiqueté dans l'entrejambe de l'homme qui se plia en deux et qu'il poussa dans un lac de feu. Sa barbe imbibée d'alcool s'alluma et il se convulsa sur le sol, la tête enveloppée par les flammes.

Galindez leva un bras pour éviter une barre à mines. Devlin entendit un os craquer, puis il avança, son tournevis à la main, et poignarda trois fois le ventre de son adversaire.

Un détenu en pyjama de l'infirmerie enlaça les genoux d'un homme en combinaison, le fit tomber, puis Deano Baines se jeta sur l'assaillant avec une paire de ciseaux et lui troua la poitrine. Un autre fendit le crâne de Deano, mais Klein saisit la tête du type par-derrière, lui brisa la colonne vertébrale et s'empara de son hachoir. Deux hommes, armés d'une chaîne et d'un couteau, bondirent des fenêtres. Klein envoya au premier un coup de pied dans la vessie. Le type fut projeté en l'air avec son couteau et atterrit sur un lit. La chaîne du deuxième manqua la tête de Klein mais lui déchira l'épaule. Par le trou de sa chemise, on voyait sa chair ensanglantée. Klein fit un pas de côté, balaya les jambes de l'homme et se jeta sur lui en rugissant. Le hachoir s'abaissa plusieurs fois, taillada le crâne, une oreille, puis tout un côté du visage qui pendit, obscène, découvrant ses dents pleines de sang. L'homme au couteau revint en chancelant, sa lame transperça le biceps de Klein et le hachoir tomba par terre. Avant de sentir la douleur, Klein lui lança son poing en plein visage, lui écrasa le nez, puis, comme un danseur, il lui attrapa le poignet, le fit tournoyer et lui brisa le coude sur son genou. Finalement il lui prit son couteau, le lui montra, et le plongea entre la clavicule gauche et l'os médiastin. Devlin détourna les yeux.

Elle vit Galindez se rouler en boule sous les coups de deux détenus armés de morceaux de bois. Reuben Wilson s'avança et enchaîna la combinaison la plus rapide qu'elle ait jamais vue : crochets du gauche au foie et au cou, direct du droit à la tête, un autre gauche dans les couilles et un dernier uppercut à la mâchoire qui disjoncta le système nerveux de son vis-à-vis. Mais, au dernier coup, quelque chose lâcha dans le corps de Wilson, qui se convulsa. Le deuxième homme abattit un morceau de chevron sur l'arrière de son crâne et le boxeur s'effondra face contre terre près de Galindez, les bras en croix. Quand Coley leva ses gourdins pour éliminer ce type, Horace Tolson les agrippa et les lui arracha. Lopez jeta son corps frêle contre la masse monstrueuse de Tolson, pointant un scalpel vers sa gorge, et le barbu l'aplatit comme un insecte. Coley se tourna vers lui, mais Tolson abattit les barres de fer sur ses clavicules et l'infirmier tomba sur ses genoux, les bras ballants le long du corps. Tolson leva de nouveau ses gourdins. Klein lança son couteau et chargea : la lame rebondit sur la poitrine du géant et retomba. Devlin se rendit compte qu'elle visait Tolson avec son revolver. Avant qu'elle puisse tirer, Klein tomba sur lui, les doigts de sa main droite lui arrachèrent les yeux, ses bras se nouèrent à son cou et ses genoux martelèrent frénétiquement son ventre et son entrejambe. Tolson, les yeux pendant sur ses joues au bout des nerfs optiques, laissa tomber les barres et enserra son assaillant dans ses bras énormes. Klein arqua le dos, ses côtes craquèrent comme du pain rassis et sa colonne vertébrale menaça de se briser tandis qu'il s'acharnait sur le cou massif du barbu. Tolson rejeta la tête en arrière et hurla, enragé par la souffrance de ses yeux exorbités, tout en secouant Klein sauvagement dans tous les sens. Devlin ne pouvait pas tirer, de peur d'atteindre son amant. Elle enjamba les corps et courut vers lui. À ce moment Vinnie Lopez sauta sur le dos du géant, les jambes enroulées autour des deux combattants, et ils se mirent tous les trois à valser en titubant dans la salle fumante, tel un monstre grotesque à trois bouches hurlantes. La main de Vinnie tourna autour du cou de Tolson. Un scalpel étincela. Puis une marée rouge déferla sur Klein quand la gorge du géant fut tranchée, sa trachée artère bouillonnant dans un dernier hurlement de rage, et qu'il s'écroula dans une longue et lente parabole.

Des coups de feu éclatèrent dans la cour, suivis de chocs sourds. Un nuage de vapeur jaillit devant les fenêtres. La silhouette d'un détenu apparut dans un des châssis défoncés, eut un sursaut, poussa un cri et retomba. Une douleur aveuglante projeta la tête de Devlin sur le côté, elle entendit le mot « garce » et reçut un coup de poing dans le ventre. Elle recula en chancelant vers le mur, une chaleur salée sur ses lèvres, du sang coulant sur sa chemise. Quand elle reprit l'équilibre, elle aperçut dans la fumée Gimp Cotton qui boitillait avec son plâtre, ses tatouages déformés par la haine, les yeux fixés sur Earl Coley. L'infirmier se remettait lourdement sur pied, les bras inutilisables, et leur tournait le dos. Cotton glissa par-derrière une main dans la poche de Coley et en extirpa les clefs, qu'il jeta au détenu armé d'un bout de chevron, de l'autre côté de la salle. Au moment où Klein, écrasé sous le cadavre de Tolson, essayait de se dégager, Gimp fit pivoter Coley et lui planta une lame dans le ventre.

« Gros enculé de négro ! Gros enculé de négro ! »

À chaque phrase il le poignardait une fois de plus. Coley le regardait, sans bouger ni cligner des yeux, refusant de reculer. Devlin se précipita, trébucha dans les flammes. Une bombe à gaz explosa à ses pieds, projeta une onde de chaleur sur ses jambes et un nuage aveuglant dans la salle. Elle sauta par-dessus, continua.

« Gros enculé de négro ! »

Devlin essuya d'un revers de main ses yeux pleins de larmes et de sang, enfonça le canon du revolver dans l'oreille de Cotton. Celui-ci sursauta en se retournant, sa haine instantanément changée en panique. Elle appuya sur la détente et lui fit sauter la cervelle. Dehors, il y eut d'autres coups de feu. Coley commença à tomber. Klein surgit à son côté, le prit par le bras, plissant les yeux pour y voir malgré les gaz. Devlin aperçut le détenu qui s'efforçait d'ouvrir la serrure avec le trousseau de Coley. Elle pointa le revolver sur lui et tira. Des éclats de bois explosèrent et touchèrent l'homme à la gorge. Elle courut vers lui, se prit le pied dans la jambe d'un cadavre et tomba en avant. L'arme lui échappa, glissa vers la grille. Elle plongea sur le revolver, le reprit, se mit à genoux, se releva, les poumons en feu. L'homme avait la clef dans la serrure, il la tournait. Quand Devlin posa l'arme contre sa tête et tira, la porte explosa vers l'intérieur et l'envoya rouler dans le couloir. Elle tendit le bras, se rattrapa au chambranle du dispensaire et se releva en clignant désespérément des yeux pour essayer d'y voir.

Bubba Tolson entra le premier, portant sous le bras un gnome chauve et couvert d'ampoules, dont l'œil unique étincelait.

« Serrez bien votre trou de balle, doc ! »

Derrière eux, des détenus en bleu remplissaient le couloir. Ses yeux se brouillèrent à nouveau. Lopez sortit en chancelant de la salle, se cogna contre Bubba. Le barbu lui prit le visage dans une main et lui écrasa le crâne contre le mur. Quand il s'écroula, Devlin se mit à courir.

« Ramène-la à papa, Bubba ! »

Un pas éléphantesque résonna derrière elle. Devlin escalada maladroitement la première volée de marches. L'air sifflait dans sa gorge brûlée par les gaz. La grille de la salle Travis, fermée, des visages anxieux, des cris. Des pas lourds dans l'escalier. Le couloir. Sa vision se brouilla. Tout droit : la porte. Les clefs. Elle fouilla dans sa poche et en sortit deux clefs, fouailla son cerveau pour qu'il se souvienne de la bonne, donna un coup d'épaule dans la porte. Elle s'ouvrit, elle était passée. Ferme la porte et tourne la clef, se rappela-t-elle. Le bruit d'une charge, un visage rouge et barbu, elle claqua la porte qui rejaillit contre elle. Devlin tomba sur les marches, grimpa l'escalier étroit. Bubba, en dessous, à plat ventre, tendit le bras vers sa cheville. Elle se tortilla, monta plus vite, les clefs en main. La grille du haut était ouverte. Elle la referma, inséra la clef dans la serrure, tourna, pria. Les verrous cliquetèrent dans leurs logements. Elle aperçut un poing lancé entre les barreaux.

Son cerveau disjoncta.

Devlin se réveilla par terre, ahurie, se retourna. Bubba avait passé une main entre les barreaux et tournait la clef Il avait dû l'assommer. Quand le barbu poussa la porte, Grauerholz apparut derrière lui. Devlin se remit sur ses pieds. Elle avait toujours le revolver à la main. Bubba avança lourdement vers elle. Devlin cligna des yeux, recula, encore étourdie. Il lui restait deux balles. Ou une. Elle ne savait plus si elle avait entendu le déclic de la chambre vide. Non, deux. Bubba se rapprocha. Une masse énorme. Lui tirer en pleine tête, la seule solution. Elle arrêta de reculer, se concentra pour attendre le moment où elle ne raterait pas son coup.

« Elle va pas tirer sur le vieux Bubba avec mon flingue, doc, pas vrai ? »

Devlin ignora la voix enjôleuse du gnome. Bubba regarda l'arme qu'elle tenait, ralentit, et Grauerholz se glissa dans son dos.

« Elle va pas tirer, Bub. Regarde ses yeux. Regarde-moi ses nichons. Mmm ! »

Bubba tendit les mains vers elle et reprit sa course. À deux pas, Devlin arma le revolver et lui mit une balle au milieu du front. Le géant fit encore un pas, elle sentit ses mains s'agripper à ses seins et la pousser en arrière. Puis les yeux ternes s'éteignirent, Devlin reçut une dernière fois son haleine fétide au moment où son dos fut plaqué contre le mur, et la tête de Bubba s'abattit sur son épaule.

Elle aperçut par-dessus son épaule un œil affolé dans une mer de pustules, l'autre œil remuant vainement sous ses paupières collées. Bubba tomba en tas devant elle, mais elle sentit une douleur cuisante au poignet, et ses doigts furent violemment tordus. Grauerholz recula, le revolver dans sa main gauche, se moucha sur le moignon à peine bandé de son bras droit.

« Maintenant, dit-il en gloussant. Que je vous voie enlever la petite culotte. »

Deux choix lui traversèrent l'esprit : le ménager ou l'humilier. Elle entendit du bruit dans l'escalier. Le côté enfant de chœur du personnage la décida.

« Pourquoi, qu'est-ce que tu vas faire, Hector ? Me baiser avec ton moignon. »

Grauerholz cligna des yeux, recula d'un pas. Klein apparut dans l'entrée, au fond de la salle. Il boitait, ses yeux étaient injectés de sang, et tenait une barre de fer. Péniblement, il avança vers eux.

« Ce serait vachement mieux que ta petite queue minable », ricana Devlin.

Elle enjamba le cadavre de Bubba, et Grauerholz recula encore d'un pas.

« Viens donc, Hector. Voyons voir cette jolie petite bite. Mmm. »

Grauerholz se lécha les lèvres, inquiet.

« Pour un docteu', vous êtes salement grossière. »

Klein n'avait pas fait un bruit, mais soudain le gnome fit un pas de côté, se retourna et braqua son arme contre lui. Klein se figea sur place. Grauerholz le regardait comme s'il voyait un fantôme. Klein fit un signe de tête vers le revolver.

« Il va encore falloir que je te prenne ça, Hector. »

Les lèvres de Grauerholz se mirent à trembler. Devlin crut qu'il allait tirer sans plus attendre. C'était peut-être ce que voulait Klein : recevoir la balle à sa place. En une seconde, mille possibilités lui passèrent par la tête, un millier de phrases pouvant ramener vers elle l'attention de Grauerholz — ou le faire appuyer sur la détente. Son instinct lui fit choisir de se taire. La seconde, interminable, s'étira, deux, trois, puis Grauerholz gloussa et lui jeta un coup d'œil.

« Regardez qui c'est, doc. Ça doit être mon jour de chance. »

Klein se mit à rire.

« Tu t'es regardé dans un miroir, ces derniers temps ? »

Il serra ses côtes, poussa un gémissement, fit deux pas en chancelant.

« Arrête ce truc. »

Grauerholz arma le revolver. Klein s'immobilisa. Elle le vit jauger la distance. Il était encore à cinq mètres.

« Je vais te tirer dans les tripes, Klein. Et quand tu seras en train de crever dans ta merde, tu me verras tirer à ta copine une balle dans le con. »

Klein parut se détendre. Devlin comprit qu'il allait charger, et aussi que Grauerholz appuierait plus d'une fois sur la détente.

« Le revolver est vide, Hector, dit-elle. Plus de balles. Bubba a eu la dernière. »

Cela le fit rire.

« J'ai peut-être une petite queue, mais je ne suis pas idiot. »

Elle avança tranquillement vers lui.

« Prends ton temps, Klein, et achève-le. Le revolver est vide. »

Grauerholz appuya sur la détente. Il y eut un déclic brutal, retentissant. Klein marcha sur lui sans se presser. Le gnome regarda l'arme, puis sourit bêtement à Devlin et se mit à reculer.

« Ben, on n'aurait pas cru, dit-il. Vous m'avez eu. » Il haussa les épaules et appuya le canon sur sa tête, sous son oreille gauche. « J'imagine que c'est pas mon jour de chance, après tout. » Puis Grauerholz tira et la balle emporta la moitié de sa mâchoire.

Il chancela, reprit l'équilibre, et son œil unique roula dans son orbite et regarda, incrédule, l'arme fumante qu'il tenait encore.

« Non, dit Devlin. On ne dirait pas. »

Grauerholz lâcha le revolver, tomba face contre terre et gargouilla avec ce qu'il lui restait de langue. Klein laissa tomber sa barre de fer à grand bruit. La douleur le plia en deux. Elle alla vers lui et passa un bras autour de sa taille pour le soutenir.

« Heureusement que je suis arrivé à temps, haleta-t-il. Si t'avais baisé avec Hector Grauerholz, j'aurais vraiment commencé à être jaloux. »

Il y eut des pas précipités dans l'escalier. Deux canons de fusil pointèrent à travers les barreaux.

« Klein ? C'est toi, fils de pute ? »

Le capitaine Cletus entra dans la salle, vit Devlin et sursauta.

« Bon Dieu. »

Klein se redressa.

« Où étiez-vous, putain ?

— Je regardais un film de Doris Day, grommela Cletus. Vous êtes okay, docteur Devlin ? »

Elle hocha la tête.

« On aurait su que vous étiez là, on serait venus depuis longtemps. Je regrette beaucoup. »

Cletus ouvrit une des poches qui tapissaient son uniforme, en sortit un sachet qu'il déchira et tendit une compresse de gaze à Devlin. Pendant un instant, elle ne comprit pas ce que c'était. Cletus, désigna sa joue.

« Pour votre joue. »

Devlin avait oublié qu'elle saignait. Elle prit la compresse et l'appliqua sur la peau, sans rien sentir.

« Merci, capitaine.

— Et la mienne ? demanda Klein.

— Va te faire foutre, Klein. Tu vas prendre dix ans de mitard pour ça. »

Il fit un clin d'œil à Devlin, puis regarda Tolson et le gnome brûlé qui gargouillait par terre. Cletus fit signe à ses hommes.

« Débarrassez-moi de cette merde. »

Pendant qu'ils traînaient les corps à l'extérieur, le capitaine examina la salle abandonnée, pleine de toiles d'araignée.

« Bon Dieu, sortons d'ici. »

En sortant, Devlin reprit subrepticement la clef dans la serrure.

XXXII

Pendant que les gardiens éteignaient l'incendie de la salle Crockett, Devlin et Klein aidèrent à évacuer les malades de la salle Travis. À la lueur des projecteurs, surveillés par des tireurs postés dans la tour ouest, une mince colonne de rescapés traversait la cour en direction du portail principal. En partant, Devlin et Klein trouvèrent Coley sur les marches de l'infirmerie, regardant ses patients s'éloigner. Sa blouse blanche était empesée de sang coagulé, et il respirait à petits coups. Son bras gauche était passé dans sa chemise, en guise d'écharpe, et il serrait dans son poing droit la revue à couverture verte. Sous le regard de Klein, il cligna des yeux, fatigué.

« C'est le dernier ? » demanda l'infirmier.

Klein hocha la tête.

« Tu aurais dû partir en premier.

— Ils avaient besoin des civières. Me suis dit que j'attendrais, pour que tout se passe bien. »

Coley jeta un coup d'œil à Devlin, à son visage plein de sang, et Klein comprit qu'il les avait attendus.

« Tu arriveras au portail, ou est-ce qu'il faut que je te trimbale ? » dit-il.

Coley respira tout doucement pour contrôler un élancement douloureux, secoua la tête.

« J'ai pas traversé cette foutue cour depuis des années. Voyais pas la raison de prendre cette peine. » Il grimaça un sourire contre la douleur. « J'crois que je vais juste rester là un bout de temps. »

Klein savait qu'il ne pourrait pas faire bouger Coley contre son gré, d'autant qu'il était en train de mourir. Et qu'il le savait. Avant qu'il puisse se mettre à discuter, Devlin tendit le bras vers le rempart, au-delà des blocs cellulaires.

« On dirait l'aube. »

Klein fronça les sourcils. L'indigo du ciel s'éclaircissait à peine.

Coley plissa les paupières, suivit le bras tendu.

« Je crois bien que vous avez raison.

— On la verrait bien mieux sans le mur », dit-elle.

Devlin et Coley échangèrent un regard. Klein fut incapable de suivre ce qui se passait entre eux, mais au bout d'un moment l'infirmier se tourna vers lui.

« Eh bien ? Est-ce que c'est trop demander, de nos jours, d'aider un vieux bonhomme qui a les bras cassés ? »

Ils le remirent sur pied. Coley serra les dents, et ils avancèrent lentement sur l'allée en ciment qui longeait le rempart. Ils durent s'arrêter trois fois, quand Coley fut convulsé par la souffrance, et Klein crut chaque fois qu'il allait mourir, mais l'infirmier jura et cracha comme la vieille femme qu'il était devenu. Ils se remirent en marche, franchirent le portail et arrivèrent dans le tunnel.

Une foule désordonnée de malades et de blessés était surveillée par un groupe de gardiens désorientés et armés jusqu'aux dents. Trois ambulances étaient sur place et des infirmiers s'occupaient des blessés. Plus loin, la grande porte coulissante était ouverte pour laisser passer une quatrième ambulance. Mais, derrière, la dernière grille en acier était hermétiquement fermée.

« Si j'arrête maintenant, je ne pourrai plus jamais repartir », souffla Coley.

Devlin repéra Galindez en train de fumer une des cigarettes de Cletus. Il hochait la tête en écoutant le capitaine. Elle traversa en courant la réception, laissant Klein et Coley continuer sans elle. L'infirmier pesait lourdement au bras de Klein, et sa respiration faisait un bruit de crécelle. Klein ressentait le besoin urgent de dire à Coley tout ce qu'il ne lui avait jamais dit, et en même temps cette urgence lui paraissait terriblement déplacée.

« Je voulais te dire, Frog…

— Ça va, dit Coley. Je sais. Je sais. » N'ayant pas la force de lever la tête pour le regarder, il sourit au ciment qu'il avait sous les yeux. « Je suis une foutue vieille bonne femme, hein ? »

Klein avala sa salive.

« C'est vrai. »

Quand ils dépassèrent la porte coulissante, Klein jeta un coup d'œil en arrière. À la réception, il vit Devlin qui foudroyait du regard le capitaine en lui disant quelque chose qu'il fut content de ne pas entendre. Cletus se gratta la nuque, l'air blessé, puis hocha la tête et parla dans son micro. Devlin repartit vers eux. Klein se retourna. Les portes en bois ornées de fer forgé n'étaient qu'à quelques mètres.

« Quelque chose à te dire, aussi, reprit Coley. Ça peut compter.

— Quoi donc ?

— Nev Agry a le virus. Il est positif

— Quoi ?

— Ai fait le test, il y a longtemps, avant que tu n'arrives ici.

— Tu ne me l'as jamais dit.

— Pas tes affaires, putain.

— Claude est positif, lui aussi ?

— Pour ce que j'en sais, n'a pas passé le test. »

Pendant qu'il digérait cette nouvelle, un moteur électrique se mit à vrombir et le portail commença à s'ébranler. Devlin les rejoignit. Quand les battants furent ouverts, une brise odorante leur apporta un chœur de chants d'oiseaux. Bon Dieu, pensa Klein, il y a donc des oiseaux dehors, pas seulement des mouettes. Coley pressa le pas, la tête penchée en avant. En trois enjambées, ils furent à l'extérieur.

Ils étaient dehors.

Le portail était à l'angle sud du rempart hexagonal. On y avait une vue ininterrompue sur la plaine et les arbres qui bordaient le tournant de la Green River. Au-delà des feuillages pâles, plus haut que l'horizon, une bande de ciel rouge clair passait au pourpre et au gris et se fondait, au-dessus de leurs têtes, dans le bleu de la nuit.

« Un ciel rouge le matin, souffla Coley. Bon Dieu. » Il secoua le bras de Klein. « Je crois que je vais me promener. »

Klein le lâcha, le cœur serré, et vit son ami faire trois pas mal assurés vers le soleil levant. Au quatrième, la jambe de Coley céda sous son poids et sa grande carcasse massive s'écroula sur le sol. Devlin et Klein se précipitèrent.

« Mettez-moi assis », râla l'infirmier.

Ils redressèrent son corps crispé par la douleur. Coley haletait, à peine conscient. Ses yeux essayèrent de se fixer sur la jeune femme. Il leva la revue qu'il tenait toujours et la pressa dans la main de Devlin. Les pages étaient pleines de sang.

« J'aimerais que ma famille le sache, que je suis pas juste un… » Il cracha un jet de sang, frissonna et aspira l'air.

Les joues de Devlin étaient sillonnées de larmes.

« Je les trouverai, dit-elle. Je vous le promets. »

L'infirmier la regarda, sourit et hocha la tête. Elle jeta un coup d'œil vers Klein, puis se pencha et embrassa Coley sur ses lèvres sanglantes avant de retourner vers le portail. Les deux hommes, restés seuls, regardèrent le soleil.

« Tout le monde à bord du Pea Vine Special », dit Coley.

Il s'empara de la main de Klein et la serra.

« Content qu'on le prenne tous les deux le même jour. »

Klein approuva de la tête, incapable de dire un mot, tandis que sa vision se brouillait. Ses mâchoires crispées lui faisaient mal. Les yeux jaunes et striés de rouge de Coley lui firent un long, un dernier clin d'œil. Il respira un grand coup, les narines dilatées.

« Bon Dieu, ça sent bon. »

Puis le grand roc noir de sa tête tomba sur sa poitrine. Le Frogman était mort.

Quand son cœur cessa de tressauter bruyamment, Klein allongea Coley sur le sol et se leva. Un convoi de véhicules vrombissants remontait la route vers la prison. Des unités de la Garde nationale. Klein n'en avait plus rien à foutre. Il regarda Coley, le visage bosselé enfin au repos, pivota sur ses talons et repartit vers la prison.

Devlin l'attendait.

« Merci », dit-il.

Elle lui fit un signe de tête. Les camions de la Garde approchaient du portail, et le tunnel grouillait de gardiens qui leur criaient après et hurlaient dans tous les sens. Ils retournèrent à la réception, toujours chaotique. Reuben Wilson prit Klein par le bras. Derrière lui se tenait Victor Galindez.

« Cletus envoie l'armée, mec. »

Wilson, un bras en travers du ventre, était penché en avant. Ses cheveux étaient pleins de sang coagulé.

Klein regarda Galindez.

« Cletus ? Où est Hobbes ?

— Relevé de ses fonctions, dit le gardien. Raisons de santé.

— Génial. Pourquoi l'armée ?

— Stokely Johnson a enfermé Agry et cinquante ou soixante de ses durs dans le bloc D. Il s'apprête à les brûler vifs. Je connais Stoke. » Galindez se tapota la tempe d'un doigt. « Il a la tête vide maintenant, pleine de fumée. Et il va le faire.

— Si j'essayais de toutes mes forces, je pourrais peut-être m'en foutre un peu plus. Mais à peine, dit Klein.

— Agry a pris tous les otages avec lui. Douze hommes.

— Alors je suis désolé pour eux, dit Klein.

— Johnson ne reculera pas si Agry ne recule pas aussi, ajouta Wilson, et c'est même pas sûr… Ce fils de pute a fait des sales trucs.

— Je sais, répondit Klein. J'y étais. »

Galindez intervint.

« Si Johnson met le feu au bloc D, Cletus n'aura pas le choix. Il faudra qu'il fasse entrer la Garde.

— Ce sera un bain de sang, mec, précisa Wilson.

— Qu'est-ce que ça à voir avec moi ? demanda Klein.

— Je peux essayer de persuader Stoke, dit Wilson, mais seulement si Agry se rend le premier.

— Tu ne vas pas rentrer là-dedans », s'écria Klein.

Wilson le regarda.

« Mon peuple, Klein. » Il jeta un coup d'œil à Devlin. « À moins qu'ils ne soient que des tas de merde. »

Klein ne dit rien. Comprenant ce qui allait venir, il chercha de l'aide dans les yeux de la jeune femme. Elle lui retourna son regard, apeurée, se tourna vers les deux autres.

« Je ne comprends pas. Agry n'a pas plus de raisons de l'écouter que vous autres. »

Wilson comprit sa détresse, hocha la tête.

« Je suppose que vous avez raison », et il se tourna vers Klein.

À mesure que l'héritage laissé sans le vouloir par Coley prenait un sens pour lui, Klein comprit que Wilson le lisait sur son visage. Et il sut qu'il ne pourrait pas se dérober.

« Ce n'est pas tout à fait vrai, dit-il. Je ne crois pas vous l'avoir dit, mais Coley était une foutue vieille bonne femme. »

Devlin le regarda, épouvantée. Klein fit signe à Wilson.

« Je te rejoins dans une minute. »

Le boxeur regarda la jeune femme ; et la culpabilité voleta sur ses traits quand il vit l'angoisse qu'elle éprouvait. Il s'éloigna, suivi par Galindez.

« Tu crois vraiment que tu peux y changer quelque chose ?

— Avant de mourir, Coley m'a dit qu'Agry est séropositif. »

Il soupira, se passa les mains sur le visage. Les nerfs à vif de ses paumes ne sentaient plus rien. Ses côtes et son dos étaient une masse de douleur indifférenciée. La blessure de sa cheville s'était durcie, le muscle raidi. Et il était fatigué.

« Si les gars d'Agry le savent, je ne crois pas qu'ils auront une folle envie de mourir pour lui. »

Devlin effleura son visage. Elle était avec lui. En regardant ses yeux injectés de sang, ses joues sales, et balafrées, il pensa qu'il ne l'avait jamais vue aussi belle.

« Ne parle pas », dit-il.

Elle l'embrassa et il lui rendit son baiser. Au bout d'un moment il se prit à sourire bêtement. Elle s'écarta et le regarda.

« Qu'est-ce qui ne va pas ?

— Tu viens de me faire bander », dit-il.

À son tour, elle sourit.

« Ramène-le-moi intact. Même si tu ne ramènes rien d'autre. »

Puis Klein rejoignit Reuben Wilson. Ils retraversèrent l'immense portail et s'avancèrent dans la cour, vers la prison.

XXXIII

Quand Wilson et lui approchèrent en boitant des services centraux, Klein aperçut trois détenus blancs pendus par le cou en haut de la grille. De plus près, il vit que l'un d'eux, nu à partir de la taille, avait eu les testicules et le sexe tranchés. Wilson évita de croiser son regard. Ils entrèrent dans le bâtiment.

Cette fois les lumières étaient allumées, et s'il avait voulu examiner le carnage et les débris, Klein aurait pu le faire mieux que la dernière fois qu'il avait suivi ce chemin avec Hank Crawford sur le dos. Il garda les yeux fixés droit devant lui. Les deux hommes croisèrent un groupe de Noirs et de Latinos qui se disputaient agressivement. Certains d'entre d'eux, au passage de Wilson, murmurèrent son nom. À l'autre bout du couloir, Klein vit une masse de détenus agglutinés autour de la tour de garde. Plus il s'approchait, plus les cris surexcités de ces hommes lui semblaient familiers. Depuis la veille, les individus avaient changé, et aussi la couleur de leur peau, mais leurs pulsions étaient les mêmes. Il se rappela le théorème de Boltzmann : dans un système fermé, le désordre est en constante augmentation. Il se demanda quel en était le corollaire. Maintenant que le désordre total avait triomphé, qu'allait-il arriver ?

De plus en plus de gens reconnaissaient Wilson, on se passait le mot, et ils étaient précédés par un remous passionné. Des visages lui souriaient, le hélaient, des poings se dressaient pour le saluer. Mais si Klein croisait le regard d'un homme, sans le vouloir, il rencontrait la colère et le soupçon. Arrivés dans l'atrium, la foule s'écarta pour les laisser passer. La coupole en verre et ses galeries circulaires n'étaient pas éclairées, mais la lumière provenait de l'entrée des six blocs cellulaires. Il y avait une forte odeur d'essence. À quelques pas du portail du D se trouvaient plusieurs tonneaux, des seaux de liquide noir et huileux, un des bacs en inox de la cuisine, tous remplis de mazout. Dans la foule, ici et là, des hommes fumaient de l'herbe ou du tabac. S'ils ne commençaient pas par s'incinérer eux-mêmes, ils allaient rendre à la bande d'Agry la monnaie de sa pièce. Le portail du D était fermé, et les assiégés avaient entassé derrière la grille des matelas qui montaient à hauteur de poitrine. Klein les vit arroser ces matelas avec des seaux, des saladiers et même des tasses pleines d'eau. Ils avaient le visage résolu et crispé de ceux qui se savent condamnés.

« Stoke ! »

Klein, au cri de Wilson, se retourna. Une trouée se fit dans la foule. Dans l'entrée du B, assis sur une chaise pivotante ficelée à l'arrière d'un chariot de la blanchisserie, il aperçut Stokely Johnson. Autour de sa blessure, son nez et son visage étaient affreusement enflés, surplombés par des yeux brillants de haine. En voyant Wilson, cette haine diminua, mais de peu. Klein s'arrêta en lisière du cercle, et Stokely lui jeta un coup d'œil sans aucune réaction. Wilson tendit la main. Stoke hocha la tête et la serra brièvement.

« Z'avez mis les fils de pute à genoux, Stoke », dit le boxeur.

Stokely approuva, ouvrit la bouche et parla lentement.

« Portail arrière du D bouclé. Ils peuvent aller nulle part.

— Où t'as eu le mazout ?

— Réservoir du groupe électrogène.

— Bon boulot, mec. »

Stokely acquiesça. Il y eut un silence. La foule était dans l'expectative. Wilson fit un pas en arrière.

« Je veux que tu les laisses partir, Stoke. »

La foule murmura, attendit. Johnson secoua la tête.

« On a presque toute la blanchaille coincée en A, qui se chient dessus. Je leur ai laissé une chance de sortir pour être jugés. C'est plus qu'ils nous ont donné. Les seuls fils de pute restés en D sont ceux qui veulent crever. »

La foule beugla son approbation. Klein sentit les poils de ses bras se hérisser. Wilson attendit que le silence revienne.

« Ils ont fait venir la Garde nationale.

— Qu'ils aillent se faire enculer.

— Tu fais cramer les matons qu'Agry garde en otages et ils vont descendre tous nos types du portail arrière comme ça. » Wilson eut un geste bref de masturbation en arrondissant la paume. « Ils vont attaquer la bande d'Agry pour libérer les otages, ensuite ils vont venir ici éteindre l'incendie avec notre sang. Pas un seul petit Blanc de merde, dans leurs camions, qui n'ait pas rêvé toute sa vie d'un truc pareil. Des négros pris au piège et une bonne raison pour les buter. »

Stokely Johnson éleva la voix.

« On n'a pas peur de mourir ! Mais si on tient pas le coup maintenant, personne saura jamais qui on est ! »

Wilson s'approcha de la foule, attrapa un rasoir dans la main d'un homme. Il trancha la bande autour de son ventre, l'arracha à deux mains et montra l'énorme cicatrice qui courait du sternum au bas-ventre.

« Voilà qui je suis ! »

Il y eut des sursauts de surprise et des exclamations.

« Vous savez tous d'où je viens. »

Des murmures d'acquiescement.

« Ces fils de pute nous ont brûlés. Ils nous ont battus. Ils nous ont pissé dessus quand on était enchaînés à genoux. Et ils recommenceront demain, et la semaine prochaine, et l'année prochaine et celle d'après. Je le sais. Je le sais mieux que vous tous. Mais ce ne sont que des hommes. Il faut juste qu'on soit des hommes, plus qu'eux. »

Il se tourna vers Stokely.

« Voilà qui on est. »

Les yeux de Stokely scrutèrent les visages qui l'entouraient, se posèrent sur Klein. Cette fois, malgré lui, une lueur d'acceptation les traversa. Klein soutint son regard.

« Tu veux envoyer le doc là-dedans ? demanda Stokely.

— Il peut amener les types d'Agry à se rendre. À nous. Ils ont commencé ce truc. On va le finir. On va le finir bien, d'une façon qu'ils n'attendent pas. D'une façon qu'ils savent pas faire. On les laissera sortir. »

Wilson fit une pause, regarda autour de lui. À nouveau, les hommes étaient à lui. Il fit signe à Stokely.

« Si tu veux entrer, après, et couper la bite d'Agry, je viendrai t'aider à le tenir. »

C'était assez. Stokely hocha la tête. Et Klein vit que les visages se tournaient vers lui. Merci, les gars. Il jeta un coup d'œil vers le bloc D. Des têtes blanches se tendaient au-dessus de la barricade pour les écouter. Il se retourna.

« Enlevez vos gars du portail arrière. »

Wilson approuva, fit venir quelqu'un et lui donna des instructions. Klein s'approcha du bloc D.

Un grand type maigre à lunettes cerclées de fer apparut derrière le tas de matelas. S'il avait pu ressentir le moindre plaisir, à ce moment, Klein aurait été content de voir Tony Shockner. Peut-être, après tout, n'aurait-il pas à discuter avec Agry, ou à parler de son foutu virus. Shockner, anxieux, avait lui aussi l'air d'être content de le voir.

« Tony.

— Klein. Où on en est, mec ?

— Vous allez vous faire éliminer à la deuxième mi-temps. »

Shockner hocha la tête.

« J'me figurais ça. On a encore des coups à jouer ?

— Vous rendre, dit Klein. Wilson vous laissera sortir, les matons d'abord.

— On lui fait confiance ?

— Vous avez bien fait confiance à Agry. On ne peut pas trouver pire. »

Shockner le regarda longuement à travers les barreaux, et Klein voyait le débat qui faisait rage dans son esprit.

« Semper fi », dit Shockner.

Klein pensa à son père, et soudain ce pervertissement de la devise des Marines le mit en rage.

« Semper fi mes couilles, dit-il. Agry vous a tous baisés. Il n'a rien à foutre de toi, de Claude ou de n'importe qui.

— Nev a la tête dure, et pour ce truc il a peut-être eu tort, mais c'est un vrai mec. Il irait au trou pour n'importe lequel d'entre nous.

— Agry est mourant », dit Klein.

Shockner parut assommé.

« Tu comprends ? Il va mourir de toute façon. Bientôt. C'est pour ça qu'il n'en a rien à foutre.

— De quoi il va mourir ?

— Quelle importance ?

— Du cancer ? » demanda Shockner.

En le regardant, Klein comprit à quel point Shockner avait besoin de préserver un peu de l'admiration et de la loyauté qu'il avait pour Agry. Si le charisme bestial de ce chef avait fait de Claude sa femme, à force de coups et de volonté, alors Shockner était son fils. Klein ne se souciait guère de ce que ressentait Shockner, ou de ce qu'il croyait, et n'avait qu'une envie : rentrer chez lui. Il hocha la tête.

— Ouais, le grand C. Une cigarette de trop. Mais souviens-toi, semper fi, c'est censé marcher dans les deux sens. Il a une dette envers toi. » Klein indiqua d'un signe les visages crispés qui se tenaient derrière Shockner. « Et tu as une dette envers eux. »

Dans l'esprit de Shockner, une balance pencha. Il recula et donna des instructions à ses hommes.

Klein posa ses bras contre la grille, son front sur les bras, puis écouta le pouls qui battait dans les blessures et les meurtrissures de son corps. C'est fini, pensa-t-il. Il allait s'en aller, et personne ne l'en empêcherait, pas même sa putain de conscience. Tout d'un coup, il se sentit épuisé. Les matelas pleins d'eau furent éloignés de la grille, et il aurait voulu s'allonger dessus, mouillés ou pas, pour dormir. Juste un peu. Le grand portail était trop loin. Il avait les jambes trop faibles pour pouvoir marcher. Une petite sieste, et tout irait bien.

Klein sursauta, ahuri, quand on ouvrit la grille. Pendant plusieurs secondes, ou quelques minutes, il avait dormi debout. Une file d'uniformes kaki en lambeaux et tachés de sang émergea du bloc D. Il s'écarta et s'adossa aux barreaux. Grierson, Burroughs, Sandoval, Wilbur, les otages lui jetaient un regard incertain, apeuré. Puis la bande d'Agry se faufila, un à un ou deux par deux, paraissant d'autant plus effrayés, les phalanges blanchies, crispées sur leurs armes, dans le passage étroit qui s'était ouvert dans une masse de visages noirs, pleins de haine. Klein se frotta les yeux, encore irrités par les gaz, la fumée, les bactéries et Dieu sait quelle merde. Il pouvait le faire, bordel, puisqu'il en avait déjà tant fait. C'était lui, le guerrier shotokan. Il était capable de revenir au portail avant de tomber dans le coma. S'il y arrivait, Devlin serait là pour le réconforter. Ouais. Elle aussi avait eu une dure journée, mais il avait dû aller plus loin, sur un terrain plus difficile, alors c'était peut-être équitable. Il avait juste besoin de se lancer, de mettre un pied devant l'autre.

Il y eut un coup de feu.

Pas de quoi le faire sursauter. Mais il était suffisamment réveillé pour être pris de nausée.

« Klein ! » La voix d'Agry, ivre et batailleur. « Montre-toi, enculé de ta mère ! »

Des corps plongèrent en désordre tout autour de lui. Oh, il n'était plus capable de ce genre d'acrobaties. Et, de toute façon, cela n'aurait servi à rien. Lentement, il se retourna et regarda à travers les barreaux. Le corps de Shockner était étalé sur le ventre au milieu de l'allée. Une balle avait troué son dos. Klein s'avança dans l'ouverture et se retint aux grilles des deux mains. Il voulait au moins rester debout jusqu'à ce qu'Agry le descende.

« Qu'est-ce qui ne va pas, Nev ? T'as plus de pédés à buter ? »

Agry était en face de lui, à dix mètres. De la main droite, il braquait négligemment sur Klein un automatique de gros calibre à canon court. Klein n'en reconnut pas la marque. Par une de ces réflexions idiotes qui vous traversent la tête au moment le plus mal choisi, il se dit qu'il devrait la rechercher quand il serait chez lui. Ouais. Il allait devenir un fada des armes.

« T'as toujours ton petit flingue, doc ?

— Non, dit Klein. Je l'ai rendu à Grauerholz.

— Ouais ? Comment va Hector ?

— Ça n'a pas été son jour de chance. Et toi ?

— Moi ? » Agry se mit à rire. Sa voix d'ivrogne résonna sous la voûte. « Eh bien, tu sais, doc ? Je me suis fait une vraie fête.

— Un charme tout aussi pur que le grand bleu, là-haut », dit Klein.

Agry parut plus sobre.

« Ouais. J'imagine que c'était ça. »

Sa main tenant l'automatique retomba le long de son corps. Il lui fit signe.

« Viens donc, doc. Je te paye un verre. »

Avant d'avoir pu calculer qu'il n'avait pas le choix, Klein se trouva en train de marcher aussi droit que possible dans le couloir du bloc cellulaire dévasté. Un bon holocauste, voilà ce qu'il fallait pour finir en beauté. Agry passa un bras sur ses épaules, et il réussit à ne pas s'écrouler. Ils se dirigèrent vers la cellule du chef.

« Bon Dieu, mec, t'as vraiment l'air d'en avoir besoin. »

L'haleine d'Agry était saturée de bourbon.

« Merci, Nev. C'est bien de ta part, de m'avoir laissé me rétamer à ce point. »

Agry éclata d'un gros rire.

« Tu devrais monter sur les planches, Klein. Dis, c'est pas un nom un peu youpin, ça ?

— Un peu, oui.

— Le prends pas mal. J'aime bien les youpins. Tous les meilleurs acteurs sont juifs. Y font de sacrés bons docteurs, en plus. »

Klein, le guerrier shotokan, l'amant, le héros du Grand Siège de l'Infirmerie, se sentit soudain profondément déprimé. Agry l'avait réduit à un tas de clichés abominables. À ce moment, à la porte de la cellule, apparut Claude Toussaint en sous-vêtements rouges et porte-jarretelles, le grand jeu.

« Hé, mon chou, dit Agry. On a une visite. Trouve-nous des verres propres.

— Est-ce qu'il reste dîner ? » demanda Claudine.

Klein avait la tête qui lui tournait. Mais Claude pouvait bien avoir raison. Rejoindre Agry dans son délire, c'était peut-être le plus sûr. Pour quelque temps. Le portail arrière s'entrouvrit en grinçant et une partie des hommes d'Agry, cachés au fond du bloc, se précipitèrent vers l'ouverture. Agry leva son arme et tira trois fois dans le tas. Le groupe se dispersa, mais deux hommes tombèrent en hurlant.

« Enculés, murmura Agry, qui se tourna vers Claudine en souriant. C'est vraiment gentil, chérie, mais je ne pense pas que nous aurons le temps. Entre donc, Klein. »

Ils s'installèrent autour de la table, et Agry mit une cassette : Bob Wills et les Texas Playboys entamèrent l'intro de la *San Antonio Rose*. Claudine leur servit du whisky dans des bocaux vides. Agry offrit une cigarette à Klein, mais il secoua la tête. S'il devait fumer un jour sa dernière cigarette, ce ne serait pas en compagnie d'Agry.

Agry posa son automatique sur la table, avala une lampée d'alcool et fit un geste vers la porte.

« Ces enculés ne savent pas de quoi il s'agit. Mais toi, tu le sais, pas vrai, doc ? »

Klein but à petites gorgées. Du bon whisky, mais moins bon que la gnôle de Doherty. Le revolver était plus proche de la main d'Agry que de la sienne. Claudine, de l'autre côté de la table, était encore plus près, mais elle ne regardait pas l'arme. Elle fixa Klein d'un regard effrayé, et bougea imperceptiblement la tête comme pour dire « Ne contrariez pas ce foutu cinglé ».

Klein haussa les épaules.

« Je ne vois pas bien ce que tu veux dire.

— Disons-le comme ça. Regarde-toi. T'as traversé l'enfer et l'océan, juste pour retrouver ta dame à l'infirmerie. Tu croyais même pas en sortir vivant, mais il fallait que tu y sois. J'ai raison ?

— Ouais. Tu as raison. »

Agry abattit sa paume sur la table.

« Je le savais. On est tout simplement pareils, bon Dieu. Toi et moi. Les seuls types de cette foutue boîte qui comprennent ce qui se passe. »

« ... C'est là que j'ai trouvé, non loin de l'Alamo,
Un charme tout aussi pur que le grand bleu, là-haut... »

En entendant ces vers, les yeux d'Agry se plissèrent. Sa voix s'empâtait de plus en plus à chaque verre qu'il buvait.

« L'amour, Klein. C'est le vrai truc. Tout ça — il agita une main pour indiquer les destructions qui les entouraient —, tout ça pour l'amour. Avant, elle ne m'avait jamais vraiment cru. » Il regarda Claudine. « C'est vrai, mon chou ? »

Claudine n'osa pas répondre. Agry lui caressa la joue.

« Tu as entendu parler du Taj Mahal, doc, en Inde ? Sûr que oui. »

Klein hocha la tête.

« Bon, c'est pas un palais ou un château comme croient la plupart des gens. C'est un cadeau d'amour qu'un type a construit pour sa dame. C'est une putain de boîte de chocolats. C'est pas quelque chose, ça ? »

Klein acquiesça de nouveau et but une gorgée de son verre.

« Tout ça, c'est mon Taj Mahal, pour elle. »

Agry se pencha et embrassa Claudine. Klein regarda le revolver. Pas moyen. Et il était incapable de se battre avec Agry. Pas dans son état. Il fallait qu'il prenne le risque de compter sur Claudine. Claude, plutôt.

« Le visage qui a lancé mille navires », dit Klein.

Agry lâcha Claudine.

« C'est bon, ça, dis-moi. Vraiment bon. Genre grandiose.

— Je suis content que tu aimes ça, dit Klein. Quand vous êtes-vous rencontrés, Claude ? »

Elle lui jeta un coup d'œil.

« Y a pas de Claude, ici, aboya Agry.

— Quand ? insista-t-il.

— J'avais déjà tiré six mois, dit Claude d'une voix normale. Alors ça doit faire tout juste quatre ans. »

Klein regarda Agry au fond des yeux.

« Alors tu savais déjà que tu avais le virus.

— Quel virus ? demanda Claude.

— Pourquoi ne lui as-tu pas dit ? »

Il y eut un long silence. Agry ne le quitta pas des yeux pendant que son visage d'ivrogne passait d'une émotion à l'autre.

« C'était qu'un de ces négros avec des longues jambes et des grosses lèvres, finit par dire Agry. Qu'est-ce que j'en avais à foutre ? » Il se tourna vers Claude. « Et t'allais te sauver, sale garce. Avec ta putain de conditionnelle. Je t'ai donné…

— C'est Hobbes qui te l'a dit ? » demanda Klein.

Agry le gifla du revers de la main sans presque le regarder. Klein plongea par terre. Le sol lui parut merveilleux, les dalles aussi douces qu'un duvet. Le sommeil lui chantait une douce berceuse aux oreilles. Au-dessus de ce bourdonnement, il entendit vaguement Agry se plaindre d'une voix avinée.

« Je t'ai donné le moindre putain de truc que j'avais, je t'ai donné ce qu'il y a de mieux, je t'ai donné ma vie, je t'ai faite, salope, et tu me remercies en te sauvant. T'as même foutrement pas demandé… »

Klein était en train de sombrer. Il avait l'impression de s'endormir dans un motel, avec un couple bruyant dans la chambre voisine. Soudain une voix perçante, entièrement féminine, un hurlement de rage brute pénétra son esprit mieux que n'avaient fait les coups de feu.

« Tu m'as refilé le sida, saloperie d'enculé de pédé ! »

La dernière voyelle s'étira dans un incroyable grincement révolté. Le bêlement d'Agry fut noyé par ce déferlement sonore.

« Tu le savais ! Tu le savais et tu m'as quand même bourré avec ton foutre pourri. Pendant des années. Sale pédé. Sale pédé. »

Klein se mit sur les genoux, empoigna les barreaux pour se relever. Il entendit dans son dos un raclement de chaise, un coup, puis les pleurnicheries d'Agry, plein de remords. Klein se retourna. Agry était à genoux, les mains jointes. Claudine, totalement Claudine, était devant lui, les yeux flamboyants, et braquait le gros revolver sur le visage larmoyant de son amant.

« Mais je t'aime, Claudine ! »

Claudine lui envoya trois balles en pleine poitrine. Dans la cellule, le bruit fut assourdissant. L'odeur de poudre brûlée remplit les narines de Klein. C'était Claudine, après tout, et non Claude, comme il l'avait pensé, qui avait trouvé la rage nécessaire. Elle jeta l'arme sur la table et se rassit, les yeux dans le vide. Au bout d'un moment, Klein retrouva l'usage de ses oreilles. Puis Claudine se mit à pleurer. Il s'approcha, serra sa tête contre sa poitrine.

« Ce qu'il y a, dit Claudine entre deux sanglots, c'est que c'est vrai. Qu'il m'aimait. Personne ne m'avait jamais aimé.

— Ouais, dit Klein, quelle vacherie. »

Elle leva les yeux pour voir s'il parlait sérieusement. Il haussa les épaules et sourit.

« Bon Dieu, Claude. Allons nous réchauffer les couilles avec la Garde nationale. T'as toujours les tiennes, tu te rappelles ? »

Claudine renifla, se moucha, et disparut à jamais en un clin d'œil. C'est Claude qui arracha son soutien-gorge rouge.

« Merde. Si les frères me voient comme ça, on n'aura pas besoin de la Garde nationale. Ces enculés vont mourir de rire. »

Il voulut ôter son slip et s'arrêta, gêné.

« Allez-y, dit-il. Faut que j'me change. »

Klein ramassa le revolver, enleva le chargeur, éjecta la cartouche restée dans la culasse, mit les balles dans sa poche et s'en alla. Le bloc était vide. Les hommes d'Agry avaient déserté leur chef. Wilson et trois de ses Frères attendaient au portail. « Merde, mec, on allait justement te chercher. »

Derrière, on avait roulé Stokely Johnson sur un chariot de la buanderie pour qu'il puisse voir le D. Plus loin, l'atrium était encore encombré par plusieurs centaines d'hommes. Klein sortit les munitions de sa poche.

« Agry est mort. Votre gars, Claude, lui a fait sauter le caisson. »

Il jeta les balles aux pieds de Stokely, qui baissa les paupières de mauvaise grâce, en signe de respect.

« Je suppose que c'est un happy end », dit Wilson.

Klein sourit. Puis il aperçut du coin de l'œil quelque chose qui bougeait, et leva la tête.

« Pas encore. »

Hobbes était apparu sur la galerie circulaire qui courait au bas de la coupole vitrée, à l'endroit où se rejoignaient les grands murs des blocs C et D. Sans baisser les yeux, le directeur se mit à marcher.

« Directeur ! cria Klein. C'est fini ! »

Sa voix fut noyée par les huées et les injures des détenus. Hobbes avait quelque chose dans la main gauche, peut-être une serviette, Klein n'en savait rien. En tout cas, ce n'était pas une mitraillette. Dans la pénombre, on avait du mal à distinguer son visage. Le directeur suivit la galerie et s'arrêta lorsqu'il fut au-dessus de leurs têtes. Wilson leva les bras pour réclamer le silence, mais les hommes étaient encore pleins de colère inassouvie. Les cris et les huées redoublèrent. Hobbes leva une main et posa l'objet sur la rambarde : c'était un bidon de cinq litres en plastique noir. Sans dire un mot, il dévissa le bouchon et déversa le contenu sur son corps.

Une pluie d'essence se mit à tomber sur les hommes qui le regardaient. Ils reculèrent en masse, de façon chaotique, et Klein fut effleuré par la panique qui traversa la foule comme une vague. Les huées devinrent des cris de frayeur. Hobbes était inondé d'essence. Klein baissa les yeux et comprit ce que d'autres avaient déjà vu. La réserve de mazout de Johnson était empilée sur le sol, juste en dessous du directeur.

« Mieux vaut les sortir de là », dit Klein.

Wilson éleva la voix.

« On s'en va, fils de pute ! De tous les côtés ! Barrez-vous ! »

Il y eut une ruée aveugle vers les services centraux.

« J'ai dit de tous les côtés ! Allez dans les autres blocs ! »

Personne ne parut l'entendre. Sur les bords, quelques types partirent vers le réfectoire, le C ou le D, mais la plupart étaient pris dans la cohue qui se pressait en direction du portail principal. Wilson envoyait des hommes en D. Dans la débandade, le chariot de Stokely Johnson fut renversé, il sauta de son siège et vint se cogner contre Klein.

« Va dans le A », lui dit Klein.

Pendant que Stokely se frayait un chemin vers la sortie, entraînant ses hommes avec lui, Klein regarda Hobbes. Le directeur avait posé son bidon et adressait un discours aux détenus. Dans le vacarme, on n'entendait pas un seul mot de ce qu'il disait. D'un seul coup, Hobbes était devenu un vieil homme incroyablement fragile et ratatiné. Avec ses vêtements trempés et son discours inaudible, c'était un spectacle pitoyable. Le directeur s'essuya les mains avec un mouchoir blanc, s'épongea le front, puis sortit des allumettes de sa poche.

« Allons-y, mec, dit Wilson. Rentrons dans le D. »

Hobbes jeta un coup d'œil vers Klein, qui entrevit le désespoir implacable gravé dans les traits du directeur, puis se détourna et arracha une allumette de la pochette.

Au moment où Klein se retournait pour courir au portail du D, il se figea sur place.

Sur la galerie, une silhouette s'avançait vers Hobbes.

Un homme si gigantesque qu'il devait se baisser pour passer sous les nervures de la coupole. Son sang s'écoulait par une douzaine de blessures, et il était couvert d'ordures de la tête aux pieds. Sa tête était couronnée d'une casquette de base-ball marquée d'un grand X blanc.

Henry Abbott avait resurgi des profondeurs de la prison pour rejoindre le directeur à son pinacle.

Klein sentit son cœur obstruer sa gorge.

Hobbes frotta l'allumette. Elle ne s'enflamma pas. Il frotta encore, et encore. Rien. Il détacha une deuxième allumette, essaya de nouveau, puis se retourna quand l'ombre d'Abbott tomba sur lui. L'allumette s'enflamma, mais Abbott tendit le bras, avec la délicatesse d'un oiseau, et moucha la flamme entre le pouce et l'index. Hobbes, terrorisé, s'adossa à la rampe. Abbott lui prit le bras, le tira vers lui, se pencha et murmura quelques mots à son oreille. Le directeur fut pétrifié, les yeux fixés sur le géant. Ensuite, comme hypnotisé, Hobbes leva lentement un bras et sortit quelque chose de sa poche de poitrine. Un morceau de papier. Il le déplia, le posa sur sa paume et le regarda. Abbott ouvrit ses bras, prit le directeur contre sa poitrine et les referma. Hobbes ne se débattit pas dans cette étreinte mortelle. Klein vit les yeux neufs et brillants du géant le regarder d'en haut. Il frissonna, mais sans baisser la tête.

Quand Hobbes ne respira plus, Abbott se pencha et le hissa sur son épaule comme un sac de ciment. La tête du directeur ballotta dans le vide, les yeux grands ouverts. Abbott regarda Klein et le salua de la main. Klein avala sa salive, lui rendit son salut. Puis Abbott s'en alla. Le morceau de papier tomba des doigts inanimés de Hobbes et voleta dans l'atrium qui se vidait. Le géant et son fardeau disparurent dans le rectangle noir d'une porte et s'enfoncèrent dans le silence.

L'évacuation était presque complète. Klein traversa l'atrium, ramassa le bout de papier du directeur, déjà imbibé d'essence, et le déplia. L'encre s'était diluée dans une tache verdâtre, et Klein, avec difficulté, put seulement distinguer quelques mots.

... douceur du plaisir
... nuit sans fin

Il mit le papier dans sa poche et rejoignit Wilson au bout de la queue.

La cour était pleine de détenus et vibrait sous les aboiements des haut-parleurs. Le capitaine Cletus, puis un imbécile qui était colonel de la Garde nationale, donnaient successivement des instructions contradictoires.

Le portail principal était barré par une rangée de soldats, baïonnette au canon.

« Ça va prendre des heures », dit Wilson.

Klein hocha la tête, n'imaginant pas plus grand bonheur que quelques heures de sommeil, allongé dans la cour. À travers la foule, il vit Devlin qui s'approchait, accompagnée par Galindez, le bras en écharpe, et d'un jeune gardien qui se cramponnait nerveusement à sa matraque. La jeune femme, en le voyant, parut soulagée.

« Tu vas bien, dit-elle.

— Rentre chez toi. Il y a encore du danger.

— Tu ne sais pas où c'est, chez moi.

— Je trouverai », dit Klein.

Elle hocha la tête et sourit.

« Tu as intérêt. »

Devlin se tourna vers Wilson.

« Je voulais dire au revoir à la Tornade. »

Elle lui tendit la main, un peu gauchement, et le boxeur la serra. Quoi qu'elle ait voulu lui faire passer, ce n'était pas vraiment bien fait. Klein jeta un coup d'œil à Galindez. Le gardien regardait ostensiblement un soldat sans aucun intérêt à l'autre bout de la cour. Le jeune gardien était trop occupé à contrôler sa vessie pour s'apercevoir de quoi que ce soit. Wilson attira Devlin vers lui et l'embrassa sur la joue, puis elle recula. Wilson tendit la main à Galindez, la paume miraculeusement vide. Galindez la serra.

« Bonne chance. » Puis il serra la main de Klein. « À vous aussi. » Il y eut un silence gêné. Klein aurait voulu se coucher sur le ciment avec Devlin, mais il imaginait d'autres décors pour une scène d'amour. Lui aussi l'embrassa sur la joue, et fut stupéfait de la voir rougir.

« Vaut mieux que j'y aille », dit-elle.

Il acquiesça.

« Si j'étais vous, dit-elle à Wilson, j'envisagerais de changer de carrière. Être un héros, c'est mauvais pour la santé. »

Wilson sourit.

« Je vais peut-être y réfléchir. » Il indiqua Klein d'un

signe de tête. « Occupez-vous bien de ce farceur. Pour un Blanc, c'est un type assez cool. »

Bon Dieu. Klein avait l'impression d'avoir reçu sa bénédiction. Un type assez cool, après tout. Il raidit les épaules et bomba le torse, puis se crispa sous la douleur en entendant craquer ses côtes.

« Bon Dieu.

— Ne vous inquiétez pas, dit Wilson, je vais lui indiquer quelques astuces. »

Finalement, Devlin lui serra la main et retourna vers le portail, encadrée par Galindez et le jeune gardien.

« Putain, s'écria Wilson, je ne m'en fais pas trop pour ma santé, mais pour mes couilles : mec, j'avais oublié la douleur que ces saloperies peuvent me causer.

— Tu as parfaitement raison », répondit Klein.

Wilson sortit un paquet de cigarettes de sa poche et en mit une entre ses lèvres.

« Il t'en reste une ? » demanda Klein.

Wilson fouilla le paquet, trouva la dernière et la lui donna. Ils se mirent à fumer.

« Écoute, dit Klein, il y a une chose que je me demandais, et je crois que je préfère te poser la question plutôt qu'à Devlin.

— Ah oui ? dit Wilson, sur ses gardes. C'est quoi ?

— Eh bien, quelle taille, au juste, je veux dire, en termes généraux, a ta queue ? Ta bite, je veux dire. »

Wilson le regarda.

« Tu veux vraiment le savoir ? »

Il y eut un silence.

Puis Wilson sourit et Klein se mit à rire.

Wilson, à son tour, éclata de rire.

Et tous les deux, à l'ombre des blocs cellulaires, tandis que la lueur rouge de l'aube atteignait finalement le haut des remparts, rirent à s'en faire péter leurs putains de boyaux.

Dans la foule des pénitents rassemblés dans la cour de la prison, ils étaient les seuls à rire.

ÉPILOGUE

L'un dans l'autre, trente-deux hommes trouvèrent la mort dans la grande révolte du pénitencier de Green River, ce qui, à défaut d'une seule victime supplémentaire, et à la grande déception des survivants, en fit la seconde émeute de ce genre dans les annales pénales des USA.

L'après-midi même, sans que personne s'en étonne, la Garde nationale mit accidentellement le feu au mazout entreposé dans l'atrium, provoquant ainsi des dommages structurels plus graves que ceux dus aux détenus. Une fois l'incendie maîtrisé, les autorités fouillèrent la prison du haut en bas pendant quinze jours, avec des chiens et des détecteurs à infrarouges. On découvrit une quantité phénoménale de drogue, des alambics clandestins et des revues porno, ainsi que cinq corps en décomposition dans les recoins des égouts, mais on ne trouva jamais aucune trace du directeur John Campbell Hobbes. Avec la complicité empressée du Bureau des affaires pénales, qui cherchait à absoudre le système lui-même de toute culpabilité, la presse fit de Hobbes une simple caricature, un despote raciste et corrompu dont les pratiques aberrantes étaient seules à l'origine de l'émeute, et c'est encore sa place dans l'imaginaire populaire.

Trois cent quarante-huit hommes furent assez gravement blessés pour être hospitalisés, et si aucun mort supplémentaire ne fut à déplorer, c'est à porter au crédit des services de traumatologie de l'État du Texas.

On put extraire la balle du sinus maxillaire de Stokely Johnson, qui fut transféré à la prison de Huntsville. Plus tard, sa peine fut allongée de quatre-vingt-quatre ans pour crimes commis lors de l'émeute.

Hector Grauerholz fut également livré aux chirurgiens de la face, qui s'efforcèrent héroïquement de reconstruire le bas de son visage. Ils réussirent, et si Hector en garda une grave et irrémédiable difficulté d'élocution, il put néanmoins mâcher et avaler des aliments peu consistants. Envoyé à la prison de haute sécurité de Marion, en Illinois, on le maintint en permanence à l'isolement. Comme il ne pouvait plus prononcer de nombreuses consonnes ou diphtongues, le manque de conversation ne lui pesa guère. Hector suivit un cours d'écriture par correspondance, apprit à taper à la machine de la main gauche et composa un roman au sujet d'une tueuse et dealeuse de crack appelée Devereaux. Le roman fut mal accueilli par la critique, mais devint une sorte de livre culte après sa parution en édition de poche. Un légendaire romancier new-yorkais a monté une campagne pour le faire mettre en semi-liberté, mais Grauerholz est trop occupé à écrire la suite pour s'en préoccuper.

Myron Pinkley fut découvert dans la chapelle, en train de pleurer, avec des fractures de la cinquième et de la sixième vertèbre cervicale accompagnées du terrible « syndrome de Custer » — une érection féroce, mais temporaire et terminale, indiquant que la moelle épinière était totalement sectionnée. Il survécut, mais perdit à jamais l'usage de ses quatre membres.

Hank Crawford fut ravi d'être amputé de la jambe gauche au-dessus du genou. Cela lui permit d'attaquer l'État pour négligence criminelle et violation de ses droits constitutionnels. Il y eut un arrangement à l'amiable, et on pense qu'il a touché plus d'un million et demi de dollars. Lorsque l'avocat qui avait mené de façon tellement inepte son premier procès fut atteint de démence sénile, Crawford attaqua également avec succès son cabinet et on lui accorda une somme encore plus élevée. Chaque année, le jour anniversaire de l'émeute, il envoie à Klein une caisse de whisky Lagavulin pur malt avec un Polaroid de sa prothèse entre les jambes d'une jeune beauté en maillot de bain, jamais la même.

Victor Galindez, après enquête du Bureau des affaires pénales, reçut un blâme pour infraction au règlement pouvant mettre une vie en danger. Par la suite, il a quitté l'administration pénitentiaire et travaille maintenant, à sa grande satisfaction, comme agent des libertés surveillées pour les détenus sortis de Brownsville.

Dennis Terry, qui resta indemne, finit par demander et obtenir la liberté conditionnelle qu'il avait longtemps refusée. Il a ouvert un restaurant dans la banlieue de Wichita Falls, épousé une serveuse de sang navajo qui a la moitié de son âge, et ils attendent leur premier bébé.

Bill Cletus se fit transférer à Huntsville, mais perdit les avantages dont il avait l'habitude et vit diminuer ses revenus de façon catastrophique. Il apprit finalement à vivre avec son seul salaire et, pour compenser, perdit environ quinze kilos. Dans un récit de l'émeute, bref mais haut en couleur, paru en feuilleton dans un journal local, « La grande émeute de Green River » fut subtilement transformée en l'affrontement des volontés respectives d'un génie du crime, le dément Nev Agry, et d'un personnage au menton d'acier et au courage stoïque désigné uniquement dans le texte comme « le capitaine ». « Okay, bon, c'est des pédés, aboya le capitaine, défiant la couardise du directeur Hobbes avant d'entreprendre lui-même le sauvetage héroïque de l'infirmerie, mais ça ne veut pas forcément dire qu'ils méritent la mort ! » Les droits cinématographiques furent vendus, et Cletus se mit à dos les rares amis qu'il avait en demandant sans cesse qui serait mieux à même de l'incarner à l'écran, Schwarzenegger ou Stallone. Néanmoins, le film ne se fit jamais et Cletus tomba dans une sombre et profonde amertume dont il ne s'est pas encore relevé.

Claude Toussaint fut condamné à perpétuité pour le meurtre de Neville Agry et n'eut plus jamais l'occasion de boire des One Hundred Pipers chez Alonso, avec une paille. Lui aussi s'est retrouvé à Huntsville, où il s'est rasé les cheveux, s'est mis à porter des lunettes cerclées d'acier et a fondé un groupe d'aide aux sidéens. Étant l'homme qui a refroidi Nev Agry, personne ne lui cherche noise, ce qui lui fait le plus grand bien. Il est aussi redevenu l'amant de Stokely Johnson, mais cette fois de son plein gré. Klein lui écrit régulièrement, lui rend visite quand il le peut. Claude n'est pas malade, et affirme dans ses lettres avoir conquis une identité et une volonté qui lui avaient manqué lors de ses précédentes incarnations en maquereau ou en travesti.

Huit hommes s'évadèrent pendant l'évacuation chaotique du pénitencier. Sept furent repris dans la semaine. Le huitième, Reuben Wilson, a été vu pour la dernière fois ce jour-là, en train de s'enfuir, par le docteur Juliette Devlin et le sergent Victor Galindez. Il n'a jamais été repris, mais reste sur la liste des personnes recherchées par le FBI.

Juliette Devlin ne termina jamais les recherches qu'elle avait entreprises, ne donna pas suite à l'étude pilote qu'elle avait signée avec Ray Klein et Earl Coley — néanmoins devenue le modèle d'autres travaux fondés sur les siens. En fait, Devlin a abandonné la psychiatrie légale, prétendant qu'elle y avait trouvé ce qu'elle était venue chercher, et s'est orientée, choix dramatique aux yeux de certains, bien qu'assez logique aux siens propres, vers la psychiatrie pour enfants. Elle s'est avérée particulièrement douée dans cette discipline, bien sûr, et a bénéficié d'une bourse de recherches de deux ans à Chicago. Il y a quelque temps, elle a reçu un paquet posté à Paris, contenant deux vieilles clefs. Un mot était joint : « Héros, c'est fini. Les couilles bleues aussi. Merci pour la chambre ! » C'était signé W. Aucune adresse n'était jointe, mais Devlin pense qu'un jour elle traînera Klein à Paris à la recherche de la Tornade, quoique leurs retrouvailles dépendent de trop d'impondérables pour les prédire à coup sûr.

Le corps d'Earl Coley ne fut réclamé par personne et semblait devoir finir à la fosse commune, mais Klein le fit expédier au New Jersey et enterrer aux côtés de son propre père. Les deux pierres tombales portent chacune un nom et des dates, avec au-dessous une même inscription : « Le plus courageux. » Devlin retrouva la famille de Coley et envoya à chacun un exemplaire de la revue, mais ne reçut aucune réponse, sinon de la fille du vieil homme, qui la remercia de sa gentillesse.

Klein n'assista qu'à un seul enterrement, celui de Vincent Lopez. En vérité, il en fut l'invité d'honneur, et lorsque la nuit tomba sur les tréteaux disposés dans une ruelle sordide de San Antone, force larmes furent versées et de nombreuses poitrines se gonflèrent de fierté à mesure qu'il racontait comment Vinnie avait sauvé sa vie, lors du terrible assaut final, et comment, finalement, Vincent Rodrigo Garcia Lopez s'était sacrifié pour ses *compadres* et était mort en homme.

Après l'émeute, Klein passa dix jours à l'hôpital, surveillé par des gardiens, souffrant d'une infection virulente à la jambe gauche, où les microbes ramassés dans le Fleuve s'en donnaient à cœur joie. Dans la même salle, comme le coq de combat qu'il était, paradait Sonny Weir, dont l'amputation surprise du bras gauche avait déclenché la violence. Dans le lit voisin de celui de Klein, se remettant de coups de burin et d'une reconstruction du genou, il y avait Colt Greely. Celui-ci s'imaginait être en dette envers Klein, parce que si Klein ne lui avait pas fracturé le crâne et cassé une jambe avant de le jeter dans les toilettes du bloc B, Stokely Johnson l'aurait pendu avec les autres types ayant coupé la tête du Noir. Après s'être fait prier, Klein accepta que Greely grave un tatouage sur son épaule gauche, avec une aiguille stérile et une seringue. On y voit un donjon obscur frappé par la foudre et, en dessous, sur un parchemin en demi-cercle, les mots VIRESCIT VULNERE VIRTUS. Malgré sa première réaction d'horreur, qui démontrait sa santé mentale, Devlin s'aperçut que l'œuvre d'art gravée par Greely renforçait son désir d'emmener Klein chez elle pour le baiser jusqu'à plus soif. Klein croit que c'est ce qu'il a fait de plus cool dans sa vie car, ne se lasse-t-il pas de rappeler à la jeune femme, c'est la marque authentique de la prison et, de plus — du moins en principe — le dernier tatouage jamais exécuté au pénitencier de Green River.

Ainsi donc Ray Klein et Juliette Devlin se sont effectivement mis ensemble, et même au plus fort de ses humeurs noires, Klein doit reconnaître que c'est vachement bien. Bien que cela reste possible, en théorie, il a abandonné l'espoir d'exercer à nouveau la chirurgie, même s'il lui arrive de fantasmer qu'il se retrouve en zone de guerre avec ses instruments. Il a suivi Devlin lorsqu'elle a emménagé à Chicago et, en sa qualité de pratiquant des arts martiaux et d'ancien détenu, a été engagé comme videur dans un club de jazz. À sa grande surprise, il a pris plaisir à cette vie nocturne et fini par aller demander un prêt à Crawford, le millionnaire, pour monter son propre petit bar à blues. Crawford, ravi d'en être l'associé unijambiste et secret, ainsi qu'il le dit lui-même, se plaît à venir de temps en temps sans prévenir avec une grande fille du Texas à chaque bras, comme un Al Capone des temps modernes. Klein a baptisé le club « Neuf au-dessous de zéro », et sa réputation continue de grandir dans la cité des vents. Il arrive qu'un des nombreux diplômés itinérants de l'émeute vienne s'asseoir avec Klein aux petites heures du matin, pour fumer ses cigarettes et ressusciter les fantômes du passé. L'un d'eux, Albert Myers, qui a perdu l'usage de son œil gauche, est resté au Zéro en tant que barman.

À propos de fantômes, la prison elle-même fut abandonnée, murée, et ne servit plus jamais à quelque usage que ce fût, disciplinaire ou autre. Elle se dresse toujours au fond des marais de Green River, et tout le monde sait qu'elle n'abrite plus que des rats, des liserons, et quelques familles d'oiseaux errants qui viennent y faire leur nid. Tout le monde, sauf Ray Klein.

Car parfois, lorsqu'il a le cœur lourd et qu'il ne peut chasser ses idées noires, Klein roule longuement vers le sud, tout seul, et passe la nuit à errer autour des hauts murs de granit qui s'enfoncent si loin dans la terre. Et parfois, lorsqu'une brise tiède souffle de la baie et fait gémir les tours de guet abandonnées, il entend une voix qui en sort : celle du Verbe. Et celle d'Henry Abbott. Car Klein est persuadé, et personne ne lui fera croire le contraire, que l'homme et son Dieu, l'Homme et Dieu, parcourent toujours main dans la main les couloirs déserts de cet univers qu'ils ont choisi d'habiter. Et Klein, assis sous les étoiles, le dos contre le portail enclouté, écoute, fasciné, le Verbe faire sortir Henry de la nuit et lui dire une fois encore tout ce qui fut accompli, la race incomparable et torturée qui vécut, combattit et mourut, le récit de la révolte de Green River.

TABLE

Prologue : La vallée 13

Première partie : La révolte 27

Deuxième partie : Le fleuve 189

Épilogue 393

COLLECTION « THRILLERS » CHEZ POCKET

BATAILLE THIERRY
BRUNO JEAN
L'empreinte du serpent

COLLINS LARRY
Les aigles noirs
Dédale

COOK ROBIN
Mutation

CRICHTON MICHAEL
Extrême urgence
Harcèlement
L'homme terminal
Jurassic Park
Soleil levant
La variété Andromède
Un train d'or pour la Crimée

CRUZ SMITH MARTIN
Parc Gorki

DEMILLE NELSON
Le déshonneur d'Ann Campbell
Je reviens te chercher
Retour de l'enfer

DURAND LOUP
Daddy
Le grand silence
Le jaguar

EASTERMAN DANIEL
Le nom de la bête
Le testament de Judas

EVANS PENELOPE
La locataire

FIELDING JOY
Ne pleure plus

GALLOIS SOPHIE
Genius

GRISHAM JOHN
La firme
L'affaire Pélican
L'héritage de la haine
Non coupable
Le couloir de la mort

HAMSHER J. AUGUST
Tueurs-nés

HARRIS ROBERT
Fatherland
Enigma

HARRIS THOMAS
Black Sunday

HARRISON COLIN
Corruptions

HARRY ERIC
10 JUIN 1999

HARTOV STEVEN
La fièvre du Ramadan

JAHAM MARIE-REINE DE
Le Libanais

KATZENBACH JOHN
Juste cause

KELLERMAN JONATHAN
Double miroir
Terreurs nocturnes

King Charles
Mama's boy

Koontz Dean R.
Prison de glace
Lapierre & Collins
Le cinquième cavalier

Levin Ira
Sliver

Ludlum Robert
Le duel des gémeaux
L'illusion Scorpio
Le manuscrit Chancellor
La route d'Omaha
Les veilleurs de l'apocalypse

Margolin Philip
La rose noire

Mitchell K.
Blown away

Montécino Marcel
Crosskiller

Osborne Richard
Basic Instinct

Patterson James
Et tombent les filles

Perry Thomas
Une fille de rêve

Prichard Hunter Jessie
L'assassin habite à la maison

Russo Enzo
Tous sans exception

Sandford John
La proie de l'ombre

Smith Mitchell
La cité de pierre

Soussan André
Octobre II

Tine Robert
Bodyguard

Van Lustbader Eric
Le ninja

Weaver Michael
Obsession mortelle
La part du mensonge

Willocks Tim
L'odeur de la haine

Achevé d'imprimer en février 1998
sur les presses de l'Imprimerie Bussière
à Saint-Amand (Cher)

POCKET - 12, avenue d'Italie - 75627 Paris Cedex 13
Tél. : 01-44-16-05-00

— N° d'imp. 275. —
Dépôt légal : octobre 1997.

Imprimé en France